鹿鼎記

**The Duke of the Mount Deer by Jin Yong**

## 녹정기 10 — 신행백변

1판 1쇄 인쇄 2021. 01. 15.
1판 1쇄 발행 2021. 01. 30.

지은이 김용
옮긴이 이덕옥
발행인 고세규
편집 봉정하, 구예원 디자인 유상현 마케팅 김용환 홍보 반재서
발행처 김영사
등록 1979년 5월 17일 (제406-2003-036호)
주소 경기도 파주시 문발로 197(문발동) 우편번호 10881
전화 마케팅부 031)955-3100, 편집부 031)955-3200 | 팩스 031)955-3111

값은 뒤표지에 있습니다.
ISBN 978-89-349 8953-0 04820
      978-89-349-8943-1 (세트)

홈페이지 www.gimmyoung.com          블로그 blog.naver.com/gybook
인스타그램 instagram.com/gimmyoung    이메일 bestbook@gimmyoung.com

좋은 독자가 좋은 책을 만듭니다.
김영사는 독자 여러분의 의견에 항상 귀 기울이고 있습니다.

일러두기 _____
본문의 미주는 옮긴이의 주이다. 작품의 이해를 돕기 위한 김용 선생님의 작가 주는 •로 표기하고 미주 뒤에 수록한다.
단, 전체 내용에 대한 주일 경우 • 없이 장만 표기한다. 외국 인·지명은 대부분 현대 우리말 표기에 맞추었다.

# 녹정기 鹿鼎記

김용 대하역사무협

이덕옥 옮김

신행백변

10

김영사

대만 타이난臺南에 있는 연평군왕사당의 대문

사당 안에는 정성공 그림이 모셔져 있다.

남안석정南安石井 정씨鄭氏
가묘家廟에 모셔져 있는
정성공 그림

연평군왕사당에 모셔져
있는 정성공 그림

대만 타이난에 있는
진영화(진근남)의 묘

명나라 연평군왕 고명 상자

고명詰命이란 왕위를 승인하는
문서다.

타이난 안평고보 安平古堡의 낡은 대포

영력 25년 대통력

정성공의 유필

정성공의 '초토대장군인招討大將軍印'이 찍혀
있다. 현재 영국 런던 박물관에 소장돼 있다.

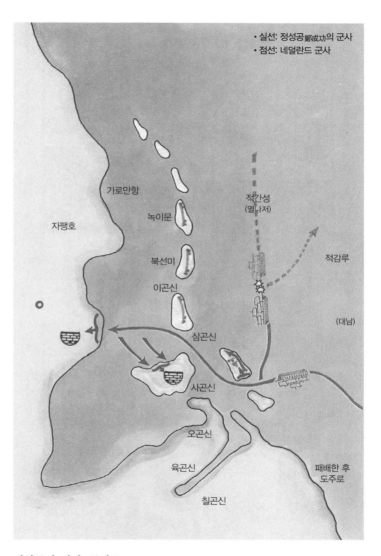

실선: 정성공鄭成功의 군사
점선: 네덜란드 군사

가로만항

녹이문

자팽호

북선미

이곤신

삼곤신

적간성
(열나저)

적감루

(대남)

사곤신

오곤신

육곤신

패배한 후
도주로

칠곤신

## 정성공의 대만 공격도

왕사마王司馬가 그렸다.

**네덜란드 군사가 처음 팽호** 澎湖**에 상륙할 당시**

황현지인들이 돌을 던지며 저항했다.

**정성공 군사의 포격**

네덜란드가 대만 열란차성을 점거하고 있을 당시 정성공의 군사가 포격을
가했다.

## 정성공의 열란차성 공격

네덜란드 병선兵船은 정성공의 포격에 연달아 침몰했다. 이 해전도海戰圖들은《소홀시
돼온 대만被忽視的臺灣》이라는 책에서 발췌했다. 이 책의 작가는 'C. E. S.'라고 서명이 돼
있는데, 당시 대만에 주둔하고 있던 네덜란드 총독(프레데릭 코예트)과 그 각료들이다.
책에서는 네덜란드가 대만을 너무 소홀시했다고 지적한다.

**패배한 네덜란드 군대**

총독과 병사들이 줄을 지어 정성공의 수항대受降臺(항복을 받아들이는 곳) 앞을 통과하는 모습이다.

정성공이 세운 타이난의 운하성運河城

〈정성공의 웅사압항도 雄師壓港圖〉

왼쪽은 네덜란드 육군, 오른쪽이 정성공의 해선海船이다. 이 그림은 원래 스위스 사람(A. Herport)이 저술한《대만여행기》에 수록돼 있었다.

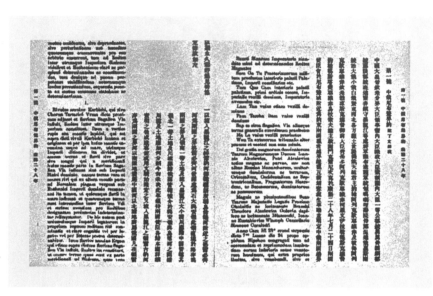

중국과 러시아가 맺은 네르친스크 조약

## 러시아의 반중국 선전도

러시아 군인이 청병을 도살하는 모습을 그렸다.

## 러시아군이 중국 변경을 침입한 모습

청나라 때 러시아 군대가 중국 변경을 침입해
중국인들을 노략하는 상황을 그렸다.

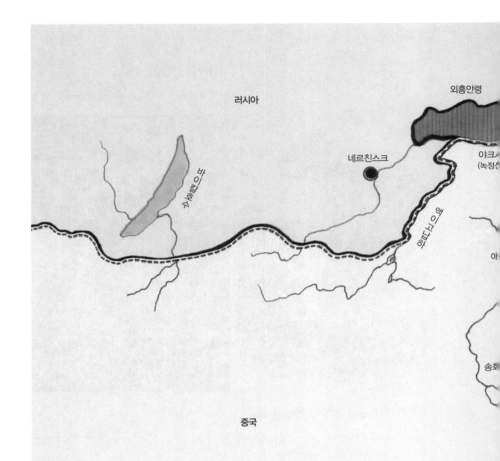

러시아

외흥안령

바이칼호

네르친스크

야크사
(녹정산)

흑룡강

애혼

송화강

중국

네르친스크 조약에
따른 경계선

네르친스크 조약에
따라 협의해야 할 지역

네르친스크 조약을 맺기 전
중국과 러시아의 대략적인 분계

아이훈조약

북경 조약의 분계선

사할린섬

흑룡강

우수리강

영고탑

일본

## 중국과 러시아
## 분계도

점선으로 표시된 부분은
야크사전투 이후 중국과
러시아가 분계선을 정해
중국 영토가 된 땅이다.

"한편, 진 군사는 수병들을 이끌고 홍모귀의 주력함 두 척을 포위해 맹렬히 포격했습니다."

임흥주의 이야기는 그칠 줄 모르고 이어졌다.

"당시 바다는 온통 시꺼먼 연기와 화염에 휩싸였습니다. 교전이 한 시진쯤 계속됐고, 펑펑 하는 굉음이 들리는 가운데 홍모귀의 주력함 한 척이 아군의 포격을 받고 침몰했습니다."

고개를 들어 바다를 바라보니, 10여 척의 거함이 바람에 돛을 달고 섬을 향해 빠른 속도로 미끄러져오고 있었다. 위소보는 직감적으로 심상치 않음을 느꼈다. 그는 뒷덜미의 낚싯바늘을 뽑아내기 위해 대를 끌어당겼는데, 살에 박힌 바늘은 빠지지 않았는지 더욱 아팠다. 이판사판, 일단 걸음아 나 살려라, 내달렸다. 정극상이 복수하기 위해 군사들을 이끌고 온 거라고 생각했다. 빚을 받기는커녕 오히려 자신의 목숨을 내놓아야 할 판이었다.

집 앞까지 달려가기도 전에 팽彭 참장이 숨을 헐떡이며 뛰어와 소리쳤다.

"위… 작야… 큰일 났습니다. 대만의 군선이 쳐들어옵니다!"

위소보가 물었다.

"대만 군선이라는 걸 어떻게 알았죠?"

팽 참장이 대답했다.

"좀 전에 망원경으로 봤더니… 선미에… 아니… 선두船頭에 걸려 있는 깃발에 태양과 달이 있는 게… 대만… 그 정가 역도의 깃발입니다. 군선 한 척에 장병 500명을 실었으면, 두 척이면 1천 명이고… 열세 척이니 아마 6~7천 명은 되는 것 같습니다."

위소보가 그의 손에서 망원경을 빼앗아 바라보니, 군선이 정말 열

세 척이고, 다시 자세히 보니, 뱃머리에 태양과 달이 그려진 깃발이 나부끼고 있었다. 그가 즉시 분부했다.

"어서 병사들을 이끌고 해안을 지키시오! 적은 작은 배를 이용해 상륙할 테니 준비하고 있다가 화살을 쏘시오!"

팽 참장이 대답을 하고 몸을 돌려 달렸다.

소전 등도 포성을 듣고 달려왔다. 배에서 다시 펑, 펑 하고 포를 쏘아댔다. 공주가 말했다.

"아가 동생, 대만으로 가게 되면 호두도 데려갈 건가?"

아가는 화를 내며 발을 굴렀다.

"그게… 무슨 농담이에요?"

위소보도 화가 났다.

"공주더러 쌍쌍을 데리고 대만으로….“

그의 말이 끝나기도 전에 소전이 갑자기 소리쳤다.

"아! 포탄이 바다에 떨어졌는데 왜 물기둥이 치솟지 않지?"

그녀의 말대로 포성이 두 번 들렸는데, 육지 쪽으로 날아오지도 않고, 바다에 떨어지지도 않았다.

위소보는 잠시 멍해 있다가 곧 깔깔 웃었다.

"저건 예포禮砲야! 우릴 공격하는 게 아니라고!"

공주가 다시 말했다.

"선예후병先禮後兵, 일단 변죽을 울리고 나서 그다음에 포격을 하려는 거겠지!"

위소보가 다시 화를 냈다.

"쌍쌍 그 계집애 어디 있어? 이리 데려와! 볼기짝을 때려줘야지!"

공주가 눈을 부라렸다.

"왜 죄 없는 딸을 때리려는 거야?"

위소보가 말했다.

"어미를 때릴 수 없으니 딸이라도 때려야지!"

배가 차츰 가까이 접근해왔다. 배에서 나부끼는 깃발은 대만의 일월기日月旗가 아니라 분명 대청의 황룡기黃龍旗였다. 위소보는 놀라면서도 기쁨을 금치 못해 망원경을 소전에게 건네주며 말했다.

"자세히 봐봐, 참 이상하네."

소전이 망원경으로 잠시 살펴보고 나서 미소를 지었다.

"맞아, 대만이 아니라 대청의 수병水兵들이야."

위소보가 망원경으로 다시 확인해보았다. 역시 입가에 미소가 번졌다.

"그래, 틀림없는 대청의 수병들이야. 아야! 제기랄, 왜 이렇게 아픈 거지?"

고개를 돌려보니 아가 품에 안겨 있는 호두가 낚싯줄을 잡아당기고 있는데, 낚싯바늘이 아직도 자기 뒷덜미에 박혀 있었다. 아이가 그 줄을 끌어당기니 아플 수밖에! 아가가 웃음을 참으며 낚싯바늘을 살짝 뽑아주었다. 그리고 웃으며 말했다.

"미안해, 화내지 마."

위소보가 웃으며 말했다.

"고놈 제법 똑똑하네. 어린 나이에 벌써 강태공을 능가하는 낚시솜씨를 지녔어, 대단해!"

공주가 코웃음을 쳤다.

"기분 나쁘게 편애하는 거야, 뭐야?"

이때 팽 참장이 다시 허겁지겁 달려왔다.

"위 작야, 배에 다시 대청의 깃발이 걸렸는데… 아마 눈가림… 속임수 같아요."

위소보가 말했다.

"그래요. 작은 배만 섬에 오르게 하고, 자세히 확인해봅시다."

팽 참장은 대답을 하고 물러갔다.

공주가 말했다.

"정극상 그 녀석이 우릴 속이려고 대청의 깃발을 건 게 분명해. 저건 대만 전선戰船이야!"

위소보가 그녀의 말을 받았다.

"좋아, 좋아! 공주, 요즘 왜 그렇게 예뻐졌어?"

공주는 멍해졌다. 남편이 자기를 칭찬하다니, 너무나 뜻밖이었다. 그녀는 좋아서 웃으며 말했다.

"예뻐지긴 뭐가 예뻐져? 늘 이랬는데!"

위소보가 말했다.

"입술은 앵두 같고, 백옥 같은 피부에 눈썹은 초승달 같아. 그야말로 월궁의 항아娥嫦가 내려온 것 같단 말이지. 정극상이 보면 틀림없이 좋아할 거야. 내가 350만 냥을 부르면 분명히 살 거야."

공주는 퉤하고 침을 뱉으며 화를 냈다.

"안 팔아, 안 팔아!"

얼마 후 배가 가까이 와서 닻을 내리고 예닐곱 명의 수병이 작은 배로 옮겨타더니 헤안가로 노를 저어왔다. 팽 참장의 명에 따라 궁수弓手들이 그 작은 배를 향해 활을 겨냥했다. 그러자 작은 배에서 한 사람이

화통話筒을 입에 대고 소리쳤다.

"성지요! 수사제독 시랑이 위 작야에게 성지를 전하러 왔소!"

위소보는 좋아하면서도 욕을 했다.

"빌어먹을, 시랑 이 녀석이 지금 무슨 짓을 하는 거야? 어떻게 대만 전선을 타고 성지를 전하러 온 거지?"

소전이 말했다.

"아마 바다에서 대만 배를 만나 서로 교전을 해서 이긴 모양인데! 그래서 배를 빼앗아왔나 봐!"

위소보가 말했다.

"맞아, 그랬을 거야. 역시 전 누님의 예측이 정확해."

공주는 나직이 중얼거렸다.

"아닐걸… 시랑이 대만에 투항해서 정극상이 그를 앞세워 가짜 성지를 갖고 온 것 같은데…."

위소보는 기분이 좋아서 더 이상 그녀를 욕하지 않고 엉덩이를 한 번 꼬집고 탁 치더니 성지를 받으러 달려갔다.

작은 배에서 내린 사람은 역시 시랑이었다. 그는 모래사장에 서서 큰 소리로 성지를 선독宣讀했다. 강희는 삼번이 평정되자 시랑을 시켜 대만을 공격하도록 명했다. 결국 팽호澎湖에서 격전이 벌어졌는데, 대만 수병을 대파했다. 시랑이 대만에 상륙하자 연평군왕 정극상은 스스로 항복했다.

대청이 대만을 접수함에 따라 강희는 논공행상을 했다. 지난날 시랑이 북경에서 무위도식하며 겉돌고 있을 때 위소보의 추천을 받았고, 그것을 계기로 이번 전공戰功도 세울 수 있었다. 따라서 강희는 위소보를 일등 통식백에서 두 단계나 높은 이등 통식후通食侯로 승진시키고, 태자태보를 겸하도록 하는 특전을 내렸다. 그리고 그의 장남 위호두를 일등 경차도위輕車都尉에 임명했다.

위소보는 황은에 감사를 올린 다음 천천히 몸을 일으켰다. 시랑이 대만을 완전히 평정했다는 소식에, 마음 한구석이 왠지 모르게 허전하고 씁쓸했다.

그는 정극상과 만나기만 하면 질투를 하고 시비가 붙어 원한을 맺곤 했다. 사부 진근남도 그의 손에 죽음을 당해 그 원한이 뼈에 사무쳤다. 그러나 대만이 대청에 의해 평정됨으로써 명은 이제 남은 땅이 하나도 없게 되었다. 그래서 섭섭한 마음이 들었는지도 모른다.

위소보는 아직 나이가 젊고 글공부라곤 해본 적이 없어 만족滿族과 한족漢族의 구분이라든가, 나라와 민족의 원한에 대해 깊이 생각해보지 않았다. 그러나 천지회에 오래 몸담고 있다 보니 평상시 다른 형제들을 통해 주워들은 게 있었다. 만주 사람이 한인의 강산을 점령한 것이 좋은 일은 아니라고 생각했다. 지금 시랑을 통해 정극상이 북경으로 잡혀갔다는 이야기를 듣자 썩 좋지만은 않았다.

사부는 평생 반청복명을 위해 심혈을 다 바쳤다. 설령 그 대업을 이루지 못한다 해도, 해외에라도 대명의 땅덩어리가 좀 남아 있었으면 했다. 그런데 사부가 돌아가신 지 채 몇 년이 되지 않았는데, 정극상이 청에 투항함으로써 모든 것을 다 잃었다. 사부가 저승에서 이 사실을 알면 틀림없이 상심해 눈물을 흘릴 것이다.

위소보는 그날 사부가 변을 당했을 때의 상황을 상기했다. 사부님은 시랑에게 반청복명에 동참할 것을 설득하다가 시랑이 듣지 않자

실망에 빠져 있었다. 그때 정극상이 등 뒤에서 암산暗算을 전개해 황망하게 당하고 말았다. 그런데 지금 시랑의 의기양양한 모습을 보자 은근히 화가 치밀었다.

"어이구, 시 대인! 이번에 큰 공을 세웠으니 아주 높은 벼슬을 땄겠군요?"

시랑이 미소를 지으며 말했다.

"황상의 은총을 입어 비직卑職은 삼등 정해후靖海侯에 봉해졌소."

위소보가 말했다.

"아, 그래요? 축하합니다, 축하해!"

속으로 생각했다.

'난 원래 일등 통식백이었는데, 황상이 삼등 통식후를 건너뛰어 한꺼번에 두 단계나 승진시켜서 이등 통식후에 봉한 것도 다 그럴 만한 이유가 있었군. 시랑을 한 끗발 누르라는 뜻이야. 둘 다 삼등 후작이 되면 아무래도 좀 껄끄러울 테니까….'

시랑은 대만을 공격해 대승을 거두고 얼마나 의기양양했을까? 그런데 자기는 이곳 외딴섬에서 무료한 나날을 보내고 있으니, 은근히 질투가 나기도 하고 또 짜증이 나서 시랑을 긁고 싶었다.

시랑도 눈치를 챘는지 얼른 공손하게 말했다.

"황상은 저를 불러 독려를 해주시고 나서 마지막에 이렇게 말씀하셨습니다. '시랑, 네가 누구 덕분에 오늘에 이르게 됐는지 아느냐? 지난날 북경에서 아무도 널 거들떠보지 않을 때 누가 적극적으로 추천을 해주었지?' 그래서 저는 바로 대답했습니다. '위 작야께서 추천을 해준 덕분입니다.' 그러자 황상께서 다시 말씀하셨습니다. '그것을 잊지 않았으면 됐다. 이번에 통식도로 가면 위 작야에게 선견지명이 있어 조정을 위해 큰 공을 세웠다고 전해라.' 그래서 비직이 서둘러 성지를 갖고 이곳으로 온 겁니다."

위소보는 한숨을 내쉬며 속으로 생각했다.

'내가 추천한 사람은 모두들 공을 세우고, 나 혼자만 이 외딴섬에 갇혀 허송세월을 하는군. 소황제는 계속 내 작위를 높여주는데, 설령 통식도의 통식왕에 봉한다고 한들 무슨 소용이 있겠나?'

그래서 시큰둥하게 말했다.

"시 대인이 대만 전선을 타고 와서 내가 얼마나 놀랐는지 아시오? 대만 수병들이 쳐들어온 줄 알았는데, 알고 보니 전공을 자랑하기 위해 일부러 대만 깃발을 내건 거군요?"

시랑이 얼른 몸을 숙여 사과했다.

"아닙니다, 그런 뜻이 아니라 성지를 빨리 전하기 위해 속도가 좀 더 빠른 대만 배를 타고 온 겁니다."

위소보는 고개를 끄덕였다.

"어… 대만 배가 더 빠르군요. 배에 일월기가 나부끼기에, 난 시 대인께서 아예 대만에서 왕이 되려는 줄 알고 은근히 걱정을 했어요."

시랑은 안색이 변하며 황급히 말했다.

"제가 큰 실수를 했습니다. 대만 깃발을 없앴어야 하는데… 대인께서 지적을 해주셔서 정말 다행입니다."

사실 이것은 그의 '실수'가 아니었다. 대만을 평정한 게 자랑스러워 일부러 대만의 전선을 타고 천진을 들러 통식도로 온 것이었다. 그리고 대만 깃발을 걸면 남들이 그 연유를 물을 것이고, 자신은 자연스럽

27

게 전공을 늘어놓을 수 있기 때문이었다. 그런데 위소보가 자기더러 대만에서 왕이 되려고 한 게 아니냐고 비꼬자 너무 놀라 등에서 식은 땀이 흘렀다. 그것은 대역무도한 큰 죄다. 위소보는 비록 지금은 섬에 갇혀 있지만 언젠가는 다시 북경으로 돌아갈 텐데, 만약 황제 앞에서 자신을 무고한다면 그 결과는 감히 상상도 할 수 없었다.

시랑은 혼쭐이 나서 의기양양해하던 모습을 싹 감추고, 얼른 예속 군관들로 하여금 위소보에게 인사를 올리게 했다. 그중 한 사람은 위소보가 잘 알고 있었다. 지난날 유주柳州에 갔을 때 진근남과 함께 만난 적이 있는 무이산武夷山 지당문地堂門의 고수 임흥주林興珠였다.

위소보는 그를 보자 멍해졌다.

'그는 대만의 장수인데 어떻게 시랑의 부하가 됐지?'

임흥주는 스스로 자신의 직급을 수사도사水師都司라고 밝혔다. 그 역시 상륙 후 위소보를 보자 놀라움과 당황함을 감추지 못했다.

'그는 진 군사의 제자인데 어떻게 만청 조정의 대관이 되어 있지? 심지어 시랑마저도 그에게 쩔쩔매는데?'

시랑은 임흥주와 또 한 명, 홍조洪朝라고 하는 수사수비水師守備를 가리키며 말했다.

"임 도사와 홍 수비는 원래 대만 군중軍中에 몸담고 있었는데, 정극상과 유국헌 대인을 따라 조정에 귀순했습니다. 두 사람은 대만 전선에 대해 잘 알고 있기 때문에, 이번에 비직과 함께 왔습니다."

위소보는 고개를 끄덕였다.

"그렇군요…."

임흥주와 홍조는 모두 고개를 숙인 채 부끄러워하는 것 같았다.

정성공이 대만을 접수한 후로 일본과 필리핀, 타이, 베트남 등지와 통상을 해 풍요로움을 누렸다. 시랑은 대만을 수중에 넣은 후 외국의 기진이보奇珍異寶를 많이 확보했는데, 자신은 전혀 욕심을 내지 않고 전부 다 조정에 바쳤다. 강희는 그중 일부를 시랑을 시켜 위소보에게 갖다주도록 했다. 그 외에 시랑이 개인적으로 준비한 선물도 있었는데, 대부분 대만에서 만든 토산품으로 대나무상자, 돗자리 등 아주 조잡한 것들이었다. 그것을 보자 위소보는 내심 더욱 화가 치밀었다.

'장 대형과 조 이형, 왕 삼형은 오삼계를 쳐부수고 아주 푸짐한 선물을 갖고 왔는데, 넌 기껏 이런 쓰레기 같은 것을 선물이라고 가져왔느냐? 내가 안중에도 없는 모양이군!'

그는 배알이 뒤틀렸지만 내색하지 않았다.


이날 밤, 위소보는 주연을 베풀었다. 시랑을 상석에 앉히고, 그 외 네 명의 수병 고위 무관과 임흥주, 홍조도 동석했다.

술이 삼순배 돌자 위소보가 임흥주에게 물었다.

"임 도사, 대만 연평군왕은 원래 정경 왕야였는데 어떻게 정극상 그놈으로 바뀌었죠? 그는 정 왕야의 둘째아들이라서 왕야가 될 자격이 없잖아요?"

임흥주가 대답했다.

"네, 위 작야! 정 왕야는 올해 정월 28일에 별세했습니다. 임종 전에 큰 공자인 정극장으로 하여금 왕위를 계승하도록 했죠. 대공자는 영명하고 강인해 대만 군민들의 존경을 받아왔습니다. 한데 동 부인이 그를 좋아하지 않아 풍석범을 시켜서 암살하는 바람에 둘째아들 정극상이 왕위에 오른 겁니다. 대공자의 아내 진陳씨는 동 부인을 찾아가 억울함을 하소연했지만 문전박대를 당해 결국 대공자의 시신을 안고 통곡하다가 스스로 목을 매 자결했습니다. 그 진 부인이 바로… 진 군사의 따님입니다. 그 일로 대만 군민은 모두 분개했습니다."

위소보는 사부의 딸이 목매 죽은 사실을 알고는 사부가 생각나 콧등이 시큰해졌다. 그는 탁자를 팍 내리치며 욕을 터뜨렸다.

"이런 개똥 같은 정극상 녀석! 그런 혼용무도昏庸無道한 놈이 어떻게 왕야가 될 자격이 있다는 거죠?"

임흥주가 그의 말을 받았다.

"네, 그렇습니다. 정극상은 왕위를 계승한 후 바로 자신의 장인 풍석범을 좌제독左提督에 봉해 모든 정사를 그에게 맡겼습니다. 그자는 사리사욕을 탐하는 소인배입니다. 누가 용기를 내서 직언을 하면 바로 죽었습니다. 그래서 문무대관들은 속으로 격분할 뿐 섣불리 나서는 자가 없었습니다. 대공자와 진 부인의 혼백이 현령顯靈을 했는지 동 국태國太는 정신착란을 일으켜 결국 올 4월쯤에 급사했습니다."

위소보가 말했다.

"그것 참 통쾌하군요, 통쾌해요! 그 동 부인이 저승에 가면 아마 국성야도 가만두지 않을 겁니다."

임흥주가 말했다.

"그렇겠죠! 혼백이 나타나 동 부인을 데려갔다는 소문이 전해지자 사람들은 다 통쾌해하며 대만 남부에서 북부까지 사흘 밤낮 동안 폭죽을 터뜨렸습니다. 겉으로는 귀신을 쫓기 위해 폭죽을 터뜨린다고 했지만 실은 그 할망구의 죽음을 경축한 겁니다."

위소보는 신바람이 났다.

"우아! 그거 재미있네요, 재밌어!"

시랑이 말했다.

"혼백이 나타났다는 이야기는 믿을 만한 게 못 됩니다. 동 부인은 큰 손자를 죽이고, 큰 손자며느리를 죽음으로 내몰았기 때문에 마음이 불안했던 것 같아요. 나이가 많다 보니 심신이 허약해 밤낮으로 헛것을 본 거겠죠."

위소보가 정색을 하고 말했다.

"악귀가 정말로 있어요. 특히 억울하게 죽은 사람은 반드시 귀신이 되어 복수를 한다고 하죠. 시 대인, 이번에 대만을 평정하면서 틀림없이 수많은 사람을 죽였을 테니, 전선에 악귀들이 많을 겁니다. 무슨 해코지를 할지 모르니 조심해야겠어요."

시랑은 안색이 약간 변했으나 곧 웃으며 말했다.

"전쟁을 치르다 보면 사람을 죽이는 건 어쩔 수 없는 일입니다. 만약 전쟁터에서 죽은 사람들이 다 악귀로 변한다면 무장武將들은 모두 제명에 죽지 못하겠네요."

위소보가 고개를 내둘렀다.

"이번에는 경우가 다르죠. 시 대인은 원래 대만 국성야의 부하 장수였는데 마음을 바꿔 대만의 병사들을 죽였으니, 죽은 사람들이 억울해하며 원귀로 변하지 않겠어요? 다른 무장들하고는 입장이 다를 것 같은데요."

시랑은 아무 말도 하지 않았지만 속으로는 화가 났다. 그는 대만해협과 마주하고 있는 복건성의 진강晉江 사람이다. 대만 국성야의 부하들은 십중팔구 다 복건성 출신이었다. 특히 복건 남쪽 민남閩南 사람들이 가장 많았다.

시랑이 대만을 평정한 후에 많은 유언비어가 퍼졌다. 그를 매국노, '복건의 오삼계'라고 욕하는 사람도 있고, 시와 문장을 지어 질타하고 풍자하는 사람도 많았다. 그렇지 않아도 그는 내심 수치심을 느끼고 있었는데, 위소보처럼 이렇듯 공개적으로 풍자하는 사람은 처음이었다. 그러나 위소보한테는 어찌해볼 도리가 없었다. 분노가 엉뚱한 임흥주에게로 옮겨갔다. 그를 노려보며 속으로 다짐했다.

'좋아! 이 섬을 떠나기만 하면 가만두지 않을 것이다!'

위소보가 다시 말했다.

"시 대인은 정말 운이 좋은 것 같아요. 만약 진 군사께서 변을 당하지 않고 살아 계셨다면 대만에서 정극장을 지켜줬을 겁니다. 그럼 동부인과 정극상이 왕위를 찬탈하지 못했겠죠. 그리고 진 군사가 군민들을 이끌고 일심단결 똘똘 뭉쳤다면 시 대인이 대만을 쉽게 평정하지 못했을지도 모르잖아요?"

시랑은 할 말이 없었다. 그도 진근남이 모든 면에서 자신을 능가한다는 사실을 잘 알고 있었다. 그가 죽지 않고 살아 있었다면 상황이 달라졌을 수도 있었다.

홍조가 갑자기 끼어들었다.

"위 작야의 말씀이 맞습니다. 대만의 장병과 백성들도 다들 그렇게 말하더군요. 정극상이 충량을 죽여 스스로 자멸하고 만 거래요. 그야말로 국성야의 못돼먹은 손자죠!"

시랑이 화를 냈다.

"홍 수비, 이젠 대청에 귀순했는데 왜 그런 대역무도한 말을 하지?"

홍조가 황급히 자리에서 일어났다.

"아, 네… 제가 실언을 했습니다, 죄송합니다."

위소보가 말했다.

"홍 노형, 그건 솔직한 말이죠. 설령 황상께서 들어도 아마 나무라지 않을 겁니다. 앉아서 술이나 마셔요."

홍조가 대답했다.

"네…."

그는 전전긍긍하며 자리에 앉아 술잔을 들었는데, 손이 떨려 술을 쏟고 말았다. 위소보가 그에게 물었다.

"정극상이 진 군사를 해친 것을 대만 사람들이 다 알고 있나요?"

홍조가 다시 대답했다.

"네, 네! 정극상은 풍석범과 병사 몇 명을 이끌고 작은 배를 타고 바다에서 표류하다가 어선을 만나 간신히 대만까지 살아서 돌아왔습니다. 그는 처음엔 시 장군이 진 군사를 죽였다고 했습니다. 정 왕야는 그 말을 듣고 며칠 동안 울었다고 합니다. 나중에 정극상은 왕위를 찬탈하고 나서 공개적으로 자신이 진 군사를 죽였다고 하면서 자신의 무공을 과시했습니다. 진 군사의 부하들 중에 불복하는 사람이 많아 정극상을 찾아가서 진 군사가 무슨 죄를 지었기에 죽였느냐고 따졌는데, 다 풍석범에게 죽음을 당했습니다."

위소보가 술잔을 팍 하고 탁자에 내려놓으며 쌍욕을 했다.

"조타내내操他奶奶!"(중국에서 화가 많이 났을 때 흔히 하는 욕. 직역하면 '네 할미 씹할!')

그러고는 바로 깔깔 웃었다.

"우리가 평상시 이 욕을 하면 그 사람의 할미는 아무 잘못이 없는데 욕을 먹으니 억울할 거예요. 한데 정극상한테는 딱 맞는 욕이네요. 이보다 더 어울리는 욕이 없어요!"

이 말을 듣자 시랑도 마음이 후련했다. 그가 정성공에게 밉보여 일가족이 몰살당한 것도 바로 정극상의 할미 동 국태가 중간에서 농간을 부렸기 때문이었다. 그도 한마디 했다.

"위 작야의 말이 맞아요. 우린 다 '조타내내' 해야 합니다! 국성야는 영웅호걸이고 다른 건 다 좋았는데, 유독 한 가지 과오를 범한 게, 마누라를 잘못 얻은 겁니다."

그러자 위소보가 고개를 절레절레 흔들었다.

"다른 사람들은 다 정극상에게 '조타내내'라고 할 수 있지만 시 장군만은 그러면 안 됩니다. 시 장군이 지금의 부귀영화를 얻게 된 것은 따지고 보면 다 그 할망구 때문이지 않습니까. 부모와 처자가 다 그 할망구 때문에 죽은 건 사실이지만, 그로 인해 수사제독과 삼등 정해후라는 높은 벼슬을 얻게 됐으니 그리 밑진 장사는 아니죠."

시랑은 이내 얼굴이 붉어지며 속으로 욕을 했다.

'위소보, 조타내내다!'

그는 화를 참기 위해 술잔을 들어 벌컥벌컥 들이켰다. 그 바람에 술이 목에 걸려 콜록콜록 심하게 기침을 했다.

위소보는 속으로 생각했다.

'네놈의 표정을 보니 분명히 속으로 나한테 조타내내라고 욕을 한 모양이구나. 하지만 난 아비가 누군지도 모르는데 할미가 누군지 어떻게 알겠어? 네가 나한테 조타내내 한다면, 아마 다른 사람의 할미를 거시기하겠지! 난 항상 네놈의 자식이라고 생각하니, 내 할미는 바로 네 엄마야! 네가 정말 조타내내 한다면 그건 네 어미와 거시기하는 꼴이 되잖아?'

그러고는 배시시 웃으며 시랑을 쳐다보았다.

좌중에 노路씨 성을 가진 수사부장水師副長이 행여 두 사람이 입씨름을 벌일까 봐 얼른 나서서 말했다.

"위 작야, 시 장군이 이번에 대만을 평정하는 과정에서 정말 많은 혈전을 치르며 전공을 세웠습니다. 성지를 받들고 6월 4일에 전선 600척과 6만 대군을 이끌고 대만 정벌에 나섰습니다. 바다에서 역풍을 만나 열하루 만에 팽호에 다다라 바로 유국헌의 대만 군사들과 교전했지요. 그야말로 경천동지할 격전이었고, 심지어 시 장군마저도 부상을 입어 죽을 고비를 넘겼습니다…."

위소보가 곁눈질로 보니, 임흥주와 홍조는 모두 고개를 숙인 채 표정이 별로 좋지 않았다. 그들도 팽호전투에 참여한 게 분명했다. 그런데 노 부장이 시랑의 전공을 떠벌리려 하자 듣기 싫어하는 눈치였다.

위소보가 시랑에게 물었다.

"시 장군, 지난날 국성야가 대만을 접수할 때도 아마 팽호에서 공격해들어갔죠?"

시랑이 대답했다.

"네, 그렇습니다."

위소보가 말했다.

"당시는 국성야 휘하였을 텐데, 그때는 어떻게 치고 들어갔죠?"

시랑이 말했다.

"당시 홍모紅毛 양코배기들은 팽호에 주둔하지 않았습니다."

위소보가 임흥주에게 물었다.

"지난날 국성야가 바다를 건너 원정을 갔을 때, 임 대형은 방패병을 이끌고 양코배기들의 발목을 잘랐다던데, 그 얘기 좀 해줄래요?"

임흥주는 속으로 생각했다.

'방패병이 홍모병들의 발목을 자른 일화는 전에 들려줬는데, 지금 다시 묻는 것으로 미루어 아마 시랑이 자랑 늘어놓는 걸 듣기 싫어서 그러는 모양이야. 국성야와 진 군사의 영웅사적을 말하라는 건데, 괜히 내 얘기를 했다가는 시랑의 기분을 상하게 할 수 있으니, 나중을 위해 일단 슬쩍 치켜세워줘야지.'

그래서 말했다.

"시 장군은 대만을 두 번이나 공략했고 정말 혁혁한 전공을 세웠습니다. 지난날 국성야는 장수들을 모아 바다를 건너서 원정을 가야 할지 말지, 모두의 의견을 물었습니다. 그러자 많은 장수들이 대만해협은 풍랑이 거세고 홍모병들이 무서운 화력의 대포를 갖고 있기 때문에 위험한 일이라고 했습니다. 그러나 진 군사와 시 장군은 적극적으로 찬성을 했고, 결국 큰 공을 세운 겁니다."

그 말에 시랑은 우쭐했다. 임흥주가 말을 이었다.

"그때가 영력永曆 15년 2월…."

시랑이 그의 말을 막았다.

"임 도사, 명의 연호를 거론해선 안 되오. 그해는 대청 순치順治 18년이오."

임흥주가 얼른 말을 바꿨다.

"아, 네! 네… 그해 2월에 국성야는 금문도金門島로 대영大營을 옮겼습니다. 3월 초하룻날 전군은 해신제海神祭를 지내고, 열흘날 국성야와 진 군사가 직접 우무위右武衛, 좌·우 호위虎衛, 효기진驍騎鎭, 좌선봉左先鋒, 중충中衝, 후위진後衛鎭, 선의전후진宣毅前後鎭, 원초후진援剿後鎭 각 군단을 이끌고 전선에 나눠타 요라만料羅灣에서 풍향을 관찰하며 기다렸습니다. 당시 군심은 많이 흔들렸고, 거친 파도를 헤치며 바다로 나가는 것을 두려워했습니다. 그래서 국성야와 진 군사는 군사들의 마음을 진정시키고 사기를 진작하기 위해 애를 많이 썼습니다. 드디어 23일 정오가 되자 날씨가 화창해지며 바람이 멎었습니다. 대군은 바로 전선을 몰고 24일 오후에 팽호에 다다랐습니다."

그의 이야기가 계속 이어졌다.

"그런데 팽호에 도착하자마자 다시 거센 바람이 일어 여러 날 동안 배를 움직일 수 없었습니다. 팽호에는 먹을 것이 없고 군량은 바닥이 나서 다들 감자로 끼니를 때웠습니다. 군심이 다시 흔들리기 시작했죠. 30일이 되자 더는 기다릴 수 없어 국성야는 출발 명령을 내렸습니다. 제아무리 풍랑이 거세도 뚫고 나가기로 결심한 겁니다. 이날 야심한 일경 무렵에 국성야가 타고 있는 지휘함에 '수帥' 자가 새겨진 깃발이 나부꼈습니다. 그리고 대포 세 발과 함께 선단船團은 돛을 달고 동쪽으로 향했습니다. 당시 주위는 칠흑처럼 어두웠고, 집채만 한 파도가 연신 뱃머리를 강타했습니다. 게다가 장대비가 쏟아져 모두들 흠뻑 젖었지요. 국성야는 뱃머리에 장검을 들고 서서 소리쳤습니다. '진충보국盡忠報國! 풍랑을 두려워하지 마라!' 그러자 수만 명의 군사들도 덩달아 외쳤습니다. '진충보국! 진충보국!' 그 함성이 어찌나 우렁찬지 광풍거랑狂風巨浪의 소리를 잠재울 정도였지요."

위소보가 시랑에게 물었다.

"당시 시 장군도 역시 고함을 질렀겠네요?"

시랑이 대답했다.

"비직은 그때 해협 맞은편 하문廈門에 주둔하고 있었기 때문에 대만에 가지 못했습니다."

위소보가 말했다.

"아, 그랬군요. 애석하군요, 애석해…."

가만히 듣고 있던 노 부장이 나섰다.

"국성야는 팽호로 가면서 거친 풍랑을 만나 애를 먹었지만, 시 장군은 이번에 팽호로 가서 그야말로 경천동지할 혈전을 치렀습니다. 유국헌은 수병들을 통솔해 팽호 우심만牛心灣과 계롱서鷄籠嶼에 포진해, 연안 20여 리에 다 토성을 쌓고, 토성마다 대포를 배치했습니다. 대청의 수군이 접근하자 바로 대포를 쏴대며 화전火箭과 분통噴筒으로 공격을 해오니 그 위력이 어마어마했고…."

위소보가 웃으며 말했다.

"노 부장의 간담은 나랑 비슷한 것 같네요."

노 부장은 얼른 머리를 조아렸다.

"아… 아닙니다. 제가 어찌 위 작야를 따라가겠습니까?"

위소보가 물었다.

"나만 못하다고요?"

노 부장이 대답했다.

"당연히 위 작야만 못하겠죠."

위소보가 고개를 갸웃했다.

"거참 이상하네요. 난 나 자신이 쥐새끼처럼 간담이 작아 늘 부끄럽게 생각했는데… 나만도 못하다니, 정말 한심하군요. 하하… 웃긴다, 웃겨…."

노 부장은 얼굴이 빨개져서 더 이상 입을 열지 못했다.

위소보가 이번엔 임흥주에게 물었다.

"국성야가 대군을 이끌고 출항한 후에 어떻게 됐죠?"

임흥주가 대답했다.

"전선이 풍랑을 뚫고 나가 약 두 시진쯤 지나 삼경 무렵이 되자, 바람이 멎고 파도가 잠잠해지며 먹구름도 걷혔습니다. 그러자 순풍에 돛을 달고 배가 미끄러져나갔지요. 군사들의 환호성이 하늘을 찔렀습니다. 다들 하늘이 도운 거라면서 이번에 틀림없이 대승을 거둘 거라고 했죠. 날이 밝자마자 전선은 녹이문鹿耳門 가까이 다다랐습니다. 긴 대나무 삿대를 내려보니 바닷물이 너무 낮아 더 이상 접안을 할 수 없었습니다. 국성야는 다급해져서, 바로 제상을 차려 하늘에 기원을 했습니다. 그러자 얼마 후 갑자기 조수潮水가 불어나 전선이 순조롭게 녹이문으로 들어갔습니다. 홍모병들은 일제히 대포를 쏴댔어요. 그들은 두 군데에다 성을 쌓았는데, 하나는 그 무슨 열란차성熱蘭遮城이고, 또 하나는 보라민차성普羅民遮城이라던가…."[1]

위소보가 웃으며 말했다.

"양코배기들은 성 이름도 정말 괴상망측하게 짓는군. 열이 나면 얼마나 나기에 열난다성이고, 또 바라밀다관세음보살성이라고? 참 희한하네….”

임흥주가 빙긋이 웃으며 말을 이었다.

“당시 국성야는 망원경으로, 홍모귀들은 주력함主力艦이 두 척이고, 순양함巡洋艦 두 척, 그리고 협함夾艦과 소정小艇 등 수백 척의 배를 갖고 있는 걸 확인하고는 즉시 명령을 내렸습니다. 일단 선의전진의 진독鎭督 진택陳澤으로 하여금 선대를 이끌고 녹이문도로 상륙해 나중에라도 다른 홍모 군함이 지원을 하지 못하게 북산미北汕尾를 지키라고 명했습니다. 그리고 황소黃昭로 하여금 선수銑手 500명과 연환포連環砲 20기를 앞세워 적군이 남하하는 것을 막기 위해 세 군데로 나눠 곤신미鯤身尾에 진을 치게 했지요. 이어 비직에게 방패병 500명을 내주어 귀자포鬼仔埔 뒤쪽에서 곤신 왼쪽으로 돌아가서 직접 적을 공격하라고 명했습니다. 그리고 소공신蕭拱宸더러 쾌속선 20척을 이끌고 해안을 지키고 있다가 홍모 함대가 칠곤신七鯤身을 넘어 공격해오면, 큰 소리로 함성을 질러 상륙을 가장해서 적군을 견제하라고 했습니다. 명령을 받은 군사들은 바로 작전에 돌입했고, 군선에선 대포를 쏴서 적의 포격에 응수했지요. 한편, 진 군사는 수병들을 이끌고 홍모귀의 주력함 두 척을 포위해 맹렬히 포격했습니다.”

임흥주의 이야기는 그칠 줄 모르고 이어졌다.

“당시 바다는 온통 시꺼먼 연기와 화염에 휩싸였습니다. 교전이 한 시진쯤 계속됐고, 펑펑 하는 굉음이 들리는 가운데 홍모귀의 주력함 한 척이 아군의 포격을 받고 침몰했습니다. 나중에 안 일이지만, 그 주력함은 패극덕아貝克德亞호로, 홍모귀 수병이 자랑하는 정예 군함이라고 하더군요. 그리고 또 한 척의 군함 마리아馬利亞호도 큰 타격을 입어 동쪽 바다로 달아나 사라졌습니다. 얼마 후에 적군의 순양함 두 척도 퇴각했어요. 그러자 진택이 이끄는 군사들과 홍모귀의 육군이 맞붙었습니다. 홍모군의 총기는 위력적이었지만 아군이 모두 앞을 다퉈 용감하게 돌진하자, 적군은 투지를 잃고 성으로 패주했습니다. 아군은 적감赤崁에 상륙해서 곧장 보라민차성으로 돌진했습니다."•

위소보는 술을 한 잔 가득 따라 두 손으로 임흥주에게 바쳤다.

"임 대형, 정말 잘 싸웠습니다. 내가 한 잔 올리죠."

임흥주는 일어나 술잔을 받더니 고맙다는 인사를 하고 쭉 들이켠 다음 말을 이었다.

"아군이 적감에 상륙하자 현지인들이 앞다퉈 달려와 환영을 해줬습니다. 너무 기뻐서 우는 사람도 많았죠. 드디어 자기네들을 압박에서 구해줄 구원자가 왔다고 환호했습니다. 위 작야, 국성야의 부친이신 정鄭 태사太師는 원래 바다에서 '밑천이 안 드는 장사(해적)'를 해왔고, 대만은 그의 본거지(소굴)였습니다. 나중에 그가 가족과 부하들을 이끌고 중원으로 돌아가자 네덜란드荷蘭 홍모귀와 스페인西班牙 오랑캐들이 대만을 점거했습니다. 네덜란드는 남쪽을 점령했고 스페인은 북쪽을 차지했는데, 서로 싸움 끝에 스페인이 패해서 떠나자 네덜란드가 대만을 독차지하게 된 겁니다. 섬에 사는 원주민들은 네덜란드 홍모귀들에게 갖은 핍박을 받고 많은 사람들이 학살됐습니다. 정 태사의 옛 부하 중 곽회일郭懷一이란 호한이 있었는데, 대만을 떠나지 않았습니다. 그는 원주민이 홍모귀들에게 학대를 당하자 암암리에 형제들을 규합해 8월 15일 중추절을 기해서 함께 거사하여 섬에 있는 홍모귀들을 모조리 처단하고 몰아내기로 했습니다. 그런데 보자普仔라는 배신자가 홍모귀에게 밀고를 하는 바람에….”

위소보가 탁자를 팍 내리치며 욕을 했다.

“이런 육시할 놈! 왜 도처에 그런 매국노가 있지? 항상 그런 놈들 때문에 일을 망친다니까!”

임홍주가 그의 말을 받았다.

“네, 그렇습니다. 곽회일은 보자가 도망치자 산통이 깨진 걸 알고 즉시 1만 6천 명의 원주민을 이끌고 보라민차성을 공격해 홍모귀의 관저와 점포에 모두 불을 질렀습니다. 홍모귀는 바로 대군을 동원해 반격했는데, 워낙 포화의 위력이 강한 데 비해, 원주민들은 화룡창火龍槍 몇 자루와 칼이나 창, 곡괭이, 삽, 몽둥이로 대항하다 보니 역부족이었어요. 싸움은 보름간이나 지속됐고, 곽회일은 결국 불행하게도 홍모귀가 쏜 대포를 맞고 운명했습니다….”

위소보가 소리쳤다.

“어이구, 그럼 큰일 났네!”

임홍주가 말했다.

“그래요, 곽회일이 죽자 원주민들은 구심점을 잃고 성에서 밀려났는데, 대호大湖 주변에서 다시 7일 밤낮 혈전을 치렀습니다. 당시 대호 주변에서 죽은 사람이 4천 명이 넘는다고 합니다. 부녀자와 아이들도 놈들과 맞서싸워 500여 명이 희생됐어요. 홍모귀에게 붙잡혀가면 여자는 성노리개로 삼고, 남자는 오마분시五馬分屍, 능지처참당하거나 불에 빨갛게 달군 인두로 천천히 지져서 죽였다고 합니다.”

위소보는 화가 치밀어 소리쳤다.

“제기랄! 홍모귀가 그렇게 잔인하다니! 대청이 우리 양주성 백성들을 도살한 것보다 더 지독하네!"

시랑과 노 부장은 서로 마주 보며 안색이 급변했다. 그러나 아무 말도 하지 않고 속으로만 투덜댔다.

'정말 말을 함부로 막 하는군….'

임흥주가 말을 이었다.

"그때가 영력 6년 8월이었던가…."

홍조가 손가락을 짚으며 말했다.

"영력 6년이면 바로 대청 순치 7, 8, 9… 순치 9년이군."

임흥주가 다시 말했다.

"그런가? 아무튼 그 대학살이 있은 후로 대만 원주민과 홍모귀는 극한 대립을 하게 됐고, 홍모귀들은 사소한 일로도 사람들을 잡아가 죽이기 일쑤였죠. 그러니 국성야의 군대를 보자 그야말로 관음보살, 구세주를 만난 거나 다름이 없었어요. 남녀노소 할 것 없이 달려나와 하소연을 했어요. 그날 밤 홍모귀의 태수 규일揆[2]은 대패를 당한 화풀이를 하기 위해 일곤신─鯤身에 사는 주민들을 모두 잡아다 남녀노소를 막론하고 다 죽였는데, 그 수가 500명이 넘었다고 합니다. 다음 날 국성야는 보라민차성으로 쳐들어갔고, 진 군사는 미리 훈련한 방패병으로 하여금 땅에서 뒹굴며 적에게 접근해 홍모병의 발목을 자르게 했죠. 그래서 결국 보라민차성을 공략한 겁니다."

위소보가 임흥주를 치켜세웠다.

"그게 다 임 대형의 공로 아닙니까."

임흥주는 멋쩍어했다.

"아닙니다. 다 진 군사의 묘계妙計지 비직은 별다른 공이 없습니다."

그러더니 다시 이야기를 이어갔다.

"국성야는 곧이어서 홍모군 태수 규일이 주둔해 있는 열란차성으로 쳐들어갔습니다. 그런데 성 위에서 연신 대포를 쏘아대는 통에 아군은 사상자가 많이 발생했어요. 그러나 마신馬信 장군과 유국헌 장군은 물러설 줄 모르고 끈질기게 반격을 가해 일곤신을 공략했습니다. 국성야는 많은 군사들이 희생되자 열란차성 밖에다 토성을 길게 쌓아올리도록 했습니다. 그리고 그 위에다 대포를 장착해 맹렬히 반격했죠. 그로부터 얼마 후에 아군의 제2진이 증파되었습니다. 수사좌충水師左衝, 전충前衝, 지무智武, 영병英兵, 유병遊兵, 전병殿兵 등 각 군단의 함대가 속속 도착한 겁니다. 그러니 그 기세가 하늘을 찌를 듯했습니다. 국성야는 병사들로 하여금 농사를 짓게 해 군량을 해결하는 한편, 토성을 계속 쌓아나갔어요. 5개월쯤 지나자, 바타비아巴達維亞[3]로부터 홍모귀의 후원군이 갑자기 몰려왔습니다. 그들은 성안에 있는 홍모귀들과 함께 연합전선을 구축했어요. 수전水戰과 지상전地上戰이 동시에 벌어졌습니다. 아군은 분연히 맞서싸웠어요. 바닷물이 붉게 물들 정도로 치열한 혈전이었죠."

위소보는 탁자를 치며 감탄했다.

"대단해요, 대단해!"

그러고는 시랑에게 고개를 돌렸다.

"당시 시 장군은 하문에 있어서 정말 애석했겠네요. 그렇지 않고 현장에 있었다면 그 혈전에 참여해, 빌어먹을 홍모귀를 수백 명은 작살냈을 텐데, 정말 안타까웠겠어요."

시랑은 침묵을 지키며 아무 말도 하지 않았다.

위소보는 이번엔 홍조에게 물었다.

"홍 대형, 대형은 어느 군단에 속해 있었나요?"

홍조가 대답했다.

"저는 그때 유국헌 장군 휘하에서 진택 장군과 함께 수병들을 통솔해 홍모군의 후원군을 공격했습니다. 그게 북산미대전이죠. 홍모병의 철갑군함은 엄청 컸습니다. 우리가 총포를 쏴도 탄알이 철갑에 맞고 다시 튕겨나올 정도였어요. 적군에게 손상을 입힐 재간이 없었죠. 선의전진의 임진신林進紳 장군은 도저히 안 되겠다 싶었는지, 직접 200명의 결사대를 만들어 죽음을 무릅쓰고 몸에 화약을 묶은 채 적함으로 뛰어올라 적함의 대포를 파괴하는 데 성공했습니다. 홍모귀들은 우리가 죽음을 불사하고 덤벼들자 자중지란이 일어났습니다. 우린 홍모귀 함장을 죽이고 그들의 주력함 두 척을 나포했습니다. 홍모귀들의 수군은 결국 무너지고 말았죠. 육지에선 진 군사가 군사들을 이끌고 대승을 거뒀습니다. 나중에 진 군사의 몸에서 탄알 파편을 일곱 개나 파냈습니다."

위소보가 말했다.

"허허… 사부님은 그 치열한 전투에서도 살아남았는데, 그 빌어먹을 정극상 녀석의 검에 죽다니… 시 장군, 남아대장부라면 외국 양코배기들과 싸워야 훌륭하고 빛나는 거지, 중국인이 중국 사람을 죽이는 건 아무리 많이 죽여도 영웅호한이라 할 수 없어요. 안 그런가요?"

시랑은 '흥!' 코웃음을 칠 뿐 대꾸하지 않았다.

임홍주가 다시 말했다.

"홍모병이 패전을 거듭하더니 아군의 식량창고를 불태우려 했습니다. 하지만 번번이 진 군사에게 발각돼 실패로 돌아가고 혼쭐이 났죠. 홍모 태수 규일은 성안에 갇혀 속수무책이었다가 도저히 안 되겠다 싶었는지, 사람을 시켜 해협을 건너서 대청 민절閩浙 총독 이솔태李率泰를 찾아가 도움을 청했습니다. 그 이솔태 대인은 아주 재미있는 사람이었어요. 그는 홍모귀가 먼저 국성야가 차지하고 있는 금문도와 하문을 소탕하면 대만으로 파병해 안팎에서 협공을 하자는 답신을 보냈습니다. 당시 홍모귀는 목을 움츠린 자라새끼마냥 열란차성에 숨어 있었는데, 무슨 수로 금문도와 하문을 치겠습니까?"

위소보가 그의 말을 받았다.

"홍모귀가 한 말은 개방귀나 다름없어요. 결국 금문도와 하문을 치지 못했겠죠, 그렇죠? 우리 대청은 한 말에 대해 약속을 지킵니다. 나중에 결국 대만을 쳤잖아요? 단지 20~30년 늦췄을 뿐이죠. 한데 시 장군이 군사를 이끌고 대만을 칠 때 혹시 홍모병과 손잡고 안팎으로 협공을 했습니까?"

시랑은 더 이상 화를 참을 수 없어 벌떡 일어나 언성을 높였다.

"위 작야도 나랑 똑같이 대청의 녹을 먹는 관리인데, 왜 자꾸 비꼬는 거요?"

위소보는 어이없다는 표정으로 말했다.

"어? 거참 이상하네요. 내가 언제 시 장군을 비꼬았죠? 시 장군이 외국 양코배기와 내통하지 않았다면 정말 다행이죠. 하지만 만에 하나, 내통을 했다면 지금이라도 손을 떼세요. 시 장군은 병권을 쥐고 있기 때문에 그 홍모귀들이 다 좋아할 거예요. 스페인, 포르투갈, 러시아 귀신들이 다 시 장군과 친구가 되고 싶어 하겠죠."

그 말에 시랑은 가슴이 철렁했다.

'아뿔싸! 이놈이 만약 내가 외국 사람과 내통했다고 고자질하면 앞날을 다 망치게 될 거야.'

방금 언성을 높여 무례를 범한 것을 후회하며 얼른 사과했다.

"어이구, 제가 술이 좀 과했나 봅니다. 본의 아니게 괜히 쓸데없는 말을 해서 죄송합니다."

위소보는 그가 화를 내자 내심 은근히 겁이 났는데, 바로 사과를 하자 자신을 두려워하고 있구나, 생각하며 빙긋이 웃었다.

"시 장군이 만약 대만에서 스스로 왕이 되고 싶다면 내가 황상께 밀고하지 못하도록 지금 죽이는 게 좋을 거요. 하지만 그냥 술기운에 호기를 부려본 거라면, 난 비록 겁쟁이지만 별로 겁을 먹지 않아도 되겠네요."

시랑은 안색이 창백해져 얼른 자리에서 일어나 깊이 몸을 숙였다.

"위 작야, 비직이 너무 황당한 말을 했으니 어떤 벌도 달게 받겠습니다. 하지만 스스로 왕이 되겠다거나 외국 사람과 내통한다는 것은 절대 있을 수 없는 일입니다. 비직은 오로지 일심일의一心一意, 황상을 위해 충성을 다할 뿐, 결단코 다른 마음이 없습니다."

위소보가 웃으며 말했다.

"앉아요, 앉아. 아무튼 좀 두고 봅시다…."

말끝을 애매하게 흐리며 임홍주에게 고개를 돌렸다.

"이야기를 듣다 보니 정말 설화 선생이 들려주는 옛날이야기보다 더 재미가 있네요. '국성야 대만혈전, 홍모귀 추풍낙엽 낙화유수', 그 다음 편은 어떻게 됐죠?"

임흥주가 다시 말했다.

"당시 국성야가 대만으로 쳐들어간 소식이 내륙에 알려지자, 황오黃梧 대인이 대청 조정에 상서해서 소위 '청야평해오책淸野平海五策'을 건의 했습니다."

위소보가 물었다.

"그 황오가 누굽니까?"

임흥주는 선뜻 대답을 하지 않고 시랑을 힐끗 쳐다보며 헛기침을 했다. 그러자 시랑이 입을 열었다.

"그분 황 대인은 원래 국성야의 부하로서 총병을 맡고 있었는데, 조정에 귀순한 후 관운이 형통해 별세하기 직전에는 일등 해징공海澄公 에까지 올랐습니다."

위소보가 그의 말을 받았다.

"어… 이제 보니 그도 매…."

'매' 다음에 '국노'라는 말은 삼켰다. 시랑의 얼굴이 붉어졌다.

'개새끼! 나더러 매국노라고 욕하는 모양인데, 네놈은 가짜 만주인 이 아니냐? 임마! 우린 서로 피장파장이야!'

위소보가 말했다.

"그 황오는 대체 황상에게 무슨 알랑방귀 비책을 올려 공작에까지 올랐죠? 재주가 아주 비상했던 모양이에요. 그 비책을 잘 연구해서 좀 배워야 할 것 같군요."

임흥주가 말했다.

"황오는 지난날 국성야가 해징海澄을 지키라고 했는데, 그 해징을 조정에 바치고 투항했습니다. 게다가 자기를 따라 투항하지 않겠다는 장병들을 다 죽였어요. 당시 조정에선 국성야가 아주 골칫거리였는데, 그의 휘하 장수가 관할지까지 바치고 귀순하자 무척 좋아했습니다. 그러니 특별히 큰 벼슬을 내린 거죠."

위소보가 고개를 끄덕였다.

"그렇군요. 한데 그 황 대인께서 무슨 계책을 올렸는데요?"

임흥주는 한숨을 내쉬었다.

"그 황 대인 때문에 고통을 당한 백성이 정말 많았습니다. 그가 조정에 올린 '평해오책'의 첫 번째는 연해에 사는 백성들을 전부 내륙으로 이주시키는 겁니다. 그럼 금문, 하문, 대만은 그들의 호응과 힘을 얻지 못하겠죠. 두 번째는 연해에 있는 모든 선박을 다 불태워 없애는 겁니다. 단 한 척의 목선도 바다로 나가지 못하게 만들었지요. 세 번째는 국성야의 부친이신 정 태사를 죽이는 겁니다. 네 번째는 국성야 조상들의 무덤을 파헤쳐 그 풍수를 파괴하는 거죠. 그리고 다섯 번째는 귀순한 국성야의 장병들을 모조리 산간벽지로 분산 이주시켜 황무지를 개간케 해서, 만약에 있을지 모를 후환을 없애자고 했습니다."

위소보가 혀를 찼다.

"그놈의 계책은 정말 독하고 악랄하군요."

임흥주가 다시 말했다.

"그래요. 당시 순치 황제가 붕어한 지 얼마 되지 않고 어린 황제가 등극해 오배가 국정을 농단하고 있을 때였습니다. 오배 그 간악한 놈은 '평해오책'이 아주 지당하다고 여겨 즉시 명을 내렸습니다. 요동, 강소, 전강, 복건, 그리고 광동 연해 30리 이내엔 아무도 살지 못하게 만들었죠. 그리고 정말 모든 선박을 다 불태워 없앴습니다. 그때 연해에 살던 수천수만 명의 백성들은 졸지에 삶의 터전을 잃고 뿔뿔이 흩어져 고생을 정말 많이 했습니다.”

시랑도 고개를 내두르며 한마디 했다.

“황오의 그 계책은 너무 가혹했어요. 황상께서 친히 국정을 맡고, 위대인이 오배를 제거한 후에야 비로소 그 정책이 폐지됐습니다. 그러나 연안 백성들은 이미 핍박을 당할 만큼 다 당한 후였죠. 당시 조정에서 엄명을 내려 법령을 어기는 자는 즉시 잡아서 참수하라고 했습니다. 백성들은 먹고살 길이 막막해 몰래 바다로 나가 고기를 잡다가 들켜, 얼마나 많은 사람이 죽음을 당했는지 모릅니다. 오배는 또한 병부상서 소납해蘇納海 같은 대관들을 시켜 복건 천주부泉州府 남안현南安縣으로 가서 정씨 조상의 묘를 다 파헤치라고 했습니다.”

위소보가 말했다.

“오배는 자칭 만주 제일용사라 했는데 왜 그런 유치하고 어리석은 짓을 했는지 모르겠네요. 정말 실력이 있다면 국성야와 진검승부를 했어야지, 연안 백성들을 내륙으로 이주시켰다는 것은 국성야를 두려워했다는 반증이 아닙니까? 황상께서는 백성을 위하는 마음이 남달라 만약 황오가 그런 상서를 올렸다면 먼저 그의 목부터 베었을 겁니다!”

시랑이 그의 말을 받았다.

“네, 맞습니다. 황오가 일찍 죽은 건 정말 운이 좋았던 겁니다.”

임흥주가 이야기를 이어갔다.

“정 태사가 별세했다는 소식이 대만에 전해지자 국성야는 군심이 동요될까 봐 그건 유언비어이니 믿어선 안 된다고 했습니다. 그러나 친위병들의 말에 의하면, 국성야는 가끔 한밤중에 혼자서 통곡을 하곤 했답니다. 그리고 진 군사 등 몇몇 측근에게 황오의 계책이 실로 악랄하다고 말했다고 해요. 금문과 하문을 황폐화시켰으니 10만 대군은 그곳에 오래 머물 수 없어 결국 남쪽에 위치한 팽호를 통해 대만을 공격하게 된 거죠. 대만으로 진격한 후 우린 포위망을 구축했습니다. 홍모병들이 몇 번이고 포위망을 뚫으려고 시도했지만 번번이 격퇴했지요. 국성야는 해를 넘기기 전에 열란차성을 공략하라고 명했습니다."

여기까지 말한 그는 고개를 돌려 홍조에게 물었다.

"그때가 11월 23일이었던가… 그렇죠?"

홍조가 대답했다.

"그래요. 그날 비바람이 엄청 몰아쳤어요. 아군은 도처에 쌓아올린 토성에서 일제히 발포해 열란차성 한 귀퉁이를 무너뜨렸습니다. 홍모병들은 악을 쓰며 뛰쳐나왔고, 몇백 명이 죽자 다시 성안으로 퇴각했습니다. 그리고 홍모귀의 태수 규일이 백기를 내걸고 투항한 겁니다. 당시 원주민들은 그들에게 당한 것을 복수하기 위해 모조리 죽이려고 했습니다. 그러나 국성야는 우린 예의지국이니 항복한 적을 죽여선 안 된다고 백성들을 설득했습니다. 결국 14항목의 항복문서에 서명을 받고, 규일이 패잔병들을 데리고 바타비아로 돌아가도록 선처해주었습니다. 홍모귀가 명 왕조 천계天啓 4년에 대만을 점거해 38년 동안이나 통치했습니다. 그리고 영력 15년, 그러니까 대청 순치 18년 11월 29일에 대만은 다시 중국 영토로 편입된 겁니다."

임홍주가 이어서 말했다.

"국성야는 징병과 백성들에게 엄명을 내려 투항한 홍모귀를 해치지 못하게 했습니다. 그러나 원주민들은 분을 삭일 수 없어 그들에게 침을 뽑고 돌멩이를 던졌습니다. 그리고 어린아이들은 노래를 만들어 그들을 조롱했죠. 홍모병은 팔다리가 잘리거나 부상을 입은 채 완전히 풀이 죽어서 아무 말도 하지 못했습니다. 그들은 배를 타고 떠나면서 원래 걸려 있던 깃발을 내리고 예포를 몇 발 쐈습니다. 목숨을 살려준 국성야의 은혜에 감사를 표한 거죠."

위소보가 말했다.

"좋아요! 역시 대국의 풍모를 보여줬군요. 홍모귀의 화기가 그렇게 위력이 막강했는데, 그들을 상대로 해서 대만을 다시 환수했으니 정말 대단해요, 대단합니다."

홍조가 말했다.

"국성야는 그 열란차성을 안평진安平鎭으로 고치고, 보라민차성을 승천부承天府로 개명했습니다."

노 부장이 또 끼어들었다.

"시 장군이 대만을 손에 넣었을 때도 역시 지난날 국성야의 본을 받아 녹이문에서…"

위소보는 손을 들어 그의 말을 자르고는 늘어지게 기지개를 켜면서 입을 크게 벌려 하품을 했다.

"어이구 졸려… 중국인이 홍모귀를 추풍낙엽처럼 쓸어버려, 꽁무니를 빼고 달아나는 얘기는 신나는데, 자기 민족끼리 싸우는 건 영 재미가 없어. 시 장군, 술도 어느 정도 마셨으니 이제 그만 일어납시다."

시랑은 몸을 일으키며 말했다.

"네, 환대에 감사드립니다. 그럼 이만 물러가겠습니다."

그러고는 일행과 함께 돌아갔다.

내당으로 돌아온 위소보는 시랑이 자신의 전공을 자랑하지 못하게 말을 자꾸 끊은 이야기를 부인들에게 해주었다. 여섯 부인은 그의 말을 듣자 모두 웃음을 금치 못했다. 단지 아가만이 침묵을 지키며 아무 말도 하지 않았다.

만약 지난날 정극상에게 시집갔다면 함께 포로가 되어 북경으로 압송돼서 수모를 겪었을 것이다. 정극상은 그때 허겁지겁 통식도를 떠나면서 자신의 생사에 대해서는 아예 관심도 보이지 않았다. 그러니 그가 조정에 투항했다는 이야기를 들어도 별다른 느낌이 없었다. 지난날을 돌이켜보면, 자신이 왜 그의 풍모에 마음을 빼앗겼는지 이해가 가지 않았다. 그가 무능하고 비열한 사람인 줄 알면서도 단지 좋은 집안 출신이라는 이유만으로 좋아했으니, 이제 와서 생각하면 부끄럽기까지 했다.

공주가 말했다.

"황상 오라버니는 워낙 성품이 인후해서 정극상 그놈이 투항을 했는데도 일등 공작에 봉해, 소보보다도 높은 작위에 있으니 정말 속이 터져 죽겠어!"

위소보가 손사래를 쳤다.

"괜찮아, 괜찮아. 국성야는 다들 인정하는 대영웅이야. 황상은 국성야의 체면을 봐서 그의 손자를 공작에 봉한 거지, 정극상 녀석의 실력으론 그냥 일등 송충이에 봉하는 것도 과분해."

아가는 여전히 아무 말도 하지 않았다.

다음 날 정오에 위소보는 따로 임흥주와 홍조 두 사람만 청해 식사를 함께하며 시랑이 대만을 손에 넣은 경위를 물었다.

청군은 팽호 우심만과 계롱서에서 며칠 동안 유국헌의 군사와 혈전을 벌였다. 시랑은 처음엔 패배를 거듭했는데, 나중에 후원 부대가 달려와 비로소 대만 선박들을 대파할 수 있었다. 1만여 명이 죽거나 다치고 300척이 넘는 전함이 불에 타거나 바다에 가라앉아, 유국헌은 어쩔 수 없이 패잔병을 이끌고 해협 건너 대만으로 돌아갔다.

시랑은 곧 군사들을 이끌고 대만으로 진격해갔는데, 녹이문 근해의 수심이 낮아 더 이상 배를 전진시키지 못하고 바다에서 12일이나 머물러야만 했다. 그가 속수무책일 때, 갑자기 하늘에 먹구름이 쫙 깔리더니 비바람이 몰아치고 조수가 급격이 불어나 청군의 군선이 앞으로 밀고 들어갈 수 있었다.

대만의 군사들과 백성들은 모두 경악을 금치 못했다. 지난날 국성야도 녹이문의 조수가 갑자기 불어나 대만을 접수했는데, 지금 다시 조수가 불어나 천연의 요새를 잃었으니, 이것이야말로 하늘의 뜻이라고들 생각했다. 그러니 당연히 맞서봤자 소용없다는 것을 알고 전의를 상실했다.

정극상은 청군 군함이 녹이문 안으로 들어온 것을 알고 놀라 혼비백산 허둥대다가 풍석범이 투항을 권하자 군말 없이 따랐다. 그러면서도 한편으론 시랑이 지난 원한을 들춰내 정씨 자손들에게 해코지를 할까 봐 전전긍긍했다. 그러자 풍석범은 시랑에게 투항하는 대신 정씨 후손들의 안전을 보장해줘야 한다는 조건을 내걸었다. 그렇지 않으면 대만 군민들은 국성야의 은의恩義를 갚기 위해서라도 마지막 한 명이 죽을 때까지 싸울 거라고 했다.

시랑은 이해관계를 고려해 그 조건을 받아들였다. 만약 약속을 어기고 묵은 일을 문제 삼는다면 자자손손 천벌을 받을 거라고 말해 확고한 의지를 밝혔다. 그래서 정극상은 풍석범, 유국헌과 함께 대만의 문무대신들을 이끌고 투항을 하게 된 것이다. 이로써 명 왕실의 마지막 남은 보루마저 잃게 되었다.

명 왕실은 영정왕寧靖王 주술계朱術桂가 자살로 순국하자 처첩妻妾 다섯 명도 함께 순절함으로써 명맥이 끊어졌다.

위소보는 나름대로 생각했다.

'그 명 왕실의 마지막 자손은 자결로 순국하고 마누라 다섯 명도 따라서 죽었는데, 만약 이 위소보가 자살하면 일곱 마누라 중 과연 몇 명이 뒤따를까? 쌍아는 틀림없이 따를 거고, 공주는 절대 따를 리가 없어. 나머지 다섯 명은 아마 주사위를 던져 사활을 결정할지도 모르지. 소군주와 증유는 날 진심으로 대해왔으니 자청해 죽을 확률이 높아. 소전 누님과 아가는 장담을 못해. 방이는 어쩌면 주사위를 던질 때 속임수를 써서 날 봉으로 삼을 거야.'

임홍주가 말했다.

"시랑 장군은 군사들을 이끌고 대만에 상륙한 후 정말 약속을 지켜 정씨 후손들을 난처하게 굴지 않았습니다. 그리고 직접 정성공의 무덤인 연평왕묘를 찾아가 제를 올리고 통곡했지요."

홍조가 그의 말을 받았다.

"그가 제문을 읽어 내려갔는데, 내용은 이랬습니다."

동안후同安侯가 대만을 접수한 후로 대만 사람들은 비로소 삶다운 삶을 영위하게 되었고, 땅을 개척해 옥토로 만들었으니, 이게 다 누구의 공덕입니까? 오늘날 나 시랑이 천자의 명을 받들어 군사들을 이끌고 다시 이 땅에 들어와 멸국滅國의 한을 무릅쓴 것은 조정에 충성하고 지난날 부모 형제의 한을 풀기 위함이오. 애당초 시랑은 일개 병졸로서 사성賜姓의 은 혜를 입은바, 중간에 사소한 오해로 인해 대한大恨을 품게 되었소. 시랑은 사성과 원한을 맺기 이전부터 군신이었으니 공의公義가 사적인 원한보다 앞서, 노중궁사蘆中窮士를 하지 않고 보답하는 바이오.

홍조는 시랑의 제문을 전하고 나서 덧붙였다.

"그가 마지막으로 한 말은 대만 전역에 전해졌습니다."

위소보가 물었다.

"시부렁시부렁, 무슨 말을 한 거요?"

홍조가 대답했다.

"정성공을 더 이상 국성야로 칭할 수 없어 나라로부터 성을 하사받 았다는 뜻에서 '사성'이라 한 것이고, 그 '노중궁사'는 지난날 오자서 伍子胥가 초나라를 멸하고 초평왕楚平王의 무덤에서 시신을 파내 채찍질 을 가하는 편시鞭屍를 300번 하여 부모형제들을 죽인 원한을 갚았다 는 고사입니다. 그러니 시랑은 그런 일을 하지 않겠다고 한 겁니다."

위소보는 냉소를 날렸다.

"흥! 감히 그런 짓을 하진 못하겠지! 국성야는 비록 죽었지만 그는 여전히 두려워하고 있어요. 만약 정씨 가문을 해친다면 국성야의 영웅 혼英雄魂이 당장 찾아갈 거요. 그래서 무덤을 찾아가 제를 올리는 척하 면서 사정을 한 거죠. 그자는 아주 교활하니 절대 속아서는 안 돼요."

임홍주와 홍조는 일제히 그러겠다고 대답했다.

위소보가 말했다.

"오자서의 고사는 나도 전에 창극에서 본 적이 있어요. 그러니까…
'오자서과소관伍子胥過昭關'이란 대목인데, 하룻밤 사이에 머리카락이
다 백발로 변했다고 하더군요."

홍조가 그의 말을 받았다.

"네, 맞습니다. 위 작야는 정말 기억력이 좋으시네요."

위소보는 옛날이야기를 들은 지 오래되어 바로 오자서에 관한 사
적事蹟을 물었다. 다행히 홍조는 무관이지만 지난날 문과 수재과시
秀才科試에 응시한 적이 있었다. 비록 급제는 하지 못했지만 배 속에 먹
물이 많이 들어 있었다. 그는 곧 오자서에 관해 이모저모 세세하게 이
야기해주었다. 위소보는 매우 흥미진진해하며 들었다.

"이 외딴섬에서 정말 심심하고 무료했는데, 두 분이 오셔서 이런 얘
기 저런 얘기를 해주니 마음이 아주 후련합니다. 서둘러 떠나지 말고
좀 더 오래 머물도록 하십시오."

임흥주가 말했다.

"우린 조정에 항복한 대만 장수들입니다. 그런데 어제 말을 하다가
시랑 장군의 비위를 건드리고 말았습니다. 그가 우릴 처단하려면 개미
새끼 죽이듯이 쉬운 일일 겁니다. 아무렇게나 죄명을 뒤집어씌우면 일
단 처단하고 나중에 위에 보고해도 누가 뭐랄 사람이 있겠습니까. 위
대인, 시 장군에게 잘 말해 우리 두 사람이 이 섬에 남게 해주십시오.
평생 곁에서 위 대인을 모시고 싶습니다."

위소보는 크게 기뻐하면서 홍조에게 물었다.

"홍 대형의 생각은 어때요?"

홍조가 대답했다.

"간밤에 임 대형과 상의를 해봤는데, 만약 위 대인이 우릴 도와주지 않으면 우린 아마 제명에 못 죽을 겁니다."

위소보가 웃으며 말했다.

"내 곁에 있는 건 좋은데, 대신 내가 시키는 대로 해야 합니다."

임흥주와 홍조는 일제히 몸을 숙였다.

"그야 여부가 있겠습니까? 명령만 내리시면 뭐든지 시키는 대로 하겠습니다."

위소보는 속으로 궁리했다.

'이 두 사람이 곁에서 도와주면 틀림없이 이 섬을 떠날 방법이 있을 거야.'

강희는 팽 참장으로 하여금 군사들을 이끌고 통식도를 지키라고 하면서, 위소보를 비롯한 그의 가족이 절대 섬에서 벗어나지 못하도록 단단히 감시하라는 엄명을 내렸다. 팽 참장은 본디 머리가 잘 돌아가는 편이 아니고, 별다른 재주도 없었다. 그러니 목이 백번 달아나는 한이 있어도 황상의 명에 무조건 따를 수밖에 없었다. 강희가 위소보를 단단히 감시하라면 그저 단단히 감시할 뿐이었다.

물론 위소보는 그를 쉽게 죽일 수도 있었다. 그렇다고 500명이 넘는 군사들을 다 죽일 수는 없는 노릇이었다. 게다가 배가 없으면 섬을 떠날 수가 없다. 임흥주와 홍조는 수군의 장수니 조선과 항해에 대해 잘 알고 있을 것이었다.

이날 밤, 위소보는 시랑을 주연에 초대했다. 그리고 임흥주와 홍조

두 사람만 배석케 했다.

이런저런 이야기를 늘어놓던 끝에, 위소보가 시랑에게 말했다.

"시 장군, 이곳에서 한두 달은 더 머물 수 있겠죠?"

시랑이 말했다.

"이곳에 오래 머물면서 위 대인에게 여러모로 가르침을 받고 싶은데, 대만이 아직은 안정을 찾지 못해 오래 비워둘 수가 없습니다. 그렇지 않아도 내일 대인께 작별을 고할 생각이었습니다."

위소보가 물었다.

"오래 머물면서 내게 가르침을 받고 싶다고 했는데, 그 말이 내 환심을 사기 위해 그냥 건성으로 한 거요, 아니면 진심이오?"

시랑이 대답했다.

"당연히 진심이죠. 마음속에서 우러난 말입니다. 지난날 대인을 모시고 통식도에 주둔해 신룡도를 포격하고 매일 대인께 가르침을 받으며 함께 술을 마시고 노름을 하던 시절이 얼마나 즐거웠는지, 정말 그립습니다."

위소보가 다시 짓궂게 물었다.

"그런 시절로 다시 돌아간다면 정말 기분이 좋겠어요?"

시랑이 다시 대답했다.

"좋고말고요. 앞으로 황상께서 대인에게 다시 군사 중임을 맡길 거고, 비직은 또 대인을 따르게 되겠죠."

위소보는 고개를 끄덕였다.

"그럼 좋아요. 날 따르고, 또 나와 재미있는 시간을 보내는 건 어렵지 않아요. 우리 내일 함께 대만으로 갑시다."

그 말에 시랑은 깜짝 놀랐다. 얼른 몸을 일으키더니 떨리는 음성으로 말했다.

"그건… 그건… 그 일은 황상의 명을 받은 바가 없어 제 임의로 결정할 수 없습니다. 이 점 너그럽게 양해해주시길 바랍니다."

위소보가 웃으며 말했다.

"대만에 가서 뭘 어떻게 하겠다는 게 아녜요. 그냥 가서 구경을 좀 하고 싶을 뿐이에요. 함께 대만에 가면 수시로 내 가르침을 받을 수 있어요. 직접 그렇게 말했잖아요? 난 시 장군과 흉허물이 없어 한 말이에요. 전에 날 따랐고, 우린 옛 상사와 부하예요. 보통 교분이 아니죠. 그리고 또 여전히 가르침을 받고 싶다고 해서 내가 애써 생각해낸 방법이에요. 대만에 가서 한 달쯤 놀다가 귀신도 모르게 바로 돌아올게요. 시 장군이 말하지 않고 내가 말하지 않으면, 황상도 모를 겁니다."

시랑은 몸을 숙이며 난색을 표했다.

"위 대인, 제 입장이 정말 난처합니다. 대인께서 분부한다면 따라야겠지만 황상께서 나중에 문책을 하면 감당할 수가 없습니다. 그렇다고 황상께 고하지 않으면 군주를 기만한 대역죄가 되니, 절대 그럴 수가 없습니다."

위소보가 웃으며 말했다.

"앉아요, 시 장군. 그렇게 완강하게 나온다면 어쩔 수 없죠. 그냥 없었던 일로 합시다."

시랑은 무거운 짐을 벗은 듯 안도의 숨을 내쉬며 자리에 앉았다.

위소보가 다시 웃으며 말했다.

"군주를 기만하면 대역죄라고 했는데, 사실 난 황상을 여러 번 기만 했어요. 황상께서 워낙 아량이 넓어 그냥 욕만 몇 마디 하고 문제를 삼지 않았을 뿐이죠."

시랑이 말했다.

"아, 네! 네… 위 대인을 대하는 황상의 은전은 남다르죠. 군신이 그런 관계를 맺는다는 건 고금을 막론해 찾아보기 드문 예입니다. 하지만 저는 그런 복연福緣이 없는 일개 외신外臣입니다. 절대 위 대인과는 비교가 되지 않습니다."

위소보는 미소를 지었다.

"시 장군은 말로는 겁이 많은 것 같지만, 내가 보기엔 사실 담이 엄청 큰 것 같아요. 대만을 공략한 후에 국성야의 영전에 가서 제문까지 바쳤다는데, 그게 사실인가요?"

시랑이 얼른 말했다.

"위 대인, '국성야'라는 칭호는 이젠 입에 올려선 안 됩니다. 지금의 국성國姓은 애신각라愛新覺羅입니다. 우리가 정성공을 말할 때 존중하는 의미에서 '전 왕조로부터 하사받은 성'이니까 그냥 '사성'이라 합니다. 그래서 저도 감히 법을 어기지 못해, 제문에 그를 가리켜 '사성'이라 했습니다."

그는 위소보를 대만으로 데려가지 않으면 무슨 생트집을 잡아서라도 자기를 궁지에 몰아넣을 거라고 생각했다. '국성야'라는 세 글자는 다들 입에 붙어 그동안 자연스럽게 써왔는데, 사실 그에게 국성을 내린 것은 명 왕조지 청조가 아니다. 만약 위소보가 그것을 트집 잡아서 자기가 명 왕조의 국성을 못내 잊지 못했다고, 문제를 화대시켜 조정에 알리면 큰 화를 당할 수도 있었다.

그런데 위소보는 사실 무식해서 문자의 세세한 뜻을 잘 모른다. 시랑이 변명을 하자 마침 꼬투리를 잡게 되었다.

"아, 그래요. 시 장군은 한때나마 명 왕조의 봉록을 받았으니 명 왕조의 사성을 아직도 그리워하며 잊지 못하고 있군요. 만약 진짜 우리 대청에 충성한다면 정성공을 '사성'이라 하지 말고 '역성逆姓', '위성僞姓', '비성匪姓', '견성犬姓'이라 해야 옳지 않나요?"

시랑은 고개를 숙인 채 아무 대꾸도 하지 않았다. 위소보가 억지를 쓰고 있다는 것을 뻔히 알면서도 뭐라고 반박하기가 곤란했다. 정성공을 '사성'이라 한 것은 전 왕조를 아직 잊지 못했기 때문이라는 게 어느 정도는 사실이었던 것이다.

위소보가 다시 말했다.

"시 장군은 학식이 뛰어나 제문도 아주 멋지게 썼을 것 같아요. 나한테도 한번 읽어줄래요?"

시랑은 전투작전에만 능하지, 제문을 쓰는 데는 문외한이었다. 그 제문은 그의 막료 중 문장이 뛰어난 사람이 대신 써준 것이었다. 문구 선택이 아주 절절해서 다른 사람들로부터 칭찬을 받고 의기양양했던 것도 사실이었다. 그래서 마치 자신의 실력인 양 뽐내기 위해 고개를 끄덕이며 말했다.

"그럼 몇 문장만 읽어드리겠습니다."

그러고는 자신이 생각하기에도 잘된 문장을 골라서 읽어주었다.

위소보는 그가 읽는 것을 듣고는 특히 마지막 부분 '노중궁사' 대목에서 고개를 끄덕이며 칭찬했다.

"참으로 훌륭한 문장입니다. 아주 훌륭해요. 나라면 때려죽여도 그런 문장을 써낼 수가 없어요. 설령 다른 사람이 써주고 나더러 외우라고 해도 아마 열흘이나 보름은 걸려야 다 외울 수 있을걸요. 시 장군은 문무를 겸비하고 기억력이 탁월하니, 정말 존경합니다. 대단해요!"

시랑은 얼굴을 약간 붉히며 속으로 투덜댔다.

'빌어먹을 놈, 남이 써줬다는 것을 뻔히 알면서도 날 비꼬려고 개소리를 하고 있구먼!'

위소보가 물었다.

"그런데 그중에 '노중궁사'는 무슨 뜻이죠? 난 워낙 배운 게 없어 잘 모르겠어요."

시랑이 대답했다.

"노중궁사는 오자서를 가리키는 겁니다. 지난날 그는 초나라에서 오吳나라로 도망갔습니다. 하루는 강변을 거니는데, 어부 한 사람이 그에게 먹을 것을 갖다줬어요. 오자서는 혹시 관병이 쫓아올까 봐 갈대밭에 몸을 숨기고 그것을 먹었습니다. 어부가 나중에 돌아와보니, 한 사람이 갈대밭에 숨어 있기에 소리쳤답니다. '노중인蘆中人, 노중인, 그 궁사窮士가 아니오?' 그래서 갈대밭의 궁핍한 선비, 노중궁사가 되었다고 합니다. 뒷날 오자서는 군사들을 이끌고 초나라를 멸하고 초평왕의 시신을 무덤에서 파내 편시를 300번 해서 부친과 형의 원한을 갚았습니다. 사성… 아니, 정성공은 나의 부모형제와 처자식을 죽였기 때문에 대만 사람들은 내가 대만을 공략하고 나서 그의 시신을 파헤쳐 복수할까 봐 걱정을 한 모양입니다. 그래서 제문에 노중궁사 같은 일은 결코 하지 않겠다고 밝힘으로써 정성공의 영혼과 대만 군민을 안심시킨 겁니다."

위소보가 말했다.

"아, 그렇군요. 시 장군은 오자서가 되고 싶었나 보죠?"

시랑이 말했다.

"오자서는 대영웅, 대호걸입니다. 제가 어떻게 그와 비교가 되겠습니까? 단지 그의 일가족이 몰살당하고 홀몸으로 달아났다가 나중에 군사를 이끌고 와서 복수를 한 처지가 저와 비슷할 뿐입니다."

위소보는 고개를 끄덕였다.

"하지만 시 장군의 결말은 오자서와 같지 않았으면 좋겠어요. 만약 그것까지 비슷하다면 그야말로 큰일이죠!"

시랑은 이내 그의 말뜻을 알아차렸다. 오자서는 오나라를 위해 큰 공을 세웠는데, 나중에 오왕吳王에 의해 피살됐다. 그는 절로 안색이 크게 변하고 술잔을 쥔 손이 약간 떨렸다.

위소보는 고개를 절레절레 흔들었다.

"듣자니 오자서는 큰 공을 세운 후에 아주 거만해져서 오왕에게도 불경을 많이 저질렀다고 하더군요. 시 장군이 자신을 오자서에 비유한 것은 매우 적절치 못한 처사라고 생각해요. 그 제문은 물론 이미 경성까지 다 전해졌을 겁니다. 황상께서도 알고 계시겠죠. 누가 황상께 진실을 진언해주지 않으면 아마… 아마… 제가 보기에 그동안 쌓은 공로가 다 물거품이 될 수도…."

시랑이 얼른 말했다.

"대인, 굽어살펴주십시오. 저는 오자서가 되겠다는 게 아닙니다. 어찌 감히… 사실이 왜곡된 거고… 저의 본심과는 전혀 다릅니다."

위소보가 다시 말했다.

"그 제문이 세상에 다 알려졌으니 시 장군이 자신을 오자서에 비유한 것을 모두 다 알고 있을 겁니다."

시랑은 자리에서 일어나 떨리는 음성으로 말했다.

"황상께서는 영명하시고 은덕이 태산 같으니 공신을 의심하지 않을 겁니다. 비직은 현군賢君을 모시고 있어 오자서에 비해 정말로 운이 좋은 거죠."

위소보가 고개를 갸웃하며 말했다.

"글쎄요, 말이야 그렇지만 오자서가 무슨 맘을 품고 있었는지는 나로서도 알 길이 없어요. 하지만 창극을 보니 오왕이 그를 죽일 때, 오자서는 자신의 눈을 파내 성문에 박아달라고 했다더군요. 나중에 월越나라 군사가 경성으로 쳐들어와 오나라가 멸망하는 것을 직접 봐야겠다면서… 한데 나중에 오나라는 정말 멸망했어요. 시 장군은 문무를 겸비하고 있으니 그 고사를 잘 알고 있겠죠?"

그 말에 시랑은 등줄기가 오싹해졌다. 오자서가 큰 공을 세우고도 오왕에게 죽음을 당한 불상사가 마음에 걸렸는데, 오자서가 죽기 직전에 그런 말을 했다는 것은 미처 생각지 못했다. 자신이 제문에 '노중궁사를 하지 않겠다'고 한 것은 오자서가 되지 않겠다는 뜻이었는데, 다른 사람들은 그저 '편시삼백' 복수로만 이해했다. 게다가 위소보는 한 술 더 떠 오자서가 죽기 전에 '오나라가 망할 거라고 저주한 말까지 연결시킬 줄이야! 만약 그 말이 황제의 귀에 들어가면, 설령 문책을 하지 않는다고 해도 앞으로 더 이상의 승관봉작升官封爵은 없을 것이었다. 게다가 황제의 측근 위소보가 곁에서 불난 집에 부채질을 해대며 이간질을 한다면… 그 결과는 상상조차 하기 싫었다. 어쩌면 목이 달아

날지도 모를 일이었다.

한순간에 오만가지 생각이 머리를 어지럽혔다. 정성공의 무덤에 가지 말았어야 했는데… 후회막급이었다. 괜히 오자서를 들먹이는 제문을 읽어 이 영악한 녀석에게 발목을 잡힐 줄이야! 그는 뭐라고 변명해야 좋을지 몰라 돌처럼 그냥 멍하니 굳어 있었다.

위소보가 물었다.

"시 장군, 황상이 직접 국정을 맡은 후에 첫 번째로 한 일이 무엇인지 아나요?"

시랑이 대답했다.

"간신 오배를 제거한 거죠."

위소보가 말했다.

"그래요. 오배는 비록 간신이지만 그래도 고명대신이었어요. 왕년에 경성으로 쳐들어올 때 큰 공을 세웠죠. 그래서 황상은 저에게 '내가 오배를 제거했다고, 어쩌면 일부에선 나더러 공신을 배려해주지 않고 그 무슨 토사구팽, 조진鳥盡…' 무슨 궁ㄹ이라고 했는데… 왜 기억이 나지 않지?"

시랑이 말했다.

"조진궁장鳥盡弓藏(새를 다 잡은 후에는 활을 쓸 필요가 없으니 무기고에 넣어둔다)이겠죠."

위소보가 얼른 그의 말을 받았다.

"아, 맞아요! 시 장군도 그렇게 말하는군요…."

시랑은 당황했다.

"난 황상이 그랬다는 게 아니라 그냥 성어成語를 말했을 뿐입니다."

위소보가 억지를 부렸다.

"그 한 마디 성어로써 황상이 오배를 죽인 것을 비유한 거지요."

시랑은 다급해졌다.

"대인이 성어를 잊어버린 것 같아 그 물음에 답했을 뿐이지, 절대 황상을… 황상을 비방한 게 아닙니다."

위소보는 아무 말 없이 그를 응시했다. 그러자 시랑은 더욱 어찌할 바를 몰라 했다. 자고로 신하가 만약 자신의 공로에 비해 포상이 적다고 생각하면, 황제는 틀림없이 노여워한다. 신하가 입으로 불만을 이야기하지 않고 속으로만 원망해도 바로 목이 날아갈 죄명에 해당했다. 시랑은 당황한 나머지 위소보의 유인책에 넘어가 '조진궁장'이란 말을 입 밖에 내고 말았다. 그 말을 뱉자마자 바로 '아차! 큰 실수를 했구나' 하고 느꼈지만 말을 다시 주워담기엔 이미 늦었다. 게다가 위소보 말고도 임흥주와 홍조가 옆에 있지 않은가. 떼를 쓰려고 해도 그럴 수가 없었다.

위소보는 아주 천연덕스럽게 말했다.

"글쎄요, 시 장군이 말한 '조진궁장'이 황상을 비방하는 건지 아닌지는, 난 잘 모르겠어요. 하지만 조정에는 학문이 깊은 대학사와 상서, 유림들이 많으니 한번 여쭤볼 수는 있겠죠. 어쨌든 난 황상을 오랫동안 모셨는데, 그 무슨 '요순어탕'이란 말은 듣기 좋아해도 '조진궁장'이란 말은 별로 듣고 싶어 하지 않는 것 같아요. 어탕은 물고기고 조진은 새니, 물고기와 새 중에 황상은 물고기를 더 좋아하나 봐요."

그의 말도 안 되는 억지에 시랑은 놀라면서도 화가 머리끝까지 치밀었다. 이렇듯 계속 자기를 모함하니 차라리 셋 다 죽여 화근을 없애버릴까, 하는 생각이 들었다. 눈에서 절로 흉광이 번뜩였다.

위소보는 그의 표정이 징그럽게 변하자 가슴이 철렁해 억지로 웃었다.

"헤헤… 시 장군, 한번 입 밖에 내뱉은 말은 죽은 말도 따라잡지 못해요. 지금 두 가지 길 중에 하나를 선택해야 해요. 첫 번째는 지금 당장 임흥주와 홍조 두 사람을 죽이고, 다시 나랑 공주를 포함한 나의 부인들과 애들을 다 죽이고, 대만으로 돌아가 스스로 왕이 되는 거예요. 그래야 후환이 없을 테니까. 하지만 이끌고 있는 게 다 대청의 군사니 과연 시 장군을 따라 함께 모반을 꾀할지는 장담할 수가 없어요. 그리고 대만 군민들도 아마 복종하지 않겠죠."

시랑은 그렇지 않아도 그 일을 궁리하고 있었는데, 위소보가 정확히 정곡을 찌르자 황급히 눈에서 흉광을 거두고 굽실거렸다.

"아… 아닙니다. 비직은 절대 그럴 뜻이 없습니다. 공연히 의심해서 비직에게 그런 엄청난 죄명을 씌우지 마십시오. 한데… 두 번째 길은 무엇인지 가르침을 주십시오."

그의 태도가 누그러지자 위소보는 마음이 놓였다.

"두 번째 길은 임 형제와 홍 형제가 도와줘야만 해요. 아까 시 장군이 '조진궁장'이라고 말했는데, 우린 그것을 '요순어탕'으로 바꾸는 거죠. 황상은 그 말을 듣기 좋아하니까요. 그리고 나중에 황상을 배알하면 시 장군은 항상 황은을 잊지 않고 오로지 나라에 대한 충성만 생각하고 있다고 진언할게요. 한데 오자서는 오왕이 파병해 원수를 갚아줬으면 감지덕지해야지 왜 그런 저주스러운 말을 했는지 모르겠어요. 시 장군이 만약 당시에 태어나 오자서가 됐다면 오왕의 강산을 잘 보존해줬을 뿐 아니라 서시 같은 미인을 당연히 지켜줬을 거고… 어디 서

시뿐이겠어요? 동시, 남시, 북시, 중시… 모조리 잡아와 오왕에게 바쳤겠죠. 오자서는 자신만을 생각했지만 우리 시 장군은 대청의 영명하신 천자만을 생각하니 황상은 당연히 논공행상할 거고… 그러면 공후만대公侯萬代, 천년만년 부귀영화를 누릴 겁니다.”

그의 두서없는 말에도 시랑은 어쨌든 기분이 좋았다. 그는 얼른 몸을 깊숙이 숙여 읍하며 말했다.

“만약 대인께서 황상께 그런 미언美言을 진언해주신다면 그 은덕을 영원히 잊지 않겠습니다.”

위소보도 자리에서 일어나 답례를 하고 웃으며 말했다.

“그런 진언을 하는 것은 전혀 밑천이 들지 않아요. 내 기분이 좋으면 당연히 황상께 진언을 해줘야죠.”

시랑은 속으로 구시렁거렸다.

‘이놈의 기분을 좋게 만들려면 어쩔 수 없이 대만으로 데려가야겠구먼!’

그래서 말했다.

“대만은 이제 막 평정돼 아직 민심을 다잡지 못했습니다. 그러니 비직이 덕망 있는 대신을 경성으로 보내, 대만에는 황상의 덕음德音을 전하고 백성들을 다독일 수 있는 현관賢官이 필요하다고 아뢸게요. 그 현관으로는 당연히 위 대인이 적격이죠. 황상께서는 틀림없이 윤허하실 테니, 위 대인은 대만으로 건너가 선무宣撫를 하시면 됩니다.”

위소보는 고개를 내둘렀다.

“시 장군이 상서를 하고 황상께서 성지를 내려 윤허하기까지 최소한 몇 달이 걸릴 텐데, 그러는 동안 황상 귀에 들어갈 유언비어가 천

마디는 안 돼도 800마디는 될 겁니다. 이번 일은 단 한시도 지체할 수 없어요. 최대한 빨리 황상이 믿을 수 있는 대관을 대만으로 모셔가 시 장군이 대만에서 왕이 될 의사가 없다는 것을 확실하게 증명해야 합니다. 지금 항간에 시 장군의 명호까지 떠돌고 있어요. 그 무슨 '대명대만정해왕大明臺灣靖海王'이라나 뭐라나….”

시랑은 '대명대만정해왕' 일곱 자를 듣자 절로 소스라치게 놀랐다.

'네놈은 외딴섬에 있는데 항간의 유언비어를 어떻게 들을 수 있다는 말이냐?'

틀림없이 위소보가 지어낸 말이라 생각했다. 그러나 그 말이 만약 북경에 전해지면 조정에선 반드시 믿는 자가 있을 것이다. 그럼 자기는 영락없이 죽음을 당할 터였다. 그는 얼른 변명했다.

“그런 유언비어를 절대 믿으면 안 됩니다.”

위소보가 담담하게 말했다.

“그래요. 난 시 장군을 잘 알기 때문에 당연히 믿지 않아요. 하지만 시 장군은 대만을 평정하면서 많은 사람을 죽였으니 원한을 품고 중상모략하려는 사람도 없지 않을 겁니다. 그들의 입을 다 막을 수는 없는 노릇이잖아요? 중구난방이라 나중엔 아무리 변명을 해도 소용없을 수도 있어요. 옛말에도 있듯이, 조정에 지인이 없으면 벼슬을 하지 말라고 했어요. 지금 조정에 시 장군의 결백을 증명하기 위해 목숨을 걸고 나서서 도와줄 사람이 과연 누가 있겠습니까?”

시랑은 등줄기가 오싹해졌다. 솔직히 말해서 조정에 자신을 도와줄 만한 사람은 없었다. 그런 사람이 있었다면 지난날 북경에서 동가숙서가식東家宿西家食하면서 허송세월을 하지 않았을 것이다. 그때나 지금이나 자기를 도와줄 사람은 오직 이 위소보뿐이었다. 그는 이를 악물고 말했다.

"대인의 귀띔에 그저 감사할 뿐입니다. 상황이 촉박하니 대인께서 내일이라도 직접 대만으로 가서서 그 유언비어의 진상을 밝혀 저의 결백을 증명해주십시오."

위소보는 내심 뛸 듯이 기뻤다. 그러나 내색을 하지 않고 오히려 거드름을 피웠다.

"우리의 옛정을 봐서라도 내가 적극적으로 나서서 시 장군의 억울한 누명을 풀어줘야 하는데… 섬에 오래 있다 보니 뱃멀미를 할 것 같아 두렵기도 하고, 또 처자식을 놔두고 떠나자니 좀 섭섭하네요."

시랑은 속으로 욕을 했다.

'야, 이 개똥 같은 놈아! 배를 한두 번 타보냐? 멀미는 무슨 우라질 놈의 멀미야?'

겉으로는 웃으며 말했다.

"그렇다면 부인들과 자제들도 다 모시고 가죠. 가장 큰 배를 골라서 아주 편안하게 모시겠습니다. 그리고 최근엔 풍랑도 없으니 아무 걱정 마십시오."

위소보는 마지못해 승낙하는 척 눈살을 찌푸리며 말했다.

"뭐… 그렇다면 친구를 위한 일이니 시 장군을 따라 바람을 좀 쐬고 오리다."

시랑은 연신 고맙다는 인사를 했다.

다음 날, 위소보는 일곱 명의 부인과 두 아들 호두와 동추, 그리고 딸 쌍쌍을 데리고 시랑의 기함旗艦에 올랐다. 팽 참장이 막아서자 시랑이 명을 내려 그를 붙잡아서 아름드리나무에 묶었다. 그리고 배가 떠난 후에 풀어주라고 일렀다.

위소보는 몇 년간 살아온 통식도를 바라보며 웃었다.

"노름에서 계속 선을 잡아온 이 물주가 떠나니 싹쓸이를 할 수 없어, 이젠 통식도라고 부르지 못하겠군. 다른 이름을 지어야 하는데…"

시랑이 말했다.

"그래요, 대인께선 무슨 이름이 좋겠어요?"

위소보는 잠시 생각을 굴리더니 말했다.

"황상께서 보내온 성지에 언급했듯이, 주나라 문왕 곁에는 낚시를 하는 강태공이 있었고, 한나라 광무제의 신하 엄자릉도 낚시를 즐겼다고 해요. 현군 곁에는 낚시를 하는 충신이 있기 마련이라 하셨소. 그리고 황상이 날 이곳으로 보내 낚시를 하라고 했으니, 그냥 낚시를 하는 섬 '조어도釣魚島'로 합시다."

시랑은 손뼉을 치며 칭찬했다.

"이름을 아주 적절하게 잘 지으셨네요. 황상은 문왕이나 광무제 같은 현군이고, 위 대인은 강태공처럼 문무를 겸비하고 엄자릉처럼 풍류를 즐기니 딱 맞는 이름입니다. 앞으로 이 섬을 조어도라 하지요."

위소보가 웃으며 말했다.

"그럼 이 통식후는 조어후로 바뀌어야겠군요. 앞으로 더 승진한다면 조어공이 될 텐데, 읽기가 별로네요."

시랑도 웃으며 말했다.

"어부지리漁父之利라는 말이 있듯이, 물고기를 낚는 사람은 그만큼 득이 있게 마련이지요. 조어공이면 읽기도 괜찮습니다."

위소보가 고개를 끄덕였다.

"황상이 나를 통식백, 통식후에 봉해 난 좋은데, 마누라 몇 사람은 듣기가 안 좋다면서 투덜댔어요. 앞으로 황상께서 내 봉호를 조어후로 바꿔주시면 마누라들도 아마 다 좋아할 겁니다."

시랑은 속으로 웃었다.

'통식백이니 통식후니, 다 황상이 널 약올려주려고 그냥 갖다붙인 작명爵名이야. 존중의 의미가 전혀 없다고. 설령 조어후로 바꾼다고 해도 마찬가지야.'

그러나 입으론 달리 말했다.

"자고로 어초농독漁樵農讀이라 하여, 어부를 으뜸으로 쳤습니다. 독서를 하는 선비는 그중 맨 꼴찌죠. 조어공이나 조어왕이라는 봉호는 장원壯元이나 유림儒林보다 훨씬 더 존귀합니다."

이 조어도가 지금 중국과 일본, 두 나라간의 쟁점이 되고 있는 그 조어대도釣魚臺島인지는, 애석하게도 역사적인 고증을 찾을 수 없다. 만약 섬에서 위소보의 유적을 찾아낸다면 강희 초년에 이 섬에서 위소보가 가족을 거느리고 살았으며 군사 500명이 주둔했다는 사실이 밝혀질 것이다.

하루도 채 안 돼서 위소보는 대만에 도착해 안평부에 상륙했다. 임홍주와 홍조는 지난날 정성공이 어떻게 진격해 홍모병들을 대파했는지, 가는 곳마다 사적事蹟을 가리키며 설명해주었다. 위소보는 흥미진진하게 들었다. 그리고 시랑이 자기 가족을 대만으로 데리고 와주었기 때문에 더 이상 비꼬지 않았다.

시랑은 장군부에서 연회를 크게 베풀었다. 한창 술을 마시고 있는데 경성에서 성지가 왔다는 소식이 전해졌다.

시랑은 얼른 뛰쳐나가 성지를 받았다. 돌아온 그의 안색이 이상했다.

"위 대인, 큰일 났습니다. 황상께서 대만을 포기하라는 성지를 내렸습니다."

위소보가 물었다.

"이유가 뭐죠?"

시랑이 대답했다.

"성지에 따르면, 대만 전체의 군민을 한 가구도 남기지 말고 모두 내륙으로 이주시키라는 겁니다. 제가 성지를 가져온 사신에게 묻자, 조정 대신들이 의논하여 내린 결론이랍니다. 대만은 내륙과 외떨어져 해적들의 소굴이 되기 쉽고, 조정에서 통제하기 어렵다는 거죠. 만약 대군을 주둔시키면 군비가 너무 많이 들어 부득이 내린 결정이라고 합니다."

위소보는 잠시 생각하다가 다시 물었다.

"시 장군은 조정 노땅들이 왜 그런 결론을 내렸는지, 진짜 속셈이 뭔지 압니까?"

시랑의 안색이 창백해졌다. 음성도 떨렸다.

"그렇다면… 오자서의 말이 이미 북경까지 전해졌다는 겁니까?"

위소보가 빙긋이 웃었다.

"옛말에도 있듯이, 좋은 일은 집 밖에 나가지 않고, 나쁜 일은 발 없이도 천 리를 간다고 했어요. 조정에는 시 장군이 그 무슨 '대명대만정해왕'이 될까 봐 걱정하는 사람도 있을 겁니다."

시랑은 당황했다.

"그럼… 그럼 어떡하죠? 대만의 수십만 백성이 이곳을 터전 삼아서 그동안 잘 살아왔는데 갑자기 내륙으로 이주시키면 어떻게 살라는 겁니까? 만약 모든 터전을 버리고 강제로 이주하라고 하면 분명 반란이 일어날 거예요. 더군다나 청병이 떠나면 홍모병이 바로 몰려와 다시 점거하겠죠. 천신만고 애써 다져온 기반을 다시 홍모귀들에게 바쳐야 한다면, 정말 억울하지 않겠어요?"

위소보는 생각을 굴리며 말했다.

"이번 일은 전혀 해결 방법이 없는 건 아닙니다. 황상은 무엇보다 백성들을 가장 위하니까, 장군께서 백성들을 대신해 청원을 올리면 황상께서 아마 받아줄 겁니다."

그 말에 시랑은 다소 마음이 놓였으나, 아직 께름칙한 게 있었다.

"하지만 만약 조정에 그 무슨 이상한 소문이 나돌고 있는데, 제가 가서 청원을 하면 오해의 소지가 있지 않을까요? 제가 일부러… 대만에 남기 위해서… 그럼 충심을 의심받을 수도 있을 텐데요."

위소보가 말했다.

"지금으로선 당장 직접 북경으로 달려가는 수밖에 없어요. 황상을 뵙고 자초지종을 아뢰세요. 당사자가 직접 북경으로 갔으니 대만에서 무슨 왕이 되겠다는 유언비어 따위는 자연히 사라지겠죠."

시랑은 무릎을 탁 쳤다.

"맞아요, 맞아! 역시 대인의 가르침이 필요합니다. 내일 당장 출발하겠습니다."

그때 문득 떠오르는 생각이 있어 다시 말했다.

"그럼 대만의 문무대신은 당분간 위 대인께서 통솔해주십시오. 황상께서는 대인을 가장 신임하니, 위 대인께서 대만에 좌진坐鎭해 있어야만 조정대신들이 감히 허튼소리를 하지 못할 겁니다."

그 말에 위소보는 좋아했다. 대만에서 대관이 되어 한번 으스대보는 것도 재미있을 것 같았다. 그래서 웃으며 말했다.

"성지가 떨어지지 않았는데 임의로 병마대권을 나한테 넘겼다가, 황상이 문책하면 어쩌려고요?"

그 말을 듣자 시랑은 망설여졌다.

'그래, 그는 진근남의 제자고 반청복명하려는 천지회 역도들과 한패거리야. 황상은 비록 그를 총애하지만, 요 몇 년 동안은 줄곧 통식도로 유배하다시피 해서 아무런 권한도 주지 않았어. 만약 병권을 장악해 천지회 역도들과 손잡고 역모를 꾀한다면… 난… 그야말로 죽을죄를 짓는 거지!'

생각이 다른 방향으로 이어졌다.

'맞아! 내가 수병들을 다 데려가면 힘을 못 쓰겠지. 그런데도 모반을 꾀하면 바로 수병들을 이끌고 와서 평정하면 돼.'

그는 곧 웃으며 말했다.

"대권을 다른 사람한테 맡기면 황상께서 나무랄지 몰라도 위 대인께 맡기면 전혀 걱정할 필요가 없을 겁니다."

그러고는 술자리를 대충 마무리했다.

시랑은 밤을 새워가며 대만의 문무대신들을 소집해 위소보에게 인사시켰다. 그리고 당분간 그의 명에 따르라고 일렀다. 시랑은 또 사야를 시켜 위소보를 대신해 황제께 올릴 상주문上奏文을 쓰게 했다. 국사를 걱정하는 우국충정의 마음에서 대만으로 건너와 좌진하니 조정에선 아무 걱정 말라는 내용이었다. 아울러 황상의 윤허를 얻기 전에 취한 행동에 대한 사죄도 잊지 않았다. 마지막으로, 대만 백성들이 그동안 가꿔온 삶의 터전에서 안거하고 있는 것을 직접 확인했으며, 이주가 쉽지 않다는 점도 천명했다.

모든 절차를 마치자 날이 밝아왔다. 시랑이 배에 오르려는데 위소보가 말했다.

"한 가지 중요한 일이 있는데, 준비를 했는지 모르겠네요?"

시랑이 물었다.

"그 중요한 일이 뭐죠?"

위소보가 웃으며 말했다.

"거시기 있잖아요."

시랑은 무슨 뜻인지 몰라 다시 물었다.

"거시기라뇨?"

위소보가 다시 말했다.

"답답하구먼. 이번에 대만을 평정하면서 큰 공을 세웠는데, 조정대신들에게 예물을 나눠줬나요?"

사랑은 멍해졌다.

"이번에는 황상의 성위聖威를 입어 군사들이 목숨 걸고 싸워서 비로소 대만을 평정했지, 조정대신들은 별로 공헌한 게 없는데요."

위소보는 고개를 내둘렀다.

"이봐요, 시 대형! 자만심에 도취돼 고질병이 도졌군요. 대만을 평정해 금산은산金山銀山을 독식해서 엄청난 부를 쌓았다고 다들 생각하고 있어요. 그러니 조정관리들 중에 누군들 침을 흘리지 않겠어요?"

시랑은 다급해졌다.

"억울합니다. 시랑이 만약 단 한 푼이라도 대만의 은자를 주머니에 넣었다면 이번에 상경해 기꺼이 황상께 능지처참을 당하겠습니다!"

위소보가 말했다.

"혼자 청백리가 되는 건 좋지만 다들 따라서 청백리가 되라고 할 순 없잖아요. 청렴할수록 남들은 뒤꽁무니에서 비방을 하기 마련이에요. 대만 군민들의 환심을 사서 엉뚱한 일을 꾸미고 있다고 소곤거릴 겁니다. 그런데도 이번에 북경에 돌아가면서 아무것도 안 갖고 그냥 빈손으로 갈 생각인가요?"

시랑이 말했다.

"대만의 토산이 많아요. 목각품, 대나무로 엮은 바구니, 밀짚모자, 가죽상자 등을 좀 더 많이 갖고 가겠습니다."

위소보는 깔깔 웃었다. 그 바람에 시랑은 괜히 얼굴이 붉어졌다. 그는 비로소 느껴지는 바가 있어 위소보에게 깊숙이 몸을 숙였다.

"지적을 해줘서 감사합니다. 이번에 또 큰 화를 자초할 뻔했네요."

위소보는 급히 문무대신들을 소집해 단도직입적으로 말했다.

"시 장군이 이번에 상경하는 것은 백성들을 위해 청원을 하러 가는 겁니다. 만약 성공하지 못하면 여러분도 다 패가망신을 당할 거예요. 청원에 드는 막대한 비용을 시 장군 혼자서 다 부담할 수 있겠습니까? 여러분이 적극적으로 도와줘야 합니다. 십시일반이라고, 티끌 모아 태산을 만들 수밖에 없습니다!"

시랑은 원래 청렴결백해 대만에 온 후로 백성들에게 돈을 거둔 적이 없었다. 그런데 위소보는 그에게 대권을 위임받자마자 바로 '청원비'를 들고 나왔다. 대만 백성들은 조정에서 강제로 내륙 이주를 강행하려 한다는 소식을 접하고, 모두 놀라고 당황해 민심이 흉흉했다. 그런데 시랑이 위소보의 제의를 받아들여 상경해서 자기네들을 위해 청원을 할 거라고 하자, 앞다퉈 기꺼이 '청원비'를 냈다. 대만 주민들은 그동안 풍요를 누려왔기 때문에 반나절도 안 돼서 은자 30여만 냥이 모였다.

위소보는 관고官庫에서 60여만 냥을 꺼내게 해 100만 냥을 마련했다. 그리고 시랑을 불러 누구누구에게 얼마를 주라고 일일이 가르쳐주었다. 시랑은 그의 도움에 무척 감격했다.

이날 밤 초경 무렵이 돼서야 비로소 배를 몰고 떠날 수 있었다.

다음 날, 위소보는 대만의 문무대신을 불러모았다.

"간밤에 시 장군은 배를 몰고 북경으로 떠났소. 이번에 '청원비'는 아무리 계산을 해봐도 100만 냥으로는 부족하더군요. 그래서 저는 대만의 모든 백성을 위해 그동안 푼푼이 모아온 사재와 일곱 부인의 패물을 출연해 겨우 100만 냥을 모아 시 장군에게 보태주었습니다."

여기까지 말하고는 길게 한숨을 내쉬었다.

"대만에서 벼슬을 하자니 쉽지가 않네요. 난 그저 서리署理일 뿐인데도 첫날부터 100만 냥을 날렸으니, 이러다가는 정말 파산해 빈털터리가 될 것 같습니다."

대만 지부知府가 얼른 그에게 몸을 숙였다.

"대인께서 그렇듯 백성을 아끼고 위하니 그야말로 만인의 생불生佛이나 다름이 없습니다. 관고에서 미리 꺼내 쓴 60여만 냥도 갚아야 하겠지만, 위 대인께서 출연한 100만 냥도 당연히 모든 대만 주민이 힘을 모아 갚아드려야죠."

위소보는 고개를 끄덕이며 말했다.

"이번 일도 다들 없는 살림에 어렵게 은자를 출연한 것을 잘 알고 있어요. 내놓은 은자가 많고 적고, 그게 문제가 아닙니다. 백성들을 위하는 그 마음이 귀하고 중요한 거죠. 백성들도 그 마음을 헤아려 자발적으로 여러분의 가계 적자를 메워줄 겁니다. 우린 부모관父母官으로서 백성들에게 이자를 따져서는 안 됩니다. 그저 손해를 보지 않고 본전만 찾아온다면 그것으로도 감지덕지해야죠. 그게 바로 애국애민이 아니겠어요?"

관리들은 모두 기뻐하며 고맙다는 인사를 아끼지 않았다. 이 위 대인은 아랫사람들의 입장을 잘 이해하고 배려해주는 멋진 상사라고 생각했다.

위소보는 서리로 부임한 첫날부터 100만 냥을 긁어냈으니, 앞으로 재물이 줄줄이 들어올 게 명약관화하다고 생각했다.


며칠 후, 위소보는 제물을 준비하도록 분부해 정성공의 사당을 찾아갔다. 천하에 명성을 떨쳐온 국성야가 어떻게 생겼는지 궁금해서, 소상塑像이라도 한번 보고 싶었다.

사당에 와서 고개를 들어보니, 정성공이 단정하게 의자에 앉아 있는 소상이 있었다. 얼굴 모양은 타원형이고, 위아래 입술과 턱 아래에 짧은 수염이 나 있었다. 귀가 유난히 큰 데다가 눈은 가늘고 작았다. 눈썹은 초승달 모양이며, 아주 자상하게 생겼다. 위엄이 있고 호방한 영웅의 기개는 찾아볼 수 없었다.

위소보는 다소 실망스러워 따라온 관원에게 물었다.

"국성야가 정말 이렇게 생겼소?"

관원 대신 임홍주가 대답했다.

"이 소상은 국성야와 아주 비슷하게 만들어졌습니다. 국성야는 선비 출신이라, 대영웅에 대호걸이지만 용모는 아주 고상하고 온화했습니다."

위소보는 고개를 끄덕였다.

"네… 그렇군요."

소상 양쪽에는 비교적 작은 소상이 있었다. 왼쪽은 여자고, 오른쪽은 남자였다. 그것을 본 위소보가 물었다.

"이 두 사람은 누구죠?"

역시 임홍주가 대답했다.

"여인은 동 태비고 남자는 사왕야嗣王爺입니다."

위소보가 다시 물었다.

"사왕야가 누군데요?"

임홍주가 다시 대답했다.

"바로 국성야의 아들입니다. 왕야를 계승한 분이시죠."

위소보가 고개를 끄덕이며 말했다.

"네… 그럼 정경이겠군요. 정극상 그 녀석과 좀 닮았네요. 한데 나의 사부님 진 군사의 소상은 어디 있죠?"

임홍주가 말했다.

"이 사당에 진 군사의 소상은 없습니다."

위소보가 인상을 썼다.

"저 동 태비는 아주 고약하니 빨리 소상을 내려버려요. 그 자리에다 진 군사의 소상을 놓아두세요! 국성야와 함께 있어야죠."

임흥주는 몹시 좋아하며 바로 제상祭床 위로 기어올라가 동 태비의 소상을 내렸다.

위소보는 정성공의 소상 앞에 무릎을 꿇고 절을 여러 번 올렸다.

"국성야, 국성야는 영웅호걸이니 제가 큰절을 올리는 겁니다. 허나 이 할망구는 국성야의 일을 그르쳤는데, 매일 곁에 붙어 있으면 심기가 불편할 테니 제가 쫓아버렸습니다. 이제부턴 저의 사부님이신 진 군사가 늘 곁을 지켜드릴 겁니다."

비참하게 죽은 사부를 생각하니 절로 눈물이 났다.

대만 사람들은 모두 동 태비를 뼛속 깊이 증오했다. 반면 진영화 군사는 땅을 개간하고 학교를 세웠으며, 사회적인 폐단을 없애고 몸소 애민을 실천해 다들 그를 '대만의 제갈공명'이라 불렀다.

정극상이 국정을 운영할 때는 어느 누구도 감히 나서서 동 태비를 비방하지 못하고, 진영화를 찬양하지 못했다. 그런데 지금 위소보가 동 태비의 소상을 없애고 대신 진영화의 소상을 모시라 하자 다들 통쾌해했다. 그리고 위소보가 국성야의 소상 앞에 무릎을 꿇고 눈물을 흘리니 백성들은 너무나 감격했다.

위 대인은 비록 백성들로부터 돈을 좀 많이 거둬들이지만 어쨌든 진영화의 제자라서 다들 그를 받들었다. 시랑은 아무래도 청군들을 이끌고 와서 해외에 남은 명나라의 마지막 땅을 빼앗아갔으니 좋게 생각하지 않았다. 청렴한 시랑과 탐관 위소보, 그래도 백성들은 오히려 위소보에게 친근감을 느꼈다. 시랑은 영원히 돌아오지 않고 위소보가 계속 대만을 다스려주길 바라는 마음이 간절했다.

그러나 바람은 뜻대로 불어주지 않았다. 한 달쯤 지나자 시랑이 수병들을 이끌고 다시 대만으로 돌아왔다.

위소보는 해안으로 나가 그를 맞이했다. 시랑은 일품 관원의 복식을 한 대관과 함께 왔다. 그 대관은 배와 육지를 연결해주는 발판에서부터 큰 소리로 외쳤다.

"위 형제! 잘 있었나? 얼마나 보고 싶었는지 모르네!"

바로 색액도였다. 위소보는 너무 반가워 앞으로 달려갔다. 두 사람은 발판 위에서 서로 손을 마주 잡고 하하 크게 웃었다.

색액도가 웃으며 말했다.

"위 형제! 축하하네, 축하해. 황상이 성지를 내려 자네를 다시 북경으로 불러들이셨네."

그 말에 위소보는 좋으면서도 은근히 걱정이 됐다.

'날 북경으로 부를 거면 벌써 불렀겠지. 소황제는 고집이 아주 대단해. 절대 나한테 항복할 리가 없어. 내가 천지회를 멸하겠다고 약속하지 않으면 날 선처하지 않을 거야.'

두 사람은 손을 잡고 육지에 올랐다. 시랑이 그 뒤를 따르며 싱글벙글 웃었다.

"황상의 성은은 정말로 끝이 없습니다. 대만 주민들이 내륙으로 이주하지 않아도 된다고 윤허하셨습니다."

대만 군민들은 한 달 내내 그 문제로 밤낮없이 걱정이 태산이었다. 이주를 하면 여태껏 누려온 삶의 터전을 다 버려야만 한다. 그런데 그 황명이 철회된 것이다. 황제가 일구이언을 하는 것은 좀처럼 찾아보기

힘든 일이었다. 해안에 나온 군민들은 시랑의 말을 듣고 일제히 환호성을 내질렀다.*

"만세, 만세! 만만세!"

소식은 곧 퍼져나갔고, 여기저기서 함성이 하늘을 찔렀다. 이어 곳곳에서 폭죽이 터지며 대만 섬 전체가 완전히 축제 분위기로 변했다.

색액도가 성지를 전했다. 강희는 위소보에게 따로 맡길 임무가 있다면서 조속히 상경하라고 명했다. 위소보가 성은에 감사를 표한 다음, 두 사람은 내당으로 들어가 밀담을 나눴다.

색액도가 입을 열었다.

"위 형제, 자네 위세는 정말 대단하네. 황상께서 행여 자네가 뭔가 꺼려할까 봐 일부러 날 시켜 자네를 호위해오라고 한 거네. 황상이 자네에게 무슨 임무를 맡길지 알고 있나?"

위소보는 고개를 내둘렀다.

"황상께서 신기묘산이신데, 저 같은 소인배가 어떻게 예측을 할 수 있겠어요?"

색액도는 그의 귀에 입을 바싹 갖다 대고 나직이 말했다.

"러시아를 치라는 거네!"

위소보는 처음엔 멍해졌으나 곧 펄쩍 뛰었다.

"우아, 신난다!"

색액도가 말했다.

"황상은 자네가 들으면 틀림없이 좋아할 거라고 했는데, 역시 그렇군. 위 형제, 러시아는 순치 연간부터 우리 흑룡강 일대를 점령하고 온갖 만행을 저질러왔네. 선황과 황상은 넓은 아량으로 그들을 징벌하지 않았는데, 그 러시아 귀신들은 갈수록 횡포가 더 심해져서 점령지를 자꾸 넓혀가고 있네. 알다시피 요동은 우리 대청의 뿌리인데, 그 러시아 귀신들이 짓밟도록 내버려둘 수는 없잖은가! 이제 삼번과 대만 정씨를 다 평정했으니 천하태평을 이루기 위해 황상은 드디어 러시아를 치기로 결정한 거라네."

위소보는 통식도에서 수년간 머물며, 마치 노름판에서 연거푸 망통을 잡은 것처럼 김이 팍 샜는데, 이 소식을 듣자 너무 좋아 입이 귀에 걸렸다.

색액도가 다시 말했다.

"황상은 가능한 한 분쟁을 원만하게 해결하려고 러시아 대한大汗에게 국서를 몇 번 보냈는데, 상대방은 시종 답변이 없었다네. 나중에 네덜란드 사신의 말을 들어보니, 러시아는 비록 국토가 넓지만 야만족이라 중국어와 한문을 아는 자가 없다는 거야. 그래서 황상의 친서를 받고도 무슨 뜻인지 몰라 답변을 하지 못한 모양이네. 그렇다고 우리 동북쪽 땅을 차지하고 있는 러시아 귀신들을 그냥 내버려둘 수는 없는 노릇이 아닌가. 황상께서는 우리 중화상국中華上國은 인의仁義를 중시하기 때문에 사전에 계도啓導를 하지 않고 무조건 무력을 행사할 수는 없다고 하셨네. 그들에게 잘못을 지적해 개과천선할 기회를 주고, 그래도 교화가 되지 않으면 그때 명실공히 출병해 그들을 섬멸할 생각인 거지. 한데 알다시피 조정대신들 중에서 러시아말을 할 줄 아는 사람은 위 형제뿐이잖은가."•

위소보는 속으로 생각했다.

'이제 보니, 내가 러시아말을 할 줄 아니까 황상이 나한테 투항을 한

거군.'

색액도가 웃으며 덧붙였다.

"위 형제가 러시아말을 할 줄 아는 것도 대단하지만, 그보다 남들이 도저히 따라갈 수 없는 더 신통방통한 재주가 있지 않은가? 듣자니 러시아의 섭정여왕, 대한의 누나가 위 형제의 옛 정인이라던데, 그게 사실인가?"

위소보는 깔깔 웃었다.

"러시아의 여인들은 온몸이 노란 털이에요. 그 소피아 섭정여왕은 얼굴이 제법 예쁘게 생겼지만 피부를 만져보면 아주 거칠어요."

색액도가 웃었다.

"그래서 황상이 자네더러 직접 출마하라고 한 걸세. 썩 내키지 않겠지만 가서 좀 주물러주라는 거지."

위소보는 웃으며 손사래를 쳤다.

"난 흥미가 없어요, 싫어요…."

색액도가 말했다.

"그래도 위 형제가 주물러가지고 양국이 우호관계를 맺어, 서로 전쟁을 피하고 백성들을 도탄에 빠뜨리지 않는다면, 그게 바로 근린외교를 통해 나라의 안정을 유지하는 안방정국安邦定國의 일등 공적이 아니겠는가!"

위소보는 웃음이 나왔다.

"황상께서 저더러 대군을 이끌고 출정하라는 게 아니라, '십팔모의 신공'을 전개하라는 거군요? 하하…."

이어 입으로 흥얼거렸다.

"한 번 만지고, 두 번 만져라… 러시아 여왕의 머리카락. 그 머리카락은 황금물결… 색 대형과 위소보는 으쌰으쌰… 지화자 좋다…."

두 사람은 마주 보며 깔깔 웃었다.

위소보가 러시아가 흑룡강 일대를 점령한 상황에 대해 묻자, 색액도는 자세히 이야기해주었다.

러시아는 명나라 만력萬曆 연간에 이미 동침東侵할 야심을 품고 있었다. 그들은 시베리아의 톰스크, 예니세이스크, 야쿠츠크, 오호츠크 등지에 차례로 요새를 쌓았다. 순치 6년에는 녹정산鹿鼎山에다 야크사성을 짓고 동쪽으로 내려와 노략질을 일삼아왔다.

순치 9년에 이르러 만청 영고탑寧古塔의 도통都統 해색海色이 군사 2천 명을 거느리고 흑룡강 강변에서 러시아군을 대파했다. 그리고 나중에 송화강松花江 강구에서 다시 교전이 벌어졌는데, 만청의 도통 명안달리明安達哩가 용맹하게 싸워 러시아군을 또 대파했다.

러시아 병사들은 서쪽으로 퇴각해 네르친스크에다 다시 요새를 만들고, 모스크바에 지원을 요청하는 한편, 흑룡강 일대에 금은보화가 지천으로 깔렸다고 유언비어를 퍼뜨렸다. 그래서 러시아 사람들이 횡재를 하기 위해 떼를 지어 동쪽으로 넘어와 약탈을 하고 무고한 백성들을 많이 죽였다.

러시아는 비록 화기의 위력이 강하지만 청병도 용맹하게 맞서, 순치 16~17년경에 연전연승을 거뒀다. 러시아군의 통군대장을 처단하고 카자크 기병대를 과반이나 죽였다. 그 후로 러시아 사람들은 더 이상 흑룡강변으로 접근하지 못했다.

그러다가 강희 초년에 러시아 군민이 다시 동쪽으로 넘어와 야크사성을 근거지로 해서 악행을 저질렀다. 강희는 나중에 성장해서 러시아 사람들의 야심이 크다는 것을 알고, 방위를 보강하고, 길림성吉林省 수사水師를 흑룡강으로 이동시켜 주둔하도록 했다.

러시아도 부단히 병력을 보강했다. 야크사성을 난공불락의 요새로 만들고 러시아로 통하는 길목마다 거점을 확보해 흑룡강 일대의 광활한 땅을 통째로 집어삼키려 했다. 당시 강희는 오삼계를 상대하느라 러시아의 침략을 막을 여력이 없었다. 그러다가 삼번이 평정되고 대만이 귀순하자 비로소 러시아로 눈을 돌리게 된 것이다.

강희는 위소보가 모스크바에 갔던 일을 떠올렸다. 위소보는 러시아에 대해 잘 알고 있을 뿐만 아니라, 러시아의 국정을 장악하고 있는 섭정여왕과도 보통 관계가 아니었다. 그녀가 정권을 장악하는 데 큰 도움을 준 것도 사실이었다. 그러니 러시아를 상대하기에 위소보만 한 적임자가 없다고 판단했다. 위소보가 대만에 가 있다는 소식을 전해듣고 당장 색액도를 시켜 데려오라고 한 것이다.

위소보는 처자식을 데리고, 대만에서 긁어모은 '청원 재물'을 인부 두 명을 시켜 들것으로 배에 실어나르게 한 다음 북쪽으로 향했다. 그는 대만을 떠나기에 앞서 시랑에게, 원래 정씨의 부하였던 하우何佑, 임흥주, 홍조, 그리고 방패병 500명을 데려가겠다고 했다.

시랑은 그가 이번에 경성으로 가면 틀림없이 중용될 거라고 믿었다. 앞으로 좀 더 출세하려면 그의 도움이 필요할 터였다. 그래서 그가 원하는 대로 다 응해주었다. 그리고 그와 색액도에게 따로 푸짐한 예물도 안겨줬다.

대만 백성들은 조정에서 내륙 이주 명령을 철회한 것이 바로 위소

보의 공이라는 것을 알고 모두 감격해하며 만민산萬民傘과 호민기護民旗
등을 선물했다.

　위소보가 배에 오르려 할 때 두 명의 노인이 자신이 신고 있던 신발
을 벗더니 높이 들어올려 작별을 고했다. 이 '탈화脫靴의 예'는 본디 지
방의 청백리가 떠날 때 행해지는 것으로, 계속 이곳에 남아 있어 달라
는 깊은 뜻이 담겨 있었다. 그런데 위소보 같은 '탐관'이 그런 영예를
입다니, 참으로 고금을 통틀어 이런 황당한 예는 없을 것이다. 아무튼
환송하는 폭죽이 끊이지 않았다.

그게 뭔지 궁리하고 있는데 느닷없이 청병들의 고함 소리와 함께 산붕지열山崩地裂,

산이 무너지고 땅이 갈라지듯 수천 그루가 넘는 통나무에서 물기둥이 치솟더니 사

면팔방으로부터 성안을 향해 뻗쳐왔다.

사면에서 청병들의 함성이 더욱 고조되고, 머리 위에서는 무수한 백사白蛇가 날아

오듯 물줄기가 쏟아져내렸다.

순식간에 야크사성은 희뿌연 물안개에 뒤덮였다.

이날, 배는 당고塘沽에 다다랐다. 위소보와 색액도 등 일행은 육지에 올라 천진을 거쳐 북경으로 향했다.

궁으로 다시 들어간 위소보는 마치 구름을 타고 하늘을 나는 듯, 꿈속을 헤매고 있는 것 같은 격세지감을 느꼈다. 그는 두근거리는 가슴을 안고 일단 황제를 배알하러 달려갔다.

강희는 상서방에서 그를 소견했다. 위소보는 강희 앞으로 다가가 무릎을 꿇고 절을 올린 후 몸을 일으키기도 전에 갑자기 가슴 밑바닥으로부터 희비喜悲가 밀물처럼 한꺼번에 밀려와 자신도 모르게 바닥에 엎드려 방성통곡을 했다.

한편, 강희는 위소보가 나타나자 속으로 희로喜怒가 엇갈렸다. 물론 기쁨이 태반이고 노여움은 일부였다. 그는 속으로 생각했다.

'요런 겁 없는 녀석을 봤나. 감히 거듭 성지를 거역하고 이제야 찾아오다니! 이번에 비록 사신으로 보내지만 그래도 단단히 혼을 내줘야지! 아니면 총애를 받는 게 몸에 배고 버릇이 되어 앞으로 다스리기가 쉽지 않을 거야.'

그런데 위소보가 만나자마자 방성통곡을 하자 이내 마음이 약해졌다. 그는 웃으며 말했다.

"이런 빌어먹을! 왜 날 보자마자 우는 거야?"

위소보가 울면서 말했다.

"다시는 영원히 황상을 뵙지 못할 줄 알았어요. 한데 오늘 드디어 뵙게 됐으니 너무 기뻐서 눈물이 납니다."

강희는 여전히 웃었다.

"일어나라, 어서 일어나! 어디 좀 자세히 보자."

위소보가 기어 일어났다. 얼굴은 온통 눈물 콧물 범벅이지만 입가엔 미소를 띠고 있었다. 강희가 그를 쳐다보며 말했다.

"빌어먹을! 생전 안 클 줄 알았는데, 키가 많이 컸네."

그러고는 갑자기 동심으로 돌아가 어좌에서 내려왔다.

"우리 키를 한번 재보자. 네가 더 큰지 아니면 내가 더 큰지…."

그는 가까이 다가와 위소보와 등을 맞대고 섰다. 위소보는 어림잡아 자신이 약간 더 큰 것 같아 얼른 무릎을 살짝 구부렸다. 황상보다 더 높아선 안 되겠다는 생각이 들었기 때문이다.

강희는 두 사람의 머리 위로 손을 올려 높낮이를 재봤다. 자기가 약한 치가량 더 큰 것 같아 웃으며 말했다.

"우리 둘은 키가 거의 같구먼!"

몸을 돌려 몇 걸음 옮기더니 물었다.

"소계자, 그동안 아들딸을 몇 명이나 낳았지?"

위소보가 대답했다.

"소인은 재주가 없어 아들 둘에 딸 하나를 얻었습니다."

강희는 하하 웃어젖혔다.

"그 점에 있어서는 네가 너보다 낫군! 난 벌써 아들이 넷에다 딸이 셋이다."

위소보가 얼른 말했다.

"황상께옵선 웅재대략雄才大略(크고 뛰어난 재능과 지략)하시니 당연히… 당연히 대단할 수밖에요."

강희는 웃음을 금치 못했다.

"이제 보니 그동안 학문은 전혀 늘지 않았군. 아들딸을 낳는 일이 웅재대략과 무슨 상관이 있다는 거냐?"

위소보가 바로 둘러댔다.

"전에 주 문왕은 아들이 100명이나 됐대요. 좋은 황제는 아들도 많기 마련이죠."

강희가 웃으며 물었다.

"그건 또 어떻게 알았지?"

위소보가 대답했다.

"황상께서 저더러 섬에서 낚시를 하라고 했으니, 우린 주 문왕하고 강태공 같은 거죠. 저는 강태공으로서 당연히 문왕에 관해 좀 알아둬야지 않겠어요? 그래야 나중에 황상께서 물으면 제대로 대답을 할 수 있으니까요."

강희는 그동안 오삼계와 싸우느라, 불철주야 국사를 처리하느라 노심초사해왔다. 위소보 같은 격의 없는 측근이 없어 가끔 무료함을 느낄 때도 있었다. 지금 마음이 맞는 군신이 오랜만에 다시 만나게 되자 무척 기분이 좋았다. 이런 얘기 저런 얘기, 농담도 해가며 한참 이야기를 나누다가 강희가 통식도에서의 생활과 대만의 풍토민정風土民情에 관해 물었다.

위소보가 대답했다.

"대만은 땅이 비옥하고 기후가 온난해서 생산되는 게 많아요. 백성들이 다 즐겁게 잘 살고 있더군요. 황상께서 계속 그곳에 살아도 된다고 윤허하자 다들 황은에 감사하고 얼마나 기뻐했는지 몰라요. 그리고 참, 황상은 그야말로 진짜 요순어탕이라고 했어요."

강희는 고개를 끄덕였다.

"시정施政은 백성의 뜻을 헤아리는 게 우선이지. 백성들이 대만에서 편안히 거주하고 생업을 영위하며 안거낙업安居樂業하고 있다면 굳이 무리하게 내륙으로 이주시킬 필요가 없어. 조정대신들은 대만의 민정을 잘 몰라서 불필요한 의논으로 하마터면 대사를 그르칠 뻔했구나. 다행히 너와 시랑이 적시에 간언을 해서 시행착오를 막았으니 그 또한 공을 세운 거나 다름없지."

위소보는 덜컥 무릎을 꿇었다. 그리고 큰절을 올리며 말했다.

"소인은 여러 차례 황명을 거역했으니 목을 열댓 번 쳤어야 마땅합니다. 그 어떤 공을 세웠다고 해도 결코 용서받을 수가 없습니다. 간곡히 청하오니, 은총을 베푸셔서 소인의 목숨을 살려주어 황상을 곁에서 모시게 해주시옵소서!"

강희는 빙긋이 웃었다.

"그래, 너도 목을 열댓 번 쳤어야 마땅하다는 것을 알고 있구나. 하지만 애석하게도 넌 목이 열댓 개 있지 않다. 있다면 벌써 열댓 번 쳤을 거야."

위소보가 말했다.

"아, 네! 네… 소인은 많은 목을 원치 않습니다. 하나만 남아 있어 제때 밥을 먹을 수 있으면 그걸로 족합니다."

강희가 말했다.

"그 하나뿐인 머리를 보존하려면 앞으로 다시는 내 명을 거역하지 말고 충성을 다해야 할 것이다."

위소보가 머리를 조아렸다.

"네, 여부가 있겠습니까. 소인은 항상 충忠 자를 머리에 이고 다니면서 충심충성, 조석충정, 진충보국… 황상께 충성하겠습니다!"

강희는 또 웃었다.

"충 자가 들어간 사자성어를 어디서 그렇게 배웠느냐? 제법 많이 기억하고 있는데, 더 아는 게 있느냐?"

위소보가 대답했다.

"소인의 마음속엔 오로지 충 자밖에 없습니다! 당연히 기억하고 있죠. 그리고 또… 또 충군애국, 충신은 죽음을 두려워하지 않는다, 죽음을 두려워하면 충신이 아니다, 그리고 충후성실…."

강희가 웃으며 말했다.

"알았으니 어서 일어나라. 네가 정말로 충후忠厚하고 성실하다면 이 세상에 영악하고 교활한 녀석은 아마 존재하지 않겠지."

위소보는 몸을 일으키더니 머리를 긁적이며 말했다.

"저는 오로지 황상 한 사람께 충성할 뿐이지, 다른 사람에게는 군이 충성할 이유가 없어요. 어쩌면 좀 교활한 면도 없지 않겠죠. 저는 원래 좀 까불까불한 성격을 타고났어요. 황상도 그걸 잘 아시잖아요. 하지만 황상에게 '충성'을 다하듯 친구에게는 '의리'를 지켜왔습니다. 충과 의, 충의忠義를 동시에 이행할 수 없어서 부득이 목을 움츠리고 통식도에서 낚시로 세월을 보낸 겁니다."

강희가 그의 말을 받았다.

"이젠 걱정 말아라. 미리 밝혀두는데, 더는 너더러 천지회를 치라고 하지 않을 것이다."

그러고는 뒷짐을 진 채 몇 걸음 거닐더니 천천히 말했다.

"네가 친구들에게 의리를 지킨 것은 미덕美德이다. 너를 나무랄 생각이 없어. 옛 성인들은 충서지도忠恕之道를 중시했다. 그중에 충 자는 비단 군주에게만 해당되는 게 아니라, 그 누구에게나 최선을 다하는 것도 충이라 할 수 있다. 충의라는 두 글자는 본디 하나이면서 둘이고, 둘이자 하나다. 너는 친구를 배신하지 않으려고 죽음을 무릅썼고, 또한 부귀영화마저 버렸으니 기특하다. 가히 고인古人의 풍모가 엿보인다. 그리고 친구를 배신하지 않으려 했으니 당연히 나도 배신하지 않겠지. 소계자, 너의 죄를 사면해주는 것은 전에 많은 공을 세웠고, 어릴 때부터 나랑 친하게 지냈기 때문이 아니라, 그 의리를 가상히 여겨서 내린 결정이다."

위소보는 무척 감격해 훌쩍이며 말했다.

"소인은… 소인은 아무것도 모릅니다. 그저 남이 진심으로 날 대해줬는데… 난 그에게 미안한 짓을 할 수 없다고 생각했을 뿐입니다."

강희가 고개를 끄덕였다.

"그래, 그래. 한데 그 러시아의 섭정여왕도 너에게 잘해준 것 같은데, 너더러 그를 치러 가라고 한다면 어쩔 거지?"

위소보는 낄낄 웃었다.

"그건 상황이 다르죠. 그녀는 갇혀서 하마터면 목숨을 잃을 뻔했는데 제가 화창수火槍手들을 충동질해서 대좌大座를 차지하라고 가르쳐

췄어요. 그녀에게 은혜를 베푼 거죠. 만약 그녀가 군사를 보내 황상의 금수강산을 빼앗으려 한다면, 그건 절대 용납할 수가 없어요. 그리고 그 여자는 방탕해서 오늘은 이 남자, 내일은 저 남자에게 추파를 던지니 저에 대한 마음도 진심이 아니었을 거예요. 러시아가 너무 멀리 떨어져 있어서 애석하네요. 아니면 당장 가서 잡아와 황상께 보여드리면 재미있을 텐데….”

강희가 말했다.

“그래, 그 ‘러시아가 너무 멀다’는 말이 바로 아주 중요한 관건이야. 그 한 마디 때문에 우린 이번 싸움에서 반드시 승리를 거머쥘 수 있을 거야. 왜냐하면… 러시아는 비록 화기가 위력적이고 기병이 용맹하지만 멀리 떨어져 있고, 우린 가까이 있다. 그게 바로 병법에서 말하는 지리적인 이점이야. 그들은 만 리 밖에서 군사와 병마, 화기, 탄약, 식량, 입고 덮을 것을 옮겨와야 하니, 당연히 물자 조달이 용이하지 않겠지. 난 이미 호부상서 이상아<sup>伊桑阿</sup>를 영고탑으로 보내 애혼<sup>璦琿</sup>성과 호마이<sup>呼瑪爾</sup>성을 건축해 양식과 탄약을 많이 비축해놓도록 명했다. 그리고 역참<sup>驛站</sup>을 10여 군데 설치해 군수품 조달에 차질이 없도록 만반의 준비를 해놓았지. 일전에는 또 몽골에 성지를 보내 러시아와 교역을 하지 못하게 단단히 일러두었어. 뿐만 아니라 흑룡강의 살포소<sup>薩布素</sup> 장군을 시켜 기병대를 이끌고 식량을 실은 러시아 마차를 발견하면 제기랄, 무조건 불을 지르라고 했고, 병마를 보면 빌어먹을, 바로 죽이라고 명했다.”

위소보는 크게 기뻐하며 소리쳤다.

“황상께서 그런 안배를 다 해놨으니 정말 그 무슨 천리지외<sup>千里之外</sup>,

천 리를 내다보고 있으니 이번 싸움은 십중팔구 승산이 있습니다!"

강희가 다시 말했다.

"딱 그렇게 장담할 수만은 없어. 남회인의 말에 의하면, 러시아는 땅덩어리가 우리보다 더 넓대. 그렇게 호락호락하게 봐서는 안 된다는 거야. 우리가 만약 싸움에서 패해 요동 땅을 잃게 된다면 국기國基마저 흔들릴 수가 있어. 하지만 그들이 패하면 빌어먹을, 그냥 수백 리, 수천 리 밖으로 물러나기만 하면 돼. 그러니 우린 절대 져서는 안 돼. 네가 만약 패하면 내가 직접 나서는 수밖에 없고, 그땐 가장 먼저 네 목부터 칠 거니까 명심해!"

마지막 말을 하면서 준엄한 표정을 지었다.

위소보는 바싹 졸았다.

"통촉해주시옵소서. 소인의 목이 달아난다면 그건 러시아와 싸우다 순국하는 것이지, 절대 싸움에 져서 황상 손에 목이 달아나진 않을 겁니다."

강희는 고개를 끄덕였다.

"그런 각오를 갖고 있으면 됐다. 전세는 상황에 따라 시시각각으로 변하기 때문에 아무도 필승을 장담할 수 없어. 절대 소홀함이 없도록 명심해야 한다. 전쟁은 결코 입으로만 나불거리고 오두방정을 떨어서 되는 어린애 장난 같은 게 아니다!"

위소보는 공손하게 몸을 숙였다.

"네, 명심하겠습니다. 황상의 분부에 따라 절대 오두방정을 떨지 않고 아주 진지하게 사명을 완수하겠습니다!"

강희가 말했다.

"만약 단순히 양국이 생사를 걸고 싸우는 전쟁이라면 널 보낼 이유가 없겠지. 이번 러시아와의 싸움은 그들을 궤멸시키겠다는 게 아니라, 우리가 쉽게 넘볼 수 있는 상대가 아니라는 것을 깨닫고 다시는 우리 영토를 침범하지 못하게 만드는 데 그 목적이 있다. 그래서 당근과 채찍, 은위恩威를 동시에 보여줌으로써, 그들이 감은感恩, 즉 우리가 은혜를 베풀었다는 것을 실감하고, 양국이 상호불가침의 우호관계를 맺도록 해야 한다. 만약 살육 일변도로 나가 러시아의 군주를 격노케 해서 모든 군력을 동원해 반격한다면, 설령 우리가 최종적으로 이긴다고 해도 전쟁의 후유증으로 인해 백성들은 도탄에 빠지고, 국력에도 많은 손실을 입게 될 것이다. 그러니 서로 적당한 선에서 우호를 맺는 게 중요하다. 병법에서도 '불전이굴인지병不戰而屈人之兵이 상상대길上上大吉'이라 했다. 네가 러시아의 섭정여왕을 설복해 병사들을 퇴각시키고 양국이 우호관계를 맺는다면, 그거야말로 가장 큰 공로가 될 것이다."

위소보가 말했다.

"러시아의 장수를 만나면 바로 황상의 성지를 주어 그것을 섭정여왕에게 전하도록 하겠습니다."

강희가 다시 말했다.

"난 이미 여러 명의 서양 선교사를 불러 러시아의 역사와 풍토 지리, 군정 인사에 대해 세세하게 물어서 확인했다."

위소보가 그의 말을 받았다.

"아, 네! 네… 그게 바로 나를 알고 너를 알면, 그 무슨 지피知彼니 뭐니 하면 백전백승百戰百勝이 아니겠습니까?"

강희는 빙긋이 웃었다.

"지피지기知彼知己! 선교사의 말에 의하면, 세상에서 기약공강欺弱恐强, 약한 자를 업신여기고 강한 자를 두려워하는 두 나라가 있는데, 하나는 일본이고 하나는 러시아라고 했다. 만약 러시아 사람에게 무조건 고개를 숙이면 그들은 득촌진척得寸進尺, 갈수록 흉악해져서 기어오르려고 할 테니, 일단 본때를 보여 우리가 만만치 않다는 것을 확실하게 보여줘야 한다. 그러니 우린 만반의 준비를 다 갖추고 언제든지 그들을 공격할 수 있으면서도 우호관계를 원하는 예의지방禮義之邦, 중화상국의 면모를 보여주려고 하는 것이다."

위소보도 웃었다.

"네, 알겠습니다. 우린 때론 얼굴을 붉게 칠해 빌어먹을, 닥치는 대로 혼내주고, 때론 얼굴을 하얗게 분칠해서 싱글벙글 웃으며 쓰다듬어주면 되겠죠. 마치 제갈량이 맹획孟獲을 일곱 번 붙잡았다가 일곱 번 놔줘, 결국 두 손 두 발 다 들고 승복해서 다시는 까불지 못하게 만든 것과 같은 경우가 아니겠어요?"

강희가 의미심장하게 웃으며 말했다.

"그래, 바로 그거야!"

위소보는 그의 웃음이 아무래도 심상치 않았다. 그래서 잽싸게 생각을 굴려 그 이유를 알아내고는 헤벌쭉 웃으며 말했다.

"그러니까 황상이 이 소계자를 일곱 번 봐준 것과도 같겠죠. 저로 하여금 감격하고 두려워해서 다시는 허튼수작을 못 부리게 만들었잖아요. 소계자는 말하자면 손오공입니다. 아무리 찧고 까불어도 결국은 황상의 여래불장如來佛掌, 손바닥에서 벗어날 수가 없죠."

강희가 웃으며 말했다.

"나이를 먹더니 좀 겸손해졌군. 네가 정말 내 손아귀에서 벗어나려 한다면 나로서도 잡기가 쉽지 않을 것 같아."

위소보가 말했다.

"황상 손바닥 안에 있으면 아주 편하고 기분이 좋은데 왜 벗어나려 하겠어요?"

그 말에 강희는 다시 웃었다.

"오삼계를 평정하기까지는 너의 공로가 적지 않았다. 승리의 기쁨을 함께 누리지 못해 아쉽기는 해도… 대신 이번에 너로 하여금 수륙삼군을 통솔해 러시아를 징벌하기 위해서 한꺼번에 두 등급을 승진시켜주마. 야크사성은 녹정산에 있으니, 널 삼등 녹정공鹿鼎公 겸 무원대장군撫遠大將軍에 봉할 거야. 무장으로선 봉춘朋春과 흑룡강성의 살포소薩布素 장군, 영고탑의 파해巴海가 도와줄 거고, 문신으로선 색액도가널 보조해줄 것이다. 우린 우선 기마병 4만 명과 수병 5천 명이 출병할 거고, 만약 부족하다면 원하는 만큼 바로 증원을 해주겠다. 필요한군마와 군수물자는 이미 다 준비돼 있다. 애혼성과 영고탑에 군량도넉넉히 비축돼 있으니 대군이 3년 동안 쓰고도 남을 거야. 그리고 야전포 350기와 성을 공격하는 공성포도 50기가 있으니 충분하겠지?"

강희가 한마디 할 때마다 위소보는 황은에 감사를 표하고, 말이 다끝나기도 전에 무릎을 꿇고 연신 절을 올렸다.

강희가 다시 말했다.

"러시아가 야크사와 네르친스크에 주둔시킨 기병은 6천 명에 불과하다. 그들보다 예닐곱 배나 더 많은 병력으로 정벌하는 것이니, 실수해서 우리 중화의 당당한 국위를 손상시키는 일이 없도록 해야 한다."

위소보가 그의 말을 받았다.

"이번에는 제가 황상을 대신해 출정하는 것이니, 조금이라도 허점을 보이면 러시아는 우리를 얕보겠죠. 황상, 심려하지 마시옵소서!"

강희가 고개를 끄덕였다.

"좋아! 더 필요한 게 있으면 말해봐라."

위소보가 대답했다.

"소인이 대만에서 500명의 방패병을 데려왔습니다. 그들이 러시아의 화기를 잘 막아낼 테니 함께 데려가도록 윤허해주십시오."

강희는 좋아했다.

"그거 잘됐군. 정성공의 옛 부하들이 홍모병을 대파한 경험이 있으니 이번 러시아 정벌에 투입하면 승산이 더 커지겠구나. 그렇지 않아도 러시아의 화력이 강해 아군이 많이 살상될까 봐 우려했었다."

위소보가 말했다.

"방패로 적의 총알을 막고, 땅바닥을 데굴데굴 굴러가 적의 발목을 자를 겁니다."

강희는 신이 났다.

"우아, 그거 묘책이구먼, 묘책이야!"

위소보가 다시 말했다.

"지난날 소인과 함께 모스크바로 갔던 소첩이 한 명 있는데, 무공이 뛰어나고 러시아말도 능통하니 데려갈 수 있도록 윤허해주십시오."

청의 규례에 따라 출정하는 장수는 가족을 데려갈 수 없었다. 그것은 대죄大罪라 미리 윤허를 받아야 했다.

강희가 고개를 끄덕였다.

"알았다. 그건 그렇고, 내 누이동생이 네 아내가 되는 바람에 난 졸지에 너의 처남이 되었다. 네가 이번에 큰 공을 세우지 못한다면 그 일도 문제 삼을 테니 명심해라! 그리고 내 누이동생은 명문 정실이니 첩으로 생각하면 안 된다."

위소보가 절을 올리며 말했다.

"그야 당연하죠."

위소보에게는 아내가 일곱 명 있다. 그들은 나이순으로 항렬이 정해져 있었다. 위소보는 비록 건녕 공주를 가장 아끼는 것은 아니지만, 황상의 어매御妹이니 첩이 아니라 엄연히 정실이었다.

위소보가 절을 올리고 물러나 문 가까이 갔을 때 강희가 갑자기 물었다.

"듣자니 정극상이 너의 사부인 진영화를 죽였다던데, 사실이냐?"

위소보는 순간적으로 멍해져서 짤막하게 대답했다.

"네!"

그러자 강희가 말했다.

"정극상은 이미 조정에 귀순했다. 대만 정씨의 자손을 지켜주겠다고 약속했으니 해코지할 생각일랑 마라."

위소보로서는 대답할 수밖에 없었다. 그는 이번에 상경해 그렇지 않아도 정극상을 찾아가 무슨 수를 써서라도 앙갚음을 할 생각이었다. 그런데 황제가 그것을 미리 알아차리고 건드리지 못하도록 명을 내린 것이다. 그러니 만약 정극상을 괴롭히면 그건 황명을 거역하는 것과 다를 바가 없다. 그는 속으로 투덜거렸다.

'그 새끼가 사부님을 죽였는데, 그 원한을 이대로 덮어둬야 한단 말

인가…?’

생각을 굴리며 고개를 숙인 채 걷고 있는데 갑자기 한 사람이 말을 걸어왔다.

“위 형제, 축하하네!”

음성이 귀에 익었다. 고개를 들어보니, 어깨가 딱 벌어지고 우람한 체구의 남자가 웃는 낯으로 자기 앞에 서 있었다. 놀랍게도 지난날 자기가 비수로 찔러 죽인 사람, 바로 어전 시위 총관 다륭이었다.

위소보는 대경실색, 혼비백산하지 않을 수 없었다.

그날 궁에서 탈출하면서 분명 다륭을 자기 침실로 유인해 등 뒤에서 비수로 찔러 죽였는데, 귀신이 되어 복수하러 왔단 말인가? 너무 놀라 몸이 부들부들 떨렸다. 냅다 달아나거나 무릎을 꿇고 애원하고 싶었다. 그러나 두 다리가 땅에 박히기라도 한 듯 반 걸음도 옮길 수가 없었다. 몸의 중간쯤 앞뒤가 다 풀렸다. 조금만 힘을 주면 똥오줌이 다 쏟아져나올 것만 같았다.

다륭은 그에게 가까이 걸어와 손을 잡고 웃으며 말했다.

“위 형제, 이게 몇 년만인가? 보고 싶어서 죽는 줄 알았어. 그동안 별고 없이 잘 지냈겠지? 듣자니 통식도에서 황상을 위해 낚시를 한다고 하더군. 황상은 시시때때로 관작을 높여주고… 난 그 이야기를 들을 때마다 얼마나 기분이 좋았는지 모르네.”

위소보는 그의 손에 온기가 있는 것을 느꼈다. 햇살이 복도로 스며들어 그의 그림자가 드리웠다. 그러니 귀신은 아닌 듯싶었다. 놀라움이 다소 가셔 건성으로 대답했다.

"아… 네… 네…."

행여 그가 복수를 해올까 봐 전전긍긍했다. 그날 틀림없이 등에 비수를 꽂아 심장을 꿰뚫었는데 왜 죽지 않은 걸까? 당황스러울 뿐 그 이유를 알 수 없었다.

다륭이 말했다.

"그날 위 형제의 방에서 난 자객의 암습을 받았는데, 다행히 위 형제가 자객을 쫓아버리고 구해준 덕분에 목숨을 부지했네. 직접 고맙다고 인사를 해야 되는데 기회가 없었어. 그런데 위 형제는 시랑에게 부탁해 대만에서 많은 선물을 보내줬으니 정말 몸 둘 바를 모르겠네."

위소보는 그의 진지한 표정에서 거짓말을 하는 게 아님을 알 수 있었다. 그는 속으로 생각했다.

'어전 시위 총관이면 황상의 측근이라 시랑에게 선물을 나눠주라고 할 때 당연히 총관의 몫도 있었겠지. 선물을 받으면서 아마 나에 관해 물어본 모양이군. 시랑은 나와의 교분을 과시하기 위해 선물 중에는 내가 보낸 것도 있다고 했을 거야. 그건 그렇고… 내가 자객을 쫓아버려서 자기를 구해줬다는 건 대체 무슨 말이지?'

다륭은 그의 안색이 별로 좋지 않은 것을 보고, 강희에게 질책을 받았다고 생각해 위로의 말을 건넸다.

"황상께선 근자에 러시아가 요동을 침범한 일로 심기가 좀 불편하네. 그러니 너무 걱정하지 말게. 좀 이따가 우리끼리 술이라도 한잔하면서 회포를 풀어보세."

위소보가 말했다.

"황상의 은덕은 하늘과 같아요. 좀 전에 날 또 승진시켰어요. 이 은

혜를 어떻게 보답해야 좋을지 모르겠네요."

다륭이 웃으며 말했다.

"축하하네, 축하해. 위 형제는 늘 황상을 위해 충성해왔으니 승관봉작하는 것은 당연지사지."

부러워하는 기색이 역력했다.

위소보는 그의 말투나 표정에서 그가 자신을 거짓으로 다정하게 대하는 것이 아니라는 것을 읽을 수 있었다. 다륭은 워낙 솔직담백한 사람이라 가식적으로 마음에 없는 말을 잘 하지 못했다. 위소보는 마음속의 두려움이 조금 사라져서 멋쩍게 웃으며 말했다.

"다 대형, 미안하지만 잠깐만 기다려줘요. 워낙 좀 급해서… 황상께서 많은 것을 분부하는 바람에 급해 죽겠는데도 계속 참고 있었어요."

다륭은 깔깔 웃었다. 위소보의 처지를 이해하고도 남았다. 황제가 신하를 소견할 때, 물러가라고 하기 전에는 신하는 절대 임의로 물러나올 수 없다. 그러니 만약 소대변이 급하다면 실로 난처한 일이 아닐 수 없다.

물론 위소보는 측근 중의 측근이라 이렇듯 오랫동안 붙잡고 있었던 것이지, 웬만한 대신은 몇 마디만 하고 바로 물러가라고 하기 때문에, 그동안에 똥오줌이 마려운 경우는 드물었다.

다륭은 원래 위소보와 아주 친했다. 게다가 오랜만에 만난 것이니 그 반가움이 오죽하겠는가. 그는 곧 위소보의 손을 잡고 측간 문 앞까지 함께 갔다. 그리고 해우解憂를 다 하고 나올 때까지 기다렸다.

그날 위소보는 사부와 천지회 형제들의 목숨을 구하기 위해 부득이 다륭을 칼로 찔렀는데, 이후 그 일이 생각날 때마다 큰 죄를 지었다고 자책하곤 했다. 그런데 죽지 않고 멀쩡히 살아 있으며, 자기에 대해 전혀 원망하는 기색이 없지 않은가! 오줌을 아주 시원하게 쌌다.

측간에서 나온 그는 마음을 다잡고 말을 돌려해가면서 그날 있었던 일에 대해 알아봤다. 다륭이 말했다.

"그때 내가 깨어나보니 침상에 사나흘을 누워 있었더라고. 어의의 말로는 내 심장이 다행히 옆으로 약간 비틀어져서, 급소인 심장을 피해 폐에만 손상을 입었다더군. 나처럼 태어날 때부터 심장이 비틀어진 사람은 10만 명 중에 하나가 있을까 말까 하다는 거야."

위소보는 다시 죄책감을 느꼈다.

'아… 그랬었군….'

그래도 웃으며 말했다.

"난 여태 대형이 마음이 아주 올곧은 사람인 줄 알았는데, 사실 좀 비틀어졌군요. 혹시 특별히 어느 소실을 편애하기 때문이 아닐까요?"

그의 말에 다륭은 처음엔 멍해하더니 곧 껄껄 웃었다.

"위 형제가 얘길 안 했다면 나도 그냥 지나칠 뻔했는데, 솔직히 말해 여덟 번째 첩을 제일 아끼네. 그렇게 편애하니 심장이 옆으로 좀 치우쳤나 보네. 하하…."

두 사람은 마주 보며 한바탕 신나게 웃었다.

위소보가 계속 웃으며 말했다.

"그 자객은 무공이 대단하더라고요. 저는 사전에 전혀 눈치를 채지 못했어요."

다륭이 맞장구를 쳤다.

"글쎄 말이야."

이어 음성을 아주 낮췄다.

"그때 마침 건녕 공주가 위 형제를 보러 왔잖아. 우리 같은 아랫것 들은 그런 일은 함부로 입 밖에 내면 안 되지… 난 석 달간이나 누워 있다가 겨우 몸을 추스를 수 있었네. 위 형제가 목숨을 걸고 자객으로 부터 날 구해줬다는 것을 황상을 통해 비로소 알았어. 이제 와서 그 세 세한 상황은 얘기할 필요가 없지. 아무튼 자네한테는 큰 빚을 졌네."

강희가 재위한 기간에 낯가죽 두껍기로 따지면 위소보는 몇 손가락 안에 드는데, 지금 다륭의 말을 듣자 자신도 모르게 얼굴이 붉어졌다. 그리고 황제가 자기를 위해 모든 것을 숨겨준 사실을 비로소 알게 됐 다. 첫째로 황상이 직접 한 말이라 다륭은 당연히 믿어 의심치 않았고, 둘째로 공주의 사적인 일이 개입돼 있기 때문에 궁중 사람들은 가능 한 한 세세히 알려고 하지 않았다. 아무리 의문점이 많아도 그저 마음 속에 묻어두기 마련이었다. 만약 위소보가 사실을 은폐하기 위해 거짓 말을 꾸며야 했다면 꽤나 애를 먹었을 것이다.

위소보는 자책감을 느끼면서도 충직하고 착한 사람은 역시 하늘이 돕는구나, 하고 생각했다.

"제가 대만에서 토산품을 많이 가져왔는데 나중에 사람을 시켜 집 으로 보내드릴게요."

다륭은 연신 손사래를 쳤다.

"아니네, 아니야. 우린 한 식구나 다름없는데, 선물은 무슨… 지난번 에 자네가 사랑을 시켜 보내준 선물도 아주 많은데, 뭐…."

위소보는 갑자기 생각나는 일이 있었다.

'이런 일은 황상께서 아셔도 나더러 황명을 거역했다고 나무라진

못할 거야….'

그가 넌지시 물었다.

"다 대형, 정극상 녀석이 귀순했다던데 북경에서 어떻게 지내고 있습니까?"

다륭이 대답했다.

"그래도 황상께서 잘해주는 모양이네. 일등 공작에 봉했어. 녀석은 별 볼일이 없는데 조상의 덕을 봐가지고 글쎄, 작위가 위 형제보다 더 높다니까!"

위소보가 말했다.

"그날 우리가 장난을 하면서 그가 우리 시위들에게 1만 냥의 빚을 졌다고 우긴 일이 있는데, 혹시 기억하세요?"

다륭이 껄껄 웃었다.

"기억하다마다… 참, 위 형제가 좋아하는 그 낭자는 어찌 됐나? 만약 여전히 그 정극상 녀석을 따라다닌다면 우리가 가서 빼앗아주겠네."

위소보가 미소를 지으며 말했다.

"그 낭자는 이미 제 마누라가 되어 아들도 하나 낳았습니다."

다륭이 활짝 웃으며 말했다.

"아! 축하하네, 축하해! 그렇지 않다면 정극상 녀석이 경성에서 제 아무리 일등 공작이라 해도 아무 권한도 없는 허수아비니 우리가 찾아가 얼마든지 골려줄 수가 있네. 누가 감히 뭐라고 하겠어? 그렇게 투항해서 귀순한 번왕 따위는 온종일 전전긍긍 불안에 떨고 있다네. 또 역모를 꾸민다고, 언제 황상에게서 날벼락이 떨어질지 모르니까!"

위소보가 다시 말했다.

"일부러 찾아가 괴롭힐 필요 없어요. 살인하면 목숨을 내놓고, 빚을 지면 갚아야 하는 게 아주 지극히 당연한 일이잖아요? 일등 공작이 아니라 친왕, 패륵이라 해도 남에게 빚을 져놓고 생떼를 쓰며 오리발을 내밀 수는 없는 노릇 아니에요?"

다륭이 맞장구를 쳤다.

"그래, 그렇고말고! 우리 형제들에게 1만 냥을 빚졌다는 걸 증언해줄 사람은 많아. 당연히 가서 빚을 받아내야지!"

위소보는 빙긋이 웃었다.

"녀석은 정말 형편없더라고요. 그 1만 냥뿐만 아니라, 이후에도 계속해서 나한테 돈을 빌렸어요. 친필로 나한테 증서도 써줬다고요. 그 정씨 일가는 3대째 대만에서 왕 노릇을 하면서 많은 재물을 모았을 거 아녜요? 북경으로 올 때 다 가져온 게 분명해요. 정성공과 정경은 좋은 사람이라 그리 많이 긁어모으지 않았겠지만 정극상은 그랬을 리가 없잖아요? 단 하루만 왕야를 지냈어도 최소 100만 냥을 뜯어냈을 테니, 이틀이면 200만 냥, 사흘이면 300만 냥⋯ 그가 며칠 동안 왕야 노릇을 했는지 한번 계산해봐야겠어요!"

다륭은 입이 딱 벌어졌다.

"우아, 엄청난 숫자네, 엄청나⋯."

위소보가 말했다.

"내가 나중에 그 증서를 다 대형에게 보내줄게요. 그 돈은 난 필요가 없으니⋯."

다륭이 얼른 말했다.

"그게 무슨 말인가? 돈을 다 받아내주겠네. 단 한 푼도 빠진 게 없을 테니 염려 말게. 부하들을 끌고 찾아가서 빚을 갚으라고 하면 놈이 감히 안 갚고 배기겠나?"

위소보가 다시 말했다.

"한데 액수가 좀 커요. 녀석이 지난날 주색잡기에 빠져서 돈을 물 쓰듯이 썼나 봐요. 한꺼번에 다 갚기가 아마 쉽지 않을 거예요. 그러니 이렇게 하죠. 대형이 형제들을 이끌고 가서 빚을 갚으라고 윽박지르는데도 갚을 돈이 없다고 하면 쪼개서 갚으라고 하세요. 그리고 형제들의 이름으로 반드시 증서를 받아내는 거죠. 1천 냥도 좋고 2천 냥도 좋으니, 그 증서를 받아오는 시위가 그 돈을 다 가지라고 하세요."

다륭이 고개를 저으며 말했다.

"그건 안 될 말이지! 시위들은 다 자네의 옛 부하들이니 옛 상사를 위해 빚을 받아내는 일쯤은 당연히 해드려야지. 거기서 돈을 받아 착복한다면 그게 말이 되겠나?"

위소보는 고개를 끄덕였다.

"그래요, 다 저의 옛 부하고, 옛 친구고, 옛 형제들이죠. 그동안 난 계속 승진을 했는데도 그들에게 아무것도 준 것이 없어요. 그러니 그 기백만 냥쯤 되는 은자는 대형과 형제들이 다 나눠갖도록 해요."

다륭은 깜짝 놀랐다. 목소리마저 좀 떨려나왔다.

"아니… 뭐라고? 기백… 기백만 냥이라고?"

위소보가 빙긋이 웃었다.

"본전이야 뭐 그렇게 많지 않겠지만 이자에 또 이자를 합치다 보니 액수가 좀 불어난 것 같아요. 대형이 좀 더 많이 갖도록 해요."

다륭은 믿지 못하겠는지 혼자 중얼거렸다.

"수백만 냥이라고…? 그럼… 너무 많잖아…."

위소보가 다시 웃으며 말했다.

"그래서 한꺼번에 다 못 갚으면 쪼개서 증서를 받으라는 거예요."

여기까지 말하고는 음성을 낮췄다.

"이번 일은 절대 날 끌어들이지 말아요. 만약 어전 어사御使가 알게 돼, 제가 외번外藩과 가깝게 지내면서 돈놀이를 했다고 탄핵하면, 그 죄명이 작지 않을 테니까요. 하지만 어전 시위들이 개별적으로 그에게 1천 냥이고 2천 냥의 빚을 받아낸 거라고 하면 나하고는 아무 상관도 없죠. 혹시 탈이 날 게 걱정되면 효기영의 군관들도 함께 데려가세요. 그들도 전엔 다 내 부하였으니 조금씩 나눠주는 게 좋잖아요?"

다륭은 연신 고개를 끄덕이며 대답했다. 그리고 마음속으로 이미 작정을 했다. 이번에 빚을 받아내면 절반은 다시 위소보에게 돌려줄 생각이었다. 본전까지 다 날리게 할 순 없지 않은가!

위소보는 내심 의기양양 기분이 좋았다.

다륭이 이리떼 같은 어전 시위들과 효기영 군관들을 데려가서 빚 독촉을 하면 정극상은 골치깨나 아플 것이다. 자기가 직접 정극상을 찾아가 사부를 죽인 앙갚음을 해야 하는데, 강희가 그렇게 하지 못하도록 미리 선수를 치는 바람에 어쩔 수 없이 이 수를 생각해낸 것이다.

'시위들과 군관들이 가서 한바탕 소란을 피우면, 정극상 그놈은 아마 재산의 절반 정도는 물어줘야 할 거야. 그러고도 어디에 하소연하거나 누구를 원망하지 못하겠지. 설령 다른 사람들이 알게 돼도 상관없어. 그건 어디까지나 정극상이 개인적으로 어전 시위, 효기영 군관들과 얽혀서 노름을 하다가 진 빚 때문에 일어난 일이라고 생각할 거야. 다들 뒤꽁무니에서 정극상이 명문의 자제로서 처신을 제대로 하지 못해, 노름빚을 지고 망신을 당하는 거라고 수군거리겠지. 내가 뒤에서 꾸민 일이라고는 전혀 상상도 못할 거야.'

궁에서 나오자 강친왕 걸서, 이위李霨, 명주明珠, 색액도, 늑덕홍勒德洪, 두입덕杜立德, 풍부馮溥, 도해圖海, 왕희王熙, 황기黃機, 오정치吳正治, 종덕선宗德宜 등 많은 한족과 만주족 대관들이 궁문 밖에서 기다리고 있었다. 그들은 앞다퉈 몰려와 축하를 해주고는 위소보를 에워싸고 동모자 골목으로 갔다.

골목 앞에 이르자 아주 으리으리한 저택이 우뚝 서 있는 것이 시야에 들어왔다. 예전 백작부보다 훨씬 규모가 컸다. 대문 위에 주칠을 한 편액이 걸려 있는데, 아무 글자도 보이지 않았다. 글자가 새겨져 있다면 위소보는 무슨 글인지 몰라 일단 못 본 척할 텐데, 아무 글자도 없으니 멍해질 수밖에 없었다.

강친왕이 웃으며 말했다.

"위 형제, 자네에 대한 황상의 은택恩澤은 정말 천고지후天高地厚, 하늘만큼 높고 땅만큼 두텁네. 그해, 백작부에 불이 나고 자네는 경성에 없는데, 황상께서 그 소식을 전해듣고는 바로 나를 궁으로 불러 자네를 위해 새 집을 짓도록 명하셨네. 성지에는 집 짓는 비용에 대해선 일절 언급이 없고, 모든 경비를 내고內庫에서 지출하라고만 명시되어 있었지. 이건 황상께서 자네에게 하사하는 건데, 내가 굳이 돈을 아낄 이유가 있겠는가? 당연히 가장 좋은 재료를 구해 멋있게 지었지. 위 형제 마음에 드는지 모르겠네?"

그러면서 수염을 만지작거리며 웃었다.

위소보는 얼른 고맙다는 인사를 했다. 대문 안으로 들어가보니, 역시 모든 것이 잘 꾸며져 있었다. 강친왕부에 비해서도 손색이 없을 정도였다. 함께 온 대관들도 다들 칭찬을 아끼지 않고 부러워했다.

강친왕이 다시 말했다.

"이 집을 완공한 지 꽤 오래되는데 자네가 상경하지 않아 줄곧 비워놨었네. 그리고 황상께서 자네에게 어떤 작위를 내릴지 알 수 없어 편액에 아무 글자도 새기지 않았지. 이제 '녹정공부鹿鼎公府'라는 네 글자를 이위 대학사에게 일필휘지해달라 부탁하면 될 걸세."

이위는 보화전保和殿 대학사 겸 호부상서로, 여러 대학사 중에서도 으뜸으로 꼽히며, 또한 자력資歷이 가장 깊었다. 그는 사양하지 않고 바로 붓을 들어 '녹정공부' 네 글자를 썼다. 시종이 그것을 가져가 장인으로 하여금 편액에 금자金字로 새기도록 할 것이다.

이날 밤, 축하객으로 온 왕공대신들을 접대하기 위해 녹정공부에서 대대적인 연회가 베풀어졌다. 정극상과 풍석범 등 대만에서 귀순한 사람들도 예물을 보내왔는데, 본인은 직접 참석하지 않았다.

손님들을 다 보낸 후 위소보는 가연家宴을 열어 일곱 부인과 술자리를 함께했다. 이 자리에서 위소보는 북벌을 나갈 때 쌍아를 데려갈 거라고 밝혔다.

나머지 여섯 부인은 아쉬워하며 쌍아를 너무 편애한다고 불만을 늘어놓았다. 위소보는 감언이설을 섞어가며 황상께서 쌍아가 지난날 러시아에 갔었고, 그곳 물정과 언어를 알기 때문에 군에 협력히도록 명했다고 둘러댔다. 황명이니 여섯 부인은 더 이상 찍소리도 하지 못했다. 그리고 쌍아는 본디 성격이 부드럽고 친화력이 있어 다른 부인들과 살갑게 지내왔기에 크게 질투하는 사람이 없었다.

건녕 공주는 자신이 황제의 어매로서 금지옥엽이고 또한 황상이 직접 위소보의 정실로 정해줬기 때문에, 다른 부인들보다 한 수 위라고 자부했다. 그런데 비녀 출신의 쌍아가 자기보다 더 위소보의 총애를 받자 내심 은근히 부아가 나기도 했다. 그러나 평상시 일곱 부인 사이에 분쟁이 생기면 여섯 명이 똘똘 뭉치곤 해서 공주는 밀리기 마련이었다. 그렇다고 남편이 특별히 자기를 위해주는 것도 아니고, 근자에 와선 성질도 많이 누그러져서 막무가내로 행동하지 않았다.

다음 날, 위소보는 쌍아를 시켜 지난날 통식도에서 정극상에게 받은, 혈서로 쓴 차용증서를 가져오도록 했다. 그리고 다륭을 불러 전해주자, 그는 몹시 기뻐하며 말했다.

"이 차용증서가 있으면 설령 바윗덩어리라고 해도 기름을 짜낼 수 있으니 걱정 말게. 정극상 그 녀석이 만약 겁도 없이 빚을 갚지 않는다면, 앞으로 우리 어전 시위와 효기영의 등쌀에 북경에서 편히 지내기는 어려울 걸세!"

이후 며칠 동안 강희는 위소보를 궁으로 불러 커다란 지도를 펼쳐놓고 진군과 작전 지휘, 적진의 포위망 구축, 지원 요청, 전투에 필요한 제반 사항을 지도에 붉은 줄을 그어가며 세세히 설명해주었다.

위소보가 말했다.

"이번 싸움은 황상께서 친히 출정하는 것과 같으니 저는 무조건 황상이 시키는 대로 할 겁니다. 그렇지 않으면 설령 싸움에서 이겨도 황상은 크게 기뻐하지 않을 테니까요."

강희는 미소를 지으며 고개를 끄덕였다. 위소보가 한 말이 자신의 마음에 쏙 들었다. 그는 어려서부터 무공을 익혔지만 그것을 펼칠 기회가 없어서 위소보를 꼬드겨 서로 끌어안고 씨름을 하는 것으로 만족해야만 했다. 그리고 나중에도 부단히 위소보를 궁 밖으로 내보내 여러 가지 일을 시켰는데, 그때마다 위소보를 자신의 분신으로 생각하며 대리만족을 느꼈다. 위소보는 자기보다 나이가 어리고, 무공이나 지혜, 견식이 다 자기만 못하다. 그러니 위소보가 해낼 수 있는 일이라면 자신도 당연히 해낼 수 있다고 믿었다.

명나라 때 정덕 황제가 스스로를 위무대장군, 진국공에 봉해 직접 출정을 한 것도, 무료한 것이 싫고 또 자신을 과시하기 위해서였을 것이다. 강희는 매사에 신중을 기하기 때문에 정덕 황제처럼 그렇게 직접 나서지 않고 위소보를 통해 대리만족을 느껴왔다.

지난날 오삼계를 상대할 때는 그가 산전수전을 다 겪은 백전노장이라 그에 필적할 수 있는 유능한 대장군을 맞붙여야만 했다. 만약 위소보에게 군사를 맡겼다면 패배하기 일쑤였을 것이다.

오삼계와의 전투는 여러 해 동안 지속되었다. 강희는 비록 직접 전투에 참여하지는 않았지만, 그 과정에서 장수들에게 전황을 지세히 전해듣고, 이해득실을 분석하며, 모든 상황을 손바닥 보듯 잘 파악하고 있었다. 그건 실전을 통해 병법을 터득한 것이나 다름이 없었다. 당연히 궁에 앉아서도 천 리 밖의 전황을 파악해 나름대로 의견을 제시하는 경우가 있었지만, 가능한 한 군사를 통솔하는 장수의 의견을 존중해 간섭하지 않았다. 장용, 조양동, 왕진보, 손사극 등이 공을 세웠을

117

때도 마찬가지로, 그 과정에 대해서는 깊이 간여하지 않고, 나중에 공로만 치하했다.

이번에 러시아를 상대하는 것은 경우가 좀 달랐다. 그는 이미 만반의 준비를 다 갖춰놓았다. 출정을 하기도 전에 이미 필승을 점칠 수 있었다. 전전긍긍 오삼계를 상대하던 전투에 비하면 그야말로 여유만만이었다.

위소보는 출정을 앞두고 감히 천지회 형제들과 접촉하지 못했다.

'황상이 나더러 천지회를 멸하라고 강요하지 않는 것은, 결국 내게 항복한 거나 다름없어. 내 체면을 충분히 고려해주었는데, 내가 그것도 알아주지 않고 가서 이역세, 서천천 등을 만난다면 황제로선 뿔따구가 날 수밖에 없어. 그건 이 위소보가 무거운 돌을 옮겨와 내 발등을 내리찧는 것과 다를 바 없는 미련한 짓이지.'

흠천감欽天監에서 대군이 북벌에 나설 길일을 잡았다. 이날 강희가 태화문太和門에서 연회를 크게 베풀었다. 오문午門 밖까지 황색 천막이 설치되었으며, 어좌와 옥새를 다 갖춰놓고 왕공대신들이 운집했다.

강희가 어좌에 오르자, 무원대장군 겸 녹정공 위소보가 무관 붕춘과 흑룡강성의 살포소 장군, 영고탑의 파해, 낭탄郎坦,* 하우, 임흥주 등과 운량관運糧官 색액도 등을 이끌고 앞으로 나아가 무릎을 꿇었다. 내원대신이 만주어, 몽골어, 한문으로 된 칙서를 대장군에게 내렸다. 그리고 의마궁도衣馬弓刀를 하사했다.

출정할 장수들이 금수교金水橋 북쪽에 자리를 잡고 앉자, 풍악이 울려퍼졌다. 강희는 대장군을 앞으로 불러 작전과 방략을 전달하고 어사주를 내렸다. 대장군이 무릎을 꿇고 어사주를 받아 마시자, 도통과 부도통 등에게도 차례로 어사주가 내려졌다. 그리고 나머지 문무백관, 군사들에게도 술을 따르고 소정의 은자와 피복을 하사했다. 백관은 황은에 감사를 올리고 군기를 앞세워 출정에 나섰다.

강희는 친히 오문 밖까지 나와 전송했다. 대장군과 모든 군사들은 무릎을 꿇고 회가回駕를 청했다. 그러고 나서 수륙대군이 마침내 북쪽을 향해 전진했다.

위소보는 갑옷에다 완전무장을 갖췄지만 여전히 시시덕거리는 것이, 전혀 북벌대장군다운 위엄이 보이지 않았다. 대신들은 그가 배운 게 없는 시정잡배 출신이라는 것을 다 알고 있었기 때문에, 행여나 대사를 망쳐 국체國體에 큰 손상을 입힐까 봐 걱정이 앞섰다. 그러나 그는 황제의 총애를 받고 있는 측근 중의 측근이니 누가 감히 불만을 내색할 수 있겠는가? 왕공대신들은 겉으로 억지웃음을 자아내며 속으로는 탄식을 금치 못했다.

행군하는 중에도 으쓱대는 위소보의 모습이 그야말로 꼴불견이었다. 그는 황명을 받고 많은 일을 해왔지만 이번만큼 의기양양, 위풍당당한 적이 없었다. 그 자신도 이번 임무가 중차대하다는 것을 의식하고 가능한 한 자제하려고 노력했다. 물론 공개적인 도박은 삼갔다. 간혹 도중에 너무 무료해서 몇몇 장수를 불러다가 주사위놀이를 해 술을 몇 번 마신 게 고작이었다.

드디어 대군이 산해관을 나서 요동 땅으로 들어섰다. 예전에 위소보가 와봤던 곳이다. 당시에는 쌍아와 함께 산야를 누비며 사슴을 잡아 허기를 채우고, 숨어서 다녀야 했던 비참한 세월이라, 지금 위풍당당한 북벌대장군의 모습과는 판이하게 달랐다.

47. 대승을 거두다

때는 천고마비의 계절 가을이라, 하늘이 맑고 날씨가 청명했다. 그러나 차츰 북쪽으로 행군할수록 바람이 차가워졌다.

야크사성에서 100여 리 떨어진 곳에 이르렀을 때, 선봉 하우가 대영으로 달려와 보고했다. 정찰병들이 현지 주민들을 통해 얻어낸 정보에 의하면, 러시아 병사들이 열흘 간격으로 몰려와 도처에서 살인과 방화를 일삼으며 강간, 노략질 등으로 백성들을 괴롭힌다는 것이었다. 이제 며칠 있으면 다시 나타날 거라고들 했다.

위소보는 강희로부터 지시받은 바가 있기 때문에 더 이상 진군을 하지 않고 일단 이곳에 진을 치도록 했다. 그리고 선봉 하우에게 병사 10여 명을 이끌고 야크사성에서 30리쯤 떨어진 곳에 매복하도록 명했다.

만약 러시아 병사들이 대거 몰려나오면 매복한 채 숨어 있기만 하고, 소수의 병사가 오면 모조리 다 죽여 단 한 명도 살아서 성으로 돌아가지 못하게 하라고 했다. 하우는 명을 받고 떠났다.

며칠이 지난 이날 정오 무렵, 멀리서 화창이 발사되는 소리가 희미하게 들려왔다. 그 소리가 한참 이어지는 것으로 미루어 선봉대가 러시아 병사들과 교전을 하는 모양이었다.

아니나 다를까, 오후가 되자 하우가 사람을 시켜 낭보를 전해왔다. 러시아 병사 25명을 섬멸하고 열두 명을 포로로 잡았다는 것이었다. 위소보는 크게 기뻐했다.

저녁 무렵이 되자 선봉대가 포로로 잡힌 열두 명을 대영으로 압송해왔다. 위소보는 직접 그들을 심문했다. 그 열두 명은 위소보가 뜻밖에도 러시아말을 할 줄 아는 것을 보고 몹시 놀랐다. 그들은 하나같이 아주 고집이 세고 굴복할 줄을 몰랐다. 매복을 해 자기네들은 기습했다면서 비겁하다고 투덜대기까지 했다.

위소보는 화가 나서 그들 중 두 명을 가까이 끌고 오게 한 다음 주사위 두 알을 꺼냈다.

"너희들 주사위놀이를 할 줄 아느냐?"

주사위놀이는 서양에도 보편화돼 있었다. 이집트<sup>埃及</sup> 고분에서 발굴된 주사위는 중국 것과 전혀 다르지 않았다. 러시아 병사들도 주사위놀이를 자주 했던 모양이다. 두 사람은 이 젊은 청병 장군이 무슨 수작을 부리는지 알 수 없어 서로 마주 보며 어리둥절해했다. 그래도 시키는 대로 주사위 두 알을 던져 한 사람은 7점, 한 사람은 5점이 나왔다.

위소보는 그 5점을 던진 러시아 병사에게 말했다.

"네가 졌으니 스메르티!"

'스메르티'는 러시아말로 '죽음'을 뜻한다.

위소보는 고개를 돌려 친위병에게 분부했다.

"끌어내 목을 쳐라!"

친위병 네 명이 그 러시아 병사를 끌고 나가 바로 목을 베어, 수급을 위소보에게 바쳤다. 나머지 열한 명의 러시아 병사들은 그것을 보자 크게 놀라 안색이 변했다.

위소보는 다른 두 명을 가리키며 말했다.

"이번에는 너희 둘이서 주사위를 던져라."

지목받은 두 사람이 순순히 주사위를 던질 리 만무했다. 동시에 고개를 내두르며 소리쳤다.

"싫어!"

위소보는 강요하지 않았다.

"그래? 싫으면 관둬."

이어 친위병에게 명했다.

"둘 다 끌어내서 처형해라!"

삽시간에 또 두 명을 죽였다. 위소보는 또 다른 두 명에게 말했다.

"너희 둘이 던져봐라."

두 사람은 만약 주사위를 던지지 않으면 둘 다 바로 처형된다는 것을 알고 있다. 던지면 살아남을 확률이 반반이다. 한 사람이 떨리는 손으로 주사위를 집어 막 던지려는데, 다른 한 사람이 주사위를 빼앗더니 위소보에게 소리쳤다.

"너랑 하겠다!"

아주 거만해 보였다. 위소보는 빙긋이 웃으며 말했다.

"그래? 좋아! 감히 나한테 도전하겠다는 거지? 먼저 던져라."

그 병사가 주사위를 던져 7점이 나왔다. 위소보는 속임수를 써서 10점을 던져내고는 웃으며 물었다.

"어떠냐?"

그 병사의 안색이 참담해졌다.

"운이 나빴으니 할 말이 없다!"

위소보가 다시 물었다.

"요동에 와서 중국인을 몇 명이나 죽였느냐?"

병사는 죽을 각오가 돼 있는지 당당하게 대답했다.

"잘 기억이 나지 않지만 아마 열예닐곱 명은 죽였을 거다. 그러니 손해 볼 것 없다. 어서 날 죽여라!"

위소보는 그를 죽이라고 명하고 다른 한 병사를 가리키며 말했다.

"이번엔 네 차례다."

그 병사는 떨리는 손으로 주사위를 집어들어 간신히 던졌다. 그 결과 11점이 나왔다. 거의 이길 수 있는 점수였다. 위소보는 속임수를 써서 12점이 나오게 하려고 했지만, 그동안 연습을 소홀히 해서 그런지 뜻대로 되지 않았다. 6점이 위로 올라오지 않고 아래로 내려갔다. 그러니 합이 2점밖에 되지 않았다. 그는 처음에는 멍해하다가 곧 하하 웃음을 터뜨렸다.

"내가 이겼다!"

그 병사가 대뜸 반박했다.

"무슨 말이야? 난 11점이고 넌 2점이니 내가 이긴 거지!"

위소보가 생떼를 썼다.

"이번에는 점수가 낮은 쪽이 이기고, 높은 쪽이 지는 거야!"

병사는 승복할 수 없었다.

"우리 러시아에선 늘 점수가 높은 쪽이 이기는 걸로 돼 있어!"

위소보가 물었다.

"그럼 여기가 중국이냐, 아니면 러시아냐?"

병사는 어쩔 수 없이 대답했다.

"그야… 중국이지."

위소보가 퉁명스럽게 말했다.

"중국이면 중국 규칙에 따라야지! 누가 너더러 중국에 오라고 했느냐? 나중에 내가 러시아에 가면 그땐 러시아 규칙에 따르겠다. 넌 스메르티!"

이어 친위병에게 말했다.

"끌어내 처형해라!"

그는 또 한 명의 러시아 병사를 가까이 끌고 오게 했다. 이 병사는 제법 똑똑했다.

"중국 규칙에 따르는 건 좋은데, 정확히 합시다! 점수가 높은 쪽이 이기는 거요, 낮은 쪽이 이기는 거요?"

위소보가 말했다.

"중국 규칙에 따라서 무조건 중국인이 이기는 거야. 중국인이 높은 점수가 나와도 이기고, 낮은 점수가 나와도 이기는 거지."

병사는 화가 치밀었다.

"그런 억지가 어딨냐? 날강도처럼 행패를 부리는 거잖아!"

위소보가 다시 말했다.

"그럼 너희 러시아 병사들이 중국으로 들어와 도처에서 살인과 약탈을 하는 건 행패가 아니냐? 우리 중국인이 억지를 쓰고 행패를 부린 것이냐, 아니면 너희 러시아가 억지를 쓰고 행패를 부린 것이냐?"

병사는 아무 말도 하지 않았다. 위소보가 소리쳤다.

"빨리 던져, 던져!"

병사는 고개를 내둘렀다.

"어차피 내가 질 텐데 던져서 뭐 해?"

위소보가 다시 소리쳤다.

"던지지 않으면 스메르티, 스메르티!"

그 병사를 처형하고 또 한 병사를 불러왔다. 이번에 온 병사는 몸집이 우람한 털보였는데, 어차피 죽을 거니 악부터 썼다.

"이 비열한 중국 놈아! 개수작 부리지 말고 어서 단칼에 날 죽여라! 이번엔 너희들이 비겁하게 매복하고 있다가 갑자기 기습을 전개한 것이니 이겨도 떳떳하지 못하다. 우리 러시아 군사들이 오면 너희들을 모조리 다 쓸어버릴 거다!"

위소보가 물었다.

"우리한테 붙잡혀와서 떫다는 거냐? 승복하지 못하겠다 그거지?"

털보가 말했다.

"당연히 승복할 수 없지!"

위소보가 다시 물었다.

"그럼 같은 수끼리 맞짱을 뜨면 우릴 이길 수 있다는 것이냐?"

털보가 거만하게 턱을 치켜올렸다.

"당연하지! 우리 러시아 한 사람이 너희 중국인 다섯 명도 이길 수 있다. 그렇지 않으면 우리가 왜 중국에 왔겠느냐? 우리 내기를 하자! 다섯 명더러 날 공격하라고 해라. 너희가 이기면 내 목을 치고, 만약 내가 이기면 당장 날 풀어줘라!"

이 털보는 러시아군 군중에서 잘 알려진 용사로, 타고난 힘이 엄청났다. 그는 위소보의 친위병들이 모두 왜소해 몸집이 자기의 절반밖에 안되는 것을 보고 혼자서 다섯 명을 상대해도 승산이 있다고 생각했다.

쌍아는 줄곧 한쪽에 서서 지켜보고 있다가, 지금 털보가 건방지게 말하자 한마디 했다.

"러시아인, 중국 여자도 당신 이길 수 있어!"

그러면서 천천히 걸어나와 위소보 곁에 섰다. 털보는 그녀가 몸집이 가냘프고 예쁘장하게 생겨 절로 웃음이 나왔다.

"그럼 나랑 겨뤄보겠다고?"

위소보가 친위병을 시켜 털보의 포승줄을 풀어주게 했다. 그리고 미소를 지으며 말했다.

"쌍아, 중국 여자의 매운맛을 한번 보여줘."

털보가 말했다.

"중국 여자가 러시아말을 하네. 좋아, 좋아!"

쌍아는 위소보에 비해 러시아말을 썩 잘하지 못했다. 그래서 여러 말 하고 싶지 않아, 상대방의 얼굴을 향해 형식적으로 왼손을 휘둘렀다. 털보는 고개를 뒤로 빼며 피하는 동시에 팔을 쭉 뻗어 쌍아의 손을 낚아채려 했다. 그러자 쌍아는 잽싸게 오른발을 날려, 픽 하는 소리와 함께 그의 아랫배를 걷어찼다.

"으윽!"

털보는 신음을 내지르더니, 곧이어 야수처럼 포효하며 두 주먹을 마구 휘둘렀다. 그는 러시아의 권투선수라 주먹을 뻗어내는 게 힘차고 빨랐다. 쌍아는 그와 정면대결을 피하고, 몸을 번뜩여 등 뒤로 돌아가서 좌우봉원左右逢源이란 초식으로 팍, 팍, 양쪽 옆구리를 걷어찼다.

"으악!"

털보는 외마디 비명과 함께 그 자리에 꿇어앉더니 고래고래 소리를 질러댔다.

"반칙이야, 발을 썼잖아! 반칙!"

러시아 사람들이 하는 권투에서는 규정상 발을 쓸 수 없게 돼 있었다. 위소보가 웃으며 말했다.

"여긴 중국이라 중국 규칙대로 싸우는 거야!"

쌍아가 말했다.

"러시아 규칙으로도 이긴다!"

그녀는 털보 앞쪽으로 몸을 번뜩여 아랫배를 향해 오른쪽 주먹을 날렸다. 그러자 털보는 주먹으로 그것을 막았다. 그런데 쌍아의 이번 공격은 허초虛招였다. 털보가 주먹으로 막기도 전에 오른쪽 주먹을 거두고 상대방의 가슴을 향해 왼쪽 주먹을 뻗어냈다. 털보가 다시 막았다.

이렇게 쌍아는 왼쪽 주먹, 오른쪽 주먹을 번갈아가면서 연거푸 열두 번 공격했는데, 다 허초였다. 그냥 마구잡이로 허초를 연발한 게 아니라 엄연히 그 명칭이 있었다.

해시신루海市蜃樓, '바다의 신기루'라는 뜻이다. 이 초식은 전부 허초로 구성돼 있다. 그냥 형식적으로 주먹을 뻗어내는 것이라 그냥 평범한 권법拳法보다 속도가 훨씬 빨랐다.

털보는 쌍아의 공격이 다 빗나가자 껄껄 웃었다.

"이건 장난을 하는 것도 아니고…."

말이 끝나기도 전에 팍, 팍 하는 소리가 들리며 연달아 양쪽 뺨을 맞았다. 여간 아픈 게 아니어서 바로 괴성을 질러대며 양팔을 위로 아래로 휘두르면서 맹공을 퍼부었다.

쌍아는 슬쩍 옆으로 몸을 피하면서 오른손 식지를 잽싸게 뻗어 그의 왼쪽 관자놀이 태양혈太陽穴을 찍었다. 털보는 그 즉시 머리가 핑 돌며 휘청거렸다. 쌍아는 몸을 솟구쳐 수도手刀로 그의 뒷덜미 옥침혈玉枕穴을 내리쳤다.

옥침혈은 인체의 중요한 대혈이다. 털보는 비록 건장하지만 버티지 못하고 쿵, 그 자리에 쓰러져 일어나지 못했다.

위소보는 좋아하며 쌍아의 손을 잡고 털보의 머리를 걷어찼다.

"이래도 승복 못하겠느냐?"

털보는 정신이 혼미한 상태에서도 중얼거렸다.

"중국 여자… 요술을… 요녀야…."

위소보가 욕을 했다.

"야, 이 돼지 같은 놈아! 요술은 무슨 요술이냐? 끌어내 처형해라!"

이어 나머지 러시아 병사들을 둘러보며 물었다.

"또 누구든 승복하지 못하겠으면 당장 나와라!"

나머지 다섯 명은 서로 마주 보며 표정이 굳었다. 털보는 소문난 장사인데도 맥없이 쓰러졌으니 자기들은 절대 적수가 될 수 없을 것이었다. 그러니 감히 나서는 자가 없었다.

위소보가 말했다.

"패배를 시인하고 항복하면 죽이지 않겠다. 아니면 나랑 주사위놀이를 하자. 중국 규칙대로 날 이기면 살고, 지면 스메르티다!"

그러면서 오른손을 수도로 만들어 목을 베는 시늉을 했다.

다섯 명은 속으로 구시렁거렸다.

'중국 규칙대로라면 네가 뭘 던져도 이기잖아!'

그들 중 한 병사가 몸을 숙였다.

"난 항복!"

위소보가 고개를 끄덕였다.

"좋다!"

그러고는 친위병에게 말했다.

“술과 고기를 가져와 먹여라!”

친위병이 뒤로 가서 술 한 사발과 고기를 가져와, 그 병사의 포승줄을 풀어주고 먹고 마시게 했다. 러시아는 날씨가 추워 다들 독한 술을 즐겨 마셨다. 위소보는 비록 술에는 욕심이 없지만 군막에 늘 상품의 고량주가 준비돼 있었다. 그 술을 가져오자마자 향기가 쫙 퍼졌다. 나머지 네 명의 병사도 술향기를 맡자 침을 흘렸다. 그리고 그 병사가 술을 꿀꺽꿀꺽 들이켜고 나서 트림을 하며 고기를 씹어먹는 것을 보자, 군침이 돌아 더 이상 참을 수 없겠는지 앞을 다퉈 소리쳤다.

“항복! 항복! 술을 줘!”

위소보의 분부에 따라 네 병사도 포승줄을 풀어주고 술과 안주를 나눠주었다. 병사들이 다 먹고 나서 부족한 듯 입술을 핥자, 위소보가 다시 술과 고기를 갖다주라고 했다.

다섯 명의 러시아 병사는 술이 거나하게 취하자 서로 손을 잡고 노래를 부르기 시작했다. 죽음 직전에서 간신히 살아나 먹고 마시고 즐기고 있다는 생각을 하니, 절로 기분이 좋아져서 위소보에게 무릎을 꿇고 연신 고맙다고 절을 했다.

그로부터 며칠 동안 선봉 하우는 계속해서 러시아 병사들을 잡아왔다. 많을 때는 열댓 명, 적을 때는 한두 명이었다. 그들은 앞서 항복한 다섯 명의 이야기를 전해듣고 청군의 대장군과 주사위놀이를 하면 백이면 백, 다 져서 죽게 된다는 것을 알고 순순히 항복해서 술과 고기를 대접받았다.

사실 요동에 와 있는 러시아 병사들은 범죄자들이었다. 강도, 도둑, 살인과 방화를 저질러 유배되다시피 본국에서 쫓겨나 이곳으로 보내

진 것이다. 집에서 새는 바가지가 밖이라고 안 샐 리가 없다. 요동에 와서도 기회만 생기면 죄 없는 백성들을 상대로 약탈과 강간을 일삼았다. 힘도 세고 무기를 지닌 그들이 떼로 몰려다니자 백성들은 속수무책으로 당할 수밖에 없었다.

거기에 맛을 들인 러시아 병사들은 인근 백성들을 얕보고 봉으로 취급하며 멸시했다. 그래서 포로로 잡혀와서도 처음엔 시건방지게 굴었는데… 웬걸, 자기네보다 더 막무가내로 억지를 부리는 젊은 장군이 있을 줄이야! 두 손 두 발 다 들고 항복할 수밖에, 다른 도리가 없었다.

이 무렵, 총독 골리친은 이미 소피아 공주의 부름을 받고 승진해 모스크바로 돌아갔다. 지금 야크사성의 통병대장은 톨부친이었다. 병사들이 약탈하러 나갔다가 계속 돌아오지 않자 톨부친은 사람을 시켜 영문을 알아보도록 했다. 그런데 그들도 돌아오지 않자, 비로소 뭔가 심상치 않다는 것을 깨닫고 성안 병사의 절반쯤 되는 2천 명을 소집해 직접 성 밖으로 출동했다.

톨부친은 늘 다니던 길로 쭉 나갔는데 아무리 가도 적의 행적이 보이지 않았다. 그러다가 민가가 나타나자 무조건 불을 지르라고 명령했다. 뿐만 아니라, 혹시나 몰라서 남녀를 막론하고 보이는 대로 다 죽이라고 했다. 그렇게 20여 리쯤 달렸을까, 갑자기 말 울음소리가 들리더니, 곧이어 한 무리의 병마가 달려오는 게 보였다.

톨부친은 노련하게 군사들을 산개散開시켰다. 아니나 다를까, 청병 500여 명이 달려왔다. 그들은 러시아군을 보자 활을 쏘아댔다. 톨부친은 가소로워 웃음을 터뜨렸다.

"하하… 그까짓 화살을 가지고 우리 러시아의 화창을 당해낼 것 같으냐?"

그가 화창을 쏘라고 명령하자, 청병 10여 명이 말에서 떨어졌다.

청병은 바로 징을 울리며 말 머리를 돌려 남쪽 방향으로 달아났다. 톨부친은 추격 명령을 내렸다. 그런데 청병이 몰고 온 말은 정선된 쾌마快馬라 달리는 속도가 엄청 빨라서 쉽게 따라붙지 못했다. 70~80리 정도 뒤쫓아갔을까, 앞쪽에 보이는 숲 가장자리로 황룡기가 나부끼는 게 보였다. 가까이 달려가보니 청군의 군막이 예닐곱 군데 설치돼 있었다.

러시아 병사들은 바로 화창을 쏘아댔다. 그러자 군막 안에서 수십 명의 청병이 빠져나와 활을 몇 차례 쏘더니 다시 남쪽으로 달아났다. 러시아 병사들이 군막 안으로 쳐들어가보니 청병은 전혀 보이지 않았다. 모조리 달아난 모양이었다.

톨부친이 말에서 내려 군막 안으로 들어갔다. 먹다 남은 술과 안주가 그대로 남아 있었다. 안주는 아직 식지 않아 따끈했다. 뿐만 아니라 허겁지겁 도망가느라 주위에 금은보화와 비단옷도 그대로 남아 있었다. 톨부친은 좋아했다.

"이건 중국 놈의 장수가 도망가기 급급해 남겨놓은 금은과 비단옷이다. 빨리 뒤쫓아가 그놈을 잡으면 더 많은 금은보화를 지니고 있을 것이다. 그것을 다 나눠주겠다!"

러시아 병사들은 금은보화를 보자 서로 차지하려고 다퉜다. 식탁에 남은 술과 요리를 집어먹는 사람도 있었다. 장수가 금은보화를 더 나눠준다는 말에 모두 환호하며 군막 밖으로 뛰쳐나갔다.

그들이 말 발자국을 따라 동남 방향으로 쫓아가자 연도에 뜨문뜨문 금은보화가 떨어져 있고, 창칼과 활도 보였다. 청병들은 러시아군이 추격해온다는 것을 알고 너무 놀라 오줌을 질질 싸면서 무기까지 팽개치고 달아난 모양이었다.

다시 한참 동안 말을 몰고 달려간 러시아 병사들은 길가에 버려진 신발과 붉은 술이 달린 모자를 발견했다. 톨부친이 말했다.

"중국 놈들의 원수가 변장을 하고 달아난 모양이다. 졸병으로 가장했을 테니 속지 않도록 조심해라!"

그의 부관이 바로 맞장구를 쳤다.

"장군님의 추측은 역시 타의 추종을 불허합니다. 틀림없이 그랬을 겁니다."

톨부친이 모자와 신발을 잘 챙기라고 분부했다.

"중국군을 잡으면 졸병이든 잡부든 그 모자와 신발을 신겨봐서 맞는 놈이 바로 장군이다!"

부하들은 그의 총명과 지혜에 감탄하며 환호성을 질렀다.

다시 몇 리를 달려나가 또 청군의 군막을 접수했다. 이번에는 바닥에 금은보화 말고도 울긋불긋한 여인네들의 옷과 색채도 선명한 연지곤지 수분水粉, 손수건, 팔찌와 귀걸이 따위의 장신구들이 널브러져 있었다. 러시아 병사들은 그것을 보자 눈을 반짝이며 소리쳤다.

"빨리 뒤쫓아가자! 예쁜 계집들도 있는 모양이다!"

그렇게 계속 추격해가자 앞쪽에서 희미하게 함성이 들려왔다. 톨부친이 안장 위에서 망원경을 꺼내 살펴보니 몇 리 밖에 한 무리의 청병들이 도망치고 있는 모습이 보였다. 깃발도 찢기고 허둥지둥대는 게 아주 무질서해 보였다. 톨부친은 신이 나서 소리쳤다.

"이제 거의 다 쫓아왔다!"

그는 군도軍刀를 뽑아들어 높이 휘두르며 소리쳤다.

"돌격! 돌격!"

병사들을 이끌고 앞장서 달려나갔다. 20여 리쯤 더 달렸을까, 길가에 죽은 말이 여러 필 보였다. 병사들이 좋아하며 소리쳤다.

"놈들의 말이 지쳐서 죽은 것 같다!"

그들은 사력을 다해 맹추격했다. 갈수록 적과의 거리가 좁혀졌다. 궁지에 몰린 청병들은 좁은 계곡 안으로 도망쳤다.

톨부친은 계곡 입구까지 쫓아와 일단 멈췄다. 주위를 살펴보니 양쪽으로 깎아지른 산이 높이 솟아 있고, 지세가 매우 험했다. 그는 순간적으로 멍해져서 속으로 생각했다.

'적이 이 계곡 깊숙한 곳에 매복을 했다면 우린 위험해질 거야….'

그가 망설이고 있는데 골짜기 저편에서 러시아 사람의 고함 소리가 들려왔다.

"중국 놈들아, 어서 항복해라! 좋아, 좋아!"

또 다른 사람의 고함 소리도 들렸다.

"하하… 다들 잘 걸렸다!"

역시 러시아말이었다.

톨부친의 표정이 밝아졌다. 더 이상 망설이지 않고 앞장서 골짜기 안으로 치달렸다. 2천여 명의 병사들도 지체 없이 그의 뒤를 따랐다. 톨부친이 소리쳤다.

"앞에 있는 부대는 어디 소속이냐? 지금 어디쯤 있느냐?"

그러자 앞쪽에서 바로 반응이 왔다.

"여기 있다, 여기야! 중국군은 항복했다!"

톨부친이 다시 소리쳤다.

"알았다!"

그는 앞장서서 쏜살같이 달려들어갔다. 그렇게 얼마쯤 달렸을까, 갑자기 뒤쪽에서 펑, 펑, 탕, 탕… 화창 쏘는 소리가 크게 들려왔다. 톨부친은 깜짝 놀라 말 머리를 돌렸다. 자기네들이 달려들어온 골짜기는 이미 완전히 시커먼 연기로 뒤덮여 있었다. 뿐만 아니라 양쪽 절벽 위 숲에서 연신 불꽃이 번뜩이며 무수한 화창이 발사됐다. 그 소리에 따라 많은 러시아 병사들이 비명을 질러대며 쓰러졌다. 삽시간에 아수라장이 됐다. 톨부친은 대경실색해 소리쳤다.

"함정이다! 말 머리를 돌려 골짜기 밖으로 나가자!"

그러나 양쪽 절벽 위에서 하늘을 찌를 듯한 함성이 들려왔다.

"러시아군은 항복해라, 항복해라!"

그러고는 집채만 한 바위와 통나무가 계속해서 굴러떨어졌다. 삽시간에 좁은 산길이 막혀버렸고, 많은 러시아 병사들이 압사당했다. 러시아 병사들은 좁은 공간에서 서로 밀치고 부딪치며 우왕좌왕, 어찌할 바를 몰라 했다. 말들의 울음소리와 사람의 비명이 뒤섞여 아비규환, 지옥을 연상케 했다. 그 와중에도 절벽 위에선 청병들의 화창 공격이 끊이지 않았다.

톨부친은 암담했다. 적의 함정에 완전히 걸려든 것이다. 퇴로가 막히자 그는 다시 말 머리를 돌렸다.

"앞으로 돌격해라!"

남은 병사들이 앞쪽을 향해 달렸다. 얼마쯤 달려나가자 갑자기 펑, 펑, 고막을 찢는 굉음이 들리면서 이번에는 포탄이 날아왔다. 수십 명의 병사들이 포탄을 맞고 즉사했다. 톨부친은 혼비백산할 수밖에 없었다. 청병의 화력이 이렇듯 막강하리라곤 미처 생각지 못했다. 이 험준한 절벽 위에다 대포를 어떻게 옮겨놓았는지 이해가 가지 않았다. 그는 말에서 내려 소리쳤다.

"말을 버리고 화기를 챙겨 왔던 길로 다시 뚫고 나가자!"

러시아 병사들은 말에서 내려 산길을 가로막은 바위와 통나무 위로 기어올라갔고, 뒤에서는 절벽 위로 화창을 쏘며 엄호했다. 러시아의 화기는 위력이 강하고 사정거리도 멀어 적지 않은 청병이 화창에 맞아 죽어갔다.

그러나 청병도 쉬지 않고 대포를 쏘아대며 만만치 않게 반격했다.

수백 명의 러시아 병사들이 바위를 넘어 앞으로 달려나가려고 하는데, 갑자기 천지가 개벽하는 듯한 굉음이 울리며 지뢰가 폭발했다. 펑, 펑… 땅이 갈라지고, 수백 명의 병사들이 지뢰를 맞고 허공으로 붕 떠올랐다. 그들은 사지가 찢기거나 목이 달아나 선혈이 낭자한 채 다시 떨어져내렸다. 그중에 간신히 목숨을 부지한 병사들은 다시 뒤로 물러났다.

톨부친은 앞뒤로 퇴로가 모두 막히자 속수무책이었다. 군관 한 명이 용감무쌍하게 수십 명의 병사들을 이끌고 가파른 절벽 위로 기어올랐다. 퇴로를 마련하기 위해서였다. 그러나 절벽이 워낙 깎아지른 듯 미끌미끌해 제대로 발 디딜 곳이 없었다. 몇 장 정도 기어올랐지만 결국 수십 명이 떨어져 죽거나 중상을 입었다.

절벽 위에 있는 청병들은 다시 돌덩어리를 던졌다. 아래 있던 러시아 병사들은 머리가 깨져 바로 비명횡사했다. 청병이 계속 대포를 쏘아대자 골짜기는 러시아 병사들의 처절한 비명으로 뒤덮였다. 이러다가는 곧 전멸하게 될 것 같아, 톨부친이 소리쳤다.

"안 되겠다! 항복! 공격을 멈춰라!"

그러나 그의 외침은 포성과 병사들의 비명 소리에 묻혀 들리지 않았다. 가까이 있는 군관이 다시 소리쳤다.

"항복! 공격을 멈춰라!"

다른 병사들도 덩달아 외치자 청군은 비로소 공격을 멈추고, 누군가 러시아말로 소리쳤다.

"모두 무기를 버리고 옷을 다 벗어라!"

톨부친은 화가 치밀어 소리쳤다.

"무기는 버릴 수 있어도 옷은 벗을 수 없다!"

절벽 위에서 다시 고함 소리가 들려왔다.

"무기를 버리고 옷을 벗으면 하라쇼(좋다)! 벗지 않으면 스메르티!"

톨부친이 다시 소리쳤다.

"옷은 못 벗어!"

그의 말이 떨어지기 무섭게 청병은 다시 대포를 쐈다. 러시아 병사들 중 죽음이 두려운 몇몇은 무기를 버리고 옷을 벗기 시작했다. 그것을 본 톨부친은 단총으로 한 명을 쏘아 죽이고 호통을 쳤다.

"옷을 벗으면 당장 처형한다!"

그러나 청병이 계속 대포를 쐈대니 장군의 엄명에도 아랑곳하지 않고 옷을 벗는 데 여념이 없었다. 삽시간에 10여 명의 병사가 옷을 홀라당 다 벗고 알몸이 됐다. 그들은 산길을 막은 바윗돌 위로 기어올라 갔다. 청병들은 손뼉을 치며 웃음을 터뜨렸다.

"잘한다! 어서 벗어라!"

옷을 벗고 달아나는 병사들이 갈수록 늘어났다. 톨부친은 다시 총으로 두 명을 쏘아 죽였지만 그들을 다 막을 수는 없었다.

청군의 대포가 멎고, 절벽 위에서 누군가 소리쳤다.

"살고 싶으면 옷을 다 벗고 이쪽으로 와라!"

러시아 병사들은 이미 전의를 상실했다. 십중팔구 옷을 벗고 신발까지 벗어던졌다.

톨부친은 그 모습을 보고는 한숨을 길게 내쉬며 총으로 자신의 관자놀이를 겨냥해 자결하려고 했다. 그러자 곁에 있던 부관이 얼른 총을 빼앗으며 만류했다.

"장군님, 안 됩니다. 독수리도 날개를 남겨놔야 높은 산을 넘을 수 있습니다."

이 말은 러시아의 속담으로, '울분을 참고 훗날을 도모하자'는 뜻이었다.

그때 청병들 사이에서 한 사람이 러시아말로 다시 외쳤다.

"톨부친의 옷을 벗겨 함께 나오면 살려주겠다. 아니면 다시 포격할 것이다!"

이 러시아말은 발음이 아주 정확했다. 투항한 러시아 병사가 위협에 못 이겨 시키는 대로 외친 것이다.

톨부친은 끓어오르는 분노를 억제할 수 없었다. 주위를 둘러보니 무수한 눈동자가 자신에게 집중돼 있었다. 먹이를 노리는 야수와 같은 눈빛이었다. 아무래도 당할 것 같은 불길한 예감에 얼른 칼을 뽑으려고 칼자루에 손을 댔는데, 그 순간 뒤에서 병사 한 명이 달려들어 그의 목을 끌어안았다. 그러자 많은 병사들이 우르르 달려들어 그를 땅바닥에 쓰러뜨리고는 마구잡이로 옷을 벗기기 시작했다. 삽시간에 그는 알몸이 되어 앞으로 끌려나갔다.

러시아 병사들은 시키는 대로 한 명씩 앞으로 나왔고, 그러면 청병 두 명이 다가가 그의 손을 뒤로 결박해 몇 리 밖에 있는 넓은 평지로 끌고 갔다. 이번 전투에 나온 2천여 명 가운데 600~700명이 전사하거나 부상을 입었고, 나머지 1천여 명은 벌거벗은 채 손이 뒤로 묶여 평지에 줄지어 섰다. 가을바람이 제법 차가웠다. 그들은 오들오들 몸을 떨었다.

청병은 톨부친을 러시아군 맨 앞줄에 세웠다.

러시아 병사들은 본디 기가 꺾여 고개를 숙인 채 풀이 팍 죽어 있었는데, 평소에 깐깐하고 엄하기로 소문난 장군의 벌거벗은 모습을 보자, 절로 웃음이 나오는 걸 애써 참았다. 가까이 있는 병사들은 장군의 매끄러운 엉덩이를 보고는 결국 웃음을 터뜨리고 말았다. 그 웃음소리가 파도치듯 이어져 주위는 삽시간에 웃음바다로 변했다.

톨부친은 화가 나서 몸을 돌려 호통을 쳤다.

"그만! 웃지 마!"

실오라기 하나 걸치지 않은 모습으로 위엄을 세우려 하니 더욱 우스꽝스러웠다. 병사들은 평상시 그를 몹시 두려워했지만 지금은 웃음을 참을 수가 없었다.

웃음소리가 이어지는 가운데 갑자기 포성이 여덟 번 울려퍼지더니 산모퉁이 뒤쪽에서 청병이 대열을 이뤄 걸어나왔다. 그들은 황색 깃발을 앞세우고 남쪽에 질서정연하게 정렬했다. 이어 다시 홍색, 백색, 남색의 세 가지 깃발을 앞세운 대열이 모습을 드러내더니 동쪽, 서쪽, 북쪽으로 갈라져 벌거벗은 러시아 병사들은 완전히 포위했다.

청병들은 모두 장총이나 대도, 활, 혹은 다른 화기를 들고 선명한 갑옷에 투구 등 완전무장을 갖추고 있는데, 러시아 병사들은 무기도 없이 벌거벗은 채 너무나 초라한 모습이어서 금세 웃음기가 사라지고 두려움에 사로잡혔다.

청군이 대열을 정돈하자 산모퉁이 뒤에서 포성이 세 발 울리더니 풍악 소리와 함께 커다란 깃발 두 개가 먼저 돌아나왔다. 왼쪽 깃발에는 '무원대장군위撫遠大將軍韋'라는 글자가 수놓였고, 오른쪽 깃발에는 '대청녹정공위大淸鹿鼎公韋'라는 글자가 수놓여 있었다. 이어 손에 칼을 쥔 수백 명의 병사들이 말을 탄 한 젊은 장군을 에워싼 채 나타났다.

그 장군은 수정이 박힌 모자를 쓰고, 황제가 하사한 황마괘를 입었으며, 눈가에 가는 웃음을 띠고 있었다. 왼손에 깃털로 만든 부채를 살랑살랑 천천히 흔들어대는 것이 마치《삼국지》에 나오는 제갈량 같고, 오른손에 대도를 들고 있는 모습이 관운장을 연상케 했으니… 다름 아닌 바로 위소보였다.

그는 말을 타고 모습을 드러내자마자 '하! 하! 하!' 하고 세 번 웃었다. 그것은 창극에 나오는 조조의 모습을 흉내 낸 것이었다. 그러나 지금은 극중이 아니라 옆에서 누구도 '장군님, 어이하여 웃으신 것입니까?'라고 묻지 않아 좀 아쉬웠다.

이때 톨부친은 머리끝까지 치밀어오르는 분노를 발산할 데가 없던

139

참이라 죽을 각오를 하고 욕을 퍼부었다.

"이런 생쥐 같은 놈아! 비열한 수법을 써서 날 잡았으면서 뭐가 잘 났다고 그리 으스대느냐? 네가 정말 사내대장부라면 날 더 이상 모독하지 말고 속 시원하게 죽여라!"

위소보는 여유 있게 웃었다.

"무슨 말이야? 내가 언제 모독을 했지?"

톨부친은 악을 썼다.

"날… 이 지경으로 만든 게 모독이 아니고 뭐냐?"

위소보가 다시 웃으며 물었다.

"옷을 누가 벗겼는데?"

톨부친은 이내 말문이 막혔다. 자신의 옷과 신발을 억지로 벗긴 것은 부하들이었다. 언뜻 들으면 상대편 장군의 탓이 아닌 것 같기도 했다. 그는 화를 주체할 수 없어 얼굴이 빨갛게 달아올랐다. 무조건 앞으로 달려가 위소보와 사생결단을 내려 했다.

그러나 네 명의 친위병이 달려나와 장창으로 그의 아랫도리를 겨냥했다. 톨부친은 그 자리에 멈춰설 수밖에 없었다. 황급히 두 손으로 아랫도리를 가렸다. 쌍방의 병사들은 그의 당황한 모습을 보고 모두 웃음을 터뜨렸다.

위소보가 말했다.

"이미 투항을 했으니 대청에 귀순해야 한다. 우릴 따라 북경으로 가서 황제께 무릎을 꿇고 큰절을 올려라!"

톨부친은 거부했다.

"난 항복하지 않아! 난도질해서 죽인다고 해도 항복하지 않는다!"

위소보는 목소리를 높여 러시아 병사들에게 물었다.

"너희들은 항복할 것이냐?"

병사들은 고개를 숙인 채 선뜻 대답을 하지 않았다.

위소보가 백기가 나부끼는 서쪽을 가리키며 말했다.

"항복하는 병사들은 저쪽으로 가서 서라!"

병사들은 제자리에서 움직이지 않았다. 항복하고 싶은 사람들도 누가 먼저 나서지 않자 눈치만 보고 있었다.

위소보가 다시 말했다.

"좋아! 항복하지 않겠다는 거지? 자, 취사병들은 앞으로 나와라!"

그 즉시 친위대 뒤쪽에서 취사병 열 명이 걸어나왔다. 그들은 모두 웃통을 벗고 손에 날카로운 쇠꼬챙이와 날이 시퍼런 부엌칼을 들고 있었다. 위소보 앞쪽으로 다가온 그들은 공손히 몸을 숙여 인사를 올리고 명령을 기다렸다.

위소보가 톨부친에게 말했다.

"너희 러시아에 샤슬릭이라는 요리가 있지? 지난날 내가 직접 모스크바에서 먹어봤는데, 아주 맛있었던 기억이 있다. 그래서 지금 다시 맛을 좀 보려고 한다!"

그러고는 고개를 돌려 취사병들에게 말했다.

"당장 샤슬릭을 만들어라!"

취사병 열 명이 일제히 대답했다.

"명에 따르겠습니다!"

그러자 곧 20어 명의 병사가 쇠로 된 커다란 화로를 옮겨왔다. 화로 속에는 석탄이 활활 타오르고 있었다. 러시아 병사들은 중국의 이 젊은 장군이 무슨 짓을 하려는지 알 길이 없어 서로 마주 보며 어리둥절해했다.

위소보의 손짓에 따라 친위병 20명이 앞으로 나와 러시아 병사 열 명을 끌고 왔다. 그러자 위소보가 러시아어로 말했다.

"그들의 살점을 도려내 샤슬릭을 만들어라!"

샤슬릭은 쇠꼬챙이에 소고기를 꿰어 불에 굽는 러시아의 대표적인 요리다. 열 명의 취사병이 러시아 병사들 앞으로 다가가 부엌칼을 높이 들어올려 막 내리치려 하자, 러시아 병사들은 자지러지게 비명을 질렀다. 친위병들이 나서서 취사병들과 함께 그들을 산모퉁이 뒤로 끌고 갔다. 다시 처절한 비명 소리가 들리고, 곧이어 취사병들이 쇠꼬챙이에 꿰어진, 피가 뚝뚝 떨어지는 고깃덩어리를 들고 와 화로에 구웠다. 그것을 본 러시아 병사들은 너무 놀라 안색이 창백해져서는 찍소리도 내지 못했다. 고기를 굽는 냄새가 진동하며 기름이 화로에 떨어져 '찌직' 하는 소리가 계속 들렸다.

위소보가 소리쳤다.

"다시 열 명을 끌고 가 샤슬릭을 만들어라!"

20명의 친위병이 바로 달려나가 러시아 병사를 끌고 가려고 했다.

그러자 몇몇 병사가 악을 쓰듯 소리쳤다.

"항복! 항복!"

위소보가 말했다.

"좋아! 항복한 사람은 한쪽으로 데려가라!"

친위병들이 그들을 백기가 있는 쪽으로 데려갔다. 미리 대기하고 있었던 듯, 곧바로 그들에게 술과 요리를 대접했다.

친위병들은 다시 '샤슐릭'이 될 사람을 물색하러 갔다. 나머지 러시아 병사들은 항복한 사람이 술과 요리를 대접받고, 그렇지 않은 사람은 살점이 도려져 불에 구워지고 있는 것을 보면서, 선택을 빨리 해야만 했다. 비록 화로에 구워지고 있는 게 어느 부위인지는 직접 보지 못했지만, 자신들은 이미 발가벗겨져 있으니 서로 훑어보며 극도의 공포에 떨었다. 절로 고함을 지를 수밖에 없었다.

"항복! 항복!"

몇몇이 앞장서 '항복'을 외치자 친위병이 데리러 오기도 전에 다른 사람들도 덩달아 소리쳤다.

"항복! 항복!"

삽시간에 1천여 명이 다 항복을 하고 말았다. 단 한 사람, 톨부친만이 제자리에 서서 버텼다.

위소보가 그에게 물었다.

"정말 항복하지 않을 테냐?"

톨부친은 당당하게 소리쳤다.

"죽어도 항복 안 한다!"

위소보가 말했다.

"좋아! 그럼 널 아크사성으로 돌려보내주마!"

그는 정말 홍조에게 병사 500명을 이끌고 톨부친을 야크사성으로 데려다주라고 명했다.

톨부친은 자기가 아무리 버텨봤자 결국 목숨을 잃을 거라고 생각했는데, 놔준다고 하자 너무나 뜻밖이었다.

"날 놔줄 거면 옷을 돌려줘라!"

위소보가 웃으며 말했다.

"옷은 돌려줄 수 없다."

그러고는 다시 홍조에게 명했다.

"그를 야크사성 아래까지 끌고 가서, 잠시 성을 공격하는 포격을 중단하고, 그로 하여금 성을 끼고 세 바퀴 돌게 한 다음 풀어주도록 하시오!"

홍조는 명을 받고, 병사들이 웃음과 갈채를 보내는 가운데, 실오라기 하나 걸치지 않은 톨부친을 앞세워 떠나갔다.

임홍주가 물었다.

"대원수님, 러시아군의 장군을 붙잡았는데 왜 다시 놓아주는 겁니까? 분명 무슨 묘책이 있는 것 같은데, 좀 들려주시지요."

위소보가 웃으며 물었다.

"오늘 우리가 이 싸움에서 대승을 거뒀는데, 무슨 전법을 쓴 건지 아시오?"

임홍주가 대답했다.

"그야… 대원수가 그야말로 절묘한 전법을 쓰신 거죠. 참으로 감탄했습니다."

위소보는 고개를 내둘렀다.

"이건 내 전법이 아니라 황상께서 미리 지시를 내린 묘계요. 황상께서는 왕년에 제갈량이 맹획을 칠금七擒, 즉 일곱 번 사로잡았는데 그 계책이 아주 훌륭하니 좀 배우라고 하셨소. 〈칠금맹획〉이란 창극을 보지 못했소? 설령 보지 못했다고 해도 아마 들어는 봤을 거요. 제갈량은 위연(魏延)을 출전시키면서, 승리를 해서는 안 되니 무조건 패주하라고 명했소. 맹획으로 하여금 연전연승하도록 만들어 반사곡(盤蛇谷)으로 들어오게끔 유인한 다음, 불을 질러 화공(火攻)으로 등갑병(藤甲兵)들을 죽이라고 명한 것이오. 이번에 우리가 사용한 것이 바로 그 제갈량의 계책이오."

장수들이 다 탄복을 하자, 위소보가 다시 말했다.

"황상께서는 워낙 인후하셔서, 제갈량이 등갑병들을 다 죽인 것은 너무 잔인했으니 러시아 병사들이 항복하면 목숨을 살려주라고 하셨소."

부도통 낭탄이 말했다.

"만약 대원수께서 그 '샤슬릭' 전술을 써서 러시아 병사들의 살점을 도려내 불에 구워서 혼비백산하도록 만들지 않았다면, 그들은 워낙 사납고 깐깐해서 항복을 하지 않았을지도 모르죠. 그 계책은 실로 제갈량을 능가합니다."

위소보가 웃으며 말했다.

"취사병들은 소고기를 미리 몸에 숨기고 있었소. 그냥 러시아 병사의 허벅지를 칼로 살짝 긁자 비명을 질러댄 거지. 화로에 구운 것은 다 최상급 소고기니 다들 맛을 좀 보시오."

뜻밖의 말에 장수들과 병사들은 모두 웃음을 터뜨리며 환호성을 질렀다.

위소보가 구운 고기를 올리게 해서 다들 샤슬릭을 맛있게 먹었다. 향기롭고 고기가 연한 게 맛이 일품이었다. 게다가 고량주까지 곁들이니 그야말로 금상첨화였다.

장수들이 다시 물었다.

"대원수께서 적장을 붙잡아 다시 놓아줬는데, 그게 바로 제갈량의 칠금칠종七擒七縱 아닙니까? 다시는 허튼짓을 하지 못하도록 승복시키시려는 거죠?"

위소보가 대답했다.

"그건 아니오. 내가 경성에서 황상께 직접 여쭈었소. 황상께선 '요순어탕'이라 워낙 인후하신데, 제갈량처럼 그를 일곱 번 잡아 일곱 번 놔줘야 되느냐고 말이지요. 그러자 황상께선 그럴 필요가 없다고 하셨소. 제갈량을 배우되 똑같이 따라하지 말고 활용을 하라고 하셨소. 맹획은 야만족의 족장이라 한번 승복한다고 말하면 절대 그 말을 번복하지 않는데, 우리가 붙잡은 적장은 약속을 해도 지키지 않을 테니까 소용이 없죠. 러시아의 사황과 섭정여왕은 또 다른 장수를 보내 우리 국경을 넘보려 할 거요."

장수들은 그 말에 동의하며 다들 고개를 끄덕였다.

위소보가 다시 말했다.

"야크사성의 병사들은 천성이 흉악하고 또한 화기가 위력적이라 우리가 만약 이번에 적장을 죽였다면 다시 다른 사람을 수장으로 내세워 더욱 맹렬하게 반격해올 거예요. 그래서 내가 그를 홀딱 벗겨 성을 끼고 세 바퀴 돌리라고 한 거요. 러시아 병사들은 그의 발가벗은 모습을 보면 다들 그를 업신여기지 않겠소. 그는 당연히 위엄을 잃게 될 테고, 앞으론 명령을 내려도 부하들이 그전처럼 잘 따라주지 않겠죠."

장수들은 다들 수긍하며 고개를 끄덕였다. 임흥주가 다시 물었다.

"적장을 발가벗겨서 돌려보내는 것도 황상께서 미리 분부하신 계책입니까?"

위소보는 깔깔 웃으며 말했다.

"황상이 그런 짓궂은 장난을 계획할 리가 없죠. 단지 나더러 러시아 병사들의 사기를 떨어뜨리고 우쭐대지 못하도록 만들라고 지시하셨소. 알다시피 러시아 병사들은 몸집도 우람하고 화기도 위력이 강해, 우리 군사들은 그들의 우악스러운 모습을 보면 자신도 모르게 주눅이 들기 마련이오. 그럼 사기가 꺾여 일단 꿀리고 들어가게 되죠. 그래서 황상께서는 무슨 수를 써서라도 아군이 그들을 얕보도록 만들라고 하셨소. 그래서 궁리하던 차에 어젯밤 갑자기 어릴 때 도박을 하던 기억이 떠올랐소."

장수들은 모두 고개를 갸웃거렸다. 비록 말은 없지만 생각은 다들 비슷했다.

'어릴 때 노름을 하던 것이 러시아 병사들과 무슨 상관이 있다는 거지?'

위소보가 미소를 지으며 말했다.

"난 어릴 때 양주에서 가끔 남들과 노름을 했는데, 버릇이 별로 좋지 않아서 돈을 따면 입을 닦고, 잃으면 생떼를 쓰기 일쑤였죠. 그리고 죽기살기로 막 대들었어요. 한번은 내기 노름빚을 갚지 않자, 상대방이 내 바지를 벗겨 아랫도리를 드러낸 채 집으로 돌아가게 했어요. 길 가는 사람들은 발가벗은 나를 보고는 재밌다고 낄낄대며 놀렸죠. 그 후로 내 노름버릇이 좀 고쳐졌어요."

그 말에 장수들은 모두 깔깔대며 웃었다.

위소보가 다시 말했다.

147

"황상께서는 전쟁을 치르면서 전법은 고정된 틀에 얽매이지 말고 임기응변, 상황에 따라 다양한 변화를 구사하라고 하셨어요. 물론 큰 틀은 내게 지시를 하셨지만 어떻게 운용하느냐는 내 머리회전에 달렸다는 얘기죠. 난 어린 나이에도 발가벗기는 것을 두려워했는데, 그 우람한 러시아 병사들은 오죽하겠어요? 역시 발가벗기니까 순순히 다 항복을 했잖아요."

장수들은 다들 엄지를 치켜세우며 칭찬을 아끼지 않았다. 몇몇은 속으로 생각했다.

'적을 홀랑 벗기는 전법은 《손자병법》에도 없는 것 같은데, 이 위자병법韋子兵法은 정말 위력이 대단하군.'

위소보는 곧 러시아 병사들을 청병 복장으로 갈아입혀, 참장 한 명에게 군사 2천 명을 이끌고 그들을 경성으로 압송해 황제께 바치라고 명했다. 나중에 소리를 칠 때 써먹으려고 20명은 남겨놓았다.

군영의 사야가 황제께 올릴 상주문을 작성했다. '무원대장군 위소보는 황상의 성지에 따라 전수해주신 방략대로 대승을 거둬, 러시아 병사들이 중화상국에 감은하여 개관천선, 귀순을 결심하였으니, 이는 모두 황상의 성덕'이라는 내용이었다.


이날 밤, 위소보는 연회를 베풀어 장병들의 노고를 치하했다. 그리고 다음 날, 군사들을 이끌고 야크사성으로 갔다. 성은 시커먼 연기에 싸여 있고, 성 안팎에서 양쪽 군사들의 함성이 하늘을 찌를 듯했으며, 포성이 계속 이어졌다.

요새를 공격하는 책임을 맡은 장수는 붕춘이었다. 그는 성안에서 쉴 새 없이 포탄이 날아와 아군이 많이 살상당했다고 보고했다.

위소보가 말했다.

"빌어먹을! 우리도 계속 포격을 합시다!"

붕춘이 명령을 전달하자 곧이어 동서남북에서 일제히 포성이 터졌다. 요새를 향해 무수한 포탄이 날아갔다. 그러나 러시아인들이 축조한 야크사성은 정말로 튼튼했다. 병사들은 다 지하 보루로 몸을 숨겼는지, 청병의 줄기찬 포격에도 집만 몇 채 무너질 뿐 병사들은 안에서 꼼짝도 하지 않았다. 그야말로 난공불락의 요새였다.

며칠 동안 맹공을 퍼부었지만 별 소득이 없자, 하우가 결사대 1천 명을 조직해 성벽을 타고 오르기로 했다. 그러나 성벽 위에서 화창을 빗발치듯 쏘아대는 바람에 300~400명의 청병이 목숨을 잃고 말았다. 붕춘은 전세가 불리하자 호각을 불어 후퇴를 명했다.

러시아 병사들은 성루 위에서 손뼉을 치며 환호했다. 일부는 바지를 벗어 성 아래로 오줌을 싸며 오만의 극치를 떨었다.

흑룡강 장군 살포소는 대로하여 직접 군사들을 이끌고 성 아래로 쳐들어갔다. 그러자 성 위에서 화창을 계속 쏘아댔다. 살포소가 총을 맞고 말에서 떨어지자, 청병은 이내 혼란에 빠졌다. 그 틈을 타서 러시아군은 성문을 열고 수백 명이 일제히 몰려나왔다.

임흥주가 방패병을 이끌고 그들을 맞이했다. 방패병들은 땅바닥을 뒹굴며 적에게 접근해 대도를 휘둘렀다. 러시아 병사들은 당황해 피하기 급급했다. 임흥주가 이 방패병들을 직접 훈련시켜 다들 '지당도법 地堂刀法'에 능했다. 땅바닥에서 왼손의 방패로 상대의 화창을 막으면서 오른손에 쥔 대도로 러시아 병사들의 발목을 노려 베어갔다.

톨부친은 상황을 지켜보다가 심상치 않자 퇴각을 명했다. 임흥주가 부상당한 살포소를 구해왔다. 살포소는 오른쪽 이마에 총알을 맞았지만 다행히 깊이 박히지는 않았다. 비록 중상을 입었으나 생명에는 지장이 없었다. 이번 교전은 쌍방 모두 손실이 컸는데, 청병의 전사자가 좀 더 많았다.

위소보는 군의를 앞장세워 살포소 등 부상자를 문병가고, 임흥주를 포상했다. 그리고 군사를 5리 밖으로 물려 새로 진을 치도록 명했다.

이날 밤, 장수들은 군막에 모여 야크사성 공략을 위한 대책회의를 했다. 어떤 사람은 오늘 방패병의 공격이 주효했으니 내일 러시아 병사들을 다시 성 밖으로 유인해내 그들의 발목을 자르자고 제의했다. 그러나 러시아군은 그것 때문에 기가 꺾여 다신 섣불리 나오지 않을 거라고들 했다. 차라리 야크사성 주위에 빙 둘러 토성을 쌓아, 그들을 성안에 가둬 굶어죽게 만들자는 방안도 나왔다. 그리고 땅굴을 파서 성안으로 공격해들어가자는 장수도 있었다. 땅굴을 파서 성을 공격하는 것은 옛날부터 써오던 방법이었다.

그 말을 듣자 위소보는 지난 추억이 떠올랐다. 야크사성에는 본디 지하 땅굴이 있었다. 왕년에 자기가 그 땅굴 안에서 껴안았던 알몸의 소피아가 지금 러시아의 섭정여왕이 돼 있다. 그녀는 러시아의 군사대권을 쥐고 있고, 자기는 그녀의 군사들을 상대로 싸우고 있는 것이다.

생각이 이어졌다.

'만약 지금 그녀가 야크사성 안에서 직접 군을 지휘하고 있다면 난 지하 땅굴로 기어들어가 그녀의 침상에 올라서 한 번 주무르고, 두 번 주물러 으샤으샤 하면 그 계집은 틀림없이 비명을 지르며 항복을 선언

할 텐데…'

장수들은 위소보가 입가에 묘한 미소를 띤 채 생각에 잠긴 듯 아무 말도 하지 않자, 무슨 묘책이 떠오른 줄 알고 의론을 중단한 채 그의 분부를 기다렸다. 위소보가 속으로 소피아 공주의 몸을 애무하는 상상을 하고 있을 줄이야, 전혀 생각지 못했다.

위소보는 눈을 지그시 감은 채 잠꼬대를 하듯 혼잣말로 중얼거렸다.

"끝내준다, 끝내줘… 죽이는구먼…."

장수들은 영문을 몰라 서로 마주 보며 고개를 갸웃했다.

위소보가 다시 흥얼거렸다.

"빌어먹을, 날 걷어차다니…."

장수들은 더욱 어리둥절했다.

그러거나 말거나 위소보의 혼잣말이 이어졌다.

"러시아 것이 아무리 세봤자 결국 내 밑에 깔리고 말 거야…."

붕춘이 그의 말을 받았다.

"네, 대원수의 말이 옳습니다. 러시아 귀신들이 아무리 날뛰어도 우리는 그들을 상대할 방법이 있습니다."

그 말에 위소보는 꿈에서 깨어나 눈을 뜨고 의아해하며 물었다.

"우리라니… 같이 주무르자고?"

이어 깔깔 웃으며 말했다.

"맞아, 맞아! 그 땅굴은 너무 좁아서 한 사람밖에 기어들어가지 못해. 그리고 지금은 아마 다 막아버렸을 거야. 우린 다른 땅굴을 파야 해요."

장수들은 어리둥절해하며 휘둥그레진 눈으로 서로 마주 보았다.

위소보가 몸을 일으켰다.

"여러분의 제의는 모두 훌륭해요. 우린 청룡靑龍, 백호白虎, 천문天門… 싹쓸이를 해버립시다! 내일 일찍 토성을 쌓고, 땅굴도 파고, 대포를 쏴서 놈들을 유인해냅시다! 방패병들이 기다렸다가 그들의 발모가지를 자르면 돼요!"

장수들은 저마다 자신이 제의한 방안이 다 채택되자 기분 좋아하며 돌아갔다.

다음 날 아침, 각 장수들은 예속 부하들을 이끌고 각자 맡은 일에 착수했다. 붕춘은 토성 쌓는 일을 맡고, 낭탄은 대포 쏘는 것을 지휘하고, 파해는 땅굴 파는 작업을 담당했다. 그리고 홍조는 500명의 병사를 거느리고, 투항한 러시아 병사들에게 욕을 배워 성 아래서 계속 큰소리로 욕을 해댔다.

그런데 애석하게도 러시아의 욕은 아주 단순하고 지극히 평범했다. 욕을 하고 또 해봤자 그냥 '냄새나는 돼지새끼야!' 아니면 '똥이나 먹어라!' 고작 그 정도였다. 중화상국의 욕처럼 다채롭고, 다양하며, 변화무쌍해 상상을 초월하고, 기상천외하지 못했다. 위소보도 몇 마디를 배워 처음에 함께 소리쳐봤지만, 그 단조로움에 곧 흥미를 잃고 시들해졌다.

러시아 병사들은 앞서 발목이 잘리는 고초를 당했기 때문에 성 밖으로 나올 생각을 않고 몸을 움츠린 채 성벽 위에서 덩달아 욕으로 응수할 뿐이었다. 청군은 계속 성안으로 대포를 쏴댔지만 이렇다 할 타격을 입히지 못했다. 당시 대포는 화약을 포통砲筒 속에 넣고 점화해 발사하면 철탄환이 튕겨나갔다. 그것이 직접 사람 몸에 맞으면 뼈가 으스러지지만 그냥 바닥에 낙하하면 별다른 타격이 없었다.

야크사성 인근에 사는 사람들은 그동안 러시아 병사들에게 약탈을 당해 풍비박산된 가구가 부지기수였다. 지금 황상께서 직접 명을 내려 러시아 귀신들을 쳐부수러 왔다는 소식을 듣고는 덩실덩실 춤을 추며 좋아했다. 그리고 가끔 술과 안주거리를 가져와 청병들을 위로했다. 오늘은 곡괭이와 삽, 들것을 가져와 토성 쌓는 일을 도왔다. 그리고 이 소식이 퍼져나가자 수백 리 밖에 사는 주민들까지도 자발적으로 달려와 병사들을 도와주었다.

톨부친이 성루에서 아래를 내려다보니, 군민들이 서로 어우러져 일하는데 그 수가 개미떼처럼 많았다. 다들 토성을 쌓느라 바삐 움직였다. 토성은 금세 높아지고 그 범위가 넓어졌다. 이러다가는 성안에 갇혀 영락없이 굶어죽을 판이었다. 그는 서쪽에 있는 네르친스크성에서 빨리 지원군을 보내오길 고대했다. 그때 안팎에서 협공을 하면 승산이 있을 것이었다.

그러나 강희는 이 점을 미리 예측하고 다른 군사들을 시켜 네르친스크성을 공격하게 했다. 그들이 성 밖으로 나오지 못하도록 한 것이다. 네르친스크성에서도 성을 사수하면서 매일 톨부친이 대군을 이끌고 와서 도와주기만 기다리고 있었다.

러시아는 야크사요새를 중국 북방을 점거하기 위한 근거지로 삼았다. 일단 흑룡강과 송화강 일대의 광활한 땅을 차지한 후, 계속 남침해 중국을 야금야금 먹어들어가 백성들을 다 농노로 삼을 야심을 갖고 있었던 것이다. 그래서 처음 야크사성을 건축할 때 성벽을 아주 두껍고 단단하게 쌓고, 성안에다 충분한 탄약과 식량을 비축해놓았다. 그러니 3~5년 고립된다고 해도 버텨낼 수 있을 것이다. 그리고 성안에 다 우물을 깊이 파서 식수도 걱정이 없었다.

원래 성안에 살던 중국인들이 반란을 일으킬까 봐 톨부친은 일찍이 그들을 몽땅 처형해 시신을 성벽 위에다 매달아놓았다. 성 밖에 있는 군민들은 그것을 보고 격분하지 않는 사람이 없었다.

러시아의 대포는 사정거리가 비교적 멀어서 청병들이 성 가까이 접근하기가 어려웠다. 그래서 땅굴을 파 성안으로 들어가기로 한 것이다. 그런데 위소보는 문득 이곳 녹정산에 황제의 용맥이 있다는 이야기가 떠올랐다. 용맥을 파괴한다면 강희를 죽음으로 내모는 것과 다를 바가 없었다. 그래서 땅굴 파는 작업을 중단시켰다. 그리고 성벽 가까이에다 화약을 매설하라고 명했다. 성벽을 부숴 성안으로 돌진하는 것으로 작전을 바꾼 것이다.

이날 성안 몇 곳의 우물물이 갑작스럽게 줄어들었다.

톨부친은 병법에 능한 사람이었다. 보고를 받은 그는 틀림없이 적군이 땅굴을 파는 바람에 수원水源이 지하를 통해 누출된 거라고 판단했다. 그래서 위치를 측정해 지하 땅굴에 포탄을 투하해서 땅굴을 파던 청병들을 폭사시키고 또한 땅굴을 메워버렸다.

야크사요새를 공략하는 것은 쉬운 일이 아니었다. 게다가 날이 갈수록 추워졌다. 이곳 요동 땅은 늦가을만 돼도 찬바람이 뼛속으로 스며들었다. 그리고 겨울이 닥치면 물방울이 떨어지면서 바로 얼어붙을 정도로 혹한의 날씨였다. 몸을 제대로 감싸지 않으면 귀와 코가 얼어서 썩는 경우도 있고, 손발에 동상을 입는 것은 다반사였다. 며칠간 연이어 내린 함박눈에 공사를 도우러 왔던 백성들은 더 이상 추위를 견

디지 못하고 관병들에게 작별을 고했다. 내년 봄 날씨가 풀리면 다시 오겠다고 하면서, 관병들도 당분간 추위를 피해 남쪽으로 옮겨가라고 조언했다.

살포소와 파해 등은 북방에 오랫동안 주둔해 있었기 때문에 혹한의 피해가 얼마나 심각한지 잘 알고 있었다. 어느 날 무지막지한 추위가 몰아닥치면 밤새 죽어나가는 병사가 부지기수였다. 러시아군은 추위를 막아주는 집 안에서 지내고 있지만 청병은 야외에서 군막을 치고 야숙을 해야 했다. 물론 군막 주위에 불을 피우긴 해도 그게 그다지 큰 도움이 되진 못했다. 그래서 위소보에게 당분간 추위를 피해 남쪽으로 옮겨가자고 제의했다.

위소보는 황명을 받들고 와서 성 하나도 함락하지 못한 채 군사를 철수시키자니, 왠지 자존심이 허락하지 않아 며칠을 두고 고민했지만, 결론을 내리지 못했다. 그사이에 또 수십 명의 병사들이 동사했다는 보고가 올라왔다. 위소보가 풀이 죽어 있는데 갑자기 성지가 당도했다. 강희는 성지에 다음과 같이 밝혔다.

무원대장군 위소보는 황명을 받고 출정하여 차질 없이 임무 수행에 충실하고 있으니 이에 치하하는 바이다. 짐은 이미 러시아의 항장降將을 시켜 모스크바로 유지諭旨를 보내 러시아 군주에게 철군하여 양국이 우호관계를 맺자고 제의했다. 이제 곧 엄동설한이 닥칠 텐데 장병들이 동한노숙할 것을 생각하니 심히 측은하구나. 위소보는 군사들을 이끌고 남하하여 애혼성과 호마이성에서 당분간 휴식을 취하도록 하라. 내년 봄에 러시아군이 여전히 아군에 대항하고 황명에 따르지 않는다면 다시 진군하여 일

거에 소탕하라. 차제에 무원대장군을 비롯해 도통, 부도통, 그리고 이하 장병들에게 의복과 금은, 술과 음식을 하사해 노고에 치하하는 바이다. 모든 장수들은 짐의 뜻을 헤아려 공을 세우려는 조급한 마음보다 병사들을 생각하는 배려와 지역 백성들의 삶을 보살피는 호민정신을 몸소 실천하길 바란다.

위소보와 장수들은 성지를 받고 성은에 감사를 올렸다. 그리고 병사들을 헤아리는 황상의 지대한 은덕을 각 군영에 알렸다. 하사품까지 받은 군사들은 모두 우레 같은 환호와 함께 황은에 감사했다.

다음 날, 위소보는 살포소로 하여금 병사들을 이끌고 먼저 철군하도록 명했다. 그리고 혹시 러시아 병사들이 성을 나와 추격할지 모르니 파해와 낭탄, 임홍주더러 일부 군사들을 이끌고 후방을 막고 있다가 적이 쳐들어오면 바로 추살해 낙화유수, 추풍낙엽으로 만들라고 일렀다.

러시아군은 청병들이 철군하는 것을 보자 일제히 환호하며 1천여 명이나 되는 병사들이 성루 위에 서서 성 아래를 향해 오줌을 갈겨댔다. 위소보는 그것을 보고 화가 나서 군사들로 하여금 일제히 성벽 쪽을 향해 오줌을 싸라고 명했다. 그 많은 청병들이 일제히 바지를 내리고 오줌을 싸대니 그것도 하나의 장관壯觀이었다. 아니, 가관可觀이라고 하는 게 맞을 것이다. 성벽 위와 아래에서 쉴 새 없이 욕설이 터지고 고함 소리가 하늘을 찌를 듯했다. 어쨌든 러시아 병사들은 위에서 아래로 싸대지만, 청병들은 아래서 위로 싸올릴 수 없으니, 이 오줌대전은 청군이 패배를 인정하지 않을 수 없었다. 성 아래에는 이래저래

오줌이 질펀하게 깔렸는데, 한풍이 몰아치자 이내 누리끼리한 오줌 빙
판으로 변했다.

위소보는 분통이 터져 견딜 수 없었다. 그는 성 위를 향해 삿대질을
하며 있는 욕, 없는 욕을 다 퍼부었다. 그가 하도 열을 내자 성지를 갖
고 온 흠차대신이 만류했다.

"러시아군은 다들 야수 같으니 그냥 참고 상대하지 마십시오."

위소보는 분이 풀리지 않았다.

"안 돼요! 쪽팔려서 이대로 참을 순 없어요!"

그는 병사들에게 수룡水龍을 가져오라고 명했다. 수룡은 불을 끄는
기구로, 행군 때나 어디에 진을 치게 되면 유사시에 대비해 반드시 갖
춰야 한다. 친위병들이 곧 10여 대의 수룡을 가져왔다. 위소보는 그것
을 토성 위로 옮기라고 명했다. 때는 엄동이라 강물이 이미 얼어붙어
물을 구할 데가 없었다. 그러자 위소보는 병사들에게 큰 가마솥에 눈
을 퍼담아 펄펄 끓이라고 했다. 그리고 그 끓는 물에다 직접 바지를 내
려 오줌을 싸넣고는 병사들에게 명했다.

"성 위를 향해 발사해라!"

병사들은 대원수가 이런 기발한 생각을 해내자 모두 신이 났다. 그
들이 있는 힘을 다해 수룡에 연결된 죽간을 작동해 압력을 가하자, 수
관水管을 통해 뜨거운 물이 성벽 위로 분사됐다.

병사들의 함성이 터졌다.

"대원수의 오줌이니 마셔라!"

러시아 병사들은 뜨거운 물이 날아오자 욕을 하면서 피했다.

청군 장수들 중 몇몇은 속으로 투덜댔다.

'이게 무슨 장난이람?'

그러나 일부는 위소보의 환심을 사기 위해 병사들과 함께 고함을 지르며 분위기를 돋웠다. 그러나 워낙 날씨가 추워 수룡의 뜨거운 물도 금방 식어서 얼어버리는 바람에 다시 물을 끓여야만 했다.

위소보 자신은 신이 나서 자화자찬을 했다.

"제갈량은 '화소반사곡火燒盤蛇谷'이고, 위소보는 '요사녹정산尿射鹿鼎山'이니, 똑같이 위풍당당하다!"

부도통 낭탄이 곁에서 맞장구를 쳤다.

"대원수님은 오줌으로 러시아 귀신들의 사기를 완전히 꺾어버렸습니다!"

그 말에 위소보는 갑자기 두 눈을 휘둥그레 뜨고 넋이 빠진 듯 멍해 있더니 곧 펄쩍 뛰며 괴성을 질렀다.

"우아!"

그러고는 하하 웃으며 소리쳤다.

"그래! 묘수다, 묘수야!"

장수들과 병사들은 영문을 몰라 모두 어리둥절해했다.

위소보는 북을 울려 장수들을 한자리에 모아놓고 물었다.

"우리 군영에 수룡이 모두 몇 대나 있죠?"

군수물품을 책임진 참장이 보고했다.

"대원수께 아룁니다. 모두 열여덟 대가 있습니다!"

위소보는 눈살을 찌푸렸다.

"너무 적어요! 왜 좀 더 많이 갖추지 않았지?"

그 참장은 대답할 말을 잃고 떠듬거렸다.

"저…."

속으로는 투덜댔다.

'군영에 불이 나는 건 흔한 일이 아닌데, 열여덟 대면 충분하지….'

위소보가 말했다.

"수룡 천 대가 필요하니 즉시 인근 시진市鎭으로 사람을 보내 구해오도록 하시오. 얼마나 걸릴 것 같소?"

그들이 있는 곳은 중국의 최북단이라 땅은 광활하지만 인구는 적었다. 여기서 가장 가까운 시진이라 해도 수백 리 떨어져 있었다. 그리고 그곳에 사는 가구도 많지 않았다. 게다가 다들 가난하게 사니 수룡을 비치해놓을 여유나 필요가 없었다. 천 대의 수룡을 모은다는 것은 도저히 불가능한 일이었다. 그 참장은 난처한 기색으로 말했다.

"대원수님, 이곳 관외에서 수룡을 천 대나 모으기는 아마 힘들 겁니다. 산해관 안으로 들어가 북경이나 천진에서 구해가지고 옮겨와야 될 것 같습니다."

위소보는 화를 냈다.

"말도 안 되는 소리! 북경이나 천진으로 가서 수룡을 가져오려면 얼마나 오래 걸리겠소? 전쟁은 하루가 급한데 그럴 순 없죠!"

참장은 안색이 크게 변해 그저 굽실거렸다.

'이번엔 정말 죽었구나….'

흠차대신이 보다못해 나섰다.

"대원수님, 원수님의 오줌은 이미 러시아군 성벽 위로 쏘아보냈습니다. 그건… 아주 귀한 건데 아끼셔야죠. 이번 싸움은 우리가 이긴 겁니다. 그러니 그만… 그만 발사해도 되지 않을까요?"

위소보는 고집을 부리며 고개를 내둘렀다.

"안 돼요! 수룡 천 대가 있어야만 이번 계획을 제대로 성사시킬 수 있어요!"

흠차대신은 속으로 중얼거렸다.

'거참 답답하네. 오줌을 쏴올리는 것은 그저 장난삼아 한 번 해봤으면 됐지, 그걸로 어떻게 계속 위용을 과시하겠다는 거지? 젊은 황제가 총애하는 젊은 장군이라… 서로 의기투합, 유유상종이군. 계속 이러다가는 정말 웃음거리가 될 텐데….'

그가 다시 말리려는데 위소보가 먼저 입을 열었다.

"여러분 중에 누가 수룡 천 대를 구할 수 있는 묘책을 생각해낸다면 그보다 더 큰 공로는 없을 거요!"

붕춘이 조심스레 물었다.

"대원수께서는 수룡 천 대를 구해 어디다… 성벽 위로 또 오줌을 발사하려는 건가요?"

위소보가 웃으며 말했다.

"수룡 천 대로 오줌을 쏴올리려면 얼마나 많은 오줌이 필요하겠어요? 100만 명의 군사가 있어도 아마 부족할 겁니다."

붕춘은 고개를 끄덕였다.

"네, 그렇죠. 그러면 어디다… 속하는 워낙 아둔해서… 대원수의 가르침을 바랍니다."

위소보가 말했다.

"아까 내가 오줌을 쏴올리니 바로 결빙이 되더라고요. 그러니 만약 우리가 수룡 천 대를 이용해 밤낮없이 성안으로 뜨거운 물을 발사하면 어떻게 될까요?"

그 말에 장수들은 처음엔 어리둥절해했으나 몇몇 머리가 빨리 돌아가는 사람들은 환호를 질렀다. 그러자 다른 사람들도 뭔가 깨닫고… 군막 안은 이내 우레 같은 환호성으로 뒤덮였다.

그중 한 사람이 소리쳤다.

"묘수요, 묘수! 수몰水沒 야크사雅克薩! 빙동氷凍 녹정산!"

잠시 후 환호가 멎자 한 사람이 말했다.

"설령 북경이나 천진으로 가서 수룡을 구해온다고 해도 한참 걸릴 텐데요….""

곧이어 몇몇 부장과 좌령이 용감하게 나서서, 연일 밤을 새우는 한이 있더라도 달려가 수룡을 구해오겠다고 했다. 그래도 시일이 너무 오래 걸릴 터여서 위소보는 고개를 내두르면서 눈살을 찌푸렸다.

홍조는 직급이 좀 낮아서 맨 뒤에 서 있다가 몸을 숙이며 말했다.

"저에게 한 가지 방안이 있는데, 말씀을 올려도 될까요?"

위소보가 말했다.

"말해보시오."

홍조가 말했다.

"저는 복건 사람입니다. 고향 마을은 워낙 가난해서 수룡을 구할 엄두를 내지 못했습니다. 그래서 불이 나면 죽통을 이용해 불을 끄곤 했지요. 그 죽통 물총은 대나무의 마디를 꿰뚫어 맨 마지막 마디에 동전만 한 구멍을 내고, 다른 한쪽 끝에는 죽통 공간에 알맞은 막대를 끼워넣어 만듭니다. 사용할 때는 죽통을 물에 담그고, 밀고 당길 수 있는 막대를 뒤로 끌어당겨 물을 가득 채운 다음, 다시 막대를 힘껏 앞으로 밀면 물총 안에 있는 물이 바로 발사됩니다."

위소보는 고개를 끄덕이며 그 물총을 만드는 방법과 사용법에 대해 곰곰이 생각해보았다.

이때 하우가 나섰다.

"대원수님! 그 물총을 크게 만들 수도 있고, 작게 만들 수도 있습니다. 저도 어릴 때 그것을 만들어 물총놀이를 했는데, 아주 재미있었습니다. 한데 애석하게도 이 일대에는 긴 대나무가 없군요. 큰 물총을 만들려면 장강 이남으로 가야 할 것 같습니다."

위소보가 홍조에게 물었다.

"혹시 무슨 좋은 수가 없겠소?"

홍조가 대답했다.

"이 일대에 큰 통죽은 없지만 소나무와 삼나무는 많습니다. 그 나무들을 베어 속을 파내면 물총으로 쓸 수 있을 겁니다."

위소보가 난색을 표했다.

"그런 통나무의 속을 파내기가 쉽지 않을걸요."

그러자 반班씨 성을 가진 참장이 나섰다. 그는 본디 산서 출신의 목수였다.

"대원수님, 그건 별로 어렵지 않습니다. 우선 필요한 만큼 나무를 잘라 톱을 이용해 반으로 쪼갭니다. 그 속을 반원형으로 파내 매끄럽게 다듬은 다음 양쪽을 합치면 공간이 빈 큰 원통圓筒이 되지요. 반쪽 두 개를 합칠 때 사개맞춤을 하면 물론 좋겠지만, 대충 만들려면 그냥 쇠못으로 박아 고정해도 됩니다."

위소보는 크게 좋아하며 소리쳤다.

"그거 참 좋은 생각이네요. 그런 큰 물총을 하나 만들려면 얼마나 걸리겠소?"

반 참장이 대답했다.

"저 혼자서 만들면 하루에 하나를 만들 수 있고, 밤을 새운다면 두 개도 가능할 겁니다."

위소보는 눈살을 찌푸렸다.

"그럼 너무 오래 걸려요. 손재주가 좀 있는 사람들을 뽑아 제자로 삼아서 만드는 법을 가르쳐주세요. 이건 새색시의 홍칠紅漆 요강을 만드는 것도 아니고, 갑부가 사용할 남목관楠木棺도 아니니 정교한 기술은 필요 없어요. 통나무의 외피를 벗기지 않아도 돼요. 그냥 물을 멀리 발사할 수만 있으면 그만이니, 다들 서둘러주세요!"

명을 받은 장수들은 바로 사병들을 이끌고 숲으로 가서 벌목을 했다. 그리고 일부는 말을 몰아 민가로 달려가서 톱과 끌, 도끼 등 목공에 필요한 공구를 빌려왔다.

관외에는 소나무와 삼나무가 지천으로 깔려 있었다. 그리고 액이고납하額爾古納河 일대는 삼림지대라 100년 이상 된 교목喬木이 헤아릴 수 없을 정도로 많았다. 청병들이 대거 출동해서 반나절도 채 안 되어 수천 그루의 목재를 벌목해서 옮겨왔다.

병사들 중 원래 목수일을 하던 사람이 100여 명이었다. 반 참장이 그들을 한데 모으고, 다시 손재주가 좋은 400~500명을 뽑아 밤을 새워가며 물총을 만드는 데 전념했다.

반 참장이 우선 하나를 완성해서 시범을 보였다. 그 물총은 직경이

163

2척 정도고, 길이는 1장쯤 됐다. 물총 공간에 끼워넣을 막대에 횡목橫木을 부착해 좌우에서 여섯 명의 병사가 일제히 밀고 당기기로 했다. 그리고 분수구의 구멍을 작게 만들어 물이 멀리 발사되도록 했다.

물총 입구에 뜨거운 물을 주입한 후, 반 참장의 명령에 따라 병사 여섯 명이 일제히 막대를 힘껏 밀었다. 그러자 그 압력에 의해 물줄기가 200보쯤 되는 거리까지 멀리 발사되었다.

시연을 보고 성능을 확인한 위소보는 연신 갈채를 보냈다.

"이건 물총이 아니라 물대포군! 멋있는 이름을 지어줍시다. '소백룡小白龍 물대포' 어때요?"

그는 은자를 꺼내 반 참장과 물대포를 만드는 데 참여한 병사들에게 일일이 다 나눠주고, 러시아군이 보지 못하도록 군막 뒤 숲속에서 작업을 하라고 지시했다.

톨부친은 청군이 물러갔다가 다시 돌아오는 것을 지켜보았다. 그리고 많은 목재를 옮겨오는 것을 보고 나름대로 생각했다.

'중국 놈들이 나무를 많이 벌목해온 것을 보니 불을 피워 추위에 대비하려는 모양이군. 흥! 앞으로 보름만 더 지나면 삭풍과 폭설이 몰아쳐 아무리 불을 피워도 추위를 견뎌내지 못할 거야. 그때쯤이면 지옥이 어떤 맛인지 알게 되겠지.'

그는 성벽 아래로 내려가 병사들에게 난로에 불을 더 지피라고 한후, 보드카를 마시며 인근 마을에서 잡아온 중국 소녀 둘을 끌어내 시중을 들게 했다.

붕춘과 하우 등은 기병들을 시켜 수백 리 이내에 있는 민가에서 솥단지와 가마솥을 모두 군영으로 옮겨왔다. 그리고 구덩이를 파서 화덕으로 삼고, 불을 지필 장작을 작은 산만큼이나 잔뜩 쌓아두었다.

하나둘씩 완성된 '소백룡 물대포'는 러시아군의 눈에 띄지 않게 나뭇가지 같은 것으로 다 가려놓았다.

여러 날이 지나자 반 참장이 소백룡 물대포를 3천 개 정도 만들어냈다고 보고했다. 다음 날이 길일이라, 위소보는 묘시에 군사들을 소집해 북소리를 울리며 물대포를 전부 토성 위로 옮기라고 명했다. 포구는 정확히 야크사성 안을 겨냥했다. 이어 군중에서 호각이 울려퍼지고 대포가 펑, 펑, 펑… 아홉 발 터졌다. 그것을 신호로 일을 나눠 맡은 병사들이 불을 지펴서 물을 끓이기 시작했다.

톨부친은 이불 속에서 단잠을 자고 있다가 포성에 깨어나 옷을 주섬주섬 주워입고 초피가죽옷을 걸친 다음 성루 위로 올라갔다. 때마침 눈보라가 몰아쳐 주위가 어슴푸레한데 청병들이 토성 위에다 통나무를 즐비하게 옮겨놓은 게 시야에 들어왔다. 그게 뭔지 궁리하고 있는데 느닷없이 청병들의 고함 소리와 함께 산붕지열山崩地裂, 산이 무너지고 땅이 갈라지듯 수천 그루가 넘는 통나무에서 물기둥이 치솟더니 사면팔방으로부터 성안을 향해 뻗쳐왔다.

톨부친은 소스라치게 놀랐다.

"아차!"

그 한 마디를 내뱉는 사이에 뜨거운 물이 가슴으로 뻗쳐왔다. 날씨가 너무 추워 뜨거운 물이 날아왔는데도 데지 않았다. 대신 물대포의 충격에 몸이 휘청거리며 비칠, 그 자리에 쓰러지고 말았다. 친위병이 황급히 달려와 그를 부축했다. 사면에서 청병들의 함성이 더욱 고조되고, 머리 위에서는 무수한 백사白蛇가 날아오듯 물줄기가 쏟아져내렸다. 순식간에 야크사성은 희뿌연 물안개에 뒤덮였다. 물줄기가 냉기류를 만나 형성된 물안개였다.

톨부친은 어찌 된 영문인지 몰라 머리가 빙빙 돌았다. 자신도 모르게 소리쳤다.

"중국 놈들이 또 마법을 쓴다!"

통나무에서 물이 뿜어져나오니 마법이 아니고 무엇이겠는가! 그는 몹시 당황해서 소리쳤다.

"총을 쏴라! 놈들이 성안으로 들어오지 못하게 막아라!"

그날 청군에 의해 실오라기 하나도 걸치지 않고 발가벗겨진 채 성 아래서 세 바퀴를 돈 후로 부하들은 예전만큼 그의 명령에 칼처럼 따르지 않았다. 러시아 병사들은 청군이 언제 어떻게 성안으로 공격해들어올지 몰라 전전긍긍하던 차에 별안간 거변巨變이 일어나 무수한 물줄기가 성안으로 날아들어오자 사방으로 달아나기에 급급했다. 장군의 명령도 아랑곳하지 않았다. 그나마 청군이 물만 발사할 뿐 성을 따로 공격하지 않아 다행이었다.

좌충우돌하던 러시아 병사들이 간신히 정신을 차리고 보니, 바닥은 이미 얼음판으로 변해 있고, 머리에선 고드름이 뚝뚝 떨어졌다.

야크사성 안에 살던 중국인 가운데 남자는 이미 다 피살되고 관기와 노리개로 삼을 일부 젊은 여자밖에 남지 않았다. 그리고 러시아 병사들 외에 모스크바에서 파견된 일반 관원, 정교의 선교사, 군을 따라온 상인들, 한탕 노리고 동방으로 건너온 잡배, 좀도둑과 날강도들도 있었다. 삽시간에 모두들 물에 흠뻑 젖어 그야말로 물에 빠진 생쥐 꼴이 되고 말았다. 처음엔 물이 뜨거워서 그나마 괜찮았는데 좀 있으니 추위가 몰려오고 물이 얼음으로 변했다.

모두들 소스라치게 놀라 신발과 옷을 벗었다. 옷을 입은 채로 피부와 함께 얼어붙으면 꽁꽁 언 손으로는 옷을 벗을 수 없다는 것을 다들 알고 있었다. 지금 벗지 않으면 나중에 설령 누가 도와준다고 해도 살갗이 옷이나 신발과 함께 찢겨나갈 것이었다. 실로 위험천만한 상황이었다.

땅바닥에 쌓이는 물은 점점 불어나고 곧 얼어붙어 방문을 열 수도 없었다. 얼음판 위에서 맨발로 그저 펄쩍펄쩍 뛰어야만 했다. 많은 사람이 추위를 참지 못해 소리쳤다.

"얼어죽겠다, 얼어죽겠어!"

다들 높은 곳을 향해 달려갔고, 일부는 지붕 위로 올라갔다. 사람들 틈에서 누군가가 소리쳤다.

"항복하자, 항복해! 이러다간 다들 얼어죽겠어!"

톨부친은 초피가죽옷을 입고 손에 우산을 들고 있었다. 그는 누가 '항복하자'고 외치는 것을 듣고는 바로 호통을 쳤다.

"어떤 놈이 군심을 교란하는 것이냐? 끌어내 총살해라!"

주위 사람들은 그가 다른 사람들의 생사는 아랑곳하지 않고 자신만 방수에 방한이 되는 초피가죽옷을 입고 떠들어대자 분통이 터졌다. 곧 한 사람이 얼음 조각을 주워 그에게 던졌다. 톨부친은 그쪽을 향해 권총을 발사해 두 사람을 죽였다. 나머지 사람들도 그에게 얼음 조각을 던졌다. 심지어 그에게 덮쳐가는 사람도 있었다. 톨부친이 쓰러지자 가까이 있던 친위병들이 칼을 휘둘러 사람들을 막았다.

혼란스러운 와중에 한 무리의 기병이 달려오자 난동을 부리던 사람들이 뿔뿔이 흩어졌다. 톨부친이 막 몸을 일으키려는데 물줄기가 날아와 머리 위에서부터 온몸을 축축하게 적셨다. 그는 양팔을 마구 휘두르며 욕을 해댔다. 그리고 부하들을 시켜 자신의 옷과 신발을 벗기도록 했다.

청군은 성안이 아수라장으로 변하자 환호성을 질렀다. 이어 제각기 욕설을 내뱉으며 각자 고향 사투리로 저속한 노래를 불러댔다. 그중에는 당연히 위소보의 〈십팔모〉도 섞여 있었다.

"한 번 주무르고 두 번 주무르니 러시아 귀신의 엉덩이로구나… 다시 만져보니…."

붕춘 등 장수들은 군사들을 지휘하느라 눈코 뜰 새가 없고, 반 참장이 이끄는 목수부대는 고장난 물대포를 수리하느라 바빴다. 물을 끓이는 조는 장작불을 지피고 가마솥에 빙설을 갖다 넣고, 다시 끓인 물을 포통에 쏟아붓느라 더욱 바쁘게 움직였다. 포통에 물이 차면 여섯 명의 포수가 '하나, 둘, 셋, 발사!' 하고 외치며 물줄기를 성벽 위로 쏘아올렸다.

청군이 쏘아올린 물줄기는 곧장 성벽 안으로 멀리 날아가기도 하고, 물줄기가 흩어져서 비 오듯 쏟아져내리기도 했다. 굵은 물줄기, 가는 물줄기… 제각각이었다. 그리고 물대포를 거듭 쏘다 보니 포통이 갈라져 뜨거운 물이 흘러내려서 화상을 입은 청병도 적지 않았다.

3천 개나 되는 물대포 가운데 600~700개가 한 시진도 못 돼서 이미 고장이 났다. 그리고 물이 끓는 속도도 자꾸 느려져 발사가 제대로 이어지지 못했다. 다시 반 시진이 지나자 물대포는 더 많이 파손돼 제대로 발사되는 게 800~900개밖에 남지 않았다. 자연히 그 위력이 크게 떨어졌다.

위소보가 의기소침해 있는데, 갑자기 성문이 활짝 열리더니 수백 명의 러시아 병사들이 몰려나오며 소리쳤다.

"항복! 항복!"

머리에 부상을 입었던 살포소는 이제 어느 정도 치유돼 기병 1천 명을 이끌고 성문을 향해 달려가며 소리쳤다.

"항복한 사람들은 모두 앉아라, 앉아!"

러시아 병사들은 그 말을 알아듣지 못하고 서로 마주 보기만 했다. 그러자 청병 중 몇 명이 직접 땅바닥에 앉으며 소리쳤다.

"앉아, 앉아!"

바로 그때 성문이 다시 닫히더니 성루 위에서 총알이 날아왔다. 항복하러 나온 병사들 중 수십 명이 총에 맞아 쓰러졌다. 나머지 병사들은 사방으로 뿔뿔이 흩어져 도망쳤다. 청군이 성루 위 러시아 병사들을 겨냥해 물대포를 발사하자 몇 명이 떨어졌다.

이 무렵 성안에 쌓인 물은 두 자 정도였는데, 이미 다 얼음으로 변했다. 이런 식으로 성안을 물로 가득 채우려면 최소한 열흘 내지 보름은 걸릴 것이었다. 그러나 러시아 병사들은 이미 몸이 얼어서 바들바들 떨며 안색이 시퍼렇게 변해 있었다. 몇몇은 서로 부둥켜안고 체온을 나누기도 했다.

톨부친은 이리저리 다니며 병사들에게 성을 굳건히 지키라고 독려했지만 다들 고개를 돌리고 외면했다. 그는 화가 나서 한 군관을 패려고 손을 뻗었는데, 그 군관이 피하는 바람에 그만 헛손질을 하며 미끄러져 쓰러졌다. 그러자 가까이 있던 병사 한 명이 그를 세게 떠밀어 물이 조금 찰랑찰랑 고여 있는 얼음웅덩이 속으로 밀어넣었다. 톨부친은 버둥거리며 일어서려고 했지만 손발이 마비돼 몸을 제대로 움직일 수 없었다. 그는 당황해서 소리쳤다.

"날 좀 구해줘, 구해줘!"

그러나 다들 멸시하는 눈초리로 쳐다볼 뿐, 아무도 구원의 손길을 내밀지 않았다. 얼마 후, 웅덩이에 조금 고여 있던 물도 얼어버렸다. 톨부친은 숨을 헐떡거리며 산 채로 얼음 속에 묻힌 꼴이 되고 말았다.

이제 러시아 병사들은 더 이상 눈치 볼 것도 없이 성문을 활짝 열어 젖히고 벌떼처럼 밖으로 몰려나왔다.

"항복! 항복!"

그 고함 소리가 천지간을 진동시켰다.

위소보는 덩실덩실 춤을 췄다. 기분이 너무 좋아 미쳐버릴 것만 같았다. 뭐라고 막 언성을 높여 명을 내리기는 하는데, 무슨 말인지 도통 알아들을 수가 없었다. 다행히 청군의 장수들은 전투경력이 많아 '명을 받들겠습니다!'를 연발하며 스스로 알아서 항복한 러시아 병사들을 정리하고 성안으로 들어가 무기를 압수하는 것부터 제반 일을 질서정연하게 처리했다. 대원수인 위소보의 호령과는 전혀 상관없이 일이 척척 진행되었다.

앞서 성안으로 물대포를 쏘아댈 때는 물이 부족한 것을 애석하게 여겼는데, 이제는 그 물을 성 밖으로 빼내는 일이 골칫거리였다. 결국 그냥 순리에 맡기기로 했다.

낭탄은 병사들을 이끌고 우선 총독부를 말끔히 정리해 위소보와 색액도, 흠차대신 등을 모셨다. 그리고 화약고를 비롯해 총기고, 금은고,

식량고 등을 일일이 봉쇄한 다음 병사들을 시켜 지키게 했다. 당시 청나라는 국세가 강성해 군기가 아주 엄했다. 위소보나 색액도 같은 대관들이 기회를 틈타 슬쩍 횡재를 하는 경우는 있어도 일반 군관이나 병사들은 어떤 물건에도 감히 손을 대지 못했다.

성 안팎에서 돼지와 양을 잡아 대대적인 경축연을 벌였다. 색액도 등은 당연히 아첨을 쏟아냈다. 위소보 대원수는 고대 《손자병법》을 만든 손무孫武보다 더 낫다는 등 찬사를 아끼지 않았다. 흠차대신도 가만있을 수 없었다.

"제가 경성을 떠날 때 황상께선 대원수를 만나면 가능한 한 살생을 줄이도록 당부하라고 했는데, 오늘 대원수께서 성을 공략함에 있어 창칼은 물론 활과 화기도 사용하지 않고, 아군의 희생자도 전혀 없이 하루 사이에 성을 접수했으니, 이런 예는 고금을 통틀어 아마 위 대원수밖에 없을 겁니다. 그야말로 전무고인前無古人이고 후무래자後無來者, 공전절후空前絶後라 아니할 수 없습니다."

위소보는 의기양양해져서 허풍을 떨었다.

"원래 벌써 야크사성을 공략할 수 있었지만 황상의 높으신 황은에 부응하고 병사들을 배려하는 마음에서 오늘까지 꾹 참고 기다려 비로소 이 계책을 쓴 겁니다. 그리고 흠차대신께 직접 보여드리고 싶었습니다. 우린 황상께 충성해야 하므로, 최선을 다해 승전을 거두는 것은 아무나 할 수 있는 쉬운 일이지만, 인후하신 성지를 받들어 희생자를 내지 않고 승리를 쟁취하는 게 더 소중한 일이죠."

다들 그가 자화자찬, '똥폼'을 잡고 있다는 것을 알면서도 이번 싸움이 희생자 없이 거둔 승리임엔 틀림없으니 그저 고개를 끄덕이며 맞장구를 쳐주었다.

색액도가 말했다.

"이건 황상의 홍복과 위 대원수의 기재奇才가 일궈낸 전과지!"

위소보가 말했다.

"오늘의 승리는 상하 할 것 없이 모든 사람의 공로입니다. 그리고 흠차대신과 색 대인이 가까이서 독려를 해주지 않았다면 이렇듯 쉽게 승리를 거두지는 못했을 겁니다."

흠차대신과 색액도는 그 말에 크게 기뻐하며 감격했다. 한참 싸움이 벌어질 때 그들은 행여 화기가 날아와 부상을 입을까 봐 멀찌감치 피해 있었다. '가까이서 독려를 했다'는 것은 말도 안 되는 소리였다. 그러나 위소보가 이렇게 말했으니 나중에 상주문에도 언급을 할 것이고, 그러면 포상이 내려질 게 분명했다. 옛말에 '꽃가마 타는 것을 싫어할 사람은 없다'고 했듯이, 흠차대신과 색액도는 흐뭇할 수밖에 없었다.

위소보가 생각하기에도, 흠차대신은 북경으로 돌아가 황상께 분명 자기에 대해 좋은 진언을 할 것이었다. 그리고 설령 자신이 다소 월권 행위를 저지른다고 해도 두 사람은 적극 나서서 은폐하고 함구를 해줄 것이다.

다들 배불리 먹고 마시고 나서 살포소는 부하를 시켜 톨부친을 얼음웅덩이에서 건져오게 했다. 톨부친은 이미 얼어죽어 온몸이 시퍼렇게 변해 있었다. 그것을 본 위소보가 한숨을 내쉬며 말했다.

"이 사람은 이름을 잘못 지은 것 같아요. 톨부친이 뭡니까? 한자로 쓰면 도이포청圖爾布靑인데, 시퍼럴 청靑 자 아닌가요? 그러니 시퍼렇게 변했죠."

그렇게 쓸데없는 말을 늘어놓고는 사람을 시켜 그를 입관해 묻어주라고 했다.

항복한 러시아 병사들의 수와 성안에 있는 재물, 화기, 총기 등을 대충 점검 및 확인하고 나서 보고서를 작성해 위소보와 흠차대신, 색액도 세 사람이 서명했다. 그리고 쾌마를 시켜 북경으로 달려가 황상께 첩보捷報를 올리도록 했다.

## 네르친스크 조약

삽시간에 맨 앞줄에 있는 기병들이 방패병과 맞닥뜨렸다.

그러자 난데없이 말 울음소리와 비명이 하늘을 찌르며 말들이 픽픽 쓰러져갔다.

방패병들은 단칼에 말의 다리를 두 개씩 잘라베며, 방패로 몸을 호위한 채 계속해

서 앞으로 뒹굴며 나갔다.

이날 밤 위소보는 쌍아와 함께 총독부 침실에서 자기로 했다. 위소보가 전에 머물렀던 곳인데, 침상 밑에 놓여 있는 커다란 상자를 열어 보니 안에 군복과 총기류가 들어 있었다. 난롯불이 활활 타오르고 초피이불이 덮여 있는 방 안에는 춘색春色이 가득했다. 쌍아가 미소를 지으며 말했다.

"혹시 상자 안에서 러시아 공주가 나오길 바라는 거 아니에요?"

위소보가 웃으며 말했다.

"쌍아는 중국 공주야. 러시아 공주보다 훨씬 좋아."

쌍아는 곱게 눈을 흘겼다.

"중국 공주가 여기 없고 북경에 있으니 애석하겠네요."

위소보가 다시 말했다.

"내 마음속에서는 천 명의 중국 공주도 한 명의 쌍아만 못해. 예쁜 쌍아, 뽀뽀 한번 해야지?"

쌍아는 얼굴을 붉히며 생긋이 웃었다. 그녀는 비록 위소보와 부부가 된 지 오래지만 남편이 짓궂은 말을 하면 늘 수줍어했다. 그녀는 위소보가 세상에서 자기를 가장 아낀다는 것을 잘 알고 있었다. 심지어 아가보다도 자기를 더 좋아한다는 것도 안다.

위소보는 그녀의 허리를 껴안고 침상 밑에 나란히 앉아 말했다.

"쌍아가 그 지도를 맞추느라 얼마나 애를 많이 썼어. 우린 드디어 녹정산에 왔고, 황상이 날 녹정공에 봉했으니 이 성을 나한테 맡길 게 분명해. 산 아래 무수한 보물이 묻혀 있으니 천천히 다 캐내자고. 그럼 이 위소小보도 이름을 위다多보로 고쳐야 될 거야."

쌍아가 말했다.

"상공은 이미 많은 금은보화를 모았으니 평생 쓰고도 남을 거예요. 더 많은 보화가 생겨도 무슨 소용이 있겠어요. 그러니 그냥 위소보로 있는 게 좋을 것 같아요."

위소보는 그녀의 볼에다 쪽, 입맞춤을 하고 말했다.

"그래, 맞아. 그렇지 않아도 보물을 캐야 할지 말아야 할지 며칠 동안 고민을 했어. 산을 파헤치면 만청의 용맥이 파괴돼 황상이 죽게 될지도 몰라. 그렇다고 안 캐자니 너무 아깝고… 일단 그냥 내버려두자고. 만약 황상이 나보다 일찍 붕어하고, 우리가 가난해서 먹을 끼니가 없게 되면 그때 보물을 캐도록 하지!"

바로 그때였다. 그 커다란 상자 속에서 갑자기 덜컥 하는 소리가 들렸다. 두 사람은 안색이 약간 변해 눈짓을 교환하곤 상자를 예의 주시했다. 그렇게 잠시 기다렸으나 더 이상 아무 소리도 들리지 않았다.

위소보가 가볍게 세 번 손뼉을 치자 쌍아가 가서 방문을 열었다. 문밖을 지키고 있던 친위병 네 명이 몸을 숙이며 명을 기다렸다.

위소보가 나무상자를 가리키며 나직이 말했다.

"안에 사람이 있는 것 같아."

그 말에 친위병들은 깜짝 놀라며 황급히 다가와 상지의 뚜껑을 열었다. 위소보의 손짓에 따라 친위병들이 옷가지와 총기류를 다 꺼내놓자, 밑바닥에 큰 구멍이 뚫려 있는 게 보였다. 그 순간, 펑 하는 소리와 함께 그 구멍 안에서 총이 발사됐다.

"으악!"

친위병 한 명이 어깨에 총을 맞고 뒤로 쓰러졌다.

쌍아는 잽싸게 위소보를 자신의 뒤로 끌어당겼다.

위소보가 친위병에게 석탄난로를 가리키며 그걸 구멍 안에다 쏟으라는 손짓을 했다. 친위병은 바로 그의 지시에 따랐다.

그러자 구멍 밑바닥에서 누군가 러시아말로 소리쳤다.

"앗, 뜨거워! 그만! 항복!"

그러고는 콜록콜록 기침을 연발했다.

위소보가 러시아말로 소리쳤다.

"우선 총을 위로 던지고 천천히 기어서 올라와라!"

과연 구멍 안에서 단총 한 자루가 위로 던져졌다. 그리고 러시아 병사 한 명이 두더지처럼 구멍 위로 고개를 쏙 내밀었다. 친위병이 그의 머리채를 잡고 끌어당겼다. 다른 친위병은 칼로 목을 겨냥했다. 그 러시아 병사는 수염에 붙은 불이 아직 꺼지지 않아 고통스럽게 꽥꽥 소리를 질러대면서 낭패한 모습으로 기어올라왔다.

위소보가 그에게 물었다.

"아래 또 다른 사람이 있느냐?"

그자가 대답하기도 전에 아래서 누군가 소리쳤다.

"한 사람 더 있어요! 항복, 항복!"

위소보가 소리쳤다.

"총을 위로 던져라!"

그러자 흰 광채가 번쩍이며 마도 한 자루가 위로 던져졌다. 이어 연기와 함께 불길이 올라왔다. 그는 머리에 불이 붙은 것이다.

문밖을 지키던 다른 친위병들도 대원수 방에 일이 생긴 것을 알고 다 뛰어들어왔다. 일고여덟 명의 친위병이 두 러시아 병사의 몸에 붙은 불을 끄고 포승줄로 단단히 묶었다.

위소보가 그중 한 명을 가리키며 소리쳤다.

"잇? 넌 시발새끼가 아니냐?"

그 병사는 이내 반색을 했다.

"네, 맞아요! 중국 아이 대인! 난 발베르스키예요!"

그러자 또 다른 병사도 소리쳤다.

"중국 아이새끼 대인! 난… 난 치로노프예요!"

위소보는 잠시 그를 뚫어지게 쳐다봤다. 수염이 불에 타서 엉망진창이 됐고 얼굴도 불에 그슬려 울긋불긋 보기 흉했지만 결국 알아볼 수 있었다.

"맞아! 그 제기랄놈이잖아!"

치로노프의 표정이 환해졌다.

"맞아요! 중국 아이 대인, 우린 옛 친구죠!"

발베르스키와 치로노프는 모두 소피아 공주의 위사였다. 지난날 야크사성에서 위소보와 함께 모스크바로 갔고, 둘 다 엽궁獵宮에서 화창대火槍隊와 합세해 반란을 일으켜서 공주에게 공을 세웠다.

소피아 공주는 국정을 장악한 후 자신에게 충성한 위사들을 다 대장으로 승진시켰다. 그중 네 사람은 자진해서 다시 야크사요세로 돌아왔는데, 물대포에 의해 성이 함락될 때 한 명은 전사하고, 한 명은 얼어죽었다. 그리고 남은 두 명이 땅굴 속에 몸을 숨긴 것이다. 지하 통로를 이용해 도망치려 했지만 출구가 다 막혀버려 결국 여기서 발각되고 말았다.

왕년에 위소보는 발베르스키를 '시발새끼'라고 불렀고, 치로노프를 '제기랄놈'이라고 불렀다. 두 사람은 그 뜻을 알지 못하고 그냥 위소보의 발음이 좋지 않아서 그렇게 부르는 거라 생각해, 부를 때마다 꼬박꼬박 대답을 하곤 했다. 그리고 소피아 공주가 위소보를 '중국 아이'라고 부르는 것을 듣고 따라서 '중국 아이'라고 불렀다. 나중에 위소보가 공을 세워 공주가 작위를 부여하자 위사들은 '중국 아이'를 '중국 아이 대인'으로 바꿔 부르게 되었다.

위소보는 그들을 알아보고 나서 직접 결박을 풀어주고 술과 음식을 대접했다.

친위병들은 행여 지하 땅굴에 또 다른 첩자가 숨어 있을까 봐 밑으로 내려가 샅샅이 뒤져 아무 이상이 없다는 것을 확인하고, 다시 올라와 보고를 한 연후에 물러갔다. 친위대장은 당황하지 않을 수 없었다. 만약 이 두 명의 러시아 병사가 밤중에 땅굴에서 기어나와 대원수를 해쳤다면 자기는 멸문을 당할 게 뻔한데, 정말 다행스럽게도 미연에 방지한 것이다.

다음 날, 위소보는 발베르스키와 치로노프를 불러 소피아 공주의 근황에 대해 물었다. 그러자 두 사람은 이구동성으로 공주 전하는 국정을 잘 이끌어나가 모든 왕공대신과 장군, 주교들로부터 신임을 받고 있으며, 국민들도 그녀를 존경한다고 전해주었다. 사황이 두 사람 있기는 하지만 모두 나이가 어려 국정에 관한 제반 업무를 누님인 소피아 공주에게 다 맡기고 있다고 했다.

치로노프가 말했다.

"공주 전하는 중국 아이 대인을 무척 그리워하고 있어요. 그렇지 않아도 저희들더러 대인의 소식을 한번 알아보라고 했습니다. 만약 만나게 되거든 모스크바로 놀러 오라고 전하랬어요. 후한 상도 내려주겠다고요."

발베르스키도 말했다.

"공주 전하는 중국 아이 대인이 군사를 이끌고 우리랑 싸울 거라곤 생각 못했어요. 만약 그런 생각을 했다면, 서로 좋아하는 사이인데 만나서 말만 잘하면 굳이 싸울 필요가 없었겠죠."

위소보가 말했다.

"혹시 날 속이려고 엉뚱한 얘길 하는 거 아니오?"

두 사람은 아주 진지했다. 하늘에 맹세코 다 사실이라고 했다.

위소보는 생각을 굴렸다.

'황상은 나더러 러시아와 가능한 한 전쟁을 하지 않고 평화를 유지하도록 협상을 하라고 했는데… 이 두 녀석을 시켜 소피아 공주에게 편지를 보내봐야겠군.'

그가 넌지시 말했다.

"공주에게 전해줄 편지를 써야 하는데, 난 러시아의 지렁이 글자를 쓸 줄 모르니 대신 좀 써주겠소?"

발베르스키와 치로노프는 서로 마주 보며 난색을 표했다. 두 사람은 말을 타고 총을 쏘는 데는 재주가 있지만 글을 쓰는 건 '젬병'이라고 했다. 치로노프가 말했다.

"중국 아이 대인이 연서戀書를 쓰겠다면 우린 도움을 줄 수 없어요. 대신… 선교사를 찾아볼게요."

위소보는 두 사람의 제안을 받아들였다. 친위병을 시켜 그들을 데려가 항복한 사람들 중에서 선교사를 찾아오라고 했다.

얼마 후에 두 사람은 털보 선교사 한 명을 데리고 왔다. 사실 당시 러시아 병사들은 대부분 글을 쓸 줄 몰랐다. 그래서 군을 따라다니는 선교사는 병사들을 위해 신께 기도하는 일 외에 또 한 가지 중요한 임무가 있었는데, 바로 병사들이 집으로 보낼 편지를 대필해주는 것이었다.

그 선교사는 청병의 복장을 하고 있는데, 옷이 너무 작아 몸에 꽉 끼는 게 우스꽝스러워 보였다. 그는 겁을 먹고 전전긍긍하며 위소보에게 우선 깍듯이 인사를 올렸다.

"중국 대장군, 대작大爵과 가족의 평화를 위해 우리 주 예수 그리스도의 이름으로 비나이다."

위소보는 그에게 자리를 권했다.

"난 당신네 소피아 공주에게 편지를 쓰고 싶소."

선교사는 연신 고개를 끄덕이며 대답했다. 친위병이 이미 종이와 붓 등 문방사우를 탁자에 다 갖춰놓았다. 선교사는 붓을 집어들고 선지宣紙를 펼쳤다. 그리고 우선 꼬불꼬불한 글씨로 서두를 썼다. 붓이 너무 부드러워, 획이 굵게 그어졌다가 가늘게 이어지는 등 여간 불편한 게 아니었다. 그래도 행여 이 중국 장군의 비위를 건드릴까 봐 감히 중국 붓에 대해 불평을 하지 못했다.

위소보가 말했다.

"그대로 받아써요. 친애하는 공주, 헤어진 이후로 얼마나 보고 싶었는지 몰라요. 공주를 내 마누라로 삼으려 했는데…."

선교사가 깜짝 놀라 손이 떨리는 바람에, 붓의 먹물이 종이에 진한 얼룩을 만들었다. 치로노프가 말했다.

"이분 중국 아이 대인은 소피아 공주 전하의 정인입니다. 공주 전하는 그를 사랑해요. 중국 정인이 러시아 정인보다 백배 낫다고 했어요."

그는 위소보의 환심을 사기 위해 당연히 말에 살을 좀 붙였다.

선교사는 연신 고개를 끄덕였다.

"아, 네! 네… 백배 낫고말고요. 네, 그래요…."

하지만 마음이 불안하니 생각도 잘 정리가 되지 않았다. 그렇다고 붓을 멈출 수는 없는 노릇이라, 평상시 러시아 병사들이 고향에 있는 아내에게 편지를 보내면서 자주 쓰는 문구를 다 동원했다. 그 무슨 '보고 싶어서 죽을 지경이다', '어젯밤 꿈속에서 당신을 만나 진하게 끌어안았다', '키스를 천만번 하고 싶다' 등 낯간지러운 문구가 많았다.

위소보는 그가 붓을 나는 듯이 움직이는 것을 보고 매우 만족했다.

"계속 받아써요. 러시아 병사가 우리 중국 땅을 침략해 많은 백성들을 죽였소. 그래서 우리 황제가 화가 나서 나더러 군사를 이끌고 가서 러시아 병사들을 다 잡으라고 했소. 난 당신 병사들의 살점을 다 도려내서 샤슬릭으로 구워먹을 거요…."

여기까지 들은 선교사는 너무 놀라 비명을 지르며 두 손을 모았다.

"오, 주여!"

위소보의 말이 이어졌다.

"그러나 공주의 체면을 봐서 당분간은 구워먹지 않겠소. 대신 앞으로는 러시아군이 우리 땅을 침범하지 않을 거라고 약속하시오. 그럼 우린 영원히 친구가 될 수 있소. 만약 내 말을 듣지 않으면 100만 대군을 시켜 러시아 남자들을 모조리 다 죽여버리겠소. 그럼 함께 잠잘 사람이 없을 테니, 남자를 원하면 중국 남자를 찾는 수밖에 없소."

선교사는 속으로 구시렁거렸다.

'그건 말도 안 돼. 세상에 러시아 남자 말고는 중국 남자만 있나?'

그는 이런 무례한 말을 공주에게 전할 수 없어 다른 공손한 말로 바꿔 썼다. 이 중국 장군은 알아보지 못할 거라고 생각했다. 그래도 혹시 몰라서 고친 부분은 라틴어로 썼다. 다 쓰고 나니 스스로도 흡족해, 입가에 절로 미소가 번졌다.

위소보가 다시 말했다.

"이번에 발베르스키와 치로노프를 보내 내 편지를 전하도록 하고, 선물도 보낼 거요. 나랑 계속 정인이 되고 싶은지, 아니면 적이 될지 알아서 선택하시오."

선교사는 이 말도 공손하게 고쳐서 썼다.

중국 장군은 공주 전하를 흠모하여 공물供物을 바쳐 충심을 표하는 바이오. 그리고 진심으로 양국이 우호관계 맺기를 소망하니 부디 헤아려주시길 바라나이다. 그럼 잡혀 있는 포로들도 바로 귀국으로 돌려보내드리겠소.

마지막 두 문장은 사심에서 나온 것이었다. 만약 공주가 우호관계를 맺지 않는다면 잡혀 있는 자기들은 영원히 고국으로 돌아가지 못하고 객사할 게 틀림없을 터였다.

그가 다 쓰자 위소보는 고개를 끄덕이며 말했다.

"다 썼으면 한번 읽어보시오."

선교사는 서한을 들고 읽어 내려가기 시작했다. 자기가 임의로 고쳐쓴 부분은 위소보가 원래 이야기했던 내용으로 읽었다. 위소보가 아는 러시아어는 많지 않았다. 들어보니 대충 맞는 것 같았다. 선교사가 중간중간 고쳐썼을 거라곤 전혀 눈치를 채지 못했다. 그는 흡족해하며 고개를 끄덕였다.

"좋아요!"

이어 '무원대장군위지인撫遠大將軍韋之印'이라고 새겨진 황금 인장으로 서한에 붉은 주인朱印을 찍었다. 이리하여 연서 같지 않은 연서, 공문 같지 않은 역사적인 공문이 드디어 탄생되었다.

위소보는 선교사에게 상을 내리라고 분부했다. 그리고 군영의 사야를 불러 겉봉에 중국 글자로 소피아 공주의 이름을 쓰라고 했다. 사야는 붓에 먹물을 잔뜩 찍어 첫줄에는 '대청국무원대장군녹정공위봉서大淸國撫遠大將軍鹿鼎公韋奉書'라고 쓰고, 두 번째 줄에는 '아라사국섭정여왕소비하고륜장공주전하鄂羅斯國攝政女王蘇飛霞固倫長公主殿下'라고 썼다.

당시 중국에서는 러시아를 '나찰국羅刹國'이라고 불렀다. 그런데 '나찰'이라는 두 글자는 불경에서 따온 것으로 '악마'라는 뜻이다. 그래서 '아라사국鄂羅斯國'으로 바꿔썼다. 사야는 또 소피아를 뜻하는 '소비아蘇菲亞'라는 세 글자가 별로 마음에 들지 않았다. 그 '비菲' 자는 바람에 살랑거리는 잡초라는 뜻으로, 공주 몸에 송송 난 노란 털을 연상시켜서 '소비하蘇飛霞'로 고쳐썼다. 노을빛 하늘에 기러기가 난다는 뜻이 내포된 아름다운 이름이었다. 그리고 '고륜장공주固倫長公主'는 청나라에서 공주에게 내리는 가장 존귀한 봉호封號였다. 황제의 누이는 장공주, 딸은 공주다. 그런데 소피아 공주는 섭정을 하고 있으며 또한 어깨를 나란히 하는 두 사황의 누님이라 장공주 중에 장공주라고 생각했다.

위소보가 웃으며 말했다.

"그 러시아 공주는 지난날 나랑 거시기하던 사이였어요. 헤어진 지 몇 년 됐는데, 어떻게 지내는지 모르겠네…."

그러자 사야가 다시 겉봉에다 두 줄을 추가했다.

부화융적夫和戎狄, 국지복야國之福也.

여락지화如樂之和, 무소불해無所不諧, 청여자락지請與子樂之.


'나하고(청나라와) 다른 나라가 화목하게 지낸다면 그건 나라의 복이오. 서로 낙(평화)을 즐기면(유지하면), 기쁘지 않을 수 없으니, 이에 동락하길 바라오.' 이 말은, 춘추시대 좌구명左丘明이 지은 《좌전左傳》에서 따온 것이다. 사야는 자신의 탁월한 선문選文에 흐뭇해하면서도, 러시아 같은 오랑캐 나라에선 중화상국의 이런 경전을 알 리 없으니, 그 점이 좀 아쉬웠다. 그 두 줄에 내포된 이중의 뜻을 이해할 수 없을 테니, 쇠귀에 경 읽기나 다름없지 않은가! 속으로 한숨이 나왔다.

솔직히 말해서, 그 '악라사국 섭정여왕 소비하 고륜장공주 전하'가 이 이중의 뜻이 함유된 중국 문장을 이해하지 못할 뿐 아니라, '대청국 무원대장군 녹정공'도 그 뜻을 알 리가 만무했다. 그는 자기 이름 외에는 아는 글자가 별로 없었다.

위소보는 사야가 겉봉에다 또 뭐라고 긁적이자 손을 내둘렀다.

"아, 됐어요, 됐어! 글을 아주 잘 쓰는군요. 러시아의 털보에 비하면 훨 나아요!"

그는 사야더러 소피아 공주에게 보낼 귀중한 예물을 준비해놓으라고 했다. 그리고 발베르스키와 치로노프를 불러 러시아 포로 중에서 100명을 호위대로 뽑아 즉시 모스크바로 떠나라고 했다.

발베르스키와 치로노프는 좋아서 어쩔 줄을 몰라 했다. 그들은 연신 몸을 숙여 감사를 표했다. 그리고 위소보의 손을 잡고 손등에다 연방 입맞춤을 하는 바람에 위소보는 간지러워 죽을 지경이어서 낄낄 웃어댔다.

야크사성은 규모가 크지 않아 대군을 다 수용할 수 없었다. 위소보는 흠차대신, 색액도 등과 상의해서 낭탄과 임흥주 두 사람으로 하여금 2천 명의 군사를 이끌고 이곳을 지키게 하고, 나머지 군사들은 애혼성과 호마이성으로 옮기도록 결정했다. 위소보는 야크사성을 떠나기에 앞서 낭탄과 임흥주에게 야크사성에서 더는 우물을 파거나 지하 땅굴을 파지 말라고 신신당부했다.

대군은 남쪽으로 향했다. 위소보, 색액도, 붕춘 등은 애혼성에 주둔하고, 살포소는 나머지 대군과 함께 호마이성에 머물렀다.

위소보는 항복한 러시아 병사들에게 청병의 복장을 입히고, 사람을 시켜 중국어를 가르치게 했다.

"황제 만세, 만세, 만만세!"

"성천자聖天子 만수무강!"

"중국 황제 성덕사방聖德四方, 성은망극聖恩罔極!"

특히 이런 말들을 달달 외우게 했다. 그리고 그들을 북경으로 압송하도록 명했다. 북경성에 들어서면 계속 그 구호를 외치게 하고, 강희를 알현할 때는 더욱 목청을 높이도록 연습을 시켰다. 힘차고 우렁차게 외치는 자는 따로 상을 내릴 것이라고 미리 일러주었다.

20여 일이 지났을 때, 강희의 유시論示가 당도했다. 이번에 출정한 병사들의 공로를 치하하고, 위소보를 이등 녹정공에 봉한다는 내용이었다. 병사들에게도 모두 상을 내렸다.

성지를 전하러 온 장수가 위소보에게 봉인된 금합 하나를 건넸다. 황제의 어사품이라고 했다. 위소보는 무릎을 꿇고 큰절을 올려 성은에 감사한 후, 그 비단합을 열어보고는 그만 멍해지고 말았다. 그 안에는 황금사발이 하나 들어 있었는데, 거기에 새겨진 '공충체국公忠體國'이라는 네 글자가 선명했다.

바로 지난날 시랑이 자기에게 선물로 준 그 황금사발이었다. 그런데 꽃무늬가 약간 훼손됐고, 보수를 한 흔적이 보였다.

위소보는 지난날 이 황금사발을 동모자 골목 백작부에 놔둔 채 야반도주를 하느라 미처 갖고 나오지 못했다. 가만히 생각해보니 강희가 이 황금사발을 다시 자기에게 준 뜻을 알 수 있었다. 그날 밤, 백작부를 포격한 후 전봉영前鋒營의 군사는 수습한 물건 목록에 이 훼손된 사발도 포함시켜 조정에 올렸을 것이다. 강희는 그것을 장인을 시켜 보수해서 다시 자기에게 보낸 것이다. 그 뜻은 물어볼 필요도 없었다. '너의 이 황금사발은 이미 한 번 훼손됐으니 다시는 손상되는 일이 없도록 잘 간수해야 한다.'

위소보는 속으로 생각했다.

'황상은 정말 나한테 의리를 지켜줬어. 오는 게 있으면 가는 것이 있어야 하니, 나도 그의 용맥을 훼손하지 말아야지.'

이날 밤에 흠차장수를 위한 주연이 벌어졌다. 다들 흥겹게 먹고 마시고 나서 노름판을 벌였다.

또 달포가 지나자 강희에게서 다시 성지가 당도했다. 이번에는 위소보가 줏대 없이 엉뚱한 짓을 했다고 크게 질책하는 내용이었다. 왜 항복한 적군에게 '만세 만세 만만세'니 '만수무강'을 외치라고 강요했느냐는 것이었다. 그 유시의 전문은 다음과 같았다.

군주는 무릇 목자牧者로서 위로는 상체천심上體天心, 하늘의 뜻을 받들고, 아래로는 애호여민愛護黎民, 백성을 아끼고 보살펴야 하느니라. 러시아는 비록 만이외방蠻夷外邦, 이민족이지만 그들의 백성도 역시 똑같은 백성이다. 이미 항복해 귀순을 했으면, 모독하여 굴욕감을 주어서는 아니 되느니라. 경은 대신으로서 짐의 애민지심愛民之心을 잘 알고 있을 것이다. 짐이 대중을 이롭게 하면 설령 장수를 누리지 못해도 명군이 될 것이고, 만약 잔악무도하면 만수무강을 누린다 해도 천하를 해롭게 할 뿐이다. 대신이 군주를 부덕不德으로 몰면 그 또한 대죄이니, 이를 항상 명심하라.

위소보는 이번에 아첨을 하려다가 오히려 큰코다친 격이 되고 말았다. 다행히 그는 낯가죽이 두꺼워 유시를 가져온 흠차대신에게 자신이 죽일놈이라며 스스로를 욕했다. 하지만 속으론 투덜댔다.

'세상에 가마를 태워주는데 싫어할 사람이 어딨어? 틀림없이 그 러시아 병사들이 중국말을 제대로 배우지 못해 흐리멍덩하게 외치는 바

람에 황상이 뿔이 난 걸 거야!'

그는 러시아 병사들에게 중국말을 가르친 몇몇 사야를 불러 욕을 한바탕 해주었다. 그리고 나니 속이 조금 풀려 그들을 탁자 앞으로 모이게 해서 노름을 했다. 주사위를 몇 번 던지니 강희의 꾸지람은 깡그리 잊혀졌다.

세월은 유수 같다. 추웠던 겨울이 가고 어느덧 꽃피고 새 우는 봄이 찾아왔다.

위소보는 애혼성에서 아주 편안하게 지내고 있었지만 가끔 아가와 소전 등 아내들과 호두와 동추, 쌍쌍이 보고 싶었다. 그래서 몇 번이고 친위병들을 시켜 집으로 이것저것을 챙겨서 보냈다. 여섯 명의 부인도 제각기 옷가지와 일용품을 보내왔다. 그들은 위소보가 일자무식이라는 것을 알기 때문에 편지는 생략했다. 대신 친위병들을 통해 가내 다 편안하니 걱정하지 말고 몸 건강히 있다가 빨리 개선해 돌아오길 바란다고, 구두로 안부를 전했다.

이날, 경성에서 다시 유시가 왔다.

위소보와 색액도를 협상대신으로 세우니 러시아와 우호조약을 맺으라는 내용이었다. 그리고 양황기鑲黃旗 한군도통漢軍都統 일등공一等公 동국강佟國綱과 호군통령護軍統領 마라馬喇, 상서尙書 아이니阿爾尼, 좌도어사左都御使 마제馬齊 등 네 사람을 보내 위소보를 보좌하게 했다.

동국강은 유시를 선독하고 나서 또 다른 공문을 꺼냈다. 러시아의 두 사황이 강희에게 보낸 국서였다. 북경에 있는 네덜란드 선교사에 의해 한문으로 번역돼 있었다. 그 국서의 내용은 다음과 같았다.

삼가 이 세상에서 으뜸이신 중화 나라에 임하시어 사해를 다스리고 현능한 신하들을 거느리며 많은 강토와 만족과 한족을 아울러 이끌어 명성이 자자하신 대성大聖 황제에게 바치나이다.

저의 선황이신 아열극새미한라阿列克賽米汗羅가 대한으로 재위할 당시 사신 이과래尼果來에게 국서를 지니고 천조天朝로 가서 수교토록 하였으나 귀국의 전례典禮를 몰라 행동거지가 조악하고 신중하지 못했던 점을 너그럽게 양해해주시기 바라옵니다.

아울러 황제를 칭송함에 있어서 결례를 범한 것은 우리가 황량한 먼 곳에 위치하여 전례에 소홀한 것이니 탓하지 않으셨으면 다행이라 생각합니다.

그리고 지난날 하사하신 편지는 하국下國에 그 뜻을 이해하는 사람이 없어 까닭을 알지 못했습니다. 급기야 이과래 등이 돌아와서 천조 대신들이 근특목이根特木爾 등을 변방소란죄로 다스려 돌려보내지 않는다고 하더군요.

근자에 황제께서는 군사를 저의 경내境內로 보내 죄를 물으셨다는데, 이는 양국 수교의 뜻에 어긋난 처사이옵니다. 만약에 저의 백성들이 국경에서 소란을 일으키는 경우, 사신을 보내 명시하면 마땅히 그 죄를 다스릴 것인데, 굳이 무력을 행사할 필요가 있겠습니까?

오늘에서야 조서를 받들고 그 사정을 알게 되어 즉시 하국의 장수를 급파하여 전쟁을 삼가도록 엄명했습니다. 삼가 국경에서 난을 일으킨 아국我國 사람을 밝혀내시어 돌려보내주면 올바른 법의 심판을 받도록 하겠습니다.

그리고 사신을 보내 변경의 국경 분쟁을 해결하는 협의를 하는 것 외에 먼저 말기未起, 불아위우고佛兒魏牛高, 의번宜番, 법아라와法俄羅瓦를 보내 서한을 바치니, 바라옵건대 야크사요새의 포위망을 풀어주시고, 상세한 사정을 편지로 써서 하국에 알려주십시오. 그러면 모든 일이 해결될 것이고 영원히 화목을 유지할 수 있을 것입니다.

상국의 위소보 대신 각하께서는 지난날 저희 섭정여왕 소피아 전하와 인연이 있어, 멀리 우리 경성인 모스크바에 왕림하셔서 전하를 도와 난을 평정했으니, 이는 상국에서 내리신 은혜입니다. 저희 군신들은 그 은혜를 감히 잊지 못할 것입니다. 삼가 바라옵건대 귀중한 예물을 대성 황제 폐하께 바치며, 다음으로 귀중한 예물을 위소보 대신 각하에게 바쳐 진심 어린 성의를 표하며 양국의 우호 수교를 앙망하는 바입니다."

동국강이 국서를 읽은 후 사야가 그 뜻을 위소보와 장수들에게 일일이 자세하게 해석해주었다. 이것은 군중의 통례였다. 문서를 주고받을 때, 때로는 문맥이 아주 까다롭고 심오한 경우가 있다. 그런데 군사를 거느린 장수들은 글자를 모르는 사람이 많을 뿐만 아니라 먹물을 좀 먹었다는 사람도 이해하기가 어려웠다. 만약 공문에 대해 오해가 있으면 군기 대사에 중대한 오류를 빚게 되므로, 만주군에서는 늘 사야가 따라다니며 문서를 해석하는 규정을 두고 있었다.

동국강이 웃으며 말했다.

"러시아의 섭정여왕이 위 대원수에 대해서 옛정을 잊지 않고 예물을 보내왔더군요. 황상께서는 나더러 직접 가져다가 대원수에게 전해드리라고 했소."

위소보는 공수의 예를 취하며 말했다.

"감사합니다, 정말 고맙습니다."

이어 다시 말했다.

"러시아 사람들은 정말 무식하군요. 자기의 선물이 사소하다고 겸손하게 말하지 않고, 자화자찬 격으로 '귀중한 예물'이라고 하잖아요. 뭐… 황상께는 아주 귀중한 예물을 바치고 저한테는 다음으로 귀중한 예물을 준다고 하니, 정말 웃기는 말이 아닙니까?"

동국강이 고개를 끄덕였다.

"그렇군요. 참, 위 대원수께서 경성에 바친 러시아 포로들을 황상께서 친히 심문하셨는데, 그 과정에서 졸병 가운데 대관이 한 명 섞여 있는 것을 알아냈습니다."

"네?"

위소보는 놀라지 않을 수 없었다.

"그런 일이 있었어요?"

동국강이 말했다.

"그 사람은 아주 교활했어요. 졸병들과 함께 섞여 있으면서, 아무도 눈치채지 못하게 자신의 신분을 숨겼습니다. 그날도 황상께서 포로들을 심문했는데, 통역관이 네덜란드의 선교사였어요. 나중에 황상께서 그 역관에게 라틴어를 몇 마디 했나 봅니다. 그러자 포로 중 한 명이 갑자기 안색이 이상하게 변하더라지 뭡니까. 황상께서 그자에게 라틴어를 아냐고 물으니까 계속 고개를 흔들더래요. 황상께서 라틴어로 '저 병사를 끌어내 당장 처형해라!' 하고 말하자, 그는 기겁을 해서 무릎을 꿇고 자신이 라틴어를 할 줄 안다고 지백했답니다."

위소보가 물었다.

"네? '라딩어'가 무슨 말이죠? 러시아인들이 '라딩'할 때 쓰는 말을 황상이 어떻게 알죠?"('라틴어'를 뜻하는 '라딩'은 중국어로 '똥 싼다'는 말의 발음과 같다.)

동국강이 웃으며 말했다.

"황상께서는 총명하고 지혜로워 모르는 것이 없습니다. 러시아인들이 라딩할 때 쓰는 말도 할 줄 알아요."

위소보는 고개를 갸웃거렸다.

"왜 러시아인들이 평상시 하는 말은 모르고 '라딩'할 때 쓰는 말만 아는 거죠?"

동국강은 뭐라고 대답할 수가 없어 그저 빙긋이 웃으며 말했다.

"그건 좀 난해해서 잘 모르겠네요. 대원수께서 나중에 황상을 뵙거든 큰절을 올리면서 여쭤보십시오."

위소보는 고개를 끄덕이더니 다시 물었다.

"그래서 그 러시아인은 어떻게 됐나요?"

동국강이 대답했다.

"황상께서 꼬치꼬치 캐묻자 그자는 도저히 숨길 수가 없어 조금씩 사실대로 다 털어놨습니다. 그자의 이름은 알레친스키亞爾靑斯基라더군요. 바로 네르친스크성과 야크사성, 두 성의 총책인 도총독都總督이었어요."

그 말에 주위 사람들은 모두 눈이 휘둥그레지고 입이 딱 벌어졌다.

"아…!"

위소보가 말했다.

"그렇다면 엄청 높은 벼슬이네요."

동국강이 그의 말을 받았다.

"당연하죠. 동방에 파견된 러시아 관리 중 그가 가장 높습니다. 야크사성이 무너지던 날 그는 졸병의 복식으로 갈아입어 아군의 눈을 속였던 것 같습니다."

위소보가 고개를 내두르며 멋쩍게 웃었다.

"야크사성을 공략하던 날 러시아의 장수, 졸병, 대관, 소관 등 몽땅 발가벗었어요. 아무리 살펴봐도 다 그게 그거고, 별다른 차이점이 없더라고요. 벼슬이 높다고 해서 그것이 큰 것도 아니고, 나만 하더라도 그들보다 더… 어쨌든 그 대관을 알아보지 못한 것은 결코 우리의 잘 못이 아니에요."

그의 말에 장수들은 다 깔깔대며 배꼽을 잡았다. 그리고 당시 야크 사성을 공파攻破할 때 벌어졌던 상황을 동국강에게 이야기해주었다.

동국강도 웃음을 금치 못했다.

"아… 그랬군요. 그러니 그럴밖에… 황상께서는 '위소보가 네르친 스크와 야크사, 두 성의 도총독을 체포했으니 그 공로가 지대하지만, 그자가 졸병인 줄 알았으니 결국 공과功過가 상쇄돼 도로아미타불이 됐다'고 전해주라고 하셨어요."

위소보는 얼른 몸을 일으켜 아주 공손하게 말했다.

"황상의 은전에 감사드립니다, 황공무지로소이다."

동국강이 말했다.

"황상은 그 알레친스키를 엿새 동안이나 연이어 심문했습니다. 그를 통해서 러시아의 국정과 군정에서부터 국경 방어 태세, 지리와 풍물 등 여러 방면에 대해 아주 세세한 부분까지 다 알아냈습니다. 황상께선 실로 영명하십니다. 또한 그 알레친스키의 몸에서 한 가지 비밀을 알아냈어요. 대원수의 말을 빌리면, 그자들은 체포되었을 때 홀딱 벗고 있었다는데, 그래도 비밀 문건을 몸에 숨겼더군요."

위소보의 입에서 절로 욕이 나왔다.

"빌어먹을, 그 '아이참새끼'는 참으로 교활하네요. 다음에 놈을 만나면 가만두지 않을 겁니다. 그런데 그 문건을 대체 어디다 숨긴 거죠? 혹시 저… 똥…."

동국강이 설명했다.

"항복한 러시아 병사들을 심문할 때 어전 시위가 당연히 사전에 몸을 구석구석 다 검색했습니다. 머리카락과 수염까지도 다 더듬어봤죠. 바지랑 속옷, 신발도 벗겨서 일일이 다 확인을 했어요. 나쁜 마음을 먹고 몸에 흉기를 숨기면 안 되니까요. 그 알레친스키도 당연히 몸수색을 다 거쳤고, 별다른 물건이 발견되지 않았어요. 하지만 황상께선 워낙 세세히 통찰하기 때문에 그자의 오른쪽 어깨 한 부분이 약간 튀어나와 있는 것을 발견했습니다. 그래서 팔뚝에 뭐가 있냐고 물었지요. 알레친스키는 소매를 걷어올렸는데 어깨 부위에 붕대가 감겨져 있었습니다. 야크사성에서 부상을 입었다고 했죠. 그래서 황상은 그에게 가까이 다가가 말을 하면서 힘껏 그 상처 부위를 잡았어요. 알레친스키는 '아야!' 하고 비명을 질렀는데, 그 소리가 좀 어색했어요."

위소보가 웃으며 말했다.

"그거 참 재미있네요. 상처가 가짜였다는 거죠?"

동국강이 말을 이었다.

"당연하죠. 황상은 곧 시위를 시켜 그의 붕대를 풀었어요. 그러자 알레친스키는 안색이 잿빛으로 변하면서 몸을 달달 떨었습니다. 대원수, 그 붕대 안에 뭐가 숨겨져 있었는지 짐작이 가나요?"

위소보가 대답했다.

"좀 전에 비밀 문건이라고 했는데, 바로 그것입니까?"

동국강이 손뼉을 치며 웃었다.

"맞아요, 맞아! 역시 황상께서 칭찬했듯이 아주 총명하군요. 그 알레친스키가 붕대 안에 숨기고 있던 것이 바로 비밀 문건이었어요. 러시아 사황이 그에게 준 밀서였죠. 황상께서는 네덜란드 선교사를 시켜 그것을 번역했는데, 사본이 바로 여기 있습니다."

그러고는 봉투에서 공문 하나를 꺼내 큰 소리로 읽기 시작했다.

중국 황제에게 전하라. 대러시아, 소러시아, 백러시아를 통치하는 대군주 황제 겸 대왕 겸 다국지황多國之皇인 아황俄皇 폐하는 그 위명이 멀리 퍼져 이미 많은 나라의 군주들이 최고 통치자 대황제 폐하 휘하에 귀의했다. 그러니 중국 황제도 역시 대러시아, 소러시아, 백러시아를 통치하는 대황제 폐하의 은혜를 입으려면 최고 통치자 대황제 폐하 휘하로 귀의하도록 하라. 그럼 대황제 폐하께서는 중국 황제를 외침에서 보호해줄 것이며, 중국 안에서 독사적인 권리를 행사할 수 있도록 보장해주겠다. 대신 매년 대황제 폐하에게 공물을 바쳐야 하고, 대황제의 백성들이 중국 경내와 국경 일대에서 자유롭게 통상할 수 있도록 허락해야 하며, 대황제 폐하의 사신들의 통행을 보장해야 한다. 마지막으로 이 모든 것을 조약으로 체결해 국서로 딥해주길 바란다.

동국강이 한 마디를 읽을 때마다 위소보는 욕을 내뱉었다.

"지랄하네!"

그가 다 읽을 때까지 아마 '지랄하네!', '돌았군!' 같은 쌍욕을 열 번 이상 했을 것이다.

동국강이 공문을 다 읽고 나서 말했다.

"황상께서는 유시를 내려 러시아 사람들은 야욕으로 가득 차고 무례하기 짝이 없다고 질책하셨소. 그 밀서를 작성한 장본인은 바로 지금 두 사황의 부친인데 이미 죽었습니다. 당시만 해도 그는 우리 중국이 얼마나 무서운 나라인지 몰랐던 거죠. 이제 러시아인들은 혼쭐이 났으니 감히 경거망동을 하지 못할 겁니다. 하지만 그들과 불가침조약을 맺을 때는 빈틈을 보이지 말고, 강약強弱을 병용해야 합니다."

위소보가 말했다.

"당연하죠. 황상께서 언급한 강약병용이라는 것은 일단 그들의 뺨을 후려치고 발로 걷어찬 다음에 어깨를 토닥거리고 머리를 쓰다듬어주라는 거겠죠."

동국강이 말했다.

"그 섭정여왕은 아주 교활한 것 같습니다. 우리가 이미 야크사성을 접수한 것을 뻔히 알면서도 모르는 척, 러시아군에게 전쟁을 삼가라는 명령을 내렸다고 하지 않습니까. 하지만 바로 그 국서에서 다시 모순을 보였습니다. 황상께서 포로들을 돌려보내주면 법에 따라 조치하겠다고 했으니까요."

위소보가 웃었다.

"엿장수 맘대로요? 어림도 없는 소리죠! 저한테 그깟 초피 몇 장과 보석 몇 조각을 줬다고 포로들을 순순히 석방해줄 수가 있겠어요?"

동국강이 다시 말했다.

"황상께서는 러시아가 평화협정을 맺고자 한다면 그 뜻에 응해주는 것도 무방하다고 하셨습니다. 하지만 우린 대군을 이끌고 가서 그들과 성하지맹城下之盟을 맺어야 합니다."

위소보가 물었다.

"성하지맹이 뭡니까?"

동국강이 대답했다.

"양국이 교전을 할 때 아군이 적의 성과 요새를 완전히 포위한 상태에서, 적이 협상을 원하면 바로 그들의 성 아래에서 협약을 맺는 게 바로 성하지맹입니다. 적이 비록 공식적으로 항복을 하진 않았지만 패배를 시인한 것이나 다름없는 거죠."

위소보가 고개를 끄덕였다.

"그렇군요… 사실 우리가 출병해 네르친스크성을 함락하는 것은 그다지 어려운 일이 아닙니다."

동국강이 말했다.

"황상께서는 전투를 몇 번 더 치러 승리를 거머쥘 수는 있지만 러시아도 국력이 만만치 않은 대국이고 주변의 작은 나라를 많이 거느리고 있다고 하셨습니다. 만약 동방에서 연전연패를 당하면 국위가 크게 손상돼, 주변 소국들이 그에 불복할 겁니다. 그렇게 되면 러시아는 모든 병력을 집결해 복수를 해오겠죠. 그럼 전화戰禍가 확대되고, 전쟁이 수년간 지속될 수도 있습니다. 황상께서는 그 알레친스키를 통해 러시아 서쪽에 스웨덴瑞典이라는 또 다른 대국이 있다는 걸 알아냈습니다.

그들은 러시아와 사소한 분쟁이 끊이지 않아 언제든 큰 전쟁으로 확대될 수 있는 일촉즉발의 상황이랍니다. 러시아로선 골칫거리죠. 우리가 그런 이해관계를 이용하면 유리한 조건으로 협약을 맺을 수 있을 겁니다. 양국이 최소한 100년간은 평화공존을 유지할 수 있겠죠."

위소보는 야크사에서 대승을 거뒀으니 내친김에 네르친스크성마저 접수하려 했다. 그런데 황제는 협약을 체결하라고 하니 약간 떨떠름했다. 하지만 황상의 결정이 아닌가! 그 무슨 선견지명, 명견천리이니 그로서는 감히 거역할 수가 없었다.

위소보는 동국강을 바라보며 생각을 굴렸다.

'그래, 너는 황상의 삼촌이니 또한 내 마누라의 삼촌이야. 따지고 보면 내게도 웃어른이지. 게다가 넌 일등 공작이고 난 이제 막 이등 공작이 됐어. 이러나저러나 황상이 이번에 러시아와 협약을 체결하는 일에 너 같은 거물을 내 조수로 보낸 건, 내 체면을 많이 배려해준 거야.'

동국강의 아버지 동도뢰佟圖賴는 강희의 어머니 효강 황후의 부친으로, 만주 사람이 아닌 한인이다. 그러니 따지고 보면 강희는 순수한 만주 혈통이 아니라 반만반한半滿半漢, 혼혈인 셈이다. 동도뢰는 이미 죽었고, 그의 아들 동국강은 일등 공작에 봉해졌다.

동도뢰는 일찍이 관외에서 이미 만청에 귀순해 양황기에 속했다. 그리고 원래 성씨인 '동佟'을 '동가佟佳'로 바꾸고 혁혁한 공을 세워 그 명성이 자자했다.

위소보는 그의 부친 동도뢰의 이름이 별로 마음에 들지 않았다.

'도뢰, 도뢰… 떼를 쓰면 노름에서 져도 돈을 내지 않고 도뢰를 할 거잖아! 당당한 국장國丈이 체통도 없이 그래서야 쓰겠어?'('도뢰圖賴'

라는 말에는 '말썽을 피우거나 일을 저질러놓고 그 허물을 남에게 덮어씌운다'
는 뜻이 있다.)

이날 밤에 흠차대신 등을 위한 연회가 베풀어졌고, 위소보의 주도
하에 노름판이 벌어졌다. 동국강은 역시 돈을 잃었다. 600냥쯤 되는
은자가 나갔는데도 눈 하나 깜빡하지 않았다. 그는 전혀 '도뢰'할 뜻이
없었다.

위소보는 그가 돈을 잃고도 그렇게 화끈한 모습을 보이자, 왜 아버
지의 핏줄답게 가풍을 잇지 않는지 이상하다고 생각했다. 나중에 자기
방으로 돌아와 침상에 눕자 비로소 그 까닭을 알 수 있었다.

'그래, 그의 이름이 동골광佟骨光이잖아! 골패骨에서 홀라당光 다 잃
는다는 거니까 이상할 것도 없지! 아주 화끈해서 좋아. 친구로 사귈 만
해.' (동국강佟國綱과 동골광佟骨光은 중국어 발음이 비슷하다.)


다음 날 아침, 위소보는 대신들을 모아 회의를 했다. 다들 성하지맹
을 할 거면 미리 대군을 네르친스크성으로 이동해 대기하자고 했다.
위소보는 고개를 끄덕이며 그 제의를 받아들었다. 그는 곧 명을 내려
애혼성과 호마이성에 주둔하고 있는 대군을 네르친스크성으로 집결
시켰다. 때는 초여름이라 쌓였던 눈도 다 녹고 행군하는 데 전혀 불편
함이 없었다.

이날 해납이海拉爾 강변에 이르렀을 때, 러시아군 소대가 나타났다.
그들의 소대장이 대원수를 뵙기를 청했다. 위소보가 만나보니 바로 발
베르스키와 치로노프었다.

위소보는 반색했다.

"좋아, 좋아! 이제 보니 시발새끼랑 제기랄놈이군!"

두 사람은 그에게 공손히 절을 올리고 소피아 공주의 답신을 건넸다.

그 러시아 선교사는 아직 청군 군영에 남아 있었다. 그리고 강희가 협약서를 체결하기 위해 네덜란드 선교사를 별도로 보내왔다. 위소보는 두 선교사를 군막으로 불러 소피아 공주의 답신을 번역하라고 했다. 러시아 선교사는 그날 위소보의 낯 뜨거운 연서를 임의로 수정했기 때문에 행여 공주의 답신에서 들통이 날까 봐 전전긍긍했는데, 답신을 한번 훑어보고 나서 마음이 놓였다. 네덜란드 선교사가 곧 한문으로 번역을 했다. 그가 번역해서 들려준 내용은 다음과 같았다.

'헤어진 지 오래되어 보고 싶은 마음이 간절하다. 이번에 협약을 체결하면 위소보가 모스크바로 직접 와서 지난날의 회포를 풀었으면 좋겠다. 위소보는 양국 군주의 총애를 한 몸에 받고 있으니, 중간에 나서 여러 가지 오해를 풀어주고, 양국 간의 분쟁을 해소해 영원한 평화를 위해 이바지하길 바란다.'

그리고 또 다음과 같은 언급도 있었다.

'중화와 러시아는 동서로 갈라져 있지만 자타가 공인하는 대국이다. 서로 결맹을 하면 능히 천하를 제패할 수 있다. 그 어느 나라도 감히 대적하지 못할 것이다. 만약 평화조약이 성사되지 않으면 장기적인 전쟁으로 인해 백성들이 도탄에 빠질 테니 양패구상, 모두 득 될 것이 없다. 그러니 위소보가 반드시 이번 협약을 성사시켜 중화를 위해 대공大功을 세우길 바라며, 러시아에서도 따로 후한 상을 내릴 것이다. 그리고 마지막으로 위소보가 중국 황제를 설득해 잡혀 있는 러시아 군사들을 석방해주길 바란다.'

물론 위소보 가족의 안부를 묻는 것도 잊지 않았다.

네덜란드 선교사가 번역한 내용을 다 들려주자, 발베르스키와 치로노프가 연신 위소보에게 눈짓을 보내는 것이, 뭔가 따로 할 말이 있는 것 같았다. 위소보는 두 선교사를 물리고 나서 물었다.

"따로 할 말이 있는 거요?"

발베르스키가 대답했다.

"공주 전하께서는 우리더러 중국 아이 대인에게 이 말을 꼭 전하라고 했습니다. 공주 전하는 대인을 매우 그리워하고 있습니다. 러시아 남자들은 별로고 중국 대인이 천하제일이랍니다. 그러니 반드시 모스크바로 와달랍니다."

위소보는 가타부타 대답을 하지 않고 속으로 구시렁거렸다.

'러시아 계집의 사탕발림이니 믿을 게 못 돼!'

치로노프가 말했다.

"공주 전하께서 따로 중국 아이 대인에게 부탁한 두 가지 일이 있습니다. 이건 공주 전하께서 드리는 선물입니다."

그러면서 목에 걸려 있는 구리줄을 풀었다. 그 줄에는 가죽주머니가 매달려 있었다. 발베르스키도 마찬가지였다. 모름지기 두 사람은 먼 길을 오다가 혹여 분실할까 봐 그것을 구리줄에 매이 목에다 걸고 온 모양이었다. 주머니 두 개에는 모두 자물쇠가 채워져 있었다. 발베르스키는 허리춤에서 열쇠를 풀어 치로노프의 자물쇠를 풀어주었다. 치로노프도 자신의 열쇠로 발베르스키의 자물쇠를 풀었다. 그러고는 주머니 두 개를 공손히 위소보에게 바쳤다.

위소보가 주머니를 흔들어보니 짤랑짤랑 소리가 났다. 주머니 안에는 수십 알의 보석이 들어 있었다. 오색창연한 홍보석, 남보석, 황보석이 어우러져 눈이 부실 정도였다. 또 하나의 주머니에는 금강석과 비취가 잔뜩 들어 있었다.

위소보는 여태껏 살아오면서 많은 보석을 봐왔지만 한꺼번에 이렇게 많은 보석을 본 적은 없었다. 그는 웃으며 말했다.

"공주님이 이렇게 많은 보석을 선물하다니, 참 감개무량하군!"•

발베르스키가 말했다.

"공주 전하께서는 중국 아이 대인이 이번 일을 성사시켜준다면 더 많은 선물을 할 거라고 했습니다. 그리고 대러시아, 소러시아, 백러시아, 카자크, 타타르, 스웨덴, 페르시아, 폴란드, 독일, 덴마크 등 10개국의 미녀를 한 명씩 보내드린답니다. 모두 젊고 아름다우며 과부가 아닌 처녀라고 했습니다."

위소보는 깔깔 웃었다.

"지금 있는 일곱 마누라도 벅차 죽겠는데, 또 열 명의 미녀를 보내준다고? 그럼 중국 아이 대인은 코피를 쏟으며 뒈질 거야!"

발베르스키가 얼른 말했다.

"그럴 리가… 그럴 리가 없습니다. 그 열 명의 미녀는 다 처녀입니다. 공주님이 이미 준비해놓았고, 저희도 직접 봤습니다. 하나같이 얼굴이 장미꽃 같고, 우윳빛 피부에 목소리는 꾀꼬리 같았어요."

그 말에 위소보는 가슴이 설렜다.

"공주가 나더러 해달라는 일이 뭐요?"

치로노프가 대답했다.

"첫 번째는 양국이 우호관계를 맺고 국경을 정확하게 구분해 영원히 교전을 하지 않도록 해달라는 겁니다."

위소보는 속으로 생각했다.

'그래, 황상도 그걸 원하고 있으니 첫 번째 요구는 어려울 게 없지.'

그는 시치미를 떼고 천연덕스럽게 말했다.

"저… 러시아 서쪽에 그 무슨 스… 스 뭐라는 나라가 있죠? 거기서 사신을 보내왔는데, 우리랑 손을 잡고 동서에서 러시아를 협공해 나눠갖자고 하더군요. 그렇게 되면 그 무슨 대러시아, 소러시아, 중러시아, 백러시아, 흑러시아, 오색창연한 러시아고 나발이고, 무슨 미녀고 원하는 대로 다 갖게 될 테니, 러시아 공주가 보내주지 않아도 되겠죠. 게다가 한 나라에 미녀 한 명씩이라니, 너무 쩨쩨하지 않아요?"

그 말에 두 사람은 소스라치게 놀랐다.

당시 스웨덴의 국왕은 카를查理 11세인데, 젊고 영명한 군주였다. 그렇지 않아도 군사들을 키워 러시아를 칠 생각을 갖고 있었다. 러시아 조정에선 그 문제를 놓고 논쟁을 벌였는데, 뚜렷한 해결책이 없어 골칫거리로 남아 있었다. 그런데 중국에 결맹을 제의해왔다니, 러시아는 비록 강하지만 앞뒤에서 협공을 당하면 당해내기가 어려울 터였다.

위소보는 두 사람의 놀란 표정에서 자신의 공갈이 주효했다는 것을 알아차리고, 넌지시 말했다.

"하지만 난 러시아 공주와 서로 좋아하는 사이인데 어떻게 그 스… 무슨 시시한 나라와 결맹을 하겠소? 우리 중국 황제는 아직 결정을 내리지 못했는데, 만약 러시아가 성의를 갖고 우리랑 우호관계를 맺는다면 내가 상경해서 그 스… 무슨 나라의 사신들을 바로 쫓아버리겠소!"

두 사람의 표정이 이내 환해졌다.

"러시아는 성의를 다할 겁니다. 염려 마십시오. 중국 아이 대인이어서 그 스웨덴 사신을 쫓아버리십시오. 아니, 단칼에 죽이는 게 더 낫겠습니다!"

위소보는 고개를 내둘렀다.

"사신을 죽일 순 없죠. 더구나 그는 이미 나에게 열댓 명의 미녀를 보내줬는데, 어떻게 죽일 수가 있겠소? 안 그래요?"

두 사람은 연신 고개를 끄덕였다.

"아, 네… 네…."

그러고는 속으로 생각했다.

'빌어먹을, 스웨덴은 현실주의군. 일단 물건부터 보내고 돈을 받겠다는 건데, 그게 훨씬 더 효과적이지!'

생각이 이어졌다.

'그래도 중국 아이 대인과 우리 공주가 그렇고그런 사이라서 얼마나 다행인지 몰라. 아니었으면 이번 일은 벌써 깽판이 날 뻔했잖아!'

위소보가 물었다.

"공주 전하가 나한테 해달라는 또 한 가지 일은 뭐죠?"

발베르스키가 의미심장하게 웃으며 말했다.

"무슨 일을 시키려는 게 아니라, 중국 아이 대인더러 모스크바 크렘린궁 침실로 와달라는 겁니다."

위소보는 흐흐 웃으며 속으로 투덜댔다.

'러시아의 꿀물이군. 섣불리 마실 수 없지.'

그는 웃으며 물었다.

"왜, 러시아에 남자가 없나요?"

치로노프가 대답했다.

"공주 전하께서는 다 맘에 들지 않는 모양입니다. 공주 전하께서는 오로지 중국 아이 대인만 그리워하고 있습니다."

위소보는 다시 속으로 투덜댔다.

'아따, 사탕발림이 심한데!'

그는 태연하게 말했다.

"그럼 다른 일은 없는 거죠?"

치로노프가 말했다.

"공주 전하께서는 중국 황제가 양국 상인이 국경을 자유로이 왕래하며 통상을 할 수 있게 윤허해달라고 하셨습니다."

발베르스키도 거들었다.

"양국의 상인이 밀접하게 왕래를 해야 공주 전하께서 수시로 대인께 예물을 보낼 수 있지 않겠습니까?"

위소보는 속으로 또 중얼거렸다.

'제기랄, 이것도 꿀물이군!'

그가 말했다.

"그럼 공주의 사적인 일 때문에 통상을 하자는 거요?"

치로노프가 다시 말했다.

"네, 뭐… 그런 면도 없지 않아 좀 있죠. 다 중국 아이 대인을 위한 겁니다."

위소보가 정색을 하고 말했다.

"나는 이젠 아이가 아니오. 다시는 그 무슨 중국 아이라고 부르지 마시오."

두 사람이 일제히 대답했다.

"네! 네! 중국 대인 각하!"

위소보가 미소를 지으며 말했다.

"좋아요! 물러가 쉬도록 해요. 난 네르친스크성으로 가봐야 하는데, 혹시 가겠다면 동행해도 좋아요."

두 사람은 모두 놀라는 눈치였다. 그들은 서로 마주 보며 생각했다.

'중국 대군이 왜 네르친스크로 가는 거지? 또 공격하러 가나?'

위소보가 그들의 속내를 꿰뚫어보고 말했다.

"걱정 말아요. 공주 전하한테 양국의 평화를 약속했으니 다시는 싸우지 않을 거요."

두 사람은 일제히 몸을 숙였다.

"감사합니다. 중국 아… 아니, 대인 각하!"

발베르스키가 말했다.

"공주 전하께선 중국의 다리가 아주 멋있다고 하더군요. 아무리 긴 강도 밑에다 돌기둥을 세우지 않고 다리를 놓을 수 있으니 정말 신기하대요. 공주 전하는 중국 대인 각하도 좋아하지만 중국의 모든 것을 다 좋아한답니다. 그래서 대인더러 다리 놓는 기술자들을 모스크바로 보내달라고 했습니다. 러시아에다 중국의 신기한 다리를 놓아, 매일 그 위를 거닐며 중국 대인 각하를 생각할 거랍니다."

위소보는 다시 속으로 시부렁댔다.

'이렇게 꿀물을 자꾸 먹이면 정말 구토를 할 것 같군! 공주가 왜 중국 석교石橋에 관심을 갖는 거지? 분명 뭔가 꿍꿍이속이 있을 거야. 그 러시아 불여우에게 속지 말아야지!'

그는 천연덕스럽게 말했다.

"공주님이 날 보고 싶다고 석교를 놓을 필요는 없어요. 그 공정이 아주 까다로우니까요. 대신 내가 중국 이불과 베개를 선물로 줄 테니 밤에 잘 때 안고 자라고 하세요. 아주 가볍고 부드러워요. 그럼 매일 밤 중국 대인 각하랑 함께 있는 것과 마찬가지잖아요?"

두 사람은 난처해하는 기색으로 잠시 서로 마주 보았다. 치로노프가 "그건… 아무래도 좀…" 하고 말했다.

발베르스키는 머리가 좀 잘 돌아가는 편이었다.

"대인 각하의 제의는 역시 고명하군요. 중국의 이불과 베개를 가져가서 공주 전하께 전해드리겠습니다. 공주 전하께서 중국 대인 각하를 가까이할 수 없다면 중국 이불과 베개라도 안고 자야죠. 하지만 이불과 베개는 몇 년만 지나면 해지고 말 겁니다. 그러나 석교는 몇백 년이 지나도 까딱없죠. 그러니 석교를 놓는 기술자를 보내주시는 게 좋을 것 같습니다."

위소보는 두 사람의 말투에서 러시아가 석교 놓는 장인을 간절히 바라고 있다는 걸 눈치챘다. 거기에는 틀림없이 무슨 음모가 있을 거라고 생각했다.

위소보는 한 가지 사실을 모르고 있었다. 당시 중국의 다리 놓는 기술은 세계 으뜸이었다. 외국인이 중국에 와서 어마어마한 석교를 보면 모두 칭찬을 아끼지 않았다. 어떻게 기둥을 세우지 않고 공교拱橋(아치형 무지개다리)를 놓을 수 있는지 참으로 신기하게 생각했다. 러시아가 그 다리 놓는 기술을 배우고자 하는 것은 중국의 과학과 기술을 흠모했기 때문이지 무슨 음모가 있는 건 아니었다.*

위소보는 속으로 생각했다.

'너희가 갖고 싶어 하는 물건일수록 선뜻 내줄 수 없지.'

그는 대충 얼버무렸다.

"알았어요, 그만 물러가세요."

두 사람은 더 이상 아무 말도 못하고 인사를 올린 후 물러갔다.

며칠 뒤에 러시아의 사신 표도르費要多羅*는 네르친스크성에서 청군이 대거 몰려왔다는 전갈을 받고, 황급히 사람을 시켜 서신을 보냈다. 청군이 잠시 그 자리에 진을 치고 기다리면 바로 달려가서 뵙겠다는 내용이었다. 위소보가 서신을 가져온 사람에게 말했다.

"그렇게 겸손할 필요 없소. 우리가 직접 가서 만나보겠소."

그리하여 청군은 호호탕탕, 기세등등하게 네르친스크성 아래로 진군했다. 살포소, 붕춘, 마라는 제각기 병마를 이끌고 네르친스크성 북쪽과 남쪽, 그리고 서쪽으로 빙 돌아가면서 성안에 있는 러시아군의 퇴로를 완전히 차단했다. 물론 지원군도 접근해오지 못하도록 조치를 취했다. 위소보가 친히 지휘하는 중군은 성 동쪽에 진을 쳤다.

중군에서 유성포流星砲를 하늘 높이 쏘아올리자, 사면팔방에서 일제히 포성이 터지며 호응했다. 네르친스크성 안에 있는 러시아 대신, 군관, 병사들은 청병들이 성 아래 운집해서 포를 쏴대며 위용을 과시하자 모두 위축되었다.

위소보는 대신들과 상의했다. 대부분 중화상국으로서 격에 맞게 선례후병先禮後兵하는 게 좋겠다고 의견을 모았다. 그래서 위소보는 대군을 네르친스크성에서 몇 리 떨어진 십이객하什耳喀河 동쪽으로 후퇴시키라고 명했다. 그리고 네르친스크성 북·서·남쪽에 배치했던 병력도 산속으로 후퇴해 대기하도록 했다.

표도르는 청군이 뒤로 철수하자 다소 마음이 놓였다. 그는 다시 문서를 작성해 협상에 필요한 네 가지 조건을 제시했다. 첫째, 협상 장소는 네르친스크성과 십이객하 중간 지점으로 정할 것. 둘째, 협상을 하는 날은 양국의 흠차가 각각 40명의 수행원을 대동할 것. 셋째, 양국은 각각 군사 500명을 차출해 러시아군은 성 아래 정렬하고, 청군은 십이객하 강변에 정렬할 것. 넷째, 양국 협상사절은 호위무사를 각각 260명 대동하되 무기는 도검 외 화기는 휴대하지 말 것.

그가 이렇듯 네 가지 조건을 제시한 것은 청군이 수적으로 훨씬 많기 때문에 수를 제한하지 않으면 러시아 측이 손해를 보기 때문이었다. 마지막으로 그는 다음 날 협상에 임하자고 했다.

위소보는 대신들과 상의해, 이의 없음을 확인하고 바로 조건을 받아들였다. 그리고 밤을 새워 회의 장소로 쓸 군막을 세웠다.

다음 날 아침, 위소보는 색액도, 동국강 등과 함께 수행원 및 방패병 260명을 거느리고 회의 장소로 갔다. 그러자 네르친스크성의 성문이 열리더니 200여 명의 카자크 기병들이 손에 장도長刀를 들고 한 무리의 관원을 에워싼 채 나타났다. 이 기병대는 인고마대人高馬大, 사람도 체구가 우람하고 말도 아주 거대해 위풍당당해 보였다. 반면 청군의 방패병은 보병이라, 서로 비교하자 좀 꿀리는 것 같았다.

동국강이 욕을 했다.

"이런 빌어먹을! 러시아는 아주 교활하군. 처음부터 속인 기요. 각기 260명의 병사를 대동하자고만 했지, 기병인지 보병인지는 명시를 하지 않았소. 그래놓고 놈들은 260필의 말까지 내보냈으니 결과적으로 더 많아진 거요."

색액도가 말했다.

"이것도 아주 귀중한 경험이오. 러시아와 교섭을 하자면 정신을 바싹 차려야겠소. 조금만 방심하면 바로 당할 것 같으니…."

말을 하는 사이에 러시아군이 가까이 다가왔다.

동국강이 말했다.

"우린 황상의 분부에 따라 중화상국의 예의지방다운 모습을 보여줘야 하니 다들 말에서 내립시다."

위소보가 그의 말을 받았다.

"좋습니다, 다들 말에서 내리죠."

모두 말에서 내려 손을 모은 채 꼿꼿하게 섰다. 러시아의 표도르는 그 모습을 보자 역시 관원들로 하여금 말에서 내리도록 명하고 몸을 숙여 인사했다. 쌍방은 서로 가까워졌다.

표도르가 말했다.

"러시아 흠차 표도르가 사황의 명을 받들고 대청국 황제의 성체안강聖體安康을 기원합니다."

위소보도 그의 말을 흉내 냈다.

"대청국 흠차 위소보가 대황제의 명을 받들어 러시아 사황의 성체안강을 기원합니다."

그리고 덧붙였다.

"또한 섭정여왕 소피아 공주 전하가 더욱 아름답고 건강하길 기원합니다."

표도르는 빙긋이 웃으며 속으로 생각했다.

'대청 황제가 우리 공주에게 아름답고 건강하길 기원한다니, 참으로 희한하구면. 어쨌든 공주가 전해들으면 기분은 좋을 거야.'

두 사람은 서로 상대방을 칭송하는 의례적인 말을 주고받고 나서 부사를 소개했다. 물론 쌍방의 통역관이 나서서 통역을 했다.

위소보는 러시아의 통역관이 꼿꼿하게 서서 그의 말을 공손히 경청하고 통역하는 모습이 아주 예의가 있어 보여 흐뭇했다. 그런데 카자크 기병들은 장도를 쥐고 말 위에 높이 앉아서 마치 위력을 과시하듯 오만불손한 모습에 은근히 화가 치밀었다.

"당신네 기병대는 무례 너무해. 왜 중국 대인 각하를 보고도 말에서 내려오지 않지?"

그는 원래 러시아말을 썩 잘하는 게 아니었지만, 지금 화가 난 상태에서 통역관을 통하지 않고 직접 러시아어로 말했다.

표도르가 그의 말을 받았다.

"우리나라 규칙으론 사황 폐하를 봐도 기병대는 말에서 내려오지 않소."

위소보가 말했다.

"여긴 중국이오. 중국에 오면 중국 규칙에 따라야지!"

표도르는 고개를 내둘렀다.

"미안하지만 그 말은 잘못됐소. 여기는 중국 땅이 아니라 러시아 사황의 영지領地요."

위소보가 고개를 저으며 말했다.

"여긴 틀림없는 중국 땅인데 당신들이 빼앗아간 거요."

표도르 역시 고개를 저으며 말했다.

"미안하지만 중국 흠차대신이 착각하고 있는 거요. 여긴 러시아 사황의 영지요. 네르친스크요새는 러시아 사람이 쌓은 겁니다."

양국의 국경선을 확정 짓는 것 또한 이번 협상의 주요 안건 가운데 하나였다. 양국의 흠차대신은 정식으로 협상 탁자에 앉기도 전에, 만나자마자 네 땅이냐 내 땅이냐를 두고 논쟁을 벌였다.

위소보가 다시 말했다.

"러시아 사람들이 중국에서 집을 짓고 자기네 땅이라고 우기는데, 세상에 이런 법이 어디 있소?"

표도르가 말했다.

"여기는 러시아 땅이오! 러시아 사람은 여기다 성을 지었고, 중국 사람은 여기다 성을 짓지 않았소. 그게 바로 러시아의 땅이란 증거요! 중국 흠차대신은 자꾸 중국 땅이라고 하는데, 무슨 증거가 있소?"

네르친스크 일대는 양국 사람이 섞여 있고, 중국과 러시아는 국경을 확실하게 정해놓지 않았다. 그러니 증거가 있을 리 만무했다. 위소보는 표도르가 증거가 있느냐고 따져묻자 말문이 막혔다. 억지로 강변을 하자니 러시아말이 딸렸다. 말로 둘러대며 억지를 부릴 수도 없는 노릇이니 화가 치밀었다.

"여긴 중국 땅이오! 증거가 많아요!"

이어 양주 사투리로 욕을 해댔다.

"니어미시팔, 이런 썩어문드러질, 똥물에 튀겨죽일… 너네 러시아 귀신 18대 조상을 다 뚱치고 확 쑤셔버려…."

원래 양주 사람의 욕은 아주 지독했다. 18대 조상을 다 욕보이겠다는 것은 표도르의 고조모, 증조모, 그리고 조모, 어머니, 외할머니, 이모, 고모, 형수, 제수, 누나, 누이동생, 질녀, 조카딸… 그의 집안 여자라는 여자는 몽땅 욕하고 들어가는 것이다.

양국의 관리들은 중국 흠차대신이 화를 내자 모두 아연실색했다. 게다가 위소보가 마치 길게 연결된 폭죽이 터지듯, 어찌나 빨리 입을 놀리며 쉬지 않고 악을 쓰는지, 표도르는 한 마디도 알아듣지 못했다. 심지어 중국 관원과 쌍방의 통역관도 이해를 하지 못했다.

위소보가 지금 늘어놓은 욕은 양주 시정잡배들 중에서도 아주 저질 양아치들이 하는 욕이라, 설령 양주에 산다고 해도 일반 신사 숙녀라면 2~3할 정도밖에 알아듣지 못할 것이다. 색액도, 동국강 등은 만주 사람이거나 오랫동안 북방에 거주한 무관들인데 어찌 알아들을 재간이 있겠는가?

위소보는 실컷 욕을 하고 나니 속이 좀 후련해져서, 혼자 깔깔 웃어댔다. 표도르는 비록 그가 욕한 것을 알아듣진 못했지만 표정과 말투로 미루어 몹시 화가 나 있다는 것을 알 수 있었다. 그런데 다시 깔깔 웃어젖히니 영문을 몰라 더욱 어리둥절했다. 그가 고개를 갸웃하며 물었다.

"귀 사신께선 일장연설을 늘어놓았는데, 무슨 가르침이신지요? 워낙 언사가 심오하여 저같이 학식이 미천한 자는 알아듣기가 어렵네요. 좀 더 천천히 자세하게 설명을 해주시겠습니까?"

위소보가 말했다.

"다름이 아니라 당신의 조모가 마음에 들어 한번 사귀어보고 싶다고 했소."

표도르는 미소를 지었다.

"나의 조모님은 모스크바에서 소문난 미인이었소. 그는 표트르 로프스키 백작의 딸이죠. 이제 보니 중국 대인 각하도 내 조모님의 명성을 들었군요. 저로서도 무한한 영광입니다. 한데 애석하게도 이미 38년 전에 돌아가셨습니다."

위소보가 그의 말을 받았다.

"그럼 당신의 어머니를 사귀어 결혼하면 되겠군요."

표도르는 눈을 빛내며 더욱 활짝 웃었다.

"나의 어머니도 명문 귀족 출신이죠. 우윳빛 피부에다 프랑스 시에도 아주 조예가 깊습니다. 모스크바의 많은 젊은 왕공, 장군들이 그녀를 숭배했어요. 러시아의 대시인 한 분이 그녀를 찬양하는 시를 10여 편이나 지었습니다. 올해 나이가 63세인데 30대처럼 젊어 보여요. 중국 대인 각하가 나중에 모스크바에 오게 되면 꼭 인사시켜드릴게요. 결혼은 안 될 거고, 사귀는 것은… 어머니가 원한다면 얼마든지 좋습니다."

서양의 풍습은 누가 어머니나 아내의 미모를 칭찬하면 멋쩍어하지 않고 오히려 영광으로 생각한다. 그리고 자신을 칭찬하는 것보다 더 기뻐한다. 하지만 위소보는 상대방이 자기한테 겁을 먹고 어머니까지 바치겠다고 하는 것으로 해석했다. 그렇다면 자신의 수양아들이 되겠다는 뜻이 아닌가! 좀 전까지 끓어올랐던 울화가 말끔히 가라앉았다. 그래서 웃으며 말했다.

"좋아요, 좋아. 앞으로 모스크바에 가면 집에 들러 놀고 올게요."

그는 표도르의 손을 잡고 회의장 안으로 들어갔다. 쌍방의 수행관

원도 따라서 군막 안으로 들어갔다. 위소보 일행은 동쪽에 자리 잡고, 표도르 등은 서쪽에 앉았다.

표도르가 먼저 입을 열었다.

"폐국의 여왕 폐하께서 분부하시기를, 이번에 국경을 정하는 협상에서 우리는 최대한의 성의를 보여야 하며, 상대방에게 피해가 되지 않도록 공정을 기해야 한다고 하셨습니다. 그래서 양국은 흑룡강을 국경선으로 정해, 남쪽은 중국 땅에 속하고, 북쪽은 러시아 영토로 정하자는 제의를 하는 바입니다. 일단 국경선이 정해지면 러시아 군사는 흑룡강 남쪽으로 건너갈 수 없고, 중국군도 강의 북쪽으로 넘어오지 말아야 합니다."

위소보가 물었다.

"야크사성은 강남에 있습니까, 강북에 있습니까?"

표도르가 대답했다.

"강북에 있습니다. 그 성을 우리 러시아 사람이 건축한 것만 봐도, 흑룡강 북쪽은 우리 러시아의 땅이 분명합니다."

그 말을 듣자 위소보는 다시 화가 났다.

"야크사성 안에 작은 산이 하나 있는데, 그게 무슨 산인지 압니까?"

표도르는 고개를 돌려 수행원들에게 묻고 나서 대답했다.

"네, 고조략산高助略山입니다."

위소보는 러시아어로 '사슴'을 '고조략高助略'이라고 한다는 것을 알고 있었다. 그래서 다시 물었다.

"우리 중국에선 '녹정산'이라고 합니다. 그리고 나의 작위가 무엇인지 알고 있나요?"

표도르가 대답했다.

"각하는 녹정공입니다. 우리 러시아어로 말하자면 '고조략 공작'이 되겠죠."

위소보는 눈꼬리를 치켜세웠다.

"그렇다면 지금 날 완전히 무시하고 깔아뭉개겠다는 게 아닙니까? 내가 녹정공이라는 걸 뻔히 알면서도 나의 녹정산을 차지하겠다면, 나더러 녹정공을 하지 말라는 뜻입니까?"

표도르가 얼른 손을 흔들었다.

"아… 아닙니다. 절대 그럴 뜻이 없습니다."

위소보가 또 물었다.

"귀하의 작위는 무엇입니까?"

표도르가 또 대답했다.

"저는 낙막락사벌洛莫諾沙伐 후작입니다."

위소보가 힘주어 말했다.

"좋아요! 그럼 그 낙막락사벌은 중국 땅입니다!"

그 말에 표도르는 깜짝 놀랐는데, 곧 미소를 지으며 말했다.

"저의 봉지封地 낙막락사벌은 모스크바 서쪽에 있는데 어떻게 중국 땅이 될 수 있겠습니까?"

위소보가 말했다.

"귀하의 봉지 그 '나몰라시발'…."

표도르가 얼른 수정했다.

"낙막락사벌입니다."

위소보는 아랑곳하지 않고 계속 말했다.

"그 '나몰라시발'은 우리 북경성에서 얼마나 멀리 떨어져 있습니까? 며칠을 가야 하죠?"

표도르가 대답했다.

"낙막락사벌에서 모스크바까지는 아마 500여 리가 되고, 가려면 닷새쯤 걸릴 겁니다. 그리고 모스크바에서 북경까지 가려면 아마 석 달은 걸리겠죠."

위소보가 그의 말을 받았다.

"그렇다면 북경에서 '나몰라시발'까지 가려면 석 달하고도 닷새가 더 걸리겠네요? 정말 멀긴 멀군요."

표도르가 고개를 끄덕였다.

"네, 멀어요, 아주 멉니다."

위소보가 말했다.

"그렇게 머니까 '나몰라시발'은 당연히 중국 땅이 아니겠군요?"

표도르의 입가에 미소가 떠올랐다.

"네, 공작의 말씀이 옳습니다."

위소보는 술잔을 들어올렸다.

"자, 마십시다!"

러시아 사람들은 술을 즐겨 마신다. 술잔이 표도르 앞에 놓인 지 한참 됐다. 술향기가 솔솔 풍기는데 주인이 술을 마시지 않으니 경솔하게 먼저 마실 수 없었다. 지금 위소보가 술잔을 들어올리자 '옳거니!' 하며 바로 단숨에 비워버렸다. 수행원이 다시 술을 따르고 쟁반에 놓여 있는 안주를 권했다. 전부 다 유명한 요리사가 정성 들여 만든 정통 북경 요리였다.

당시만 해도 러시아는 개화된 지 그리 오래되지 않았다. 나중에 표트르 대제가 성장해 누나인 소피아 공주와의 권력싸움에서 이겨 그녀를 수녀원에 감금하고 나서야 비로소 서구의 문명을 대대적으로 받아들였다. 위소보 때에 러시아의 모든 문물과 제도, 문명 등은 서구의 프랑스나 이탈리아에 미치지 못했다. 그러니 중국과는 더더욱 거리가 멀었다. 하물며 음식문화는 지금까지도 중국에 비해 10만 8천 리는 뒤떨어졌을 것이다. 당시 네르친스크성 밖에서 중국 요리를 맛본 표도르는 당연히 눈이 휘둥그레지고 입이 딱 벌어져, 하마터면 자신의 혓바닥까지 다 씹어삼킬 판이었다.

위소보는 그와 함께 음식을 나누면서 무엇이 상어 지느러미고, 어느 것이 제비집이며, 북경오리는 어떻게 만들고, 거위 간은 어떻게 먹는지 등을 설명해주었다. 표도르는 무척 좋아하면서 칭찬을 아끼지 않고 몹시 부러워했다.

위소보는 음식을 먹으면서 자연스럽게 물었다.

"귀하는 언제 모스크바를 출발했죠?"

표도르가 대답했다.

"4월 12일, 공주 전하의 유시를 받들고 출발했습니다."

위소보는 고개를 끄덕였다.

"좋아요, 좋아! 다시 한잔하시죠."

이어 동국강을 가리키며 말했다.

"우리 이 동 공작께서는 주량이 아주 셉니다. 두 분이 건배를 한번 해보시죠."

동국강은 곧 표도르에게 술을 따라주고 연거푸 석 잔을 마셨다.

위소보가 다시 물었다.

"그럼 귀하는 이번 달에 네르친스크에 당도했겠군요?"

표도르가 다시 대답했다.

"지난달 15일에 도착했습니다."

위소보가 말했다.

"음… 4월 12일에 모스크바를 떠나 7월 15일에 네르친스크에 도착했으니 석 달 넘게 걸렸네요."

표도르가 고개를 끄덕였다.

"네, 석 달이 넘었죠. 다행히 날씨가 다 풀려서 오는 데는 별 어려움이 없었습니다."

위소보는 엄지를 치켜세웠다.

"대단합니다. 좋아요, 귀하께선 드디어 진실을 털어놨군요. 네르친스크가 러시아 땅이 아니라는 걸 시인하고 말았네요."

표도르는 술을 열몇 잔 들이켜 약간 취기가 올랐는데 그 말을 듣고는 화들짝 놀랐다.

"아니… 내가 언제… 언제 시인했다는 거죠?"

위소보가 웃으며 말했다.

"북경에서 '나몰라시발'까지 가려면 석 달 넘게 걸리니까, 너무 멀어서 그 '나몰라시발'은 중국 땅이 아닙니다. 마찬가지로 모스크바에서 네르친스크까지 오는 데 석 달 넘게 걸렸으니 결코 가까운 거리라고 할 수 없죠. 그러니 네르친스크는 당연히 러시아 땅이 아닙니다."

표도르는 눈이 휘둥그레졌다. 뭐라고 반박할 말이 금방 떠오르지 않았다. 그는 잠시 멍해 있다가 입을 열었다.

"우리 러시아는 땅이 엄청 넓습니다. 그러니 경우가 다르죠."

위소보가 다시 말했다.

"우리 대청국도 국토의 면적이 만만치 않아요!"

표도르는 억지로 웃었다.

"지금 농담하시는 거죠? 그… 그 두 경우는 아무래도 다르죠."

위소보가 말했다.

"귀하께서 정녕 네르친스크가 러시아 땅이라고 주장한다면 우리 서로 교환을 합시다. 내가 모스크바로 가서 공주 전하에게 부탁해 '나몰라시발'의 공작에 봉해달라고 할게요. 그럼 '나몰라시발'은 중국 땅이 될 게 아니겠어요?"

표도르의 얼굴이 시뻘게졌다. 당황한 게 분명했다.

"그건… 그럴 수는 없죠."

속으로는 은근히 걱정이 됐다. 공주 전하가 위소보에게 큰 신세를 진 게 사실이고, 또 만약 침대 밑에서 속닥거리면 그게 영 불가능한 일도 아니었다. 그럼 자기는 완전히 작살나고 만다. 생각이 이어졌다.

'그 낙막락사벌 봉지는 조상 대대로 내려온 땅이고, 물산이 풍요로워 살기 좋은 곳이야. 만약 공주가 나더러 그곳을 이놈에게 내주고 대신 네르친스크로 옮기라고 하면 큰일인데… 이곳 네르친스크는 기후가 추울 뿐 아니라 인구도 별로 없어. 나더러 죽으라는 것과 다름없지. 그리고 난 지금 후작인데, 네르친스크로 자리를 바꿔 백작을 하라고 하면 그건 대놓고 작위를 강등하는 거잖아?'

위소보는 그가 안절부절못하며 수심에 가득 차 있는 모습을 보고는 웃으며 말했다.

"나의 봉지인 야크사성까지 다 차지해서 내가 녹정공이 될 수 없도록 만들겠다는데 난들 별수가 있겠어요? 러시아에 가서 '나몰라시발' 공작이 될 수밖에요. 비록 귀하의 봉지는 이름이 좀 거시기해서 그 무슨 '나 몰라 시발' 같지만, 뭐 그 정도야 감수해야죠."

표도르는 생각을 굴렸다.

'중국이 낙막락사벌을 차지한다는 것은 어림도 없는 일이지! 하지만 이 녀석은 이미 러시아제국에서 봉호를 받았어. 만약 내 봉지를 노린다면 골치 아파지지. 그래, 우리가 야크사성을 꼭 차지하겠다는 것도 아니야. 너희들이 이미 야크사를 접수했는데, 내가 달란다고 다시 순순히 내줄 리가 있겠어?'

그는 억지로 미소를 띠며 말했다.

"정녕 야크사성이 귀하의 봉지라면 우리가 한발 양보하겠습니다. 대신 흑룡강을 양국의 국경으로 정하는 걸로 확정합시다. 야크사성과 그 주위 10리는 중국 땅입니다. 이건 귀하를 봐서 특별히 최대한 양보한 겁니다."

위소보는 속으로 생각했다.

'제기랄, 싸움에 지고서도 이렇게 빳빳하게 나오다니… 만약 싸움에서 이겼다면 북경성까지 내달라고 떼를 썼겠구먼!'

그가 넌지시 물었다.

"싸움을 한 번 치렀는데, 이번 싸움은 러시아가 이긴 겁니까, 아니면 우리가 승리한 겁니까?"

표도르는 가볍게 눈살을 찌푸렸다.

"그냥 사소한 싸움이니 누가 이기고 졌다고 할 수 없죠. 우리 공주 전하께서는 벌써 유시를 내려 양국의 평화공존을 위해 전쟁을 삼가라고 했습니다. 그래서 귀국의 군사들이 쳐들어왔을 때 우리 병사들은 반격을 하지 않은 겁니다. 그렇지 않았다면 결과는 달라졌겠죠."

그 말에 위소보는 화가 났다.

"대포를 그렇게 연신 쏴댔는데도 그게 반격이 아니라는 겁니까?"

표도르가 말했다.

"그들은 단지 요새를 지키려고 했을 뿐이니 반격이라고 할 순 없죠. 러시아군이 정말 싸움에 임했다면 수비만 하고 공격을 안 했을 리가 없습니다. 양국이 정말 대전에 돌입한다면 러시아의 화창대와 카자크 기병대는 곧장 북경성까지 쳐들어갈 겁니다."

위소보는 더욱 화가 났다.

'이런 시부랄 놈을 봤나! 지금 주둥아리를 놀려 날 겁주려는 모양인데, 그 정도로 내가 겁을 먹는다면 성을 갈겠다. 네 아들이 돼서 위소보가 아니라 '소보표도르'로 이름까지 다 바꾸마!'

그는 모스크바에 가봤기 때문에 러시아 사람들은 이름을 앞에 쓰고 성을 뒤에 쓴다는 것을 알고 있었다. 하지만 표도르는 성이 아니라 이름이었다. 위소보가 그것까지 알 리는 없었다.

그는 이제 슬슬 자신의 장기를 발휘할 때가 온 것 같았다.

"좋아요, 좋아! 아주 좋아요! 후작 대인, 내가 가장 바라는 일이 뭔지 압니까?"

표도르가 고개를 갸웃했다.

"글쎄요, 잘 모르겠는데… 말씀해보십시오."

위소보가 말했다.

"난 지금 공작인데, 다른 바람은 없고 다시 승진해서 군왕이나 친왕에 봉해지고 싶소."

표도르는 속으로 구시렁거렸다.

'누군들 그걸 바라지 않겠어?'

겉으로는 점잖게 말했다.

"공작 대인께서는 영명하고 유능하시며 귀국 황제의 총애를 받고 있으니 다시 공을 세우면 당연히 군왕이나 친왕에 봉해질 게 틀림없습니다. 저도 진심으로 그날이 빨리 오길 기원하겠습니다."

그러자 위소보가 나직이 말했다.

"그렇게 되려면 귀하의 도움이 필요합니다. 귀하가 도와주지 않으면 말짱 헛것이에요."

그 말에 표도르는 멍해졌다.

"제가 도울 수 있는 일이라면 당연히 도와드려야죠. 한데 뭘 어떻게 도우라는 겁니까?"

위소보가 그의 귀에다 입을 가까이 대고 귓속말로 속닥거렸다.

"우리 대청의 규칙에 의하면, 싸움을 해서 큰 전공을 세워야만 왕에 봉해질 수 있습니다. 한데 지금 우리나라는 반도들을 전부 다 평정해서 태평성대를 누리고 있어요. 앞으로 20~30년이 지나도 싸움이 일어나지 않을 겁니다. 그러니 내가 왕이 되려면 여간 어려운 일이 아니에요. 이번에 양국이 협상을 하면서 귀하는 아무것도 양보하지 말고, 가능한 한 우리한테 도전을 하세요. 대신 중에 몇 명을 죽이면 금상첨화죠. 그렇게 해서 양국이 대전으로 돌입하는 겁니다. 귀하는 화창대와 기병대를 이끌고 북경까지 쳐들어가세요. 우린 스웨덴과 미리 얘기 해놓은 게 있으니 서로 연합해서 모스크바로 협공해들어갈게요. 그럼 서로 피 터지게 싸워 피가 강을 이루고 시체가 산처럼 쌓이면서 난 모스크바를 점령하고 그 '나몰라시발'까지 다 차지하면 자연스레 왕에 봉해지겠죠. 부탁입니다, 제발… 날 좀 도와주세요. 남이 듣지 못하게 살짝 말해주세요."

표도르는 그의 말을 들을수록 놀라움이 커졌다. 이 젊은 흠차는 왕이 되겠다는 욕심에 양국의 전쟁도 불사하고, 또 무슨 그 스웨덴과 손을 잡겠다고 하니, 기가 막힐 노릇이었다. 정말 스웨덴과 연합해서 쳐들어오면 승패를 예측할 수가 없다. 그것은 나중 얘기고, 지금 당장 눈앞의 상황만 봐도 쌍방의 군사력에 현격한 차이가 있었다. 섣불리 행동했다가는 작살나기 십상이었다. 괜히 허장성세를 부려 화창대와 기병대가 북경성까지 쳐들어갈 거라고 얘기한 게 후회막급이었다.

처음엔 상대방에게 은근히 겁을 줄 생각이었는데, 이 젊은 녀석은 겁을 먹기는커녕 오히려 좋아서 날뛰며 도움까지 청해오니, 작은 혹을 떼려다가 큰 혹을 붙인 격이 되고 말았다. 그렇다고 그냥 뒤로 물러나면 얕보일 것 같아서, 어찌할 바를 모르고 엉거주춤했다.

그러자 위소보가 다시 말했다.

"솔직히 말해서 모스크바는 여기서 너무 멀어요. 대청 군대가 쳐들어간다고 해도 과연 승산이 있을지 장담할 수 없죠. 만약 깨진다면 황상께서 날 나무랄 거고…."

표도르는 숨 돌릴 구멍이 생긴 것 같아 반색을 하며 얼른 말했다.

"아, 네! 네… 역시 모험을 하지 않는 게 좋을 것 같아요."

위소보가 고개를 가볍게 끄덕이며 말했다.

"난 단지 왕이 되려는 거지, 러시아를 멸하겠다는 게 아닙니다. 러시아는 그렇게 큰데 내가 무슨 수로 다 집어삼키겠어요?"

표도르는 연신 그렇다고 고개를 끄덕였다. 그러자 위소보가 다시 나직이 말했다.

"이렇게 합시다. 당신은 출병해서 북경을 치고, 난 네르친스크성을 치는 거예요. 우린 서로 싸우지 말고 따로따로 노는 겁니다. 당신이 북경을 공략해서 북경을 먹고, 내가 네르친스크성을 깨부수면 그건 내 공로죠. 내 이 절묘한 계책 어때요?"

표도르는 속이 끓었다. 자신은 지금 고작 2천 병마밖에 없어 네르친스크성을 지킬 능력도 없는데 무슨 수로 북경을 친단 말인가? 얼른 잘못을 시인하지 않으면 이 꼴통 같은 젊은 녀석이 정말 말한 대로 할 것 같았다. 그래서 쓴웃음을 지으며 말했다.

"공작 대인께선 너무 고깝게 생각하지 마십시오. 아까 내가 화창대랑 기병대가 북경성까지 쳐들어갈 거라고 한 말은 진심이 아니라 실언을 한 것이니 다시 거둬들이겠습니다."

위소보는 눈을 크게 떴다.

"무슨 소리예요? 한번 입 밖에 내뱉은 말을 어떻게 다시 거둬들일 수가 있겠어요?"

표도르가 나직이 말했다.

"한 번만 좀 봐주시오. 아까 한 말을 잊어주세요."

위소보가 물었다.

"그럼 러시아군이 북경을 치지 않겠다는 겁니까?"

표도르는 연신 고개를 끄덕였다.

"네, 그래요, 그래요."

위소보가 다시 물었다.

"그럼 야크사성을 강점하지 않겠다는 거죠?"

표도르는 다시 고개를 끄덕였다.

"그럼요! 네, 그래요."

위소보는 바로 이어서 물었다.

"그럼 이 네르친스크성도 포기하겠다는 거죠?"

표도르는 고개를 끄덕이려다가 순간 멈칫했다.

"이 네르친스크성은 우리 사황의 영지라… 좀 봐주십시오."

위소보는 속으로 생각했다.

'거래의 귀재로 알려진 소주 사람들은 '웬만큼 챙겼으면 적당한 선에서 물러나라'고 했어. 내가 네르친스크성을 달란다고 순순히 내줄리가 없지. 대신 네르친스크성 서쪽을 한번 달라고 해볼까?'

그는 사뭇 진지한 표정으로 말했다.

"우리의 이번 협의는 반드시 공정을 기해야 합니다. 어느 한쪽이 손해를 봐서는 안 되죠. 안 그런가요?"

표도르는 고개를 끄덕였다.

"그래요. 양국이 성의껏 국경을 정해 영원히 평화를 유지해야죠."

위소보가 말했다.

"당연히 그래야죠. 중국의 국경선이 만약 모스크바 쪽으로 너무 가까이 붙으면 러시아가 손해를 볼 거고, 북경 쪽으로 가까워지면 우리 중국이 손해를 보겠죠. 가장 좋은 방법은 딱 그 중간을 기점으로 삼는 겁니다. 그게 바로 100 나누기 50, 50보죠!"

표도르가 물었다.

"50보? 50보가 뭡니까?"

위소보가 대답 대신 또 물었다.

"모스크바에서 북경까지 대략 석 달 가야 하는 거리죠?"

표도르가 대답했다.

"네."

위소보가 다시 물었다.

"그럼 그 석 달을 반으로 나누면 어떻게 되죠?"

표도르는 그 말의 속뜻을 알아차리지 못하고 바로 대답했다.

"그야 한 달 반이 되겠죠."

위소보가 말했다.

"바로 그거예요. 우린 굳이 이것저것 논쟁할 필요 없이, 각자 자신의 경성으로 돌아가는 겁니다. 그리고 다시 귀하는 모스크바에서 출발해 동쪽으로 오고, 난 북경에서 출발해 서쪽으로 갈게요. 그럼 한 달 반 뒤에는 서로 중간 지점에서 마주치게 되지 않겠어요?"

표도르가 말했다.

"네, 한데 왜 그런 말을 하는 거죠?"

위소보가 설명했다.

"그게 국경선을 정하는 가장 공정한 방법이에요. 우리가 마주치는 그 지점을 국경선으로 정하는 거죠. 그곳은 북경에서 한 달 반이 걸리고, 모스크바에서도 한 달 반이 걸리니, 그쪽도 손해보지 않고, 우리도 밑지지 않는 겁니다. 그리고 우리가 싸워서 한 판을 이겼는데, 그것도 없었던 일로 할 테니, 따지고 보면 러시아가 득을 본 셈이 되겠죠."

표도르는 얼굴이 새빨갛게 상기됐다.

"그건… 그건… 아무래도…."

그러면서 자리에서 일어났다. 위소보가 웃으며 말했다.

"귀하도 이 방법이 아주 공평하다고 생각하는 거죠?"

표도르는 정신을 가다듬고 연신 손사래를 쳤다.

"아녜요, 아닙니다! 그건 절대 안 돼요. 국경을 그렇게 나누면 우리 러시아제국의 국토를 절반이나 내주는 것과 다름없잖아요?"

위소보는 여전히 웃으며 말했다.

"절반이 아니에요. 모스크바 서쪽으로 아직 많은 땅이 남아 있잖아요. 그 땅은 중국이랑 50보, 50보를 할 필요가 없어요. 우린 그렇게까지 욕심을 부리진 않아요."

표도르는 너무 화가 나서 숨을 씩씩 내쉬는 바람에 수염이 나풀거렸다. 한참 숨을 몰아쉬고 나서 입을 열었다.

"공작 대인, 난 성심성의껏 협상을 하러 왔으니 대인도 합리적인 주장을 하셔야죠. 그렇게… 그런 방법이라면 우리 국토를 반이나 가져갈 텐데… 그건… 너무 과하지 않나요?"

그러면서 털썩 의자에 앉았다. 의자가 삐그덕거렸다.

위소보가 속삭이듯 나직이 말했다.

"사실 국경선을 협의할 필요도 없어요. 그냥 한판 붙읍시다. 그게 화끈하고 좋잖아요?"

표도르는 도저히 참을 수가 없어 탁자를 내리치며 자리를 박차고 일어나 '좋아! 한판 붙자!'고 응수하고 싶은 마음이 굴뚝같았으나, 막상 싸움이 붙으면 자기네가 손해를 볼 게 뻔하기 때문에 화를 참아야만 했다. 그는 결국 아무 소리도 하지 못했다.

위소보가 갑자기 탁자를 팍 치며 웃었다.

"하하… 있어요, 있어! 가장 공정한 다른 방법이 있어요!"

그러고는 품속에서 주사위 두 알을 꺼내 입김을 불어넣더니 탁자에다 던졌다.

"싸우는 것도 원치 않고, 50보 50보도 싫다면 주사위를 던져 정합시다. 북경에서 모스크바까지 1만 리로 치고, 그것을 10등분으로 나눠 한 판에 1천 리로 해서, 서로 주사위를 열 번 던지는 거예요. 만약 귀하가 운이 좋아 열 판을 이긴다면 북경성 앞에 있는 땅까지 러시아가 다 차지하세요."

표도르는 코웃음을 쳤다.

"흥! 만약 내가 열 판을 다 진다면?"

위소보가 웃으며 말했다.

"그야 뻔하잖아요. 스스로 말해보세요."

표도르가 말했다.

"그럼 모스크바 동쪽 만리강산을 전부 중국에 넘기라는 거요?"

위소보가 말했다.

"운이 그렇게 형편없진 않을 겁니다. 열 판 중에 설마 한 판도 못 이기겠어요? 한 판을 이기면 천리강산을 지킬 거고, 두 판이면 2천 리, 여섯 판을 이기면 득을 보게 되죠."

표도르는 화를 냈다.

"뭐가 득이라는 거요? 모스크바 동쪽으로 6천 리는 원래 우리 러시아의 땅이오. 7천 리, 8천 리도 역시 우리 러시아의 영토요!"

위소보는 표도르와 연신 입씨름을 벌이며 협상을 밀고 당겼다. 통역을 맡은 네덜란드 선교사는 그것을 중국어로 번역해주느라 진땀을 흘렸다. 그것을 듣고 있던 동국강과 색액도 등은 처음엔 표도르가 무례하게 흑룡강을 중심으로 중국의 요동까지 차지하려 하자, 분노를 금치 못했다. 요동은 만주 사람들의 뿌리요 영원한 고향인데 어떻게 러시아 귀신들에게 넘겨줄 수 있단 말인가? 말도 안 되는 소리라면서 짜증을 내고 있었다.

그런데 위소보가 싸움을 다시 하자고 하고, 또 무슨 왕으로 봉해져야 한다느니, 그 무슨 '나몰라시발'까지 쳐들어가겠다느니 하니까, 표도르의 기가 꺾였다. 나중에 주사위를 꺼내서 한 판에 땅을 1천 리씩 따먹자는 등 엉뚱한 말을 늘어놔 표도르를 궁지로 몰아넣자, 모두들 속으로 생각했다.

'러시아 사람은 야만스럽고 막무가내라는데 그 말이 사실인 것 같아. 그들과 점잖게 정식으로 협상을 하면 손해 보기 십상일 거야. 황상께서 위 공작을 협상 대표로 보낸 것은 역시 선견지명이 있으셨던 거야. 저런 야만인들은 바로 학식이 없고 시정잡배 같은 위 공작이 상대해야만 이에는 이, 억지에는 억지… 비로소 제압할 수가 있겠어.'

동국강과 색액도 등 대신들은 위소보에게 겉으로는 공손한 척하지만 속으로는 완전히 무시해왔다. 그저 황상의 총애를 믿고 날뛰는 광대 신하쯤으로 여겼다. 평상시 행동거지도 추태백출, 염치가 없고 자화자찬만 하는 등 뻔뻔하기 짝이 없었다. 이번에 그가 협상 대표로 나서면 국체를 잃을 것은 물론이고 결과도 엉망이 될 거라고 생각했다.

그런데 막상 뚜껑을 열고 보니, 영 딴판이었다. 역시 황상은 적시적소에 인재를 잘 등용한다는 게 새삼 증명이 됐다. 만약 이 생떼의 달인, 얼토당토않은 기재를 협상 대표로 보내지 않았다면 조정 문무대신들 중 이 야만인 흠차대신 표도르를 당해낼 사람은 아무도 없었을 것이다. 동국강을 위시한 대신들은 위소보의 말을 들을수록 감탄과 경의를 금치 못하며 황상의 탁월한 결정에 대해 다시 한번 탄복하지 않을 수 없었다.

잠자코 듣고 있던 색액도가 갑자기 나서서 엉뚱한 말을 했다.

"모스크바는 원래 우리 중국 땅이오!"

네덜란드 선교사가 그 말을 번역해주자 표도르는 깜짝 놀랐다.

'아니… 젊은 녀석이 헛소리를 지껄이는 것은 그렇다 치더라도, 이젠 늙은 영감탱이까지 나서서 개소리를 해대는군! 모스크바가 중국 땅이라니, 정신이 돌아버린 거 아니야?'

색액도가 다시 말했다.

"귀하의 말대로라면 러시아인이 잠시 차지하고 있던 땅은 다 러시아의 땅이라고 하는 것 같은데, 그렇소?"

표도르가 말했다.

"그야 당연하죠. 귀하는 모스크바가 중국 땅이라고 하는데, 흐흐… 그건… 너무 웃기는 얘기죠!"

그는 '개소리'라고 말하고 싶었는데, 순간적으로 순화해서 '웃기는 얘기'라고 한 것이다.

색액도는 차분하게 말했다.

"러시아의 백성은 대러시아, 소러시아, 백러시아, 그리고 카자크, 타타르 등 여러 민족이 속해 있죠?"

표도르는 고개를 끄덕였다.

"그래요, 우린 땅덩어리가 워낙 넓고 소속된 민족도 아주 많아요."

색액도가 말했다.

"우리도 다양한 민족이 있습니다. 만주인, 한인, 몽골인, 묘족苗族, 회족回族, 장족藏族… 참으로 많지요."

표도르가 그의 말을 받았다.

"맞아요. 그러니 러시아는 대국이고, 중국도 대국이라 할 수 있죠. 우리 두 나라는 그야말로 세상에서 가장 큰 대국입니다."

색액도가 다시 말했다.

"귀하가 이번에 데리고 온 기병은 카자크 기병대인 것 같은데요."

표도르는 빙긋이 웃으며 으스댔다.

"카자크 기병대는 용맹무쌍해 천하에서 가장 무서운 용사들이죠."

색액도가 살짝 웃으며 말했다.

"그럼 카자크 기병이 러시아 병사들보다 더 용맹하고 무섭다는 겁니까?"

표도르가 말했다.

"말을 그렇게 하면 안 되죠. 카자크 기병은 러시아 백성이고 백러시아 사람도 러시아 백성이니 아무런 차이도 없습니다. 그건 만주 사람도 중국인이고, 몽골인도 중국인이며, 한인도 중국인으로 아무런 차이가 없는 것과 마찬가지죠."

색액도가 고개를 끄덕였다.

"그러니까 모스크바가 우리 중국 땅이라는 겁니다."

위소보는 두 사람의 대화를 계속 들으면서도 색액도가 무슨 속셈으로 그렇게 우기고 있는지 이해가 가지 않았다. 모스크바는 이곳에서 만 리도 더 멀리 떨어져 있으니 절대 중국 땅일 리가 없었다. 그런데 색액도는 마치 기정사실인 것처럼 아주 진지하게 말하고 있지 않은가! 반면에 표도르는 눈에 쌍심지를 켜고 이마에 심줄을 세운 채, 안색은 붉으락푸르락… 극도로 화가 나 있는 것을 보고 더 약올려주려고 한마디 했다.

"모스크바는 원래 중국 땅이에요. 중국 황제가 워낙 인심이 좋아 빌려줬는데, 돌려줄 생각을 하지 않네요."

표도르는 너무 어이가 없어 냉소를 흘렸다.

"내가 듣기로 중국은 역사도 길고 대관들도 학문이 깊다는데, 이제보니… 흐흐… 아무런 증거도 없이 그런 무식한 얘기를 하다니… 어이가 없네요."

색액도가 말했다.

"귀하는 러시아의 사신이니 학식이 꽤 깊을 거라고 생각하는데, 설령 그렇지 않더라도 역사에 대해서 기본적인 상식은 갖고 있겠죠?"

표도르는 열을 냈다.

"우리나라의 역사는 다 역사적인 사실을 증거로 해서 기술되었소! 그냥 아무렇게나 떠벌린다고 역사가 되는 건 아니오!"

색액도가 다시 차분하게 말했다.

"네, 좋아요. 전에 중국 황제 한 분이 계셨는데… 칭기즈칸成吉思汗이라고…."

표도르는 '칭기즈칸'이란 네 글자를 듣자 절로 비명이 터졌다.

"어이구…!"

속으로 다시 비명을 질렀다.

'이런… 이런… 어쩌나? 내가 왜 이렇게 중요한 일을 깜박 잊고 있었지?'

색액도가 말을 이었다.

"그분 칭기즈칸을 우리 중국에선 원元 태조太祖라 칭합니다. 우리 원나라를 창건한 태조이기 때문이죠. 그는 몽골 사람입니다. 좀 전에 귀하께서 말씀하셨듯이 만주인, 몽골인, 한인 모두 중국인입니다. 아무런 차이가 없죠. 당시 몽골 기병은 원정에 나서 러시아와 여러 번 전투를 치렀습니다. 귀국의 역사책에도 분명히 기술돼 있을 겁니다. 제가 결코 아무 증거도 없이 일방적으로 떠벌리는 게 아닙니다. 그 여러 번의 싸움에서 우리 중국이 이겼습니까, 아니면 러시아가 이겼습니까?"

표도르는 묵묵부답이다가 한참 후에야 입을 열었다.

"몽골이 이겼죠."

색액도가 말했다.

"당시 몽골인이 바로 중국인입니다."

표도르는 한참 눈살을 찌푸리고 있더니 천천히 고개를 끄덕였다.

위소보는 전에 그런 역사가 있었다는 사실을 전혀 모르고 있었다. 지금 그 이야기를 듣자 기분이 무척 좋았다.

"중국인과 러시아인이 싸우면 언제나 중국인이 이기기 마련이에요. 러시아는 아직 멀었어요! 만약 나하고 붙는다면 그냥 한 손으로 상대할게요. 그렇지 않고 두 손을 다 써서 상대하면 너무 싱거우니 재미가 없어요."

표도르는 눈을 부라리며 속으로 화를 삭였다.

'우아! 속 터져 죽겠네! 공주 전하가 싸우지 말고 가능한 한 협상을 좋게 타협 지으라고 엄명을 내리지 않았다면, 제기랄! 네놈이 그렇게 우리 러시아 사람을 모독하는 말을 하는데 내가 가만히 있을 것 같으냐? 당장 뛰어나가서 네놈을 그냥….'

위소보는 싱글벙글 웃으며 색액도에게 물었다.

"색 대형, 칭기즈칸이 러시아를 어떻게 작살내버렸죠?"

색액도가 설명했다.

"왕년에 칭기즈칸은 단지 2만 명의 군사들을 이끌고 원정에 나서서 10만 명이 넘는 러시아 연합군을 완전히 대파했어요. 칭기즈칸의 손자 바투拔都도 역시 대영웅이었다오. 그는 군사를 이끌고 러시아를 추풍낙엽처럼 쳐부숴 모스크바를 점령한 다음 곧장 폴란드, 헝가리를 격파하고 도나우강을 건넜소. 그 후 100년이 넘는 동안 러시아의 왕공귀족들은 전부 다 중국인의 말에 따라야 했어요. 당시 우리 중국의 몽골 영웅들은 황금이 박힌 천막 몽고포蒙古包에 살고 있었는데, 모스크바의 왕공대신들은 시시때때로 찾아와 무릎을 꿇고 문안을 올렸대요. 중국인이 엉덩이를 걷어차고 싶으면 차고, 뺨을 때리고 싶으면 때렸죠. 그래도 그들은 화를 내지 못하고 헤벌쭉 웃기만 했어요. 그리지 않으면 작위를 받지 못했으니까…."•

그의 이야기를 들으면서 위소보는 어찌나 기분이 좋은지 탁자를 내리치며 환호했다.

"얼씨구, 지화자 좋다! 이제 보니 모스크바가 전부 우리 중국 땅이었구나!"

표도르의 얼굴빛이 푸르락누르락했다. 색액도가 한 말은 전부 역사적인 근거가 있는 사실史實이며 절대 허구가 아니었다. 다만 러시아 사람들은 몽골인을 중국 사람으로 인정하지 않을 뿐이었다. 하지만 당시 몽골은 지금 중국에 속했기 때문에 모스크바가 한때 중국 땅이었다고 해도 과언은 아니었다.

위소보가 말했다.

"후작 각하, 아무리 생각해도 국경선 문제는 이야기를 그만하는 게 좋을 것 같소. 일단 돌아가셔서 공주 전하께 모스크바를 언제 중국에 돌려줄지 한번 여쭤보시구려. 나도 빨리 북경으로 달려가 소가죽과 황금을 좀 준비해야겠소. 그 무슨 크렘린궁 밖에다 금장을 쳐야 하니까요. 그래야 소피아 공주랑 거기서 자죠. 하하… 하하…."

표도르는 더 이상 화를 참을 수 없어 자리를 박차고 일어나 군막 밖으로 나가버렸다. 무슨 말인지는 몰라도 노발대발하며 꽥꽥 소리를 질러대자, 곧이어 말발굽 소리가 요란하게 들렸다. 모름지기 200여 명의 기병대가 일제히 달려오는 것 같았다.


위소보는 기겁을해 소리쳤다.

"어이구! 놈들이 쳐들어온다. 어서 달아나자!"

동국강은 산전수전을 다 겪어봤기 때문에 침착했다.

"위 공작, 당황하지 마시오. 한판 붙자면 붙는 거요! 겁낼 것 없소!"

군막 밖에선 카자크 기병들이 일제히 고함을 질러댔다. 위소보는 겁을 집어먹고 몸을 부들부들 떨었다. 여기서 죽으면 큰일이니 주위를 살피다가 황급히 탁자 밑으로 쏙 기어들어갔다. 동국강도 색액도와 서로 마주 보며 어찌할 바를 몰라 했다.

이때 군막 휘장이 확 젖혀지며 장수 한 사람이 성큼 들어왔다. 바로 방패병을 이끌고 있는 임홍주였다. 그가 낭랑한 음성으로 말했다.

"대원수께 아룁니다. 지금….”

그런데 위소보가 보이지 않았다. 탁자 밑에서 그가 소리쳤다.

"여기… 난 여기 있소! 다들 빨리… 달아나야지!”

임홍주는 몸을 숙여 탁자 밑에 있는 대원수에게 말했다.

"대원수님, 러시아 병사들의 기세가 흉흉한데 우리가 거기에 밀려선 안 됩니다. 정면대결을 해야 합니다!”

위소보는 더 이상 숨어 있을 수가 없어 탁자 밑에서 기어나왔다. 좀 전에는 너무 갑작스럽게 일어난 일이라 정신을 못 차리고 후다닥 탁자 밑으로 숨는 추태를 보인 게 좀 겸연쩍었다. 그래서 가슴을 치며 큰 소리로 말했다.

"맞아요! 빌어먹을, 놈들과 맞서싸웁시다! 내가 먼저 앞장서서… 용감하게… 아무튼 나갑시다!”

그러고는 임홍주의 손을 잡고 군막 밖으로 나갔다.

군막 밖에서는 260명의 카자크 기병들이 장도를 높이 들고 시위를 하듯 원을 그리며 말을 몰아 군막 주위를 빙빙 돌고 있었다. 잠시 후, 표도르의 호령에 따라 기병대는 멀리 소개疏開했다. 200여 장 밖으로 물러나, 26필의 말이 한 열을 이뤄 모두 열 줄로 질서정연하게 나열했나. 그리더니 갑자기 소리 높여 고함을 지르며 질풍처럼 위소보를 향해 달려왔다. 위소보는 놀라 소리쳤다.

"이런 빌어먹을!”

다시 군막 안으로 도망치려 하다가 바로 생각을 바꿨다.

'젠장! 놈들이 날 죽이려 한다면 군막 안까지 쫓아들어와서 끄집어내 죽일 거야. 그럼 얼마나 창피하겠어?'

그는 겁을 먹고 부들부들 떨며 안색이 창백해졌으나 그 자리에서 움직이지 않았다. 임흥주가 우렁차게 명을 내렸다.

"방패병들은 대원수를 보호하라!"

그러자 260명의 방패병이 일제히 대답했다.

"네!"

그들은 우르르 달려와 위소보와 대신들 앞을 가로막고 섰다.

위소보는 신발 속에 숨겨두었던 비수를 꺼내며 속으로 생각했다.

'만약 러시아 귀신들이 덤벼들면 다 함께 싸우는 거야! 그게 바로 의리지!'

그는 색액도 앞으로 다가가 소리쳤다.

"색 대형, 걱정 말아요. 제가 보호해드릴게요!"

색액도는 놀라서 혼비백산했는데 그의 말을 듣자 떨리는 음성으로 말했다.

"그래… 잘 부탁하네…."

열 줄로 편대를 이룬 카자크 기병들은 청군 쪽으로 달려와 약 5장의 간격을 두었을 때, 대장의 호령에 따라 일제히 말고삐를 당겨 말을 멈췄다. 그리고 대장이 다시 호령을 하자 두 패로 갈라졌다. 130명은 방향을 바꿔 북쪽으로 가고, 나머지 130명은 남쪽으로 향해 10여장 밖으로 물러났다. 그리고 원을 형성해 다시 군막에서 200여 장 떨어진 원위치로 돌아갔다. 260필의 말과 260명의 기병은 하나가 되어 일사불란하게 움직였다. 평상시 훈련이 얼마나 잘돼 있는지 알 수 있었다. 표도르는 하하 웃으며 소리 높여 외쳤다.

"공작 대인! 우리 기병대가 어떻소?"

위소보는 그제야 그가 진짜 공격을 하려는 게 아니라, 단지 위세를 뽐내려 했다는 것을 알았다. 절로 화가 치밀었다.

"곡마단의 원숭이들이나 부리는 재주를 가지고 뭐가 잘났다는 거요? 진짜 싸움이 붙으면 아무 짝에도 쓸모가 없을 텐데…."

표도르도 뿔이 났다.

"그럼 진짜 해볼까요?"

그는 속으로 궁리했다.

'좋아! 이번엔 바싹 다가갈 테니, 도망가나 안 가나 보자!'

그는 병사들에게 소리쳤다.

"살상은 삼가고, 중국인들의 모자를 다 벗겨와라!"

그의 외침에 따라 기병대장의 호령이 떨어지자, 260명의 기병들이 다시 질풍노도처럼 앞을 향해 달려왔다.

위소보가 반사적으로 소리쳤다.

"말의 다리를 잘라라!"

임홍주가 대답했다.

"네!"

이어 우렁차게 호령을 내렸다.

"말의 다리만 베어라!"

우레와 같은 말발굽 소리가 들리며 260명의 기병들이 차츰 가까이 달려왔다. 그들이 높이 쳐들고 있는 장도가 햇살에 번쩍번쩍 반사돼

241

눈이 부셨다. 쌍방의 간격이 갈수록 좁혀졌다. 30장, 20장, 10장… 그 래도 말들은 멈출 기색이 보이지 않았다. 눈 깜박할 사이에 5장 정도로 간격이 좁혀졌을 때, 임흥주의 입에서 호령이 떨어졌다.

"지당도地堂刀, 돌진!"

260명의 방패병이 일제히 앞으로 뛰쳐나가 땅바닥에서 뒹굴었다. 이 260명의 방패병은 모두 임흥주가 직접 훈련시킨 지당도의 고수들로, 신법身法과 도법刀法이 숙련돼 아주 뛰어났다. 그들은 땅바닥을 뒹굴면서도 방패로 몸을 호위해 도광刀光은 전혀 드러내지 않았다.

카자크 기병들은 청병들이 갑자기 땅바닥에서 뒹굴자 영문을 몰라 모두 의아해했다. 야크사를 지키던 병사들은 방패병들에게 당해 그 위력을 잘 알고 있었다. 그러나 그들은 야크사성에서 전사하거나 포로로 잡혀갔다. 지금 이 카자크 기병들은 표도르를 호위하기 위해 모스크바에서 바로 왔기 때문에 방패병의 전술을 알 리가 없었다. 땅바닥에서 뒹굴면 말발굽에 밟혀 죽기 십상인데, 참으로 미련하고 우스꽝스러운 짓을 한다고 생각했다.

삽시간에 맨 앞줄에 있는 기병들이 방패병과 맞닥뜨렸다. 그러자 난데없이 말 울음소리와 비명이 하늘을 찌르며 말들이 픽픽 쓰러져갔다. 방패병들은 단칼에 말의 다리를 두 개씩 잘라베며, 방패로 몸을 호위한 채 계속해서 앞으로 뒹굴며 나갔다.

러시아 기병들의 비명과 말들의 신음 소리가 한데 뒤섞여 아수라장이 돼가는 가운데, 방패병들은 이미 기병대의 열 번째 줄을 통과했다. 그들에게 다리를 잘린 말만 해도 170~180필이 넘는 듯싶었다.

방패병들은 임무를 마치고 카자크 기병대 뒤쪽에 나열해 있다가 임홍주의 호령에 따라 좌우로 갈라져 빙 돌아서 다시 위소보 앞으로 달려왔다. 260명 중 단지 10여 명만 말발굽에 차이거나 밟혀서 부상을 입었을 뿐이었다. 그들도 상처가 심하지 않아 그런대로 고통을 참고 대열에 합류해 질서정연하게 나열했다.

반면 카자크 기병대는 태반이 말에서 떨어졌다. 다리가 잘린 말에 깔려 신음하거나 비명을 지르는 자들도 많고, 나머지 수십 명은 멀찌감치 달아나 말에서 내려서서 망연자실해했다. 그들은 평생을 주로 말 위에서 활동해왔다. 말을 타고 있어야만 자신의 위용을 발휘할 수 있는데, 땅에 내려서자 마치 물 밖으로 나온 물고기인 양 힘을 쓰지 못했다.

위소보가 소리쳤다.

"러시아 관원들을 포위해라!"

그의 명에 따라 임흥주가 방패병을 호령했다. 100명이 표도르 등 10여 명의 관원을 완전히 포위했다. 방패병들은 모두 칼끝을 안쪽으로 해 하나의 둥그런 도진刀陣을 구축했다. 명령만 떨어지면 칼끝을 앞으로 뻗어 러시아 관원들을 그 자리에서 묵사발로 만들 터였다.

카자크 기병대장은 그 모습을 보고 허겁지겁 달려오며 소리쳤다.

"살상을 삼가시오!"

위소보가 고개를 돌려 친위병 복장의 쌍아에게 말했다.

"가서 저들의 혈도를 찍어!"

쌍아가 대답했다.

"네!"

그녀는 앞으로 뛰쳐나가 기병대장의 뒤로 가서 허리 뒤쪽 혈도를 찍고, 다시 부대장의 혈도도 찍었다. 그러자 소대장 한 명이 품 안으로 손을 넣어 단총을 뽑아들고 쌍아를 향해 소리쳤다.

"움직이지 마!"

쌍아는 곁에 있는 러시아 병사 한 명을 낚아채 방패로 삼아 앞으로 다가갔다. 그 소대장은 감히 총을 쏘지 못하고 다시 소리쳤다.

"움직이지 마!"

쌍아는 잡고 있는 병사를 그를 향해 냅다 던졌다. 소대장이 깜짝 놀라 몸을 피하는 사이에 쌍아는 잽싸게 그의 가슴과 허리께 혈도를 찍어버렸다. 그리고 단총을 빼앗아와 불을 당겨서 하늘을 향해 펑 하고 한 발 발사했다. 위소보가 바로 소리를 질렀다.

"이런! 서로 화기를 휴대하지 않기로 쌍방이 합의를 했는데, 약속을 어기고 어떻게 이런 비겁한 짓을 할 수 있는 거야?"

그러고는 앞으로 몇 걸음 옮겨 표도르에게 말했다.

"어서 부하들더러 무기를 버리고 말에서 내려 나란히 서라고 하시오! 몸에 지니고 있는 화기도 다 꺼내놓으라고 해요!"

표도르는 저항을 할 수 없는 상황이라 시키는 대로 명을 내렸다.

카자크 기병대는 무기를 버리고 말에서 내려 줄을 맞춰 섰다. 위소보는 160명의 방패병으로 하여금 그들을 완전히 포위하도록 명했다. 그리고 일일이 몸을 수색했다. 기병대 260명에게서 단총 280여 자루를 압수했다. 한 사람이 단총을 두 자루 숨긴 경우도 있었다.

상황이 이렇게 급변하자 네르친스크성 아래 있던 러시아 병사들이 천천히 다가왔다. 그러자 동쪽에 진을 치고 있던 청군도 일제히 이동했다. 쌍방은 수백 보의 간격을 두고 서로 대치했다. 러시아 병사들은 관원들이 다 포위된 상태라 감히 경거망동하지 못했다.

위소보가 표도르에게 물었다.

"후작 대인, 이 많은 화기를 숨겨서 가져온 목적이 무엇이오?"

표도르가 말했다.

"미안합니다. 나의 병사들이 명령을 거역하고 몰래 화기를 가져온 모양인데, 돌아가서 엄히 벌하겠습니다."

위소보가 그 즉시 방패병들에게 명을 내렸다.

"러시아 병사들의 웃옷을 다 풀어헤쳐라! 또 다른 화기가 있는지 철저히 수색해라!"

260명의 방패병들은 방패를 내려놓고, 혹시 모르는 경우에 대비해 오른손엔 여전히 칼을 든 채 왼손으로 상대방의 웃옷을 풀어헤쳤다. 기병들은 다 웃통이 드러났고, 더 이상의 화기는 발견되지 않았다. 표도르는 찔리는 게 있어 고개를 숙인 채 아무 말도 하지 않았다.

위소보가 이번엔 러시아어로 소리쳤다.

"약속을 어긴 러시아인은 믿을 수 없다. 모두 바지까지 다 벗겨서 수색해봐라!"

그 말에 표도르는 기겁을 해 얼른 사정했다.

"지… 공작 대인, 제발 좀… 내 바지를 벗기면… 난… 자결을 할 수밖에 없소."

위소보가 말했다.

"바지는 반드시 벗어야 하오!"

표도르가 통사정을 했다.

"제발… 바지만은… 다른 일은 다 원하는 대로 하셨소."

위소보가 다시 말했다.

"좀 전에 기병대들이 쳐들어와서 난 너무 놀라 탁자 밑으로 기어들어가 공작 대인으로서의 위신이 크게 손상됐는데, 어떡할 거요?"

표도르는 속으로 구시렁거렸다.

'시발, 네가 겁쟁이라서 숨은 건데, 나더러 어쩌라는 거야?'

겉으로는 공손하게 말했다.

"다 보상을 해드리겠습니다."

위소보는 속으로 쾌재를 불렀다.

'그래, 이제 슬슬 코가 꿰이는군….'

그러나 무엇으로 보상받을지 금방 생각이 나지 않았다. 일단 명을 내렸다.

"러시아 관원과 병사들의 허리띠를 다 잘라버려라!"

방패병들이 일제히 우렁차게 대답했다.

"명을 받들겠습니다!"

그들은 칼을 이용해 러시아 병사들의 허리띠를 다 싹둑 잘라버렸다. 표도르를 위시한 러시아 사람들은 무기가 없기 때문에 감히 반항하지 못했다. 그들은 모두 혼비백산, 행여 바지가 벗겨질까 봐 두 손으로 바지춤을 움켜잡고 어찌할 바를 몰라 했다.

위소보는 하하 웃으며 다시 명을 내렸다.

"러시아 병사들을 모두 대영으로 압송해라!"

이제 러시아 병사들은 바지가 내려갈까 봐 전전긍긍할 뿐, 전혀 반항하지 않고 청군을 따라 동쪽 대영으로 향했다.

그 모습을 지켜보던 동국강이 위소보에게 웃으며 말했다.

"위 대원수의 묘계에 그저 탄복할 따름이오. 허리띠를 없애버리니 마치 260명의 두 손을 모두 뒤로 결박한 것과 다름이 없군요."

위소보도 웃으며 말했다.

"러시아 남자들은 옷 벗는 걸 겁내는데, 여자는 그렇지 않은 것 같으니, 참으로 이상한 일이에요."

그 말에 동국강 등은 모두 묘하게 웃었다.

일행은 대영의 대군과 합류했다. 청군에서는 곧 대포 400기를 밀어내 덮개를 벗기고 포구로 러시아 병사들을 겨냥했다. 당시 러시아는 화기의 위력이 대단했다. 그러나 강희는 이미 만반의 준비를 해, 전국에 있는 대포를 거의 다 네르친스크 전선으로 옮겨왔다. 그래서 화력 면에서도 결코 러시아에 뒤지지 않았다. 수적으로는 몇 배가 더 많았다.

러시아 병사들은 이 많은 대포를 보자 서로 마주 보며 어리둥절해 했다. 모두들 겁을 먹고 기가 팍 죽었다. 러시아군을 통솔하는 장군은 서둘러 명을 내려 대군을 성안으로 철수시키고, 성문을 굳게 닫으라고 했다. 청군도 성을 공격하지는 않았다.

그런데 카자크 기병대의 대장과 부대장, 소대장 등 세 사람은 쌍아에게 혈도를 찍혀 몸을 움직일 수 없어서 제자리에 돌부처럼 서 있었다. 다른 병사들은 다 철수했는데 그들 세 사람만 덩그러니 공지에 남게 된 것이다. 모두 허겁지겁 철수하느라 그들에게 신경을 쓸 겨를이 없었다. 나중에야 그들이 남아 있는 것을 보고 속으로 이상하게 생각했다. 그렇다고 선뜻 나서서 도와줄 엄두도 나지 않았다.

다시 반 시진이 지났는데도 세 사람은 여전히 그 자리에 서 있었다. 그러자 한 무리의 카자크 기병대가 성 밖으로 나와 그들을 구해가려 했다. 그런데 10장 정도 달려나왔을 때 청군이 대포를 몇 방 쐈다. 기병대는 기겁을 해 다시 성안으로 되돌아갔다.

성 위와 아래, 양쪽 군사들은 세 사람이 화석처럼 계속 그 자리에 서 있는 것을 멀리서 바라보며 한쪽은 웃음을, 다른 한쪽은 당혹감을 금치 못했다.

위소보는 표도르 등을 군막으로 '모시고' 들어갔다. 주객이 각각 자리를 잡고 앉았다. 위소보는 그저 빙글빙글 웃을 뿐 아무 말도 하지 않았다. 표도르는 화가 치밀어 소리쳤다.

"공작 대인, 날 이렇게 조롱하지 말고 차라리 죽이시오!"

위소보가 여전히 웃으며 말했다.

"우린 친군데 내가 왜 당신을 죽이겠소? 국경선을 정하는 협상을 계속 이어가야 하잖아요."

상대방이 이미 자기 손아귀에 들어왔으니 무슨 조건을 내세워도 다 받아들일 거라고 생각했다. 그러나 표도르는 군인 출신이라 성격이 아주 굴강했다. 그는 고개를 빳빳이 쳐들고 말했다.

"난 지금 협상 사절이 아니라 포로의 신세요! 이런 위협적인 분위기에선 설령 협약을 체결한다고 해도 무효요!"

위소보가 물었다.

"왜 무효라는 거죠?"

표도르가 대답했다.

"모든 조건을 그쪽에서 정할 텐데 이게 무슨 협상이오? 억지로 타협을 이끌어내진 못할 거요!"

위소보가 다시 물었다.

"그럼 어쩌자는 겁니까?"

표도르가 다시 대답했다.

"난 절대 굴복하지 않을 거요! 어서 칼로 날 죽이든 총을 쏴서 죽이든 맘대로 하시오!"

위소보가 빙긋이 웃으며 말했다.

"만약 사람을 시켜 바지를 벗긴다면?"

표도르는 대로하여 벌떡 자리에서 일어났다.

"이런…."

말을 내뱉자마자 바지가 흘러내리는 바람에 얼른 손으로 붙잡았다. 허리띠가 잘렸지만 의자에 앉아 있을 때는 바지를 잡지 않아도 괜찮았기 때문에, 화가 치민 상황에서 그만 깜박 잊었던 것이다. 다행히 적시에 바지를 잡아 추태를 보이진 않았다. 군막 안에 있는 청의 관원들은 다 웃음을 금치 못했다.

화가 나서 얼굴이 창백하게 굳은 상황에서도 바지춤을 움켜쥐고 있는 꼴이 참으로 우스꽝스러웠다. 뭔가 격앙된 말을 하자면 손짓이 함께 따라줘야 하는데, 빳빳하게 서 있는 상태에선 울분을 토해내기가 어려웠다. 표도르는 흥, 코웃음을 날리며 다시 자리에 앉았다.

"난 러시아 사황을 대신해서 협상에 참여한 흠차대신이오! 이런 수모를 줘서는 안 되오!"

위소보가 말했다.

"염려 마시오. 수모를 주는 일은 없을 거요. 이제부터 국경선에 대해 진지하게 논의해봅시다."

그러나 표도르는 주머니에서 손수건을 꺼내 자신의 입을 가리고 뒤로 매듭을 해서 묶었다. 앞으로 한 마디도 하지 않겠다는 결연한 의지를 보인 것이다. 다시 말해 결코 협상을 하지 않겠다는 뜻이었다.

위소보는 친위병을 시켜 맛있는 요리와 술을 가져오게 해서는 탁자 위에 잔뜩 차려놓고 웃으며 말했다.

"자, 드시죠. 사양 말고 어서 드세요."

표도르는 구미가 당겨 어쩔 수 없이 손수건을 풀고 술을 들이켰다.

위소보가 다시 웃으며 말했다.

"후작 대인께선 다시 입을 쓰시네요."

표도르는 대꾸를 하지 않고 먹고 마시는 데만 전념했다. 입은 먹고 마시는 데만 쓰인다는 것을 증명이라도 하듯 말은 일절 하지 않았다. 위소보는 계속해서 술을 권했다. 술이 어느 정도 들어가면 혹여 태도가 바뀌지 않을까, 기대한 것이다. 그러나 표도르는 술을 연거푸 열몇 잔 마시고 요리를 잔뜩 먹고 나서 다시 손수건으로 입을 가렸다.

그 모습을 지켜보면서 위소보는 절로 웃음이 나왔다. 더 이상 어찌해볼 도리가 없었다. 그는 친위병을 시켜 표도르를 모시고 가서 편히 쉬도록 조치하고, 잘 감시하라고 일렀다. 그리고 동국강, 색액도 등과 대책회의를 했다.

동국강이 말했다.

"그자의 완강한 태도로 봐선 절대 우리 군중에선 협상을 하지 않을 것 같소. 그렇다고 이대로 돌려보내자니 좀 아쉽고…."

색액도가 말했다.

"열흘이고 보름이고 잡아놓고 매일 그 앞에서 러시아 병사를 죽이면 혹시 굴복을 할지 모르겠군…."

동국강이 고개를 내둘렀다.

"자칫 잘못해서 그를 죽음으로 몰고 간다면 사태가 심각해질 거요. 우리가 상대방의 협상 사신을 죽인 결과가 되니, 황상께서도 분명히 문책을 할 것이고…."

색액도가 그의 말을 받았다.

"옳은 말이오. 계속 강경하게만 나가는 것이 해결 방법은 아닌 것 같소."

대신들은 한참 상의를 했지만 뾰족한 대책이 나오지 않았다. 오늘 우여곡절 끝에 표도르를 잡아와서 일단 협상의 기선을 잡았지만, 이건 황상이 바라는 바가 아니었다. 오히려 조정의 의사에 반하는 일이었다. 그렇다면 황명을 거역한 중죄가 될 수도 있다. 여러 가지 의견이 오고간 끝에, 대신들은 위소보더러 표도르를 그냥 놔주는 게 좋겠다고 제안했다. 위소보도 고개를 끄덕였다.

"좋습니다. 오늘 하룻밤만 잡아놨다가 내일 아침에 석방하죠."

그는 자신의 천막으로 돌아와 이리저리 서성이며 곰곰이 궁리를 해보았다. 그러다가 문득 떠오르는 생각이 있었다.

'맞아! 지난번엔 제갈량의 화소반사곡을 본받아 야크사에서 대승을 거뒀으니, 이번엔 주유의 〈군영회群英會〉 중 장간蔣幹이 한 것을 한번 흉내 내봐야지!'

그는 찬찬히 계획을 짜고, 스스로 결론을 내렸다.

곧 중군 군막으로 돌아가 네덜란드 선교사를 불러 밀담을 나눈 뒤에 스무 마디쯤 되는 러시아어를 가르쳐달라고 해서 익혔다. 그것을 달달 외우고 나서 다시 친위대장과 장수 네 사람을 불러 어차여차 하도록 분부했다. 그들은 명을 받고 물러갔다.

한편, 천막에서 잠을 청하던 표도르는 오만가지 상념에 사로잡혔다. 분하고, 두렵고, 회한이 몰려오기도 해서 도저히 잠을 이루지 못했다. 이리 뒤척 저리 뒤척 하고 있는데, 자정쯤 되자 천막 입구에서 코를 고는 소리가 요란하게 들려왔다. 밖에서 지키고 있는 병사 세 명이 다 곤한 잠에 빠진 것 같았다.

표도르는 나름대로 생각을 해보았다.

'만약 놈들이 제시하는 조건을 들어주지 않으면 여기서 벗어나기 어려울 거야. 내일 그 녀석을 화나게 만들어 날 죽인다면 그야말로 개죽음이 되겠지. 감시병들이 다 잠든 것을 보니 어쩌면 하늘이 날 돕는지도 몰라. 야음을 틈타 지금 달아나야지!'

그는 살그머니 침상에서 일어나 바지가 흘러내리지 않게 휘장을 찢어 띠 대신 허리에 묶었다. 잰걸음으로 천막 입구로 다가가보니 감시병 셋은 천막 기둥에 등을 기댄 채 쿨쿨 잠들어 있었다.

손을 내밀어 친위병이 허리에 차고 있는 칼을 슬쩍 빼오려고 하자, 그가 갑자기 재채기를 했다. 표도르는 깜짝 놀라 얼른 손을 거뒀다. 잠시 꼼짝도 하지 않고 가만히 있으니 더 이상 별다른 기척이 없었다. 이번엔 다른 병사의 칼을 슬쩍하려고 손을 내밀었으나, 그가 때맞춰 기지개를 켜며 잠꼬대를 하는 바람에 뜻을 이루지 못하고 살금살금 천막 밖으로 나왔다. 다행히 감시병 셋은 아무것도 모르고 계속 코를 드르렁드르렁 골며 꿈나라를 헤매고 있었다.

천막 밖 어두운 곳에 몸을 숨기고 주위를 살펴보니 위병들이 손에 등롱을 들고 순찰을 돌고 있었다. 북쪽과 동쪽, 남쪽 등 세 방향은 모두 순찰병이 보였다. 단지 서쪽만이 캄캄한 게 아무것도 보이지 않았다. 그래서 한 걸음씩 그쪽으로 걸어나갔다. 순찰병들이 나타날 때마다 어두운 구석으로 몸을 숨겼다. 그는 계속 서쪽으로 갔다. 다행히 별다른 일은 일어나지 않았다.

얼마 정도 갔을까. 커다란 군막 뒤에 이르렀을 때 갑자기 한 무리의 순찰병이 나타났다. 그는 얼른 천막 뒤로 몸을 숨겼다. 그러자 군막 안에서 누군가 이야기하는 소리가 들려왔다. 뜻밖에도 러시아어였다.

그자가 말했다.

"공작 대인이 기필코 모스크바를 공격하겠다면 말리지 않겠습니다. 하지만 길이 너무 멀어 아주 위험할 텐데요."

표도르는 깜짝 놀랐다. 곧 몸을 바싹 숙이고 군막 밑자락을 살짝 젖혀 안을 살펴보았다. 순간 소스라치게 놀라 가슴이 두근두근했다.

군막 안에는 등불이 환하게 밝혀져 있었다. 위소보가 완전무장을 한 채 한가운데 앉아 있고 양쪽에 10여 명의 장수들이 정렬해 있었다. 그리고 네덜란드 선교사가 위소보 옆에 서서 서로 이야기를 나누는 중이었다.

위소보가 다시 러시아어로 말했다.

"우리가 표도르와 여기서 술 마시고 담판하는 건 가짜요! 진짜가 아니에요. 계속 한 달, 두 달… 이야기를 하는 건 다 가짜예요. 우리 대군은 몰래 서쪽으로 가고 있어요. 러시아 공주는 바보 같은 표도르의 보고를 받고 담판을 하는 줄 알고 매일 춤추고 즐겁게 놀 거요. 이때 우리가 갑자기 모스크바로 쳐들어가서 성을 함락하고 사황 두 명과 소피아 공주를 다 잡을 거예요. 러시아 사람들은 울면서 무릎 꿇고 '항복, 항복!' 할 거요!"

네덜란드 선교사가 말했다.

"나는 전투에 대해서 잘 모릅니다. 하지만 러시아와 협상을 진행하면서 한편으론 몰래 그들의 경성을 공격하는 것은 신의를 저버리는 것이 아닌가요? 주님께서는 남을 속이지 말라고 했소. 그건 나쁜 짓이에요!"

위소보가 말했다.

"하하… 그들이 먼저 우릴 속인 거요. 쌍방이 화기를 갖지 않고 나오기로 했는데, 총을 숨겼어요. 짧은 총을요! 우리를 속였으니 우리도 속여! 나를 한 번 물어뜯으면 난 두 번 물어뜯어! 막 물어!"

선교사는 잠시 침묵을 지키다가 말했다.

"그래도 싸움은 피하는 게 좋아요. 일단 전쟁이 벌어지면 하느님의 자손들이 많이 죽을 테고…."

위소보는 손을 흔들며 말했다.

"여러 말 마시오. 우린 보살 믿어. 하느님 믿지 않아. 그 표도르가 공평하게 협상하면 땅을 더 많이 줄 수 있는데, 양보를 하지 않잖아. 우리가 모스크바로 쳐들어가면 러시아 남자들은 다 천당에 가고, 지옥에 가고, 여자들은 우리 중국인의 마누라가 될 거요!"

표도르는 들을수록 기가 막혔다.

'어이구, 주여! 중국 놈들이 어떻게 저럴 수가….'

위소보의 음성이 다시 들려왔다.

"오늘 내가 병사를 시켜 기병대 대장 세 사람의 몸을 손가락으로 찔러 못 움직이게 했는데, 봤죠?"

선교사가 대답했다.

"네, 봤습니다. 아주 신기하던데, 그게 무슨 마술입니까?"

위소보가 웃으며 말했다.

"중국 마술! 칭기즈칸한테 배운 거요. 칭기즈칸의 그 마술로 러시아 사람들은 무릎 꿇고 '항복, 항복!' 했어요. 우리도 그 방법으로 모스크바 공격해 다 죽여!"

표도르는 속으로 생각했다.

'왕년에 몽골은 단 2만 명의 병사로 폴란드와 헝가리까지 쳐들어갔는데, 역시 그 마술 때문이었군. 동방 사람들은 정말 이상하고 무섭단 말이야… 우리한테 또 그런 마술을 쓰면… 어떡하지?'

선교사가 말했다.

"러시아군이 멀리서 총을 쏘면 그런 마술도 소용이 없잖아요?"

위소보가 다시 웃으며 말했다.

"그래요. 그래서 일부러 여기서 담판을 하는 척하고 군대를 모스크바로 보내는 겁니다. 도둑놈처럼 몰래 성으로 들어가는 거죠. 모스크바에 가봤어요. 타타르 사람 많아요. 우리 군대가 타타르 사람으로 가장해 성으로 들어가면 러시아군은 몰라, 몰라!"

표도르는 등에서 식은땀이 흘러내렸다.

'저놈의 계략은 아주 악랄하군! 중국군이 타타르 사람으로 가장해 성안으로 들어가서 그 마술을 전개하면 무슨 수로 막는단 말인가?'

그는 쌍아의 점혈수법이 고심한 무공이라는 것을 알 리가 없었다. 그건 내공을 상승의 경지로 연마해야만 가능한 일이다. 지금 이곳에 청병이 수만 명 있지만, 점혈수법을 구사할 수 있는 사람은 오직 쌍아

뿐이었다. 표도르는 그런 마술은 쉽게 전수받을 수 있고, 손가락으로 찌르기만 하면 상대를 움직이지 못하게 만들 수 있다고 생각했다. 수십만 명의 중국군이 모스크바로 잠입해 그런 마술을 펼친다면 러시아는 금세 망하고 말 터였다.

선교사가 다시 말했다.

"공작 대인이 중국 군대 2만 명을 모스크바로 잠입시켜 칭기즈칸의 마술로 러시아군을 제압하고 두 사황과 섭정여왕을 포로로 잡는 데는 성공할 수 있겠죠. 하지만… 이 일은 절대 비밀을 지켜야 해요. 대군이 서쪽으로 진군할 때도 러시아 사람이 눈치 못 채게 해죠. 공작 대인, 오늘날의 러시아는 아주 강대해졌습니다. 왕년에 칭기즈칸하고 싸울 때와는 판이하게 다릅니다."

위소보가 말했다.

"나도 모스크바에 가봤기 때문에 러시아를 잘 알아요. 내일 일찍 일단 표도르를 네르친스크성으로 돌려보내고 다시 담판을 할게요. 하지만 담판은 다 가짜예요. 우린 계속 하루하루 자꾸 시간을 끌어! 중국군 하루하루 모스크바 가까이 간다!"

선교사가 조심스럽게 말했다.

"네, 네! 대인, 조심해야 합니다. 이 일은 아주 위험합니다."

위소보가 다시 말했다.

"알았어요. 말하면 안 돼요. 표도르 의심하면 안 돼. 말하면 죽일 거예요!"

선교사가 대답을 하고 물러가자, 위소보가 소리쳤다.

"제기랄놈이랑 시발새끼를 불러와라!"

친위병이 밖으로 나가 발베르스키와 치로노프를 데려왔다.

위소보가 두 사람에게 말했다.

"내일 군대를 모스크바로 보내겠소. 많은 예물을 가져가서 소피아 공주에게 줄 거요. 도중에 강도가 많으니 많은 관병을 함께 보내 보호할 것이오."

발베르스키가 말했다.

"여기서 모스크바로 가는 길엔 소수의 타타르 강도가 있을 뿐이니 걱정하지 마십시오."

위소보가 말했다.

"모르는 말씀! 타타르 강도는 8~9천 명도 있고, 3천 명, 5천 명도 있소!"

발베르스키와 치로노프는 서로 마주 보았다. 그의 말을 믿지 못하는 눈치였다. 위소보가 다시 말했다.

"우리 군대는 남북으로 나눠 모스크바로 갈 거요. 발베르스키는 북쪽 길을 안내하고, 치로노프는 남쪽 길을 안내하시오! 자, 어떻게 가야 하는지 간략히 설명해주시오."

발베르스키가 먼저 설명했다.

"북쪽으로 가려면 이곳에서 서쪽 치타로 가 울란우데를 거쳐 바이칼호수의 남단을 지나 다시 서쪽으로 톰스크, 옴스크 등 여러 성을 지나야 비로소 모스크바로 들어갈 수 있습니다."

치로노프도 노정을 설명했다.

"남쪽 길도 처음은 같습니다. 바이킬호수에서 갈라져 카자흐 사람들이 사는 곳을 지나 계속 서쪽으로 가서 오르스크, 우랄스크를 지나면 모스크바가 나옵니다.”

위소보는 고개를 끄덕였다.

“좋아요, 그렇게 가도록 하지! 내가 준비한 예물과 서신은 중국 사신이 공주에게 전해줄 테니 두 사람은 길만 잘 안내하시오. 잘하면 상을 주고, 잘못하면 중국 장군이 목을 칠 거요. 물러가시오!”

두 사람이 나가자 위소보는 금빛 영전숦箭을 중국 장수들에게 일일이 나눠주었다. 표도르는 그들이 무슨 말을 하는지 알아듣진 못하지만 장수들이 모두 격앙된 표정으로 자신의 가슴을 주먹으로 치며 하늘에 뭘 맹세하는 것 같았다. 그리고 어떤 사람은 검으로 자신의 목을 베는 시늉을 하거나 비수로 자신의 가슴을 찌르는 시늉을 하면서 입으론 연신 외쳐댔다.

“모스크바! 모스크바!”

모스크바를 함락하지 못하면 스스로 목숨을 끊겠다고, 각오를 다지는 것 같았다.

위소보가 다시 뭐라고 시부렁대니 친위병 네 명이 탁자에 놓여 있는 커다란 지도를 들어올려 마침 표도르가 정면으로 볼 수 있게 했다.

위소보는 손가락으로 네르친스크성을 가리키더니 서쪽으로 이동하며 붉은 줄을 그어나갔다. 그리고 그 맨 끝에 동그라미를 그렸다. 표도르는 지도에 쓰여 있는 중국 글자를 알지 못하지만 마지막 동그라미를 친 곳이 바로 모스크바라는 것은 쉽게 알 수 있었다.

위소보가 다시 손가락으로 남쪽 노선을 가리키더니 역시 모스크바까지 선을 그어나갔다. 표도르는 속이 탔다.

‘이제 보니 고약한 중국 놈들은 이미 모스크바를 칠 계획을 세우고

있었군!'

위소보는 이어 또 뭐라고 시부렁거리면서 '표도르'라는 이름을 여러 번 언급했다. 그때마다 사람들은 깔깔대며 웃음을 터뜨렸다.

표도르는 속으로 이를 갈았다.

'내가 바보처럼 지연작전도 눈치채지 못하고 질질 끌려다닌다고 비웃는 거겠지! 그 틈을 타서 모스크바를 기습하겠다고? 흥! 내가 속을 것 같으냐? 어림도 없다!'

그는 천천히 몸을 일으켰다.

'하느님이 도와줘서 내가 중국 놈들의 엄청난 음모를 알아낸 거야. 하느님은 결국 우리 러시아를 지켜준다는 증거야. 내일 날 놓아준다고 하니 오늘 도망갈 필요는 없겠군.'

그는 다시 어둠을 뚫고 원래 있던 천막으로 돌아왔다. 다행히 감시병들은 눈치채지 못하고 여전히 코를 골며 자고 있었다.


다음 날 아침, 표도르는 아침식사를 배불리 먹고 친위병을 따라 중군 군막으로 왔다. 위소보가 웃으며 그를 맞이했다.

"후작 대인, 간밤에 편히 주무셨습니까?"

표도르는 냉소를 날렸다.

"흥! 위병들이 어찌나 잘해주는지 아주 편하게 잘 잤소이다!"

위소보가 말했다.

"그럼 오늘은 화를 내지 않겠죠? 국경선을 어떻게 정할지 진지하게 의논해봅시다."

표도르는 아무 대꾸도 하지 않고 손수건을 꺼내 다시 입을 가렸다.

위소보는 화를 냈다.

"자꾸 이렇게 고집을 부리면 확, 죽여버릴 거요!"

표도르는 전혀 겁을 먹지 않았다. 오히려 속으로 콧방귀를 뀌었다.

'흥! 오늘 날 놔주기로 돼 있는데, 왜 똥폼을 잡고 그래? 누가 겁낼 줄 아냐?'

위소보는 씩씩거리며 잠시 성질을 부리다가 먹히지 않자 포기를 했는지 한숨을 내쉬었다.

"좋아요, 좋아! 정말 못 말리겠군! 내가 졌어요. 돌려보내드릴 테니 가서 푹 쉬십시오. 우리 열흘 후에 다시 담판을 합시다."

표도르는 속으로 생각했다.

'열흘이라고? 자꾸 시간을 끌려고 하는군! 모스크바를 기습할 군대가 이미 출발했겠지? 이놈아, 난 절대 안 속는다!'

그가 힘주어 말했다.

"날 놓아준다니까 아무튼 고맙소. 열흘까지 기다릴 필요 없이 오늘 오후에 바로 담판을 합시다!"

위소보가 웃으며 말했다.

"그렇게 서두를 필요 없어요. 다들 충분히 쉬고 나서 천천히 담판을 하도록 합시다."

표도르가 말했다.

"양국의 군주는 다들 하루속히 담판이 이뤄지길 기다리고 있으니, 우선 국경선을 확정 짓고 나서 쉬어도 늦지 않을 거요."

위소보가 말했다.

"우리 황상은 급하지 않은데요… 그럼 우리 닷새 후에 담판을 하기로 합시다."

표도르는 고개를 내둘렀다.

"지체할 필요가 없소. 오늘 바로 담판합시다."

위소보가 다시 말했다.

"그럼 사흘 후면 어떻소?"

표도르는 고집을 부렸다.

"아니요, 오늘 합시다!"

위소보가 또 말했다.

"그럼 내일!"

표도르는 뜻을 굽히지 않았다.

"오늘!"

위소보는 한숨을 내쉬었다.

"정말 고집이 대단하군. 알았소, 내가 양보하리다! 하지만 좀 이따 담판을 할 때는 절대 양보하지 않을 거요! 한 뼘, 한 뼘, 확실하게 따져가면서 담판을 할 거요!"

표도르는 속으로 시부렁댔다.

'국경선을 정하는데 한 뼘, 한 뼘, 따지겠다고? 그럼 다 따지고 나면 네놈의 군대가 이미 모스크바를 점령하고 말겠지! 내가 정말 바본 줄 아냐?'

그는 곧 자리에서 일어났다.

"그럼 이만 물러가겠소! 아침식사와 술은 잘 먹고 마셨소!"

위소보는 그를 군막 밖까지 배웅해주었다. 그리고 방패병을 시켜 그를 네르친스크성까지 호위해주도록 했다. 잡혀 있는 260명의 카자크 기병대는 석방하지 않았다.

표도르가 군막에서 나와보니, 어제 군영을 세워놨던 곳은 텅 비어 있었다. 그 많던 청군은 이미 온데간데없이 어디론가 사라졌다.

그는 놀라지 않을 수 없었다.

'정말 다들 모스크바로 떠난 모양이군. 정말 무서운 놈들이야!'

어제 회담을 했던 군막 앞에 다다르자 그 카자크 기병대 대장과 소대장 등 세 사람이 아직도 그 자리에 이상한 자세로 꼼짝도 않고 서 있었다. 자신을 호위해온 방패병 중에서 체구가 왜소한 한 명이 나서 그 세 사람에게 다가갔다. 그는 큰 소리로 주문을 외우듯 소리쳤다.

"칭기즈칸! 칭기즈칸!"

그러면서 세 사람의 몸을 몇 차례 두드렸다. 그러자 세 사람은 비로소 몸을 조금씩 움직였다. 어제 반나절, 그리고 밤새 서 있었던 탓에 너무 지쳤는지 비칠비칠하더니 그 자리에 주저앉고 말았다. 여섯 명의 방패병이 다가가 그들을 부축해 일으켰다. 부축을 받고 10여 장쯤 걸어가자 마침내 몸이 좀 풀리는지 스스로 걸을 수 있게 되었다.

표도르는 더욱 놀랄 수밖에 없었다.

'칭기즈칸이 전해준 마술은 정말 위력이 대단하군. 그러니까 왕년에 천하를 종횡하며 무적으로 군림했지. 우리가 화기를 발명해서 정말 다행이야. 몸 가까이 오지 못하게 해야 해. 그렇지 않고 중국 이교도들이 다시 천하를 통치한다면 우리 같은 하느님의 백성들은 다 노예로 전락하고 말 거야!'

청군 방패병들은 표도르를 네르친스크성 동문 앞까지 호위해주고 나서 돌아갔다.

성안으로 들어온 표도르는 카자크 기병대 대장 등 세 명에게 마술을 당했을 때의 상황을 자세히 물어보았다. 셋은 다 당시 등과 허리에 따끔한 느낌이 드는 순간 몸을 움직일 수 없게 되었다고 말했다.

표도르가 물었다.

"몸에 십자가를 지니고 있나?"

세 사람은 옷깃을 풀어헤쳐 목에 걸려 있는 십자가를 보여주었다. 한 사람은 예수의 성상聖像까지 지니고 있었다.

표도르는 절로 눈살을 찌푸렸다. 그리고 속으로 생각했다.

'칭기즈칸의 마술은 정말 무섭군. 십자가와 성상으로도 그 마술을 물리치지 못하다니….'

그는 곧 사황에게 올릴 상주문을 세 부 작성했다. 그리고 기병 열다섯 명을 세 패로 나눠 모스크바로 급히 보냈다. 중국 군대가 타타르 사람으로 가장해 모스크바로 향했으니 경계를 보강하고 그들을 색출하는 데 전력을 다하라는 내용이었다.

정오 무렵이 되자, 세 패로 나눠 출발한 기병들이 차례로 모두 되돌아왔다. 청병들이 이미 모든 길목을 차단했다는 것이었다. 러시아군을 보기만 해도 바로 멀리서 화살을 쏴대는 바람에 도저히 길을 통과할 수 없다고 했다.

표도르는 더욱 다급해졌다.

'중국 놈들과 빨리 협정을 체결해야만 군대를 철수시키겠군!'

미시未時쯤에 표도르는 10여 명의 수행원과 함께 양국의 회의 장소로 갔다. 이번에는 다른 뜻이 없다는 것을 확실하게 보이기 위해 카자크 기병들을 대동하지 않았다. 설령 기병대를 데리고 간다고 해도 청병이 '칭기즈칸 마술'을 전개하면 아무 소용이 없을 것이었다.

표도르는 원래 박학다식하고 노련해서 절대 누구한테 호락호락 속거나 당할 사람이 아니었다. 그러나 러시아인들은 자신도 모르게 가슴 한구석에 칭기즈칸에 대한 두려움을 갖고 있었다. 그리고 쌍아의 점혈 수법은 아주 정묘했고, 또한 그가 직접 목격한 사실이었다.

그가 먼저 협상 군막으로 들어갔고, 좀 이따 위소보가 색액도, 동국강 등 대청 측 관원들과 함께 나타났다. 위소보는 상대방이 기병대를 대동하지 않은 것을 보고 자신도 방패병들을 돌려보냈다.

쌍방은 서로 인사치레를 마친 뒤 어제 있었던 일은 일절 언급하지 않고 바로 담판으로 들어갔다. 표도르는 속전속결을 요구했고, 가능한 범위 내에서 양보도 많이 했다. 어제 회담과는 양상이 판이하게 달랐다. 위소보는 속으로 낄낄 웃었다.

'어젯밤 주유의 〈군영회〉에서 장간을 희롱한 연극이 아주 직방으로 먹혀들었군!'

그는 국경선이나 협상에 대해선 별로 아는 것이 없었다. 그래서 색액도가 나서서 통역관을 통해 표도르와 협상을 진행했다. 커다란 지도를 탁자 위에 펼쳐놓았는데, 색액도의 손은 연신 북쪽으로 향했고, 표도르는 눈살을 찌푸리며 손가락을 조금씩 북쪽으로 물렸다. 그의 손가락이 한 치 밀리면 100여 리의 땅이 중국 영토가 되었다.

위소보는 그들의 이야기를 듣고 있자니 너무 무료했다. 그래서 다른 탁자에 앉아 약과를 먹어가며 그 〈십팔모〉 가락을 흥얼거렸다.

표도르는 양보를 많이 했고, 색액도는 행여 산통이 깨질까 봐 지나친 요구는 삼갔다. 쌍방은 협의 조항에 대해 서로 상의를 거듭했다. 양쪽 선교사는 신중하게 그것을 라틴 문자로 번역했다. 합의 조문 하나 하나에 신중을 기하다 보니 시간이 제법 많이 걸렸다. 이날 밤이 늦도록 협의했지만 의견일치를 보지 못했다.

그다음 날도 협상은 이어졌고 나흘째 되는 날 비로소 '네르친스크 조약'의 여섯 조항이 체결됐다.

위소보는 색액도와 동국강의 설명을 듣고 조약의 내용이 중국에 매우 유리하다는 것을 알았다. 중국은 강희의 유시보다도 더 많은 땅을 확보했다. 조약은 모두 네 부로 작성되었다. 한 부는 중국어로, 한 부는 러시아어로, 그리고 두 부는 라틴어로 작성했다. 만약 양국의 조약 문구에서 뜻이 좀 어긋난 경우에는 라틴어 조약문을 기준으로 삼기로 했다.

시종이 곧 먹물을 진하게 갈아 붓에 잔뜩 먹여서, 중국 측 수석 흠차 대신에게 서명을 하라고 전해줬다. 위소보는 자신의 이름 석 자쯤은 알고 있었다. 그러나 어떨 때 '장章' 자를 '위韋' 자로 착각하고, '매賣' 자를 '보寶' 자로 잘못 보는 경우도 더러 있었다. 물론 세 글자가 함께 붙어 있을 때는 틀림없이 알아봤다. 하지만 보는 것과 쓰는 건 또 다른 문제였다. '소小' 자는 그런대로 자신만만했다. 그러나 그 '소' 자 앞뒤에 있는 두 글자는 잘 쓰지 못했다. 여태껏 살아오면서 그는 워낙 낯가죽이 두꺼워 얼굴이 붉어진 적이 별로 없었다. 그런데 이번에는 약간 사곳빛으로 변했다. 술을 마셔서 그런 게 아니고 열을 받아서도 아니고… 솔직히 약간 부끄러워서 안색이 변한 것이다.

색액도는 그의 모든 것을 너무나 잘 알기에 얼른 거들었다.

"이 합의문에는 이름을 쓰지 않고 그냥 서명만 하면 되네. 위 대인의 '소' 자만 써도 충분하네."

위소보는 그 말에 표정이 환해졌다. 다른 건 몰라도 그 '소' 자만큼은 자신이 있어도 '너무' 있었다. 그는 먹물을 잔뜩 먹은 붓으로 우선 왼쪽에 둥그런 점을 하나 찍고, 다시 오른쪽에다 똑같이 둥근 점을 찍은 다음, 그 두 점 중간에다 똑바로 한 획을 쭉 그어내렸다.

색액도가 빙긋이 웃었다.

"됐네, 아주 잘 썼군."

위소보는 자신이 쓴, 아니 그린 '소' 자를 고개를 갸웃하며 유심히 감상하더니 갑자기 앙천대소를 터뜨렸다.

"푸하하핫…"

색액도가 영문을 몰라 물었다.

"왜 웃는 겐가?"

위소보가 웃으며 대답했다.

"이 글씨 좀 잘 봐요. 작대기 하나에다 알이 두 개니, 바로 그거… 거시기잖아요?"

그 말에 대청 쪽 대신들은 모두 웃음을 금치 못했다. 심지어 시종과 친위병들도 웃고 말았다. 그러나 표도르는 눈이 휘둥그레진 채 다들 왜 웃는지 영문을 몰라 어리둥절해했다.

위소보는 합의서 네 부에다 다 서명을 했다. 그리고 러시아 쪽 합의서에다는 그 가운데 작대기를 유난히 굵고 힘차게 그렸다. 색액도, 동국강, 표도르도 각각 서명을 했다.•

이렇게 해서 중국과 러시아, 양국 간에 첫 번째로 맺은 '네르친스크 조약'이 완성되었다. 이것은 중국이 외국과 맺은 첫 번째 조약이기도 하다.

강희의 주도면밀한 계획에 따라 여러 사람이 노력한 결과 이 '네르친스크 조약'이 체결됨으로써 중국 측은 많은 이득을 보게 되었다.

조약에 의하면, 북쪽으로는 흥안령興安嶺(스타노보이산맥)을 경계선으로 오늘날 러시아 아무르주와 발레이주의 모든 토지는 중국에 속하고, 동쪽과 동남쪽은 바다를 기준으로 국경선을 정했다. 협약을 할 당시만 해도 그 지역은 원래 양국 어느 쪽에도 속하지 않았다. 그래서 러시아는 그곳에 성을 쌓고 본국 사람들을 이주시켰던 것이다. 그러나 조약이 체결된 후에는 주민들을 모두 철수시켰으니 중국 군사외교의 승리라고 할 수 있다.

또 이 조약에 따르면, 중국 영토로 편입된 땅은 200만 제곱킬로미터에 달한다. 오늘날 동북 지방 각 성省의 면적보다 배나 넓다. 이 조약이 체결됨에 따라 중국 동북 변경의 주민들은 150년 동안 편안한 삶을 누릴 수 있었다. 러시아의 동침 야욕이 꺾인 것이다.

청나라 강희에서부터 옹정, 건륭 황제에 이르기까지 외국과 체결한 조약에서 국위가 손상되거나 국토를 잃은 경우는 없다. 강희와 위소보는 국위를 떨치는 데 큰 기여를 한 게 분명하다.

당시 관례에 의해 쌍방은 동시에 축포를 쏘아올려 조약에 명시된 모든 항목을 지킬 것을 하늘에 맹세했다. 대청 쪽은 네르친스크성 동서남북 사방에서 동시에 400여 기의 대포를 쏘아올려 경천동지할 장면을 연출한 반면, 러시아 쪽에선 20여 기의 대포에서 포성이 터져 현격한 대조를 이뤘다. 표도르는 내심 뜨끔했다. 만약 협약이 이루어지지 않아 쌍방이 교전을 했다면 러시아군은 현지 병력이 너무 약해 참패를 당했을 것이다.

곧이어 양국 사신들은 서로 선물을 교환했다. 표도르는 위소보 등에게 회중시계, 보석, 망원경, 은기銀器, 초피, 도검 등을 주었다. 그리고 위소보는 상대방에게 말과 안장, 인삼, 금잔, 비단옷, 주단 등을 선물했다. 그 외에 260명의 카자크 기병대 병사들에게는 군마軍馬 말고도 청군이 잘라버린 허리띠를 변상해주었다.

이날 밤, 대대적인 축하연이 벌어졌다. 표도르는 모스크바를 기습하러 간 청군을 소환했는지 궁금해 몇 번이고 떠봤는데, 위소보는 못 알아들은 척 딴청을 부렸다.

이틀쯤 지나 표도르는 보고를 받았다. 청군이 대군을 서쪽으로 이동해 네르친스크성 서쪽 200여 리 떨어진 곳에 진을 쳤는데, 포성을 듣자 바로 철수했다는 것이었다.

그리고 다시 며칠이 지나자 석계비石界碑가 완성되었다. 국경 경계비에는 만주 글씨와 러시아 문자, 몽골 글자, 한자, 그리고 라틴 문자가 새겨져 있었다. 경계비는 격이필제하格爾必齊河(게르비치강) 동쪽, 액이고납하(아르군강) 남쪽, 그리고 동북쪽 위이극아림대산威伊克阿林大山 각처에도 세워졌다.˙

비문에는 중국어로 양국이 격이필제하를 국경선으로 정한다는 내용이 명기돼 있다.

이 격이필제하 상류 불모지대에서부터 대흥안령 그리고 바다에 이르기까지, 산남山南 일대 흑룡강으로 유입되는 계하溪河는 모두 중국 영토에 속한다. 격이필제하 북쪽 땅은 러시아에 속한다. 그 남쪽 미륵이객하구

眉勒爾客河口에 있는 러시아 가옥, 건축물은 모두 북쪽으로 옮겨가야 한다.

야크사성에 거주하던 러시아 백성과 모든 물건은 즉시 찰한한察罕汗 땅으로 옮겨가야 한다.

모든 사냥꾼은 국경 경계선을 넘어올 수 없다. 만약 떼를 지어 무기를 갖고 사냥을 하거나 살인과 약탈을 하는 자가 있으면 그 즉시 체포해 법에 따라 조치할 것이다. 사소한 일로 인해 사태를 확대시키는 일이 없도록 명심해야 하며, 중국과 러시아 양국은 평화공존을 위해 서로 노력한다.

양국의 흠차대신들은 군대를 보내 지형과 위치를 정확히 확인한 후 경계석을 세우게 했다. 이 석계비가 세워짐에 따라 중국과 러시아 양국은 영원히 그 약속을 지켜야 하거늘, 백몇십 년 후에 러시아는 중국의 국력이 쇠퇴한 틈을 타서 야금야금 국토를 잠식해들어와 중국 동북쪽의 비옥한 영토를 많이 차지했다. 후세 사람들은 이를 한탄해 마지않는다. 지하에 계신 강희와 위소보가 다시 살아나, 야욕의 러시아인들을 몰아내주길 바란다.

석계비가 다 세워지자 양국의 사신들은 작별의 인사를 나눴다. 그리고 제각기 황제께 복명覆命하기 위해 경성으로 향하기로 했다.

위소보는 발베르스키와 치로노프를 불러 소피아 공주에게 전할 선물을 건네주었다. 그중에는 비단이불과 베개도 포함돼 있었다. 위소보가 지금 있는 곳은 북방 황지荒地라서 그런 물건을 구할 데가 없었다. 전부 다 쌍아가 쓰던 물건이었다.

위소보가 웃으며 말했다.

"공주 전하께 대인 각하가 그리우면 이 이불과 베개를 안고 자라고 하시오."

발베르스키가 대답했다.

"공주 전하께서는 대인 각하에 대한 그리움이 천장지구天長地久라 이불과 베개는 쉬이 해질 겁니다. 그러니 대인께서 다리 세우는 기술자들을 모스크바로 보내 석교를 세우게 해주십시오. 그럼 두 분의 정애情愛는 영원불멸할 겁니다."

위소보가 다시 웃으며 말했다.

"내 그럴 줄 알고 이미 만반의 준비를 해놓았소."

그는 친위병들을 시켜 커다란 나무상자를 가져오게 했다. 길이는 여덟 자, 너비는 넉 자쯤 되는 상자였다. 언뜻 보기에는 마치 관처럼 생겼다. 여덟 명의 친위병이 들고 왔는데도 무거워서 쩔쩔매는 것 같았다. 상자 밖은 쇠사슬로 단단히 묶여 있는데, 봉인封印을 붙이고 다시 화칠火漆로 완전히 밀봉했다.

위소보가 말했다.

"이건 예사 선물이 아니니 파손되지 않도록 잘 가져가야 하오. 공주 전하께서 이 선물을 보면 틀림없이 아주 기뻐할 거요. 이 천장지구의 정의情義는 중국 석교처럼 영원불멸할 거요."

두 명의 러시아 대장은 감히 더 이상 묻지 못하고, 상자를 수령해 물러갔다. 이 나무상자는 무게가 천 근쯤 되니 모스크바까지 운반하려면 아마 애를 좀 먹을 것이었다.

나중에 소피아 공주는 이 선물상자를 열어보고 눈이 휘둥그레졌다.

그 안에는 마치 살아 있는 듯 생생하게 조각된, 위소보의 발가벗은 석상이 들어 있었다. 위소보는 일찌감치 석공 둘을 시켜 이 석상을 만들도록 했다. 그리고 네덜란드 선교사에게 부탁해 '영원히 사랑한다'는 러시아 글도 석상의 가슴에 새겨넣었다. 소피아 공주는 그것을 보고 어이가 없어 울 수도 웃을 수도 없었다. '중국 아이'의 해괴하고 기발한 착상에, 그저 구만리 밖에서 애간장만 태웠다.

이 석상을 크렘린궁에 아무도 보지 못하도록 숨겨뒀는데, 나중에 표트르 대제가 정변을 일으켜 소피아 공주를 궁에서 축출한 후 이 석상도 파괴했다고 한다. 그중 파손된 일부를 병사들이 궁 밖으로 반출했고, 무지몽매한 부녀자들이 그 하체를 만지며 아들을 염원했다는데, 영험한 효과를 봤다는 설도 있다.*

# 양다리를 걸친 의리

우마차가 우시장 저잣거리로 접어들어 서쪽으로 향하자 인근 백성들이 모두
앞다퉈 뛰어나와 구경을 했다.

모십팔은 계속해서 큰 소리로 외쳐댔다.

"난 18년 후에는 다시 사나이로 태어날 거다! 그래서 이름이 모십팔이야! 이렇게
처형될 줄 벌써 알고 있었다!"

백성들은 고함을 지르며 그를 칭찬했다.

위소보는 개선하여 북경으로 돌아왔다. 대군이 북경성 안으로 들어서자 조정의 문무대신들이 성문에서 그들을 맞이했다. 위소보는 동국강, 색액도, 마라, 아이니, 마제, 봉춘, 살포소, 낭탄, 파해, 임흥주 등을 이끌고 강희를 알현했다.

강희는 흐뭇해하며 격려의 말을 많이 해주었다. 그리고 위소보의 공로를 인정해 일등 녹정공에 봉하는 동시에 건녕 공주와의 혼례를 인정해 정식으로 부마에 봉했다. 동국강과 색액도 등의 대신을 위시해 군관과 병사들에게도 당연히 승진과 함께 포상이 내려졌다.

며칠 후에 강희는 따로 위소보를 궁으로 불러 야크사성을 공략하고 조약을 맺게 된 경위에 대해 세세하게 물었다. 위소보는 있었던 사실 그대로 아뢰었다. 그가 자화자찬과 과장된 허풍을 늘어놓지 않자, 강희는 매우 좋아했다. 많이 성숙했다고 칭찬하면서 그의 일곱 아내와 자식들에게도 상을 내려주었다.

이날 강희는 무원대장군 녹정공 위소보와 이번에 공을 세운 대신들을 불러 연회를 베풀었다. 강희는 그 자리에서 흥에 겨워 시를 두 수 지었고, 배석한 한림원 학사들도 위소보의 지혜와 공로에 대해 칭송이 끊이지 않았다.

연회가 끝나자 위소보는 황제가 하사한 기진이보를 잔뜩 챙겨 궁을 나섰다. 그리고 전후좌우의 호위를 받으며 기세당당하게 집으로 돌아가는데, 난데없이 큰길 쪽에서 누군가가 욕설을 퍼부었다.

"위소보! 이 배은망덕한 개똥잡배 같은 녀석아!"

위소보는 깜짝 놀랐다. 어디서 많이 듣던 목소리라 얼른 고개를 돌려보니 체구가 우람한 사내가 지붕 위에서 길 한가운데로 뛰어내리며 계속 욕을 했다.

"위소보! 이런 난도질을 해서 씹어먹어도 시원찮을 놈! 멀쩡한 한인이 만주 오랑캐 황제 놈한테 투항해서 앞잡이 노릇을 하다니! 형제들을 죽이고 사부님까지 죽여 공작이고 후작이 돼서 부귀영화를 누리니 개 눈깔에 보이는 게 없냐? 이런 시부랄 놈! 네놈의 몸뚱어리를 십팔 번 찔러도 한이 풀리지 않을 거다! 어서 이리 썩 나오지 못해! 상판대기나 한번 보자!"

사내는 웃통을 완전히 벗고 있는데, 가슴에 숭숭 털이 나 있었다. 짙은 눈썹에 눈은 부리부리하고 흉광凶光이 이글거렸다. 다름 아닌 바로 왕년에 위소보를 경성으로 데려온 그 모십팔이었다.

위소보가 멍해 있는 사이에 벌써 10여 명의 친위병들이 달려가 포위했다. 모십팔이 단도를 뽑아들자 친위병들이 일제히 출수해 칼로 목을 겨냥하고 단도를 빼앗아 땅바닥에 눕히고는 단단히 결박했다. 모십팔은 그래도 욕을 멈추지 않았다.

"위소보! 갈보가 낳은 후레자식아! 애당초 널 북경으로 데려온 게 후회막급이다! 난 진 총타주를 뵐 면목이 없고, 천지회 형제들을 대할 면목도 없어! 어차피 죽은 몸이니 오늘 네놈 위소보가 배은망덕하게 친구를 팔아 부귀를 누리는 개쌍놈이라는 것을 만천하에…."

친위병이 그의 뺨을 계속 후려갈기는데도 욕은 끊이지 않았다.

위소보가 친위병들에게 그를 해치지 말라고 호통을 쳤다. 그러자 한 친위병이 수건을 꺼내 그의 입을 틀어막았다. 그래도 모십팔은 웅얼웅얼 뭔가 시부렁댔다.

위소보가 친위병들에게 분부했다.

"그자를 집으로 데려가 잘 감시해라. 괴롭히지 말고 먹을 것도 갖다 줘라. 나중에 내가 직접 심문하겠다."

공작부로 돌아온 위소보는 서재에다 술상을 차려놓고 모십팔을 불러오게 했다. 혹여 그가 또 행패를 부릴까 봐 쌍아와 소전을 친위병으로 가장해 배석시켰다. 친위병이 모십팔을 끌고 오자 위소보는 그를 묶은 사슬을 풀어주라고 명한 후, 친위병들을 물러가게 했다.

위소보가 입가에 미소를 띠고 그에게 다가갔다.

"모 대형, 오랜만이오. 그동안 잘 있었소?"

모십팔은 또 욕을 했다.

"제기랄! 어떻게 잘 있을 수가 있냐? 원래는 잘 지내고 있었는데 네놈을 알게 된 후로 재수가 옴 붙어 생고생만 해왔다!"

위소보는 웃음을 잃지 않았다.

"모 대형, 우선 앉으세요. 제가 술을 석 잔 권할 테니 마시고 화를 좀 푸세요. 그리고 제가 대형한테 뭘 잘못했는지 천천히 말해보세요."

모십팔이 성큼 앞으로 다가오며 소리쳤다.

"우선 네놈의 대갈통을 박살내고 술을 마시겠다!"

그의 사발만 한 주먹이 다짜고짜 위소보의 얼굴로 날아왔다.

소전이 잽싸게 왼손으로 모십팔의 손목을 낚아채 살짝 비틀었다.

그리고 오른손으로 어깨를 탁 치자 모십팔은 이내 반신이 마비돼 절로 의자에 주저앉았다.

모십팔은 놀라고도 화가 나서 일어서려고 기를 썼다.

"이놈…!"

소전이 이번엔 그의 등에 있는 견정혈肩貞穴을 살짝 눌렀다. 모십팔은 꼼짝없이 제자리에 앉게 됐다. 그의 몸집은 소전보다 배는 크지만 무공에 현격한 차이가 있으니 어쩔 도리가 없었다. 부득이 자리에 앉았지만 화가 더 치밀어올랐다.

"난 이미 죽을 각오가 돼 있다. 그래서 네가 부귀영화를 누리기 위해 사부님과 친구들을 다 팔아먹은 매국노라는 사실을 만천하에 다 알리려고…"

위소보가 그의 말을 잘랐다.

"모 대형, 나는 황상의 명을 받고 러시아 귀신들을 상대하고 왔으니 한인과 싸운 게 아닌데 어째서 매국노라는 거요?"

모십팔이 다그쳤다.

"그럼… 왜 사부님이신 진근남을 해쳤느냐?"

위소보가 다급히 말했다.

"내가 왜 사부님을 해쳤겠어요? 사부님은 분명 정극상 그 녀석이 죽인 거라고요!"

모십팔은 더욱 화를 냈다.

"이놈이 아직도 변명을 하겠다는 것이냐? 오랑캐 황제가 성지에서 아주 분명하게 밝혔어!"

위소보는 깜짝 놀랐다.

"네? 황상이 성지에다 내가 사부님을… 해쳤다고 밝혔다고요?"

그는 머리가 어지러워 소전에게 고개를 돌렸다.

소전이 말했다.

"며칠 전에 황상께서 일등 녹정공에 봉하면서 성지를 내려 공로를 칭송했는데, 누가 유시를 작성했는지 알 수 없지만…"

그녀의 말에 의하면 유시의 앞부분에는 아무 문제가 없었다.

좋은 장수를 추천하여 오삼계의 역모를 평정케 하고, 대만을 수복했으며, 대원수로 출정해 야크사성을 공략해서 그 위풍을 널리 떨쳤도다.

소전의 말이 이어졌다.

"한데 유시의 뒷부분은 아무래도 좀 이상했어요."

금참擒斬 천지회의 역수逆首 진근남, 풍제중. 그 도당들로 하여금 개과세심改過洗心토록 이끈 공로가 지대하다.

위소보는 눈살을 찌푸렸다.

"금참이 뭐며, 역수는 뭐고, 개과세심은 또 뭐지?"

소전이 천천히 말했다.

"진근남과 풍제중을 잡아서 참하고… 역수는 역도의 우두머리라는 거예요. 그들을 처단함으로써 천지회가 잘못을 뉘우치고 와해돼 다시는 모반을 꾀할 엄두를 내지 못했다는 뜻이죠."

위소보는 펄쩍 뛰며 소리쳤다.

"그건… 말도 안 되는 소리야! 어떻게… 난 정말 억울해!"

소전이 고개를 내둘렀다.

"풍제중이 매국노 짓을 해서 우리가 죽인 건 사실이니 성지에 적힌 말이 맞는데, 거기에다 '진근남'을 추가하는 바람에 오해를 사게 된 거예요."

위소보는 다급해졌다.

"진근남은 나의 사부님인데 내가 어떻게… 그 어르신을 해치겠어? 황상이 그런 성지를… 어떻게… 성지를 보고 왜 나한테 알리지 않지?"

소전이 말했다.

"우리도 상의를 했어요. 성지에 '진근남'이란 세 글자가 추가된 것을 알면 틀림없이 노발대발할 거라…"

위소보는 그녀가 '우리도 상의를 했다'고 한 말이 일곱 부인을 뜻한다는 것을 알고, 쌍아에게 고개를 돌렸다. 그녀는 고개를 끄덕여 시인했다.

위소보는 진지한 표정으로 모십팔에게 말했다.

"모 대형, 분명히 말하는데, 난 사부님을 해치지 않았어요. 그 풍제중은 천지회의 반도고, 그가… 암암리에 황상께 모든 것을 밀고하는 바람에…"

모십팔이 냉소를 날렸다.

"그럼 넌 잘못한 게 없고, 아주 착한 사람이라는 거지?"

위소보는 힘없이 의자에 주저앉았다.

"황상을 찾아가 성지를 고치라고… 고치라고… 고치리고 할게요!"

'고치라고'를 세 번 반복했지만 황상이 자신의 말을 듣고 성지를 고칠 리가 만무하다는 것을 잘 알고 있었다. 그는 속으로 시부렁댔다.

'어떤 놈이 황상한테 쓸데없이 내가 진근남을 해쳤다고 진언한 거지? 물론 날 위하고 황상께 충성하기 위해 그런 말을 했겠지만, 그 바람에 난… 파렴치한 놈이 돼버렸으니 앞으로 무슨 면목으로 사람들을 대하나?'

그는 분하고 답답하고 조급해져서 자신도 모르게 그만 왈칵 울음을 터뜨리고 말았다.

"모 대형! 소전, 쌍아… 난 정말… 정말 사부님을 해치지 않았어!"

세 사람은 그가 갑자기 울음을 터뜨리자 모두 놀랐다. 소전은 얼른 그에게 다가가 어깨를 끌어안으며 부드럽게 위로했다.

"그 정극상이 통식도에서 사부님을 해친 것을 다들 똑똑히 봤어!"

그러면서 손수건을 꺼내 눈물을 닦아주었다.

모십팔은 그제야 이 무공이 고강한 '친위병'이 여자라는 사실을 깨닫고 의아함을 금치 못했다.

위소보는 불현듯 생각나는 일이 있어 모십팔에게 말했다.

"모 대형, 그 정극상 녀석은 지금 북경에 있으니 우리 함께 찾아가서 대질해 따져봅시다! 절대 발뺌하지 못할 거요. 맞아! 그래, 지금 당장 놈을 찾아가서…."

그때 홀연 문밖에서 친위병이 낭랑하게 소리쳤다.

"어지요! 어전 시위 다 총관이 성지를 받들고 왔습니다!"

위소보는 자리에서 일어나 문 쪽으로 맞이하러 갔다. 다륭이 싱글벙글 웃으며 다가왔다. 위소보는 얼른 무릎을 꿇고 성지를 맞이했다. 다륭이 말했다.

"길가에서 욕설을 한 죄인을 궁으로 압송해 직접 심문하시겠다는 황명이오!"

위소보는 가슴이 철렁했다. 말까지 떠듬거렸다.

"저… 그 사람은… 제가 잡아서 심문을 했는데 미치광이더군요. 옥황상제를 욕하고, 염라대왕한테까지 욕을 하고… 내가 아무리 심문해도 뭐 별다른 게 없어서 그냥 호되게 혼을 내고 놔줬어요. 황상께서 이일을 어떻게 아셨는지 몰라도 그냥 아무 일 없으니…."

여기까지 들은 모십팔은 더 이상 참지 못하고 탁자를 팍 내리쳤다. 그 바람에 찻잔이고 주안상이 와장창 다 바닥에 쏟아져 박살이 났다. 그가 목청을 높여 욕을 했다.

"이런 빌어먹을 위소보! 누가 미치광이라는 것이냐? 오늘 길에서 오랑캐 황제를 욕한 사람이 바로 나다! 내가 그깟 오랑캐 황제 놈을 겁낼 것 같으냐? 날 잡아가서 죽이라고 해라!"

위소보는 속으로 산통이 다 깨졌다고 생각했다. 그냥 적당히 황제와 다룽을 속이고 모십팔을 풀어줄 심산이었는데, 이렇게 공공연히 황제를 모독하니 모십팔은 목이 열여덟 개 있다고 해도 무사하지 못할 터였다.

다룽은 한숨을 내쉬며 위소보에게 말했다.

"위 형제, 자네가 강호 친구들에게 의리를 지키는 건 나도 높이 평가하네. 하지만 어쩌겠나? 이번 일도 자네는 최선을 다했어. 자, 함께 입궐하세."

모십팔은 문 쪽으로 걸어가다가 갑자기 고개를 돌려 위소보를 향해 침을 퉤 뱉었다. 위소보는 속으로 궁리를 하느라 미처 피하지 못하고 얼굴 한가운데 침을 맞았다. 몇몇 친위병이 칼을 들고 모십팔에게 달려들었다. 그러자 위소보가 소매로 침을 닦으며 울적하게 말했다.

"됐어요, 그를 그냥 놔둬요."

다륭이 데려온 부하들이 수갑을 꺼내 모십팔에게 채웠다.

위소보는 속으로 생각했다.

'모 대형은 황상을 보면 무조건 욕을 할 거고 바로 끌려나가 처형당할 거야. 내가 먼저 입궐해 황상을 뵙고 사정을 해서 그의 목숨만은 살려줘야지.'

그가 다륭에게 말했다.

"저 사나이가 황상을 모독하지 못하게 제가 먼저 황상을 알현하고 사정 얘기를 할게요."

일행은 황궁으로 갔다. 위소보는 황상이 서재에 있다는 것을 알아내고 먼저 달려가 무릎을 꿇고 인사를 올렸다.

그가 일어나자 강희가 먼저 물었다.

"오늘 길에서 널 욕하고 날 모독한 자가 너와 절친한 사이라던데, 사실이냐?"

위소보가 대답했다.

"황상께선 역시 명견만리시군요. 모르시는 게 없습니다."

강희가 다시 물었다.

"그자도 천지회냐?"

위소보가 다시 대답했다.

"정식으로 입회하지는 않았습니다. 하지만 천지회의 많은 사람들이 그를 알고 있습니다. 그는 저의 사부님을 가장 존경해왔는데, 성지에서 제가 사부님을 해쳤다는 대목을 보고, 화가 나서 욕을 막 한 겁니다. 황상께는 감히 불경한 생각이 없습니다."

강희는 빙긋이 웃었다.

"천지회하고는 완전히 관계를 끊고 다시는 왕래하지 않기로 했는데… 그렇지?"

위소보가 말했다.

"네! 이번에 러시아와 싸우면서도 천지회 사람들은 데려가지 않았습니다."

강희가 또 물었다.

"그럼 나중에 천지회의 옛 친구들이 찾아오면 어떡할 거지?"

위소보가 단호하게 말했다.

"서로 불편하니까 절대 만나지 않을 겁니다."

강희는 고개를 끄덕였다.

"그래서 내가 유시에다 직접 진근남과 풍제중의 이름을 넣었다. 그래야 그들이 다시는 널 찾아와 귀찮게 굴지 않을 테니까. 소계자, 사람은 언제까지나 양다리를 걸칠 수는 없는 노릇이야. 나한테 충성하고 조정을 위해 일하려면 천지회에 다시 발을 담그면 안 되지. 만약 천지회의 향주가 되고 싶거든 열심히 나한테 반기를 들든가!"

위소보는 몹시 놀라 다시 무릎을 꿇었다.

"아닙니다, 절대 그럴 리는 없습니다. 전에는 철이 없어 어리석은 짓을 했지만, 이젠 대의명분을 알았으니 개과세심하여 전과는 전혀 다릅니다!"

강희가 미소를 지으며 고개를 끄덕였다.

"그래, 좋아! 오늘 길가에서 널 욕한 그 미치광이를 내일 네가 직접 처형하도록 해라."

위소보가 다시 절을 올리며 말했다.

"통촉해주시옵소서. 제가 북경에 와서 황상을 뵙게 된 것은 다 그 사람 덕분인데… 아직 그에게 보답을 하지 못했습니다. 외람된 청이오나, 그자를… 살려주십시오. 제가… 러시아를 꺾은 공로와… 녹정공이란 봉호를 다 철회해도 좋습니다."

강희의 안색이 차갑게 변했다.

"조정의 봉작이 어린애 장난인 줄 아느냐? 너에게 일등 녹정공을 봉한 것은 짐의 은전이거늘, 그 봉작을 갖고 나랑 흥정을 하겠다는 것이냐? 실로 무엄하구나!"

위소보는 연신 큰절을 올렸다.

"저로서는 그럴 수밖에 없습니다. 녹정공을 철회하는 걸로 부족하다면 통식백, 통식후도 내놓겠습니다."

강희는 원래 그에게 겁을 줄 생각이었다. 그래야 조정의 지엄한 법도를 새로 깨달을 거라고 생각했다. 그런데 위소보는 몸에 밴 시정잡배의 본성을 버리지 못했다. 일등 공작, 대장군이 됐는데도 여전히 생떼를 썼다. 강희는 은근히 화가 나기도 하고, 우습기도 하고, 기가 막히기도 해서 호통을 쳤다.

"이런 빌어먹을! 어서 일어나라!"

위소보는 절을 올리고 나서 몸을 일으켰다.

강희는 여전히 차가운 표정으로 말했다.

"제기랄! 자꾸 나랑 흥정을 하려고 하는데… 그럼 좋아! 그자의 목대신 네 목을 걸어라!"

위소보는 울상이 됐다.

"황상, 목은 너무 셉니다. 조금만 낮춰주십시오."

강희가 말했다.

"좋아! 내가 양보하지. 그럼 거세해서 다시 입궐해 정말 내관이 되어라!"

위소보가 말했다.

"조금만 더 낮춰주십시오."

강희가 다시 말했다.

"더 이상은 안 돼! 네가 그자를 죽이지 않으면 불충이야. 불충한 사람은 불충일 뿐이지, 더 이상 흥정할 이유가 없다."

위소보가 다시 말했다.

"저는 황상께는 충을 다하고, 친구에겐 의를 지킵니다. 그리고 어머니에게 효를 다하고, 처자에게 애를 다할 뿐⋯."

강희가 하하 웃었다.

"이런 빌어먹을! 그럼 네가 충효절의<sup>忠孝節義</sup>를 다 갖췄다는 것이냐? 좋아! 대단하구나, 대단해! 아무튼 내일 이맘때에 목을 하나 가져와라. 그 역도의 목이든 네 목이든, *스스로* 선택해라!"

위소보는 더 이상 어쩔 수 없어 절을 올리고 물러나왔다.

그가 문 쪽에 이르자 강희가 슬며시 물었다.

"소계자, 또 달아날 생각이냐?"

위소보가 밀했다.

"이번엔 감히 그럴 수 없죠. 집으로 돌아가서 곰곰이 잘 생각해보겠습니다. 가능한 한 황상을 즐겁게 해드리고, 친구한테 의리를 지키며, 제 목도 보존할 수 있는 방법을 생각해봐야죠."

강희는 빙긋이 웃었다.

"좋아! 건녕 공주를 만난 지 오래돼서 보고 싶구나. 이미 사람을 시켜 입궐하라고 일렀다."

약간 멈칫하더니 말을 이었다.

"나머지 여섯 부인과 아이들도 공주와 함께 입궐해 태후마마를 알현하도록 해라. 태후마마께서 너의 공로를 아시고 부인과 아이들에게도 포상을 하실 모양이다."

위소보가 몸을 숙이며 말했다.

"태후마마와 황상의 은전에 깊이 감사 올리며, 이 은혜 실로 백골난망이옵니다."

그러고는 두 걸음 걸어나가다가 다시 말했다.

"황상, 전에도 말씀드렸다시피 황상은 여래불이고 저는 손오공입니다. 어떤 상황에서도 부처님의 손바닥에서 벗어날 재간이 없습니다."

강희가 또 빙긋이 웃었다.

"아니야, 넌 신통방통하니 그렇듯 겸손할 건 없다."


상서방에서 나온 위소보는 한숨을 내쉬며 속으로 구시렁댔다.

'내가 달아나고 싶어도 도망가지 못하게끔 나의 일곱 마누라와 세 아이를 인질로 삼겠다는 거군.'

회랑에 이르렀을 때 다륭이 맞은편에서 걸어오며 활짝 웃었다.

"위 형제, 태후마마께옵서 자네의 부인들과 자제들을 다 소견하신

다니, 틀림없이 많은 상을 내릴 걸세. 아무튼 축하하네."

위소보는 공수를 하며 말했다.

"다 여러분이 도와준 덕분이죠."

다룽이 활짝 웃으며 말했다.

"위 형제가 이번에 출정하기 전에 내게 빚 독촉을 맡겼는데, 조금만 남고 거의 다 받아냈네. 260만 냥의 은표를 나중에 집으로 가져감세."

위소보가 웃으며 말했다.

"어떻게 그 많은 빚을 거의 다 받아냈죠? 다 대형의 실력은 정말 알아줘야 한다니까요."

이어 이를 갈며 말했다.

"정극상 그놈은 나의 사부님을 해쳤는데, 그것 때문에 아직까지도 날 골치 아프게 만들고 있어요. 오늘 길에서 누가 욕을 한 것도 바로 정극상 그놈이 지난날에 뿌린 악의 씨앗 때문이라니까요!"

그는 생각할수록 울화통이 터졌다.

"다 대형, 우리 당장 한 사람을 이끌고 그놈한테 가서 빚을 더 받아냅시다!"

다룽은 정극상한테 가서 빚을 받아내자는 말에 매우 좋아했다. 그건 언제나 신나는 일이었다. 두 사람은 어전 시위 부총관한테 당직을 맡겨놓고 100명의 시위를 앞장세워 정극상의 집으로 향했다.

정극상은 비록 공작에 봉해졌지만 같은 공작인 위소보와는 그야말로 천양지차였다. 한 사람은 역도였다가 투항을 한 번왕이고, 한 사람은 황제의 총애를 한 몸에 받고 있는 최측근 대공신이었다.

그들이 사는 집도 다 '공작부'라고 하지만 규모나 분위기가 영 달랐다. 대문 위에 걸려 있는 편액에는 검은 글씨로 '해징공부海澄公府'라 적혀 있었는데, 금빛 찬란하게 새겨진 위소보의 '녹정공부鹿鼎公府'와는 비교가 되지 않았다.

위소보는 편액만 보고도 바로 의기양양해졌다.

"이놈의 대문 위에 걸린 간판은 내 금빛 편액하고는 영 다르군!"

시위들은 사흘이 멀다 하고 해징공부에 빚을 받으러 왔기 때문에 모든 것이 막힘이 없었다. 누가 안에다 통보를 하기도 전에 문을 활짝 밀어붙이고 안으로 들어갔다. 위소보는 곧장 대청으로 가서 의젓하게 자리를 잡았고, 다륭은 그 옆에 앉았다.

정극상은 무원대장군이자 자신의 최대 라이벌이었던 위소보가 찾아왔다는 말에 놀라고 당황했다. 죽어도 만나고 싶지 않지만 그럴 수가 없어 얼른 공복으로 갈아입고 객청으로 가서 전전긍긍 몸을 숙이며 그를 맞이했다.

"위 대인!"

위소보는 일어서지도 않았다. 거만하게 앉아서 시선을 천장에 두고 코웃음을 치며 다륭에게 말했다.

"다 대형, 정극상 이놈은 정말 무례하고 겁도 없네요. 남한테 꾼 돈을 갚을 생각도 하지 않고, 나와보지도 않으니 이런 건방진 놈이 어디 있습니까?"

정극상은 내심 화가 났다. 그러나 그야말로 '따라지신세'라 성질을 부릴 수 없었다. 한 사람은 병권을 쥐고 있는 대장군이고 한 사람은 어전 시위 총관이다. 반면 자기는 비록 공작이지만 아무 실권도 없고, 언제 어떻게 내침을 당할지 모르는 유명무실한 존재였다. 그는 화를 참고 헛기침을 했다.

"위 대인, 다 총관! 안녕하십니까?"

위소보는 그제야 천천히 고개를 돌렸다. 순간 그의 눈앞에 허리와 등이 구부정한 영감이 서 있는 게 아닌가! 머리카락은 희끗희끗하고 초췌한 얼굴에 눈가엔 주름도 보였다. 울상을 하고 있어서 그렇지, 자세히 보면 나이가 그렇게 많은 것 같지는 않았다. 아니나 다를까, 다시 자세히 보니 바로 정극상이었다. 몇 년 못 본 사이에 폭삭 늙어버린 것이다.

위소보는 처음엔 멍해져서 이상하다고 생각했는데, 곧 그 이유를 알았다. 근래 몇 년 동안 얼마나 많은 시달림을 받았으면 이렇게 팍 늙어 보일까, 절로 측은한 생각마저 들었다. 그러나 통식도에서 진근남을 등 뒤에서 칼로 찌른 생각을 하니, 다시 울화가 치밀어 냉소를 날리며 물었다.

"아니, 이게 누구야?"

정극상이 대답했다.

"정극상입니다. 위 대인, 저를 몰라보겠습니까?"

위소보가 고개를 내둘렀다.

"정극상이라고? 정극상은 대만에서 연평왕 노릇을 하고 있지 않나? 어찌 북경에 와 있지? 보나마나 가짜군!"

정극상이 얼른 말했다.

"저는 대청에 귀순하여 황은을 입어서 작위를 받았습니다."

위소보가 말했다.

"어… 그렇구먼. 지난날 대만에서 큰소리를 땅땅 쳤잖소. 대군을 이끌고 북경으로 쳐들어가서 황상을 사로잡아 이러쿵저러쿵하겠다고 했는데, 그 말이 아직 유효한 거요?"

정극상은 등에서 식은땀이 흘렀다. 아무 말도 못하고 속으로 시부렁댔다.

'이놈이 또 나한테 무슨 죄명을 뒤집어씌우려고 이렇게 헛소리를 지껄여대지? 황상은 결국 네 말만 듣고 내 말은 믿지 않을 거야…'

다륭이 걸핏하면 많은 어전 시위를 이끌고 와서 차용증서를 내보이며 빚 독촉을 하는 바람에 정극상은 그야말로 하루가 여삼추인 듯 시달렸다. 그는 200만 냥이 넘는 거액의 은자를 마련하느라 갖고 있던 값나가는 보석 따위를 전부 팔아버렸다. 그리고 지난날 투항한 것을 얼마나 후회했는지 모른다. 만약 모든 군력을 집중해 맞서싸웠다면 패하지 않았을 수도 있다. 설령 승리를 거두지 못하고 전사했다 해도 조부와 부친의 재천지령在天之靈을 떳떳이 대할 수 있었을 것이 아닌가. 괜히 투항해서 이런 수모와 고초를 당하고 있으니… 지금 위소보의 말을 듣자 더욱 죽고 싶을 정도로 후회막급이었다.

위소보는 한술 더 떴다.

"다 대형, 이 정 왕야가 지난날 얼마나 위풍당당했는지 압니까? 요즘도 전해들은 바에 의하면 누군가 그를 대만으로 모셔가 다시 왕위에 앉히려고 한대요."

그러고는 정극상에게 고개를 돌렸다.

"정 왕야, 대만에서 찾아온 사람이 뭐라고 하던가요? 황상께 보고하려면 좀 자세히 알아야 해서요."

정극상은 목소리마저 떨렸다.

"위 대인, 제발 좀 봐주십시오. 방금 한 말은 전혀 사실무근이며… 없었던 일이오."

위소보는 일부러 눈을 크게 떴다.

"잇? 거참 이상하네. 다 대형, 우리가 잡은 그 반도 말이에요. 그는 황상을 모독하고 저도 욕했는데, 정 왕야의 옛 부하라고 하던데… 정 왕야가 북경에서 수모를 당하고 있으니 복수를 하겠다고 길길이 날뛰면서, 뭐… 만청 오랑캐를 깡그리 다 죽이겠다고 했잖아요!"

정극상은 더 이상 듣고 있을 수 없어 그 자리에 무릎을 꿇었다.

"위 대인, 제발 살려주십시오. 소인은 지난날 위 대인을 노엽게 해서 죽을죄를 지었습니다. 너그러운 아량으로 목숨만은 살려주십시오. 그 은혜는 절대 잊지 않을 겁니다."

위소보는 냉소를 날렸다.

"지난날 나의 사부님을 죽일 때는 오늘 같은 날이 있을 줄 몰랐소?"

이때 갑자기 대청 뒤쪽에서 한 사람이 성큼 걸어나왔다. 깡마른 체구에 깐깐하게 생긴 '일검무혈' 풍석범이었다. 그는 정극상 곁으로 걸어오더니 손을 잡아 일으키며 위소보에게 고개를 돌렸다.

"지난날 진근남을 죽인 것은 내 뜻이지 정 공자하고는 아무런 상관이 없소! 사부님을 위해 복수하고 싶거든 날 죽이시오!"

위소보는 원래 풍석범에게 두려움을 느끼고 있었다. 지금 그가 자기를 잡아먹을 듯이 쩨려보자 절로 몸이 움츠러들었다.

"지금… 나를 치겠다는 거요?"

그때 다륭이 벌떡 자리에서 일어나 소리쳤다.

"여봐라!"

바로 10여 명의 어전 시위가 우르르 들어와 풍석범을 에워쌌다.

위소보는 자기편이 많아지자 비로소 마음이 놓여 언성을 높였다.

"황제가 계시는 경성에서 감히 행패를 부리겠다는 것이냐? 여봐라! 당장 체포해라!"

네 명의 시위가 덤벼들어 풍석범의 팔을 붙잡았다.

풍석범은 저항하지 않고 낭랑하게 말했다.

"우린 이미 조정에 항복해, 정 공자는 황상으로부터 해징공에 봉해졌고, 난 충성백忠誠伯에 봉해졌소. 그리고 황상께서는 지난 일을 일절 묻지 않겠다고 공언했소. 위 대인, 사적인 감정으로 자꾸 이런 식으로 선량하고 무고한 사람을 모함하면 황상께 고하여 시비를 가릴 수밖에 없지 않겠소?"

위소보는 냉소를 날렸다.

"네… 잘났군요, 잘났어! 흐흐… 이제 보니 우리의 '일검무혈' 풍 대인은 선량하고 무고한 사람이군요? 나로서는 금시초문인데요!"

풍석범이 말했다.

"우린 북경에 온 후 두문불출, 누구랑 접촉을 하지 않고 왕법을 준수하며 분수껏 살아왔소! 그리고 시위들이 거듭해서 찾아와 돈을 요구하기에, 갖고 있는 것을 다 팔아서 갚아주었소! 위 대인, 그렇게 말을 함부로 해서 우릴 모함해도 황상께선 명견천리라 우리의 결백을 믿어주실 거요!"

풍석범은 정극상에 비해 훨씬 논리적이고 배짱도 두둑했다. 그가 논리정연하게 따지고 들자 위소보는 반박할 말을 찾지 못하고 나름대로 생각을 굴렸다. 이 두 사람은 비록 지난날 대만에서 조정에 맞섰지만 지금은 항복해서 작위를 받았다. 그들에게 수모를 주고 괴롭히는 것은 어렵지 않지만, 일이 확대돼 황제까지 알게 되면 자신의 억지가 다 들통이 나고 말 것이다. 그리고 황상이 만약 자기가 사부의 복수를 하기 위해 그들의 꼬투리를 잡으려고 한 것을 알면 문책을 할 게 분명했다.

위소보는 그렇게 속으로 켕기는 게 있었지만 겉으로는 여전히 억지를 부렸다.

"우리가 어제 반도 한 명을 잡았는데, 정 왕야를 대만으로 모셔가겠다고 직접 실토했소. 그것도 사실무근이라는 거요?"

풍석범이 고개를 흔들며 말했다.

"그런 시정잡배의 망언을 어떻게 믿을 수가 있겠소? 위 대인이 그자를 이리 데려와서 대질을 해봅시다!"

위소보가 말했다.

"대질을 하겠다고요? 좋소이다! 얼씨구 절씨구 지화자 좋구나! 마침 잘됐네요!"

그는 고개를 돌려 정극상에게 물었다.

"그나저나… 정 왕야, 내게 진 빚은 언제 다 갚을 거요?"

풍석범은 그가 자신의 말을 얼렁뚱땅 넘기며 딴전을 부리는 것을 보고, 황제가 알까 봐 두려워한다는 것을 잽싸게 눈치챘다. 일이 이렇게 된 이상 끝까지 밀고 나가, 황제한테 고해 시시비비를 가릴 수밖에 없다고 생각했다. 황제는 비록 나이가 젊지만 매우 영명하여 우여곡절을 파악하고 옳고 그릇됨을 가려내줄 거라고 믿었다. 지금 이 자리에서 일을 딱 부러지게 매듭짓지 않으면 언제까지고 계속 위소보의 등

쌀에 시달릴 것이다. '어차피 이판사판, 죽기 아니면 살기다! 네놈이 날 벼랑 끝으로 몰면 나도 네놈을 끌어안고 함께 죽겠다'는 각오로 당당하게 말했다.

"좋소이다! 여러 말 할 것 없소! 위 대인, 다 총관! 우리 조정에 진정서를 올려 시시비비를 가립시다!"

그 말에 위소보는 가슴이 철렁했다. 이 일이 정말 황제에게까지 올라간다면 보나마나 자신이 당하게 될 것이다. 그렇다고 당장 꿀리고 들어갈 수는 없는 노릇이라 호기 있게 말했다.

"좋소이다! 원한다면 그렇게 하자고!"

이어 시위들에게 분부했다.

"저들을 당장 체포해서 일단 감옥에 가둬라! 감옥에서 1년이고 반년이고 반성할 기회를 주고 나서, 황상께 고하여 시비를 가리자!"

다륭은 선뜻 시위들에게 명을 내리지 못하고 망설였다. 정극상은 어쨌든 황제가 봉한 공작이다. 그에게 빚 받을 게 있어서 찾아와 닦달하는 일은 있을 수 있지만, 정말 체포하려면 황제의 재가가 있어야만 한다. 그래서 위소보에게 나직이 말했다.

"위 대인, 일단 황상께 고하고 나서 체포합시다."

그 말을 듣고 정극상은 가슴을 쓸어내렸다.

"그래야죠! 우린 죄지은 것도 없는데 왜 함부로 잡아가겠다는 거요?"

상대의 약점을 잡아 옭아매는 것은 위소보의 특기다. 그가 얼른 말했다.

"죄를 지었는지 안 지었는지는 아직 정확히 알 수 없지만, 내게 빚진 것은 사실이니 돈을 갚아줘야 하잖소? 지금 돈을 갚을 거요, 아니면 시위들을 따라갈 거요?"

정극상은 잡혀가는 일은 피하고 싶어 연신 대답을 했다.

"돈을 갚을게요, 갚을게…."

얼른 내당으로 들어가 은표 한 다발을 갖고 나왔다. 시종들도 금은 보석 등을 쟁반에 받쳐들고 나왔다.

정극상이 말했다.

"위 대인, 내가 지금 갖고 있는 돈은 이게 전부요. 아마 3~4만 냥은 될 거요. 더 이상은 주고 싶어도 없소이다."

위소보가 말했다.

"더 이상은 없다고요? 믿지 못하겠는데… 함께 안으로 들어가 찾아 봅시다!"

정극상은 난색을 표했다.

"그건… 그건… 곤란해요."

옆에서 보고 있던 풍석범이 소리를 쳤다.

"우린 대죄를 범한 국사범도 아닌데, 가산을 몰수하겠다는 거요? 이 게 황상의 성지요? 아니면 형부상서의 문서라도 갖고 왔소?"

위소보가 웃으며 말했다.

"이건 가산몰수가 아닙니다. 정 왕야께서 더 이상 돈이 없다고 하니 까, 그게 사실인지 확인해보려는 거요. 금은보석과 다량의 총포 등 무 기류, 그리고 용포와 용좌를 지하 비밀창고에 숨겨놓고 찾아내지 못했 을지도 모르니, 우리가 도와서 찾아내주겠다는 겁니다."

정극상이 얼른 말했다.

"내가 무기류와 무슨 용포 같은 것을 숨길 리가 있겠소? 그리고 난 단지… 공작일 뿐인데 '왕야'라는 칭호는 가당치 않습니다."

위소보가 다륭에게 말했다.

"다 대형, 은표를 한번 확인해주십시오."

다륭과 시위 두 사람이 은표를 세보았다.

"은표는 모두 3만 4천 300냥이오. 그리고 값이 나가지 않는 노리개 따위는 돈으로 어떻게 환산해야 될지 모르겠소."

위소보는 노리개를 뒤적거리더니 금봉채金鳳釵 하나를 집어냈다. 그리고 일부러 놀란 척하며 말했다.

"우아! 다 대형, 이건 금기시되는 물건이 아닌가요? 황상이 용이고 정궁마마가 봉인데, 어떻게… 정 왕야의 왕비도 금봉 비녀를 갖고 있죠?"

풍석범은 더욱 화가 났다.

"위 대인, 그렇게 자꾸 달걀에서 뼈를 추려내듯 생트집을 잡으면 나도 가만있지 않을 거요! 시중 어느 금포에 가도 금봉 비녀가 있지 않소? 북경성 관원들의 가족 중에 금봉 비녀를 갖고 있지 않은 여자가 있습디까?"

위소보가 생떼를 썼다.

"아… 풍 대인께서는 북경성 관원 가족의 여인들을 다 만나본 모양이군요. 그렇지 않고서야 다들 금봉 비녀를 갖고 있다는 걸 어떻게 알죠? 뉘댁 마나님이나 아가씨가 가장 아름답습디까? 쯧쯧… 대단합니다, 대단해! 그 나이에 북경성 관원 가족의 여인네들을 다 만나보다니, 보통 염복이 아니군요. 강친왕의 왕비나 병부상서 명주 대인의 따님도 만나봤습니까?"

풍석범은 화가 치밀어 씩씩거리느라 말이 제대로 나오지 않았다.

자꾸 이렇게 말꼬리를 잡고 늘어지면 정말 골치가 아팠다. 놈은 젊은 나이에 승승장구해서 조정 실권자들 중 모르는 사람이 없다. 그런데 말에다 살을 붙이고 양념을 해서 떠벌리고 다니면 결국 손해를 보는 것은 자기들일 것이다.

정극상은 연신 굽실거렸다.

"위 대인, 제발 좀 봐주십시오."

위소보는 자신이 물고 늘어진 말에 풍석범이 기가 죽은 것을 보고는 이쯤에서 끝내기로 하고, 다륭에게 웃으며 말했다.

"다 대형은 정말 대단한 것 같아요. 그냥 얼굴만 들이밀어도 200만 냥 넘게 받아내는데, 저는 고작 몇만 냥이니… 내가 생각하기에도 나 자신이 한심하네요."

정극상이 얼른 말했다.

"정말 더 이상은 없습니다. 절대… 절대…."

위소보가 그의 말을 잘랐다.

"우린 이제 그만 갑시다! 열흘이고 보름이고… 정 왕야가 대만에서 금은보화를 옮겨오면 그때 다시 빚을 받으러 오죠!"

그러면서 일어나 밖을 향해 걸어나갔다.

풍석범은 위소보가 말끝마다 정극상이 대만과 결탁해 역모를 꾀하는 쪽으로 엮어가자 다급해졌다. 잘못하면 정말 대역무도한 죄명을 뒤집어쓸 수도 있었다. 차제에 모든 것을 분명하게 해둘 필요가 있었다. 그가 낭랑하게 소리쳤다.

"우린 여태껏 왕법을 어긴 적이 없소. 오늘 위 대인과 다 총관이 한 말을 황상께 고하여 반드시 시비를 가릴 거요! 그러지 않고서야 이 넓은 천지에 우리가 발붙일 곳이 있겠소?"

위소보가 걸음을 멈추고 웃으며 말했다.

"왜 발붙일 곳이 없겠어요? 있습니다, 아주 많아요. 정 왕야, 풍 장군! 대만으로 가면 모든 땅을 다 밟을 수 있잖아요? 두 분께서 대사를 잘 모의해보십시오. 우린 방해하지 않을게요."

그러고는 다륭의 손을 잡고 의기양양하게 떠나갔다.


공작부로 돌아온 위소보는 곧 시위들을 불러 주연을 베풀었다.

다륭은 부하들을 시켜 상자 네 개를 가져오게 했다. 열어보니 모두 금은보석 외에 은표가 잔뜩 들어 있었다. 그가 웃으며 말했다.

"몇 달 동안 빚을 받아냈으니, 정극상의 재산이 거의 다 여기 있을 걸세. 위 형제, 확인해보고 거둬주게."

위소보는 은표 한 다발을 집었다. 대략 10만 냥은 될 성싶었다.

"정극상 그놈은 사부님을 해쳤는데 황상께서 작위를 내렸으니 복수하기는 틀린 것 같아요. 아무튼 다들 날 대신해 놈을 단단히 혼내줘서 고맙습니다. 사부님은 가족이 없으니 난 이 돈을 갖고 대만에다 사부님의 사당을 크게 지을까 해요. 나머지는 여러 형제들이 나눠가지세요."

다륭은 손사래를 쳤다.

"아닐세, 그럴 순 없네. 이건 정극상이 위 형제에게 빚진 돈일세. 난 그저 잔심부름을 해줬을 뿐이니 위 형제가 다 받아두게."

위소보가 웃으며 말했다.

"솔직히 말해서 저는 이미 충분히 쓰고도 남을 재산이 있습니다. 친구끼리 돈이 있으면 나눠써야죠. 그냥 다 나눠가지세요."

다륭은 한사코 받지 않으려 했다. 두 사람은 돈을 놓고 옥신각신하다가 결국 시위들이 심부름값으로 100만 냥을 갖기로 결정했다. 그리고 30만 냥은 따로 효기영 형제들에게 나눠주기로 했다. 나머지는 다륭이 직접 내당으로 옮겨놓았다. 시위들은 궁에서 당직을 서는 사람들에게까지 각자 몇천 냥씩 돌아갔다. 다들 신이 났다.

술을 어느 정도 마시자 대청에서 노름판이 벌어졌다. 위소보는 상대가 다 형제들이라 주사위를 던지면서 속임수를 쓰지 않았다.

이경 무렵이 되자 위소보가 다륭에게 말했다.

"다 대형, 한 가지 더 부탁할 일이 있어요."

다륭은 돈도 많이 따서 기분이 좋았다.

"무슨 일인가? 뭐든지 분부만 하게."

그러다가 뭔가 생각난 듯 바로 말을 이었다.

"단 한 가지는 좀 곤란하네. 그 길에서 욕을 한 미치광이는 황상께서 엄히 다스리라고 명하셨네. 내일 위 형제가 직접 처형을 해야 될 걸세. 만약 나더러 그자를 석방해달라고 한다면 그건 들어줄 수가 없네."

위소보는 그렇지 않아도 그 일을 부탁하려고 했는데 상대가 미리 딱 잘라 거절하자 더 이상 어찌해볼 수가 없었다.

'황상은 역시 신기묘산이라 그것까지 다 예상했군. 아무리 돈을 많이 줘도 모 대형의 목숨을 구해낼 수 없단 말인가?'

그는 맥이 풀리고 짜증이 나서 이 밤중에 정극상을 찾아가 다시 떼를 쓰며 시비를 걸어볼까, 생각했다. 그러나 폭삭 늙어버린 정극상의 꼬락서니를 떠올리자 마음이 내키지 않았다. 그래서 생각을 바꿨다.

"그 미치광이를 처형하는 것은 황상께서 직접 분부한 거라 내가 아무리 호랑이의 간을 씹어먹었어도 감히 거역할 수 없고, 정극상도 어떻게 보면 측은한 생각이 들어요. 하지만 그 풍석범이란 놈은 빌어먹을, 너무 건방지고 우리가 안중에도 없는 모양인데, 생각하면 할수록 정말 괘씸해 죽겠어요!"

그 말을 들은 시위들은 다 고개를 끄덕이며 찬동했다.

"오늘 그놈을 보고 화가 안 난 사람이 없어요. 위 대인, 걱정 마세요. 내일 다시 찾아가서 혼쭐을 내줍시다! 그깟 투항한 장수 나부랭이가 감히 우리 북경성에서 활개를 치며 큰소리를 빵빵 치는데, 도저히 눈꼴사나워서 봐줄 수가 없어요!"

시위들은 그를 욕할수록 울화가 끓어올라 당장이라도 찾아가 박살을 낼 기세였다. 위소보가 말했다.

"우리가 놈을 없애는 건 좋지만 남들이 알게 하면 안 돼요. 만에 하나 황상께서 알면 어전 시위의 명예가 손상될 수도 있어요."

다륭이 얼른 말했다.

"그래, 그 점은 조심해야지."

위소보가 다시 말했다.

"다 대형은 직접 나서지 말고, 그냥 장 대형과 조 대형이 몇몇 형제를 이끌고 가면 되지 않겠어요?"

그러고는 조제현과 장강년에게 말했다.

"두 사람은 전봉영 태泰 도통의 부하로 가장해서, 급한 일이 있다면서 그 풍석범을 불러내세요. 녀석은 설령 의심이 가더라도 감히 나오지 않을 수 없을 겁니다. 그를 이곳으로 데리고 오세요. 오는 도중에 적당히 기회를 봐서 우선 손발에 수갑을 채우고, 눈을 가리고 입에다 재갈을 물리세요. 놈을 동문과 서문 쪽으로 데리고 가서 빙빙 돌리다가 호되게 후려패고 옷을 다 벗겨버린 다음 태 도통 애첩의 침상에다 눕혀놓으면 돼요."

시위들은 그의 말을 듣고 깔깔 웃었다. 어전 시위들과 전봉영의 관병들은 원래 불화가 심했다. 서로 마주치기만 하면 다투기 일쑤였다.

전봉영의 통령은 원래 아제적阿齊赤이었는데, 그날 위소보가 계략을 써서 옥에 가둬버렸다. 나중에 풀려났지만 황제는 그가 무능하다며 면직시켰다. 그리고 새로 임명한 도통이 바로 태가였다.

다륭도 그 태 도통과 오래전부터 불화해 다툼이 심했다. 단지 서로 직급이 비슷해 어느 한쪽도 상대를 누르지 못하고 있던 터라, 다륭은 더욱 신이 났다.

"그 태가 녀석은 워낙 공처가라 첩을 얻고도 감히 집으로 데려가지 못하고 있네. 여덟 번째 애첩이 바로 첨수정甛水井 골목에 살고 있지. 우리가 풍석범을 홀딱 벗겨 애첩의 침실에 갖다놓으면 아마 울화통이 터져 거의 기절을 할걸. 설령 우리를 의심한다고 해도 우리가 입을 꾹 다물면 어떻게 하지 못할 걸세!"

시위들은 곧 몸에 있는 시위의 표식을 없애고 시시덕거리며 밖으로 나갔다.

위소보와 다륭은 대청에 앉아 술을 마시며 소식을 기다렸다. 위소보의 친위병들이 계속해서 소식을 전해주었다. 전봉영의 관병으로 가장한 시위들이 정극상 집에 도착해 풍석범을 불러냈다고 했다. 장강년이 대만에서 긴급한 군정이 와서 상의를 하고 싶다는 핑계를 대 풍석범을 불러내서 이미 가마에 올랐다는 것이다.

시위들은 그를 서문 쪽으로 데려가 수갑을 채웠고, 그의 시종들도 다 붙잡았다고 했다. 그리고 북문 쪽으로 가는데, 구문제독九門提督의 순시병들이 야경을 돌다가 불심검문을 하자, 조제현이 큰 소리로 전봉영이라고 대답했으니, 풍석범도 그 말을 듣고 그렇게 믿고 있을 것이라고 했다.

좀 이따가 친위병들이 다시 와서 시위 일행이 지금 이곳으로 오고 있다고 보고했다. 아니나 다를까, 향 한 자루 피울 시간이 지나자 시위들이 풍석범을 끌고 들어왔다. 장강년이 큰 소리로 아뢰었다.

"태 도통께 보고합니다. 죄인 풍석범을 잡아왔습니다!"

위소보가 주먹을 쥐고 때리는 자세를 취하자 시위들이 소리쳤다.

"죄인 풍석범은 역도들과 공모해 역모를 꾀했으니 태 도통께서 그를 엄히 다스리라고 하셨다!"

이어 손발이 묶여 있는 그를 마구 후려팼다.

풍석범은 무공이 지극히 고강할 뿐 아니라 기지가 뛰어나 시위들이 전봉영의 관병으로 가장해 찾아왔을 때 뭔가 심상치 않다는 것을 느꼈다. 당시 그가 만약 달아날 생각이었다면 시위들의 수가 아무리 많아도 달아났을 것이다. 그러나 투항하여 백작에 봉해졌으니 설령 누가 자신을 모함한다고 해도 영명한 황제가 혐의를 다 벗겨줄 거라고 믿었다. 그래서 달아났다는 죄명을 쓰지 않으려고 순순히 시위들을 따라 나섰던 것이다. 그리고 별 저항 없이 손발이 묶였다. 이렇게 해서 불가일세不可一世의 무공 고수가 지금 시위들에 의해 파죽음이 되도록 맞는 꼴이 되고 말았다.

그는 어찌나 호되게 맞았는지 칠공에서 피를 흘리며 내상까지 입은 듯 거의 반죽음이 되었다. 입에 재갈이 물렸으니 비명도 제대로 지르지 못했다. 위소보는 그것을 보자 속이 후련했다. 사부님의 원수를 절반은 갚은 것 같았다. 그를 계속 후려쳤다가는 숨이 끊어질 것 같아 손을 들어 제지했다. 그리고 친위병들을 시켜 옷을 다 벗기고 담요로 알몸을 똘똘 말았다. 풍석범은 이미 정신을 잃고 숨을 가늘게 몰아쉬었다.

다륭이 웃으며 말했다.

"이젠 태가 녀석의 여덟 번째 애첩에게 데려가야겠군!"

조제현도 웃으며 말했다.

"가능하면 태가 녀석의 애첩과 함께 꽁꽁 묶어버려야겠소!"

시위들은 신이 나서 환호를 질렀다. 다륭은 태 도통의 애첩이 발가벗겨지는 것을 보고 싶은지 자청해서 나섰다.

"이번엔 내가 앞장을 서지!"

일행이 풍석범을 들고 막 출발하려는데 홀연 친위병 둘이 달려들어와 보고했다.

"대인, 첨수정 골목 태 도통 처갓집에 지금 난리가 났어요. 싸움이 벌어져서 난장판이 됐습니다."

다들 놀랐다.

'비밀이 누설된 건가? 태 도통이 알아차리면 일이 곤란해지는데…'

위소보가 물었다.

"누가 싸우고 있지?"

친위병 한 사람이 대답했다.

"저희 여덟 명은 대인의 분부를 받고 첨수정 골목에 매복해 있었는

303

데, 갑자기 한 무리의 여인부대가 나타났습니다. 아마 30~40명은 되는 것 같은데….”

위소보가 눈살을 찌푸렸다.

“여인부대라니?”

친위병이 대답했다.

“네, 대인! 그 무리는 전부 여인네들입니다. 빨랫방망이를 들고 온 사람도 있고, 밀대를 들고 온 사람, 빗자루와 문빗장을 갖고 온 사람도 있습니다. 무턱대고 태 도통 처갓집으로 들어가 한 여인을 끌어내더니 사정없이 두들겨팼어요.”

위소보는 고개를 갸웃거렸다.

“다시 가서 잘 알아봐!”

두 명의 친위병이 대답을 하고 뛰어나갔다.

얼마 후에 친위병들이 돌아와 다시 보고했다.

“태 도통이 보고를 들었는지 말을 몰고 급히 첨수정 골목으로 달려왔습니다. 아마 서둘러 왔는지 옷도 제대로 입지 못했더라고요. 알고 보니 아낙들이 끌어낸 여인은 바로 태 도통의 애첩이었습니다.”

그 말을 들은 시위들은 다들 웃음을 터뜨렸다. 태 도통의 다른 부인들이 시샘을 해서 달려와 난리를 피운 모양이었다.

친위병이 다시 말했다.

“큰마누라로 보이는 아낙이 태 도통의 먹살을 잡고 뺨을 막 후려쳤습니다. 다른 아낙들도 그를 발로 걸어차며… 어찌나 사나운지 말도 못해요. 태 도통은 그저 손이 발이 되도록 빌더군요. 잘못했으니 한번만 봐달라고….”

다륭은 누구보다도 신이 났다.

"태가 녀석, 이번에 아주 꼴좋게 됐군!"

위소보가 웃으며 말했다.

"대형, 어서 가서 싸움을 말리지 그래요. 태가는 망신살이 뻗치고 치부가 다 드러났으니 다시는 다 대형 앞에서 큰소리를 치지 못할 겁니다. 우리 시위들에게도 함부로 굴지 못하겠죠!"

그의 말에 다륭은 이마를 탁 치며 웃었다.

"맞아! 이런 절호의 기회를 놓치면 안 되지! 귀띔해줘서 고맙네! 자, 다들 빨리 구경하러 가자고!"

그러고는 시위들을 이끌고 첨수정 골목으로 달려갔다.


위소보는 정신을 잃고 바닥에 쓰러져 있는 풍석범을 보며 생각을 굴렸다.

'이 녀석을 어떻게 처리하지? 그냥 놔주면 틀림없이 황상께 고자질을 할 거야. 설령 내가 한 것이 들통나지 않더라도 황상은 날 의심할 게 뻔해!'

그는 뒷짐을 지고 천천히 대청 안을 거닐었다. 생각이 다른 방향으로 흘러갔다.

'날이 밝으면 난 가서 모 대형의 처형을 집행해야 하는데… 무슨 수를 써서 그를 구해주지? 무조건 형장刑場을 덮쳐서도 안 되고…'

불현듯 창극 하나가 생각났다.

'형장이라… 형장… 〈형장환자刑場換子〉라는 창극이 있었어. 맞아! 설강薛剛은 죄를 지어 멸문을 당하게 됐는데, 그 무슨 서徐 뭐라는 흰 수

염 영감이 자신의 친아들을 형장으로 데려가 그 설가의 아들과 바꿔 치기했어….'

그는 창극을 많이 봐서 극중 인물의 이름은 잘 생각나지 않지만 줄 거리는 다 똑똑히 기억하고 있었다. 그 〈형장환자〉란 창극이 생각나자, 바로 이어서 또 한 가지 창극이 뇌리에 떠올랐다. 〈수고구고搜孤救孤〉! 이 극의 줄거리는 정영程嬰이란 검은 수염의 털보가 주인의 아들을 구 하기 위해 자신의 아들을 바꿔치기해 희생시킨다는 내용으로, 정말 감 동적이었다.

다행히 모십팔은 나이가 자기 아들과는 맞지 않았다. 호두나 동추 를 데려가 그를 대신할 수는 없다. 물론 친구에 대한 의리도 중요하지 만 자신의 아들을 희생시키는 일은 절대 있을 수 없었다.

위소보는 바닥에 인사불성으로 쓰러져 있는 풍석범을 발로 한 번 걷어차더니 말했다.

"그래, 넌 운이 좋지 않아서 이 위 대인의 양아들이 됐어. 위 대인은 친아들을 친구 대신 희생시키긴 못하지만 양아들은 그런대로 희생시 킬 수도 있지…."

그는 곧 친위대장을 불러들였다. 그리고 뭔가 한참 밀담을 나누고 는 은자 천 냥을 건네주었다. 또 은자 천 냥을 따로 내주며 다른 역할 을 맡은 친위병들에게 나눠주라고 했다. 친위대장은 몸을 숙이며 진지 하게 말했다.

"대인, 염려 마십시오. 모든 것을 빈틈없이 잘 처리하겠습니다!"

위소보는 모든 배치를 마치고 내당으로 들어갔다. 일곱 부인과 아들 딸이 태후마마의 부름을 받고 입궐했으니 방 안이 썰렁했다. 그는 옷을 입은 채 침상에 누워 곧 잠들었다. 그리고 얼마 후에 날이 밝았다.

진시 무렵 궁에서 성지가 전달되었다.

대역무도한 죄인 모십팔은 조정대신을 모독했으니 참수형에 처함이 마
땅하다. 황명으로 무원대장군, 일등 녹정공 위소보로 하여금 형을 집행
토록 명한다.

위소보는 황명을 받고 집을 나섰다. 문 밖에서 친위병을 점검하는
데, 다륭이 수십 명의 어전 시위를 앞세워 죄인 모십팔을 끌고 왔다.
모십팔은 계속해서 욕을 하는 바람에 자꾸 얻어터져 얼굴이 온통 피
투성이였다. 그는 위소보를 보자마자 또다시 욕을 해댔다.

"위소보! 이 파렴치한 매국노야! 오늘 네놈이 형을 집행한다니 난
억울하지 않다! 애당초 내가 눈이 멀어 양주 사창굴에서 네놈을 데리
고 북경으로 왔으니 누굴 원망하겠느냐?"

친위병들이 호통을 치자 모십팔은 더욱 심한 쌍욕을 퍼부었다.

위소보는 그를 아랑곳하지 않고 다륭에게 물었다.

"태가는 어찌 됐나요?"

다륭이 웃으며 대답했다.

"간밤에 내가 달려가보니 마누라들이 그를 꼬집고 할퀴어 얼굴이
엉망진창이 됐더군. 날 보자 그 낭패한 꼴이란 정말… 눈 뜨고 못 봐주
겠더군. 난 그를 돕는 척하면서 다른 마누라들을 뜯어말리고, 여덟째
애첩을 우리집으로 데려가 작은마누라더러 잘 지켜주라고 했네. 태가
는 거듭 고맙다고 꾸벅하면서 눈물을 글썽일 정도였다니까."

위소보가 웃으며 다시 물었다.

"그 여덟째의 미모는 어때요?"

다룽이 엄지를 들었다.

"흐흐… 아주 대단해!"

위소보가 짓궂게 웃었다.

"혹시 떡 본 김에 뭐 하진 않았겠죠?"

다룽이 깔깔 웃었다.

"걱정 붙들어매게. 내가 그 정도로 형편없어 보이나? 태가는 비록 나랑 앙숙 사이지만 그런 짓거리는 절대 하지 않네."

두 사람은 곧 모십팔을 저잣거리 형장으로 끌고 갔다. 다룽은 말을 타고 위소보는 마차를 이용했다. 그리고 모십팔은 두 손이 뒤로 묶인 채 우마차에 실렸다. 목뒤로 나무 팻말이 꽂혀 있었다. '입참흠범모십 팔立斬欽犯茅十八', 국사범 모십팔을 즉시 처형하라는 뜻이었다.

우마차가 우시장 저잣거리로 접어들어 서쪽으로 향하자 인근 백성들이 모두 앞다퉈 뛰어나와 구경을 했다. 모십팔은 계속해서 큰 소리로 외쳐댔다.

"난 18년 후에는 다시 사나이로 태어날 거다! 그래서 이름이 모십 팔이야! 이렇게 처형될 줄 벌써 알고 있었다!"

백성들은 고함을 지르며 그를 칭찬했다.

"사나이야! 진짜 사나이!"

우마차는 우시장 저잣거리와 선무문宣武門 교차로에서 다시 주로 채소를 파는 저잣거리의 형장으로 접어들었다. 위소보는 이미 친위병들을 시켜 밤새 차일을 처놓도록 분부했다. 차일 앞뒤에는 친위병들이 삼엄하게 경계를 서고 있었다.

그리고 다룽은 강희의 엄명을 받고 행여 천지회가 형장을 덮칠까봐 구문제독에게 알려 2천 명의 관병을 동원해서 형장 주위를 완전히 포위했다.

모십팔은 형장 한가운데 꿋꿋하게 서서 소리를 질러댔다.

"우린 대한大漢의 백성이다! 만주 오랑캐가 우리의 금수강산을 빼앗았지만 언젠간 오랑캐들을 모조리 쓸어버리고 강산을 되찾을 거다!"

위소보는 마차에서 내려 차일 안으로 들어가 앉았다. 그리고 다룽더러 곁에 앉으라고 했다. 다룽은 가볍게 눈살을 찌푸렸다.

"저 죄인은 자꾸 대역무도한 헛소리를 지껄이며 민심을 선동하고 있으니 당장 처형하지!"

위소보가 말했다.

"좋아요!"

그는 곧 호령을 했다.

"죄인을 끌고 와라!"

네 명의 친위병이 모십팔을 끌고 와 무릎을 꿇도록 목을 눌렀다. 그러나 모십팔은 무릎을 꿇지 않으려고 죽을힘을 다해 버텼다.

위소보가 말했다.

"됐다, 그냥 놔둬라!"

그러고는 다룽에게 고개를 돌렸다.

"대형, 죄인의 신원을 다시 확인해보세요. 틀림없죠?"

다룽이 말했다.

"틀림없네!"

위소보가 다시 말했다.

"신원을 확인했으니 국사범 모십팔을 즉시 끌어내 처형해라."

친위병이 모십팔의 등에 꽂혀 있던 나무팻말을 뽑아와 위소보에게 건네자, 위소보는 거기에다 커다랗게 동그라미를 쳤다. 그리고 팻말을 집어던지자, 친위병이 그것을 주워 모십팔을 끌고 나갔다.

위소보가 바로 다륭에게 말했다.

"다 대형, 재미있는 걸 보여줄게요."

그러더니 소매에서 차곡차곡 접은 한 묶음의 손수건을 꺼내 다륭에게 건네줬다. 놀랍게도 손수건에는 춘화가 수놓여 있었다. 잘생긴 남녀가 아주 생동감 있게 묘사돼 있었다. 다륭은 그것을 보자마자 시선이 꽂히며 눈이 반짝 빛났다. 수건 한 장을 젖히고 그다음 수건을 보니, 이번엔 자세가 아주 유별한 춘화가 수놓여 있었다.

다륭이 웃으며 말했다.

"우아, 자세가 정말로 해괴하네…."

그는 계속해서 손수건을 넘겼다. 뒤로 갈수록 남녀의 자세가 기상천외했다. 남자 하나에 여자 둘, 그리고 여자 하나에 남자가 셋인 경우도 있었다. 그것을 넘겨보면서 다륭은 뜨거운 피가 불끈불끈 용솟음쳐 올랐다. 상기된 얼굴로 입이 귀에 걸렸다.

"위 형제, 이런 걸 어디서 구했나? 나도 한 벌 사주게!"

위소보가 웃으며 말했다.

"살 필요 없어요. 내가 대형께 주는 선물입니다. 헤헤…."

다륭은 무슨 귀한 보물이라도 얻은 양 활짝 웃더니 연신 고맙다고 하면서 그 손수건들을 다시 잘 접어서 품속에 갈무리했다.

이때 차일 밖에서 펑, 펑 하는 포성이 세 번 들려왔다. 곧이어 친위대장이 들어와 보고했다.

"시간이 다 됐습니다. 나가서 형을 집행하시죠."

위소보가 고개를 끄덕였다.

"알았어!"

그는 몸을 일으켜 다륭의 손을 잡고 차일 밖으로 나왔다. 모십팔은 욕을 하다가 제풀에 지쳤는지 무릎을 꿇고 고개를 푹 숙인 채 꼼짝도 하지 않았다. 고수가 북을 쳤다. 그 북소리가 멎자, 몸에 울긋불긋한 천을 걸친 망나니가 오른손에 쥐고 있는 귀두도鬼頭刀를 죄인의 목에 대고 쓱 눌러 목을 베었다. 그러고는 왼발을 날려 목을 걸어찼다. 순간, 죄인의 몸이 앞으로 고꾸라지며 잘린 모가지에서 피가 뿜어졌다.

다륭이 말했다.

"형을 다 집행했으니 이제 헤어져야지. 난 입궐해 황상께 아뢰어야 하네."

위소보는 나직이 흐느꼈다.

"모 대형, 우린 교분이 두텁지만 이건 황상의 엄명이라 목숨을 구해줄 수가 없었소… 흑흑…."

소매로 눈물을 닦으며 계속 흐느꼈다.

다륭이 한숨을 내쉬며 그를 위로했다.

"위 형제는 의리를 다 지켰어. 시신을 수습해 안장해주는 것만으로도 망자에 대한 도리를 다하는 거네."

위소보는 '네' 하고 대답하면서도 울음을 멈추지 않았다.

위소보가 소매로 눈물을 닦은 것은 실은 소매 속에 생강을 숨겨놓

311

았기 때문이었다. 생강으로 눈을 비비니 따갑고 쓰라려 눈물이 날 수밖에 없었다. 그는 울면서도 속으론 낄낄대며 자신의 계책이 성공한 것을 흐뭇해했다.

다륭은 다시 몇 마디 위로의 말을 건네고 나서 그를 마차에 태웠다. 그리고 자신은 말을 타고 떠나갔다. 친위병들은 마차를 에워싸고 공작부로 돌아왔다. 단지 몇몇 친위병들만 남아 죄인의 시신과 수급을 수습해 가마때기에 똘똘 말아 한쪽에 준비된 관 속에 넣었다. 그리고 관 뚜껑을 덮고 못질을 해버렸다.

참수형을 지켜본 백성들은 의론이 분분했다. 모십팔이 죽기 전까지 오랑캐들을 마구 욕한 것만 봐도 진정한 영웅호한임에 분명하다고 말하는 사람이 있는가 하면, 행여 나중에 불똥이 튈까 봐 대역무도한 죄인이라고 말하는 사람도 있었다.

위소보는 집 앞에 이르러 마차에서 내렸다. 그러자 그 마차는 바로 남쪽으로 방향을 꺾어 달리더니 성문을 빠져나가 곧장 양주로 향했다.

위소보는 입궐해 강희를 알현했다.

강희는 이미 다륭의 보고를 받아, 위소보가 모십팔이 처형되자 눈물을 많이 흘렸다는 것을 알고 있었다. 아니나 다를까, 위소보는 눈이 팅팅 부어 있었다. 그것을 본 강희는 다소 미안한 생각이 들었다. 어쨌든 그의 충정을 가상히 여겨 위로의 말을 해주었다.

"소계자, 네가 잡아온 러시아 병사들은 대부분 귀국을 원해 다 풀어주었다. 그런데 그중 200여 명은 중국이 날씨도 온화하고 살기 좋다면서 남기를 원했어."

위소보가 말했다.

"북경은 모스크바보다 훨씬 더 놀기도 좋고 재미가 있죠. 그리고 그 철부지 두 사황을 모시느니, 황상을 모시는 게 자랑스럽겠죠."

강희는 미소를 지었다.

"난 그들을 '러시아좌령俄羅斯佐領'으로 편성해 네 휘하에 예속시켰다. 그러니 그들이 경성에서 말썽을 부리지 않도록 잘 다스려야 한다."

위소보는 몹시 좋아하며 무릎을 꿇고 황은에 감사했다.

그가 궁을 나서자 러시아 병사들이 이미 두 개의 편대를 이뤄 태화 문 밖 금수교 옆에 질서정연하게 정렬해 있었다. 다들 새로 지은 청병 복장으로 갈아입으니, 몸에 딱 맞고 아주 산뜻해 보였다.

위소보는 그들에게 각자 20냥을 내리고 사흘간 휴가를 주었다. 그 러자 다들 '우라(만세)'를 연신 외쳐댔다.

강희가 재위할 당시 이 '러시아 병사 편대'는 줄곧 청군에 속해 충 성스럽게 병무를 이행했다. 외국 사신들이 북경에 왔을 때 중국 황제 가 러시아 병사들을 다스리는 것을 보고 모두 경외했다. 나중에 이들 이 나이가 들어 차츰 다 죽으면서 결국 흐지부지 없어졌다.*

위소보가 집으로 돌아오니 공주와 나머지 여섯 부인, 그리고 세 명 의 자녀도 궁에서 돌아와 있었다. 태후는 그들에게 모두 후한 상을 내 렸다. 그런데 신이 나야 할 공주가 왠지 시무룩했다.

위소보가 그 이유를 물으니, 태후께서 일곱 부인을 똑같이 대해줬 다고 했다. 공주가 자신의 딸이라고 해서 특별히 더 잘해준 것도 없거 니와 다정한 말도 해주지 않았다는 것이다. 위소보는 그 이유를 당연 히 잘 알고 있었다. 그래서 속으로 구시렁거렸다.

'태후가 유별나게 널 더 홀대하지 않고 미워하지 않은 것만도 다행이라고 생각해. 그게 다 이 낭군님을 봐서 그런 거야.'

겉으로는 태연하게 말했다.

"태후마마께선 역시 속이 깊으신 분이야. 너한테만 더 잘해주면 나머지 여섯이 질투할 수 있잖아?"

공주는 화를 냈다.

"난 친딸이잖아! 친딸한테 더 잘해주는데 다른 사람들이 왜 질투를 한다는 거야?"

위소보는 그녀를 끌어안고 웃으며 말했다.

"그럼 내가 너한테만 유별나게 더 잘해주면 나머지가 질투하지 않을까?"

그 말에 부인들이 다 낄낄 웃는 바람에 곧 웃음바다가 됐다. 공주는 원래 뒤끝이 없는 사람이라 따라서 웃으며 서운한 마음이 풀렸다.

이후 근 열흘간은 왕공대신들이 위소보를 축하해주기 위해 계속 주연을 베풀었다. 술자리와 노름판, 경극 구경… 즐거움의 연속이었다.

이날, 다륭이 위소보를 찾아왔다. 풍석범이 실종된 지 열흘이 넘어 가족들이 이미 순천부順天府에 고했다는 것이었다.

다륭이 나직이 물었다.

"위 형제, 그날 밤 놈을 호되게 혼내준 후에 어떻게 처리했지?"

위소보가 시치미를 떼고 말했다.

"나중에 집으로 보내줬는데, 대체 어디로 간 걸까요?"

다륭이 그의 눈치를 살피며 다시 물었다.

"혹시 자네가 죽인 게 아닌가?"

위소보는 태연했다.

"만약 내가 죽였다면 다 대형도 알고 있겠죠. 혹시 다 대형은 그를 보지 못했나요?"

다륭이 얼른 말했다.

"아니, 난 못 봤어. 우린 그저 그를 혼내고 골려주자고 했지, 죽이자고는 하지 않았잖아."

위소보가 말했다.

"그래요. 난 황명을 받들고 출정한 이후로 어전 시위 부총관의 직책을 한동안 내려놓았지만, 어전 시위가 한 일이라면 어쨌든 상관이 있으니 다 대형과 함께 책임을 질 용의가 있습니다."

다륭은 빙긋이 웃었다.

"별일 없을 걸세. 풍가 집안에선 그날 밤 전봉영의 태 도통 집에서 사람을 시켜 그를 데려간 뒤에 집에 돌아오지 않았다고, 계속 물고 늘어지고 있어. 순천부에서도 직접 태가를 찾아가 그날 밤에 있었던 일을 물어본 모양이야. 한데 태가는 겸연쩍어하며 우물쭈물 대답을 회피하다가 나중엔 짜증을 내며 노발대발하는 바람에 순천부도 더 이상 캐묻지 못하고 그냥 돌아갔다더군."

그러면서 일어나 위소보의 어깨를 툭툭 쳤다. 그리고 웃으며 말했다.

"다들 자네가 복장福將이라고 하는데, 틀림없는 것 같아. 그날 밤 마침맞게 그런 일이 벌어질 줄 누가 알았겠나? 태가의 부인들이 하필 그때 떼를 지어 첨수정 골목으로 몰려가는 바람에 태가만 궁지에 몰리게 됐고, 모든 짐을 그가 짊어질 수밖에 없는 상황이 됐어."

그는 속으로 위소보가 풍석범을 죽였을 거라고 생각했다. 자신도 그 일에 개입했기 때문에 책임이 있었다. 그러나 전봉영의 태 도통이 그 누명을 다 뒤집어쓰게 됐으니, 다행스러운 일이었다.

그는 태 도통의 부인들이 하필 그때 대거 출동한 것이, 우연이 아니라 바로 위소보가 때맞춰 사람을 시켜서 그녀들에게 통보했기 때문이라는 사실은 전혀 모르고 있었다.

어디 그뿐인가! 위소보가 사람을 시켜 형장에다 차일을 치면서, 이미 인사불성이 된 풍석범을 뒤쪽에 숨겨놓은 사실 또한 알 리가 없었다. 모십팔의 신원을 다시 확인하고 차일 밖으로 끌어내는 순간, 위소보는 춘화가 수놓인 여러 장의 손수건을 꺼내 다릉의 시선을 다른 곳으로 돌리고 친위병들과 미리 짜놓은 대로 모십팔과 풍석범을 바꿔치기한 것이다.

당시 풍석범은 정신이 없고, 얼굴이 온통 피투성이인 데다가 모십팔과 똑같은 차림을 하고 있었다. 비록 풍석범과 모십팔은 체구가 다르지만 헐렁한 수의를 입고 고개를 푹 숙이고 있어 다른 사람들은 전혀 눈치를 채지 못했다. 그러니까 망나니가 죽인 것은 모십팔이 아니라 풍석범이었던 것이다.*

바꿔치기한 모십팔은 친위병이 위소보의 마차 안으로 안고 들어가 입에다 재갈을 물렸다. 그리고 처형을 마친 후 위소보를 백작부에 내려준 다음 곧장 양주를 향해 마차를 몰았다. 황하를 지나자 비로소 모든 자초지종을 세세하게 이야기하고 은자 3천 냥을 건네주었다.

모십팔은 그야말로 염라대왕 앞까지 갔다가 다시 돌아온 격이라, 기가 팍 꺾여 있었다. 그리고 위소보가 거의 목숨을 내걸다시피 해서 자신을 구해준 사실을 알고는, 자기가 생각한 것처럼 의리가 없는 사람이 아니라는 것을 깨닫고 더 이상 떠벌려대지 않았다.

위소보는 연일 접대를 받다 보니 다소 싫증이 났다. 그리고 천지회 형제들의 안위가 은근히 걱정됐다. 황제는 앞으로 그들을 제거하는 데 더욱 박차를 가할 게 분명했다. 자신은 공작부에서 호의호식하고 있는데, 만약 천지회 형제들이 일망타진된다면 큰일이었다. 그들을 만나 뭔가 대책을 세우도록 해야만 했다.

이날, 위소보는 부잣집 공자로 변장하고 쌍아를 시종으로 위장해 단둘이서 천교天橋로 갔다. 두 사람이 이리저리 반 시진쯤 돌아다니다 보니 서천천이 약상자를 메고 어느 작은 찻집에 앉아 차를 마시고 있는 것이 보였다. 위소보는 바로 찻집으로 들어가 서천천 맞은편에 앉았다. 그리고 나직이 불렀다.

"서 삼형!"

서천천은 자리에서 벌떡 일어나 잔뜩 화난 표정으로 아무 말도 없이 성큼성큼 밖으로 걸어나갔다. 위소보는 잠시 멍해 있다가 얼른 그의 뒤를 따랐다. 서천천은 한적한 곳만 골라서 갔고, 위소보와 쌍아는 묵묵히 그의 뒤를 따랐다.

서천천은 골목 세 개를 지나 좁은 길로 나가더니, 또다시 아름드리 은행나무 두 그루가 있는 어느 골목으로 들어섰다. 골목 안으로 들어간 그는 다섯 번째 집 앞에서 걸음을 멈추고 문을 두드렸다. 얼마 뒤에 문이 열리며 변강이 모습을 드러냈다. 변강은 위소보를 보자 처음엔 멍해하는 것 같더니 이내 성난 표정으로 변했다. 위소보가 그에게 다가가 웃으며 말했다.

"번 대형, 별고 없으셨죠?"

번강은 코웃음을 날리며 아무 대꾸도 하지 않았다. 대신 서천천이 인상을 잔뜩 쓰며 입을 열었다.

"위 대인, 군사들을 이끌고 우릴 잡으러 온 거요?"

위소보가 얼른 말했다.

"서 삼형, 어찌 그런 말을… 그게 무슨 농담이에요?"

번강은 골목 밖을 한번 살펴보고 나서 대문을 닫았다. 위소보와 쌍아는 두 사람을 따라 마당 두 곳을 지나 대청에 이르렀다. 그곳에는 이역세, 기표청, 현정 도인, 고언초, 전노본 등이 모여 있었다. 다들 위소보를 보자 놀라움을 금치 못했다.

"아…!"

"아니…?"

그리고 일제히 자리를 박차고 일어났다.

위소보가 공수의 예를 취했다.

"여러 대형들, 그간 별고 없으셨죠?"

현정 도인이 성난 음성으로 말했다.

"너한테 죽지 않았으니 그래도 별고 없었다고 해야겠지!"

그러면서 허리에 찬 칼을 빼들었다. 위소보는 놀라 뒤로 한 걸음 물어나며 떨리는 음성으로 말했다.

"아니… 왜 이래요? 나한테 왜… 내가 뭘… 뭘 잘못했다는 거죠?"

현정 도인이 언성을 높였다.

"넌 총타주를 해쳤어! 그리고 풍제중도 죽었고, 며칠 전에 모십팔까지 처형했잖아! 이… 이런… 널 씹어먹어도 시원치 않을 거야!"

위소보는 다급해졌다.

"아니… 아니에요. 다 사실이 아니라고요!"

현정 도인은 다짜고짜 그의 멱살을 잡았다.

"널 어떻게 죽일지 고민 중이었는데, 감히… 제 발로 찾아오다니! 이런… 매국노! 오늘 널 죽여 총타주님의 영혼을 위로해드리겠다!"

위소보는 상황이 심상치 않다는 것을 깨닫고 신행백변을 전개해 달아나려 했다. 그러나 서천천과 번강이 칼을 뽑아들고 바로 뒤에서 지키고 있었다. 그는 어쩔 수 없이 손사래를 치며 말했다.

"다들 형제지간인데 군이 이럴… 흥분하지 말고 제발…."

현정 도인이 그의 말을 잘랐다.

"누가 너 같은 매국노랑 형제냐? 또 감언이설을 늘어놓을 모양인데, 이젠 안 통한다! 우선 너의 간을 도려내 총타주님과 풍제중에게 바치겠다!"

그러고는 위소보를 힘껏 끌어당겼다. 위소보는 소리쳤다.

"억울해요, 억울해!"

상황이 다급해지자 쌍아는 품속에서 러시아의 단총을 꺼내 불을 당기고 천장을 향해 한 발을 쐈다. 순간 펑 하는 소리가 들리며 대청 안이 연기로 가득 찼다. 현정 도인은 서양 화기에 당한 적이 있어 총소리를 듣자 얼른 몸을 움츠렸다. 쌍아는 잽싸게 위소보를 끌어와 자신의 등 뒤에 세우고, 담 구석으로 물러났다. 그리고 총구로 사람들을 겨냥하며 소리쳤다.

"왜 이렇게 억지를 부려요?"

현정 도인은 분노로 인해 이성을 잃은 듯 눈이 시뻘겋게 충혈돼 있었다.

"다 같이 덤벼들자!"

그가 앞으로 덮쳐가려 하자 전노본이 팔을 붙잡았다.

"도장, 잠깐만!"

그러고는 쌍아에게 물었다.

"우리가 억지를 부린다고 했는데, 그게 무슨 말이지?"

쌍아가 말했다.

"다들 잘 들어봐요."

그녀는 위소보가 진근남과 군호들을 구하기 위해 모든 것을 버리고 도망간 경위와, 어떻게 신룡교에 의해 통식도로 잡혀갔고, 정극상과 풍석범이 어떻게 해서 진근남을 해쳤으며, 풍제중이 천지회를 배신하고 강희의 첩자가 돼 자기 손에 죽게 된 사연을 다 이야기해주었다. 그리고 강희가 거듭 위소보에게 천지회를 멸하라고 강요했는데, 몇 번이나 황명을 거역했고, 며칠 전에 또다시 황명을 어기고 위험을 무릅쓴 채 사람을 바꿔치기해 모십팔을 구해준 것까지 일일이 다 들려주었다.

쌍아는 말재주가 없어 생동감 있게 상황을 전하진 못했지만, 군호들은 그녀와 오랫동안 함께 지냈기 때문에 누구보다도 솔직하다는 것을 잘 알고 있었다. 게다가 그녀는 전혀 막힘없이 말을 이어나갔다. 절대 날조하거나 거짓이 섞인 것 같지 않았다. 더욱이 위소보가 군호들을 구하기 위해 벼슬을 버리고 달아나 결국 백작부가 포격을 당한 일은 다들 잘 알고 있었다. 그리고 자세히 생각해보니, 그동안 풍제중의 행동거지가 쌍아의 말과 다 부합되어 믿지 않을 수가 없었다.

현정 도인이 분연히 말했다.

"그렇다면 오랑캐 황제는 왜 그 성… 빌어먹을 성지에다 위 향주가 총타주님을 해쳤다고 명시했지?"

그가 위소보를 '위 향주'라고 칭하는 것을 보니, 십중팔구는 믿는 것 같았다. 쌍아가 대답했다.

"글쎄요, 그건 저도 잘 모르겠어요."

그러자 기표청이 나서서 한마디 했다.

"그게 바로 오랑캐 황제의 음모요. 위 향주가 우리 천지회와 완전히 연을 끊고 앞으로 자신만을 위해 충성하도록 하려고 꾸민 일이겠죠!"

서천천이 그의 말을 받았다.

"맞아요, 맞아! 기 형제의 말이 맞아!"

그러고는 칼을 거두고 바로 무릎을 꿇었다.

"우리가 다 너무 어리석어 위 향주를 오해했으니 죽어 마땅합니다. 어떤 벌도 달게 받겠습니다!"

나머지 군호들도 일제히 무릎을 꿇었다. 현정 도인은 자신의 뺨을 치며 소리쳤다.

"난 죽어야 돼!"

위소보와 쌍아도 황급히 무릎을 꿇고 답례했다. 위소보는 비로소 제정신을 차리고 말했다.

"자, 다들 어서 일어나세요. 부지자부죄不知者不罪라고, 모르면 죄가 없다고 하지 않습니까. 몰랐으니까 그랬겠죠."

군호들은 몸을 일으켰다. 그리고 다시 정중히 사과를 거듭했다.

그제야 위소보는 다시 의기양양해져서 자신이 겪은 지난 일을 무용담처럼 늘어놓았다. 그가 하는 말은 당연히 생동감이 넘치고 때로는 아슬아슬 위험천만하고 또한 흥미진진했다. 그러나 군호들이 듣기엔 쌍아의 말만큼 믿음이 가진 않았다.

군호들은 서로 귀엣말을 주고받더니 이역세가 입을 열었다.

"위 향주, 총타주께서 불행히도 간인에게 해를 당했으니 이제 천지회는 구심점을 잃고 의기소침해 있습니다. 10당의 형제들은 새로운 총타주를 추대하기 위해 의론이 분분한데 아직 결론을 내리지 못하고 있어요. 우리 청목당은 위 향주를 추대하고 싶은데, 나머지 9당이 선뜻 찬동하지 않을 겁니다. 그래서 한 가지 큰 공을 세우려 합니다."

위소보는 연신 손사래를 쳤다.

"난 절대 총타주가 되지 않을 겁니다!"

그러나 호기심이 생겨 물었다.

"큰 공을 세우자고 했는데, 그게 뭡니까?"

이역세가 대답했다.

"지금 조정에선 삼번의 난을 평정했고, 대만도 차지했으며, 북방의 우환이었던 러시아도 위 향주가 쫓아버렸으니 반청복명의 대업은 갈수록 더 어려워질 겁니다."

위소보가 한숨을 내쉬었다.

"그래요…."

그러고는 속으로 중얼거렸다.

'어렵게 됐으니 그냥 맘 편하게 반청복명을 하지 않으면 되지….'

이역세가 말했다.

"오랑캐 황제는 비록 나이는 젊지만 제법 재간이 있고, 민심을 잘 다독여 다들 망국의 한을 차츰 잊어가는 것 같습니다. 이렇게 세월이 자꾸 흘러가면 오랑캐한테서 이 강산을 되찾기가 어려워지겠죠."

위소보는 다시 한숨을 내쉬었다.

"그래요…."

또 속으로 생각했다.

'그래, 소현자가 이 강산을 잘 다스리고 있는데 왜 되찾으려는 거야?'

이역세가 다시 말했다.

"위 향주는 황제의 신임을 받고 있으니 치밀한 계획을 짜서 우릴 궁으로 잠입시켜주면, 우리가 오랑캐 황제를 죽이겠소!"

위소보는 소스라치게 놀랐다.

"아니… 그건 좀 곤란한데…."

번강이 말했다.

"위 향주님, 왜 곤란하다는 겁니까?"

위소보가 생각을 굴리며 말했다.

"궁에는 시위들이 워낙 많아요. 게다가 효기영, 전봉영, 호군영護軍營에다 화기영火器營, 호창영虎槍營 등이 황상을 겹겹이 보호하고 있어요. 정말 만만치 않다고요. 시위만 하더라도 어전 시위, 건청문 시위, 삼기三旗 시위가 있어요. 지난날 '신권무적' 귀신수 어른같이 천하무적의 고수도 실패하고 결국 목숨을 잃었잖아요. 하물며 우린… 어쨌든 황상을 시해한다는 건 도저히 불가능해요."

군호들은 그가 일언지하에 거절하자 내심 불쾌했다. 게다가 오랑캐 황제를 '황상'이라 칭하자 더욱 표정이 일그러졌다.

번강은 군호들의 표정을 살피고 나서 위소보에게 말했다.

"위 향주, 오랑캐 황제를 죽이는 일은 물론 쉽지가 않겠죠. 하지만 위 향주가 적극적으로 도와주면 절대 불가능한 일은 아닐 겁니다. 우린 이미 죽을 각오가 돼 있지만 위 향주의 안전은 꼭 지켜드리겠습니다. 그동안에도 위 향주가 본회를 위해 많은 공을 세운 것을 잘 알고 있습니다. 오랑캐는 불구대천의 원수이니 앞으로 반청복명의 대업은 위 향주께서 이어가야 합니다."

위소보는 고개를 내둘렀다.

"다른 건 몰라도 이 일만은 절대 할 수 없습니다. 황상이 나더러 천지회를 멸하라고 했지만 난 거절했습니다. 그건 의리 때문이죠. 여러분이 지금 나더러 황상을 죽이라고 하면 역시 할 수 없어요. 그것도 의리니까요!"

현정 도인이 화를 냈다.

"한인이 왜 만청 오랑캐한데 의리를 지킵니까? 그럼 매국… "

그는 '매국노'라는 말을 애써 삼켰다.

번강이 말했다.

"이건 예삿일이 아니니 위 향주도 좀 더 생각해볼 시간이 필요할 겁니다. 돌아가서 잘 생각해보시고 나서 우리에게 답변을 주십시오."

위소보가 얼른 대답했다.

"네, 그러죠. 가서 자세히 생각해볼게요, 네…."

그가 전혀 성의 없게 말하자 서천천이 한마디 했다.

"위 향주가 총타주님의 유지를 잊지 말길 바랍니다. 망국의 한을 잊어선 안 되죠. 한인들은 절대 만주 오랑캐의 노예가 될 수 없습니다!"

위소보가 고개를 끄덕였다.

"아, 네! 네… 그걸 잊어서야 되겠어요?"

군호들은 그가 대충 얼버무리고 있다는 것을 알고 모두 침묵을 지켰다. 위소보는 이 사람, 저 사람을 쳐다보더니 웃으며 말했다.

"왜 다들 아무 말도 없나요?"

군호들은 여전히 입을 꾹 다물고 있었다. 위소보는 바늘로 등을 찌르는 듯 화끈거려서 몸 둘 바를 몰라 했다.

"돌아가서 잘 생각해볼 테니 오늘은 이만 헤어집시다. 나중에 다시 만나서 이야기해요."

군호들은 그를 골목 입구까지 배웅하고 공손히 인사를 올리며 작별을 고했다.

이때 강 양쪽에서 휙, 휙, 삘리리 하는 대나무 피리 소리가 들려왔다.

그 소리는 끊겼다가 이어지며 서로 호흡을 맞추는 것 같았다.

그 소리를 듣자 위소보는 이내 얼굴이 환해졌다.

"천지회의 신호야!"

서쪽에서 누군가가 큰 소리로 외쳤다.

"위소보! 어서 나와라!"

공작부로 돌아온 위소보는 자기 방에 앉아 고민에 빠졌다.

오후가 되자 입궐하라는 전갈을 받고 황제를 알현했다.

강희는 상서방에서 위소보를 소견하면서 다짜고짜 물었다.

"풍석범이 갑자기 실종됐다는데, 어떻게 된 일이냐?"

위소보는 흠칫 놀랐다.

'왜 갑자기 그걸 나한테 묻지?'

그는 잡아뗐다.

"황상, 풍석범이 실종되던 날 저는 줄곧 다 총관과 시위들하고 놀고 있었어요. 나중에 전봉영의 태 도통이 풍석범을 데려갔다는 이야기를 들었는데, 그가 왜 사라졌는지는 알지 못합니다. 그 대만에서 투항한 사람들은, 듣자니 늘 자기네끼리만 쑥덕거리고 행동이 아주 수상쩍었다고 하더군요. 무슨 음모를 꾸미고 있는지 모르니 제가 자세히 조사해보겠습니다."

강희는 빙긋이 웃었다.

"좋아, 그럼 네가 책임지고 풍석범의 행방을 알아봐라. 난 항복한 대만 사람들을 잘 지켜주겠다고 약속했다. 한데 그자가 느닷없이 실종됐으니 진상을 밝혀 확실한 답변을 주지 않으면 약속을 어기는 결과가 되지 않겠느냐?"

위소보는 이마에 땀방울이 맺혔다.

'황상이 왜 이렇게 다그치듯이 말하지? 혹시 내가 풍석범을 죽인 걸 알고 있는 게 아닐까?'

그는 무조건 대답을 했다.

"네! 네!"

강희가 다시 물었다.

"오늘 은행 골목에 간 모양인데, 잘 놀다 왔느냐?"

위소보는 멍해져서 되물었다.

"은행 골목이라뇨?"

이내 생각나는 게 있었다. 천지회 군호들이 머물고 있는 그 골목 입구에 분명 아름드리 은행나무가 두 그루 있었다. 그 골목이 바로 은행 골목인 모양이었다. 황상이 그 골목까지 언급하는 것으로 미루어 모든 것을 다 알고 있는 게 분명했다. 더 이상 뭘 숨기겠는가? 이젠 이마뿐만 아니라 전신에서 땀이 흘러내렸다. 두 다리가 후들후들 떨려 그 자리에 무릎을 꿇고 넙죽 절을 올렸다.

"황상은 명견만리이옵니다. 아무튼 저는 오로지 황상께 충성할 뿐입니다!"

강희는 한숨을 내쉬었다.

"그래, 그 역도들이 너더러 날 죽이라고 했는데 거절했다더구나. 나에 대한 의리는 잘 안다. 하지만… 소계자, 넌 평생을 그렇게 양다리를 걸친 채 살아갈 테냐?"

위소보는 연신 절을 올리며 말했다.

"통촉해주시옵소서. 저는 절대 천지회의 총타주가 되지 않을 겁니다. 황상, 천번만번 안심하시옵소서!"

강희는 다시 한숨을 내쉬며 잠시 침묵을 지키다가 천천히 말했다.

"난 중국 황제를 하면서 비록 요순우탕堯舜禹湯이라 자처하진 못해도 백성들을 아끼고 선정을 베풀려고 노력해왔다. 명 왕조 황제 중에 나보다 더 나은 사람이 있었더냐? 이제 삼번도 평정되고, 대만도 수복했으며, 러시아도 더 이상 국경을 침범하지 않을 것이다. 이제 비로소 백성들이 편안한 삶을 누릴 수 있는 태평성대를 이룩했어. 천지회의 역도들이 한사코 반청복명을 부르짖는데, 백성들이 다시 명 왕조 치하에 들어가면 지금보다 더 잘살 수 있을 것 같으냐?"

위소보는 속으로 중얼거렸다.

'그건 나도 잘 모르지…'

겉으로는 힘주어 말했다.

"〈봉양화고鳳陽花鼓〉라는 노래를 들은 적이 있습니다. 거기에서 이렇게 말하더군요. '주朱 황제의 천하가 된 후로 10년 중에 9년은 흉년이라, 대갓집에선 논밭을 팔고, 가난한 사람들은 자식들을 파는구나.' 백성들이 얼마나 고달프게 살았으면 그런 노래가 나왔겠어요. 지금이야말로 국태민안, 태평성세를 누리고 있습니다. 이게 다 황상께서 요순어탕이기 때문입니다. 주 황제들과는 10만 8천 리의 차이가 있죠."

강희는 미소를 지었다.

"어서 일어나라."

그러고는 뒷짐을 지고 이리저리 거닐다가 말했다.

"부황은 만주 사람이지만 나의 생모 효강 황후는 한군기인漢軍旗人의 후손이다. 그러니 난 반은 만주 사람이고 반은 한인인 셈이지. 난 천하의 백성을 똑같이 대해왔어. 한인이라고 해서 소홀히 대한 적이 없다. 한데 그들은 왜 날 미워하며 꼭 죽이려 하는지 모르겠구나.”

위소보가 말했다.

“그 대역무도한 반도들은 어리석기 짝이 없어요. 황상께선 그들을 완전히 무시해도 됩니다.”

강희는 고개를 설레설레 흔들더니 표정이 갑자기 울적해져서는 한참 후에야 입을 열었다.

“만주 사람들도 좋은 사람이 있고 나쁜 사람이 있듯이, 한인들도 마찬가지로 좋은 사람이 있고 나쁜 사람이 있다. 세상의 그 많은 나쁜 사람들을 다 죽일 수는 없어. 그렇다고 그들을 다 개과천선시킬 재주도 없고… 휴… 황제라는 게 이렇듯 어려운 자리일 줄이야….”

그는 자신의 상황을 한탄하듯 다시 한숨을 내쉬며 위소보를 잠시 뚫어지게 응시했다. 그리고 짤막하게 말했다.

“가거라!”

위소보는 절을 올리고 물러났다. 온몸이 써늘했다. 좀 전에 너무 놀라서 식은땀을 흘린 탓에 내의까지 다 젖었으니 그럴밖에! 궁궐 문을 나서자 비로소 가슴을 쓸어내리며 안도의 숨을 내쉴 수 있었다.

‘황상은 천지회에 또 첩자를 심어놨군. 풍제중을 죽이니 또 다른 첩자가 생긴 거야. 그렇지 않고서야 그들이 나더러 황상을 시해하라고 한 것까지 알 리가 없잖아? 한데 이번 첩자는 또 누구지?’

집으로 돌아와서도 곰곰이 생각해봤지만 짚이는 바가 없었다.

생각이 이어졌다.

‘황상은 나더러 책임지고 풍석범의 행방을 알아내라는데, 보아하니 날 의심하고 있는 게 분명해. 단지 확신이 없을 뿐이지… 이 일은 또 어떻게 무사히 넘기나? 아까 쌍아는 내가 형장에서 모 대형을 바꿔치기했다고 말했는데, 다행히 난 쌍아에게 풍석범으로 바꿔치기했다고는 말하지 않았기 때문에 그녀는 그 사실을 모르고 있어. 그렇지 않고 다 까발렸다면 첩자가 틀림없이 황상께 다 고자질했을 테지! 그럼 일등 공작이고 나발이고 다 박탈당할 거고, 어쩌면 목숨을 잃게 될지도 몰라….'

생각할수록 머리가 어지러웠다. 전에는 입궐하면 강희와 시시덕거리며 아주 재밌게 지냈다. 그런데 지금은 세월이 흘러 황제는 갈수록 더 위엄이 있고… 이젠 말도 함부로 할 수가 없었다. 강희는 더 이상 다정한 사이가 아니고 두려움의 대상이었다. 무원대장군이고 일등 녹정공이고… 다 무의미하고 재미도 없었다. 차라리 어릴 때 여춘원에서 즐겁게 놀던 시절이 그리웠다.

지금 그는 진퇴양난의 기로에 놓여 있었다.

'천지회 형제들은 나더러 황상을 죽이라고 하고, 황상은 나더러 천지회를 섬멸하라는데… 어쩌면 좋지?'

강희가 한 말이 아직도 귓가에 생생했다. '소계자, 넌 평생을 그렇게 양다리를 걸친 채 살아갈 테냐?'

그는 아랫입술을 깨물었다.

'그래, 빌어먹을! 안 하면 되잖아! 난 아무것도 안 할 거야!'

속으로 그렇게 아무것도 안 한다고 외치니 갑자기 속이 아주 후련해졌다. 그는 품속에서 주사위를 꺼내 탁자에 휙 던지며 소리쳤다.

"다 안 할 거면 만당홍滿堂紅이 나와라!"

주사위 네 알이 데구루루 구르더니 세 알은 홍색이 나오고, 한 알은 6점이 나왔다. 이건 만당홍이 아니다. 주사위를 던지면서 수작을 부렸는데도 뜻하는 점수가 나오지 않았으니 절로 욕이 나왔다.

"빌어먹을!"

주사위를 다시 던졌다. 계속 여덟 번을 던져서야 네 알이 다 홍색이 나와 겨우 만당홍이 되었다. 어쨌든 기분이 좋았다.

"그래! 하느님께서 나더러 우선 황상을 위해 일곱 가지 일을 하고 그만두라는 거군!"

가만히 생각하니 강희를 위한 일곱 가지 일은 이미 다 했다.

첫째는 오배를 죽였고, 두 번째는 노황야를 구했으며, 오대산에서 몸으로 검을 막아 황상을 구한 것이 세 번째 일이었다. 네 번째는 태후마마를 구해주었고, 다섯 번째는 몽골과 서장의 세력을 조정으로 끌어들인 것이다. 여섯 번째는 신룡교를 섬멸했고, 일곱 번째로 오응웅을 잡아왔다.

그뿐만이 아니다. 더 있다. 조양동과 장용을 추천해 오삼계를 평정했고, 아홉 번째로 야크사를 공략해 러시아와 네르친스크 조약을 맺지 않았던가!

위소보는 생각할수록 신이 났다.

'그리고… 그리고… 너무 많아! 작은 일까지 합치면 부지기수야! 큰일만 따져도 일곱 가지는 넘어!'

그는 일곱 가지 큰일이 무엇무엇인지 따져보고 싶지도 않았다. 아무튼 결론을 내렸다.

'이젠 아무것도 안 할 거야!'

생각이 이어졌다.

'버슬도 안 하고 모반도 하지 않으면 난 뭘 해야 하지?'

아무리 생각을 해봐도 양주로 돌아가는 게 가장 속 편할 것 같았다. 양주로 돌아갈 생각을 하니 구름 위를 나는 듯 홀가분하고 기분이 좋아서 큰 소리로 외쳤다.

"여봐라!"

그는 친위병들을 시켜 술상을 차려오게 해서 자작自酌을 했다. 그리고 어떡해야 뒤탈 없이 일을 말끔하게 마무리할 수 있을지 궁리했다. 강희가 사람을 시켜 자기를 잡으러 와도 안 되고, 천지회의 강요에서도 벗어나야 했다. 공주더러 양주로 가자고 하면 틀림없이 싫다고 할 것이다. 그리고 양주로 가서 기루를 차리자고 하면 소전, 아가, 방이, 목검병, 증유가 극구 반대할 게 뻔했다.

'좋아! 일단 경성을 뜨고 보는 거야! 무슨 일이 닥쳐도 그때그때 요령껏 헤쳐나가면 돼. 수백만 냥의 재산이 있는데, 기루를 하지 않는다고 굶어죽겠어? 좀 재미가 없고 심심할 뿐이지….'

이날 밤, 그는 일곱 부인을 다 불러모아 다시 술판을 벌였다. 일곱 부인은 그가 최근에 늘 인상을 찡그리며 뭔가 고민이 있는 것 같았는데, 오늘은 싱글벙글 웃는 게 기분이 좋아 보여서 물었다.

"오늘 무슨 기분 좋은 일이 있나요?"

위소보가 미소를 지으며 대답했다.

"비밀이라 말할 수 없어."

공주가 물었다.

"황상이 또 승진을 시켜줬나 보지?"

증유도 물었다.

"노름을 해서 돈을 많이 땄군요?"

쌍아는 다른 것을 물었다.

"천지회의 골치 아픈 일이 다 해결됐나 보죠?"

아가도 한마디 했다.

"흥! 틀림없이 또 마음에 드는 여자가 생겨서 여덟 번째 부인으로 삼으려는 모양이야!"

위소보는 연신 고개를 내둘렀다.

부인들이 계속해서 꼬치꼬치 묻자 위소보는 사뭇 진지하게 말했다.

"원래는 말하지 않으려고 했는데, 다들 궁금해서 계속 물으니 어쩔 수 없이 말해줘야겠군."

일곱 부인은 눈을 똑바로 뜨고 그를 응시하며 귀를 세웠다. 위소보가 정색을 하고 말했다.

"난 대관이 되고 공작에 봉해졌지만 일자무식이라 체면이 서지 않았어. 그래서 내일부터 열심히 글공부를 해서 정식으로 과거에 응시해 장원급제하려고 마음먹었어."

그 말을 듣자 일곱 부인은 서로 마주 보며 처음엔 멍해했으나 이내 깔깔 웃음을 터뜨렸다. 그녀들은 위소보에 대해 너무나 잘 알고 있었다. 살인과 방화, 도둑질과 사기, 둘러대기, 생떼쓰기… 뭐든지 다 할 수 있어도, 딱 한 가지는 하늘이 무너져도 절대 할 수 없다. 그게 바로 글공부였다. 일곱 부인은 위소보가 또 실없는 이야기를 한다며, 그냥 웃어넘겼다.

다음 날 아침 일찍 순천부에서 그를 찾아왔다. 황제가 풍석범의 실종사건을 위소보가 맡아서 해결하라고, 황명을 내렸다. 그래서 순천부의 지부知府가 위소보의 지시에 따르기 위해 찾아뵈러 온 것이다.

위소보는 눈살을 찌푸리며 물었다.

"순천부 아문衙門에는 포졸들이 많은데 아직도 아무런 실마리를 찾아내지 못했단 말이오?"

지부가 대답했다.

"풍 백작의 실종은 정말 의문점이 많습니다. 연일 포졸들을 독촉해 다방면으로 수사를 했지만, 단서를 찾아내지 못했습니다. 오늘에서야 황상께서 이번 사건을 위 공야께서 직접 진두지휘할 거란 성지를 내려 이렇게 달려온 겁니다. 위 공야께서 나서주신다면 사건이 쉽게 해결될 거고, 저도 덩달아 승진을 할 수 있으니 얼마나 기쁜지 모릅니다. 위 공야는 조정에서 다들 인정하는, 가장 영명하고 유능한 대신입니다. 제가 이번에 위 공야의 지휘를 받게 된 것은 조상의 음덕이라 생각합니다. 위 공야는 러시아 귀신들까지 다 쫓아버렸는데 풍 백작의 행방을 찾아내는 건 문제도 아니겠죠!"

위소보는 그가 연신 아첨을 떠는 것이, 결국은 책임을 다 자기한테 넘기려는 속셈임을 잘 알고 있었다.

'풍석범의 수급을 어디다 숨겨놓았지? 오늘 밤에라도 화시분을 써서 없애버려야겠군! 다른 사람 손에 들어가면 큰일이니까. 끝내 증거를 찾지 못하면 날 몰아세우지 못할 거야.'

그는 벌써 화시분을 써서 풍석범의 시신을 없애야 했는데, 요즘 너무 바쁘다 보니 깜박하고 있었다. 지금까지 황제가 맡긴 일을 다 잘 처리해왔는데, 이번 일은 어떻게 해야 할지 신경이 쓰였다.

지부가 말했다.

"풍 백작의 부인은 매일 아문을 찾아와 문 앞에 죽치고 앉아서 남편을 내놓으라고 아우성입니다. 정말 골치 아파 죽겠어요. 어제 들어온 보고에 의하면, 그 무슨 난향이라는 풍 백작의 애첩이 마부와 함께 야반도주를 했대요. 금은보화도 많이 챙겨간 모양입니다. 만약 풍 백작을 계속 찾아내지 못하면 집안의 첩실과 하인들이 다 떠날 거라고 성화더군요."

위소보는 코웃음을 쳤다.

"풍석범은 어디에 숨어 오입질을 하고 있겠죠. 포졸들을 시켜 기루나 사창가를 샅샅이 뒤져봐요. 원래 주색잡기에 환장한 사람이라 계집을 껴안고 어디 처박혀 있을지도 몰라요. 그러니 애첩이 외간 남자랑 달아나죠!"

지부가 약간 머뭇거리며 말했다.

"네, 네! 그래도 만약 어디서 주색잡기에 빠져 있었다면… 아마 벌써 돌아왔겠죠."

위소보가 말했다.

"그기야 장담할 수 없죠. 풍석범은 워낙 색골이라 성인군자인 지부대인과는 판이하게 달라요. 어디 사창가에 열흘이고 보름이고 푹 빠져 있을 수도 있죠."

지부는 어색하게 웃었다.

"뭐… 그럴 수도 있겠죠…."

이때 풍 부인이 사람을 시켜 선물을 보내왔다. 위소보가 사건을 맡은 것을 알고 하루속히 일을 잘 해결해달라는 뜻에서 보낸 선물이라고 했다. 위소보는 당장 선물을 돌려보냈다.

얼마 후 친위병이 돌아와 보고했다.

"그 풍 부인은 정말 무례하더군요. 황상께서도 이번 일을 알았으니 반드시 진상을 밝혀낼 거라면서, 손으로 하늘을 가릴 생각은 말라는 둥 엉뚱한 소리를 지껄이기에 뺨을 후려치려다 그냥 참았습니다."

위소보는 내심 켕기는 게 있어 뜨끔했다.

'이렇게 차일피일 미루다가는 들통이 날지도 몰라. 빌어먹을! 풍석범도 내 손으로 죽였는데, 그깟 아낙 하나쯤이야… 겁낼 내가 아니지!'

그때 한 가지 좋은 생각이 떠올라 이내 만면에 웃음을 띠고 지부에게 말했다.

"그냥 떠나지 말고 여기서 잠깐만 기다려줘요."

그는 안채로 들어가 친위대장에게 여차여차 하라고 일렀다. 대장은 분부를 받고 바로 떠났다. 대청으로 돌아온 위소보는 넌지시 말했다.

"황상께서 분부하신 일이니 우린 최선을 다해 조속히 해결해서 황은에 보답해야 합니다. 그러니 일단 나랑 함께 백작부로 가서 한번 둘러봅시다."

지부는 멍해졌다.

'풍 백작이 집을 나와 실종됐는데, 집에 가서 뭘 보겠다는 거지?'

입으로는 연신 대답했다.

"아, 네! 네… 그러죠."

위소보가 다시 말했다.

"이번 사건은 아주 까다로우니 그의 집안 식구들을 일일이 다 심문해봅시다. 어쩌면 실마리를 찾아낼 수 있을지도 모르죠.”

지부가 고개를 끄덕였다.

“아, 네! 위 공야는 역시 용의주도하시군요. 저는 아둔해서 미처 그 생각을 하지 못했습니다.”

순천부의 지부는 직급상 감히 백작부를 찾아가 그 가족을 심문할 엄두를 내지 못했다. 그리고 순천부 아문에선 풍 백작과 무원대장군 위 공야가 서로 앙숙지간이라는 것을 다 알고 있었다. 풍석범이 갑자기 실종되자, 십중팔구 위 공야가 사람을 시켜 죽인 거라고 생각했다. 그러나 위 공야는 황상이 가장 총애하는 최측근이고 병권을 장악하고 있는데, 누가 감히 나서서 호랑이의 수염을 건드린단 말인가? 그저 대충대충 얼버무리며 날짜를 끌어 일이 흐지부지 종결되기만 기다리는 실정이었다.

지부는 속으로 중얼거렸다.

‘위 공야는 풍석범을 죽이고 이번엔 그의 집을 찾아가 식구들을 심문하며 괴롭히겠다는 건가? 그 풍 부인은 왜 찾아와서 엉뚱한 말을 해가지고 사서 고생을 하는지 모르겠어….’

위소보는 춘천부 지부와 함께 여덟 명이 드는 팔인교八人轎를 타고 충성백부忠誠伯府로 갔다. 이미 수백 명의 친위병들이 그 집을 겹겹이 포위해 아무도 얼씬하지 못하게 했다. 집 안으로 들어가자 친위대장이 보고를 했다.

“대인, 집안 식구는 모두 79명입니다. 지금 서청西廳에서 대인의 심문을 기다리고 있습니다.”

위소보가 고개를 끄덕이자 대장이 다시 말했다.

"대인, 심문을 할 공당公堂은 동청에 마련돼 있습니다."

위소보는 동청으로 갔다. 심리審理에 필요한 공안公案이 이미 다 준비돼 있었다. 위소보는 한가운데 앉고 지부더러 옆에 앉으라고 했다.

친위병이 곧 서청에서 한 젊은 여인을 데려왔다. 나이는 스물네댓쯤 돼 보이고, 자색이 꽤 괜찮았다. 그녀는 사뿐사뿐 걸어와 공당 앞에서 무릎을 꿇었다. 위소보가 물었다.

"넌 누구냐?"

여인이 대답했다.

"천첩은 백작 대인의 다섯 번째 첩실입니다."

위소보는 빙긋이 웃었다.

"앉으세요. 나한테 무릎을 꿇으니 송구스럽구먼요."

여인은 일어서려 하지 않았다. 그러자 위소보가 자리에서 일어나 웃으며 말했다.

"일어서지 않으면 나도 함께 무릎을 꿇어야겠네요."

그제야 여인은 생긋이 웃으며 일어났다. 위소보도 도로 자리에 앉았다. 지부는 그것을 보고 속으로 생각했다.

'위 공야는 우려했던 것처럼 풍씨 가족들에게 사납게 굴진 않지만, 색기가 좀 엿보이고, 점잖지 못한 것 같은데….'

위소보가 다시 물었다.

"이름이 뭐죠?"

여인이 다시 대답했다.

"국방菊芳이라고 해요."

위소보는 코를 몇 번 벌름거리더니 웃으며 말했다.

"국화 향기라… 좋은 이름이군요. 어쩐지 들어오자마자 국화 향기가 풍겼소."

국방은 다시 생긋이 웃으며 간드러진 음성으로 말했다.

"그렇게 놀리시면 부끄럽사옵니다."

위소보는 고개를 갸웃거리며 그녀를 잠시 훑어보더니 물었다.

"듣자니 귀댁에서 소실 한 사람이 도망갔다던데, 사실이오?"

국방이 대답했다.

"네, 그래요. 이름이 난향蘭香이라고 하는데… 흥! 정말 뻔뻔해요!"

위소보가 말했다.

"지아비가 갑자기 보이지 않으니 외간 남자를 따라간 것은 이해 못할 일도 아니지. 그러니까 미가…."

그는 주워들은 멋진 문구가 있었는데 잘 생각이 나지 않아 지부에게 물었다.

"미가 무슨 비죠?"

지부가 대답했다.

"네, 대인, 미가후비未可厚非(비록 결점이 있지만, 너그럽게 봐줄 수 있다)입니다."

위소보가 하하 웃었다.

"맞아요, 미가후비! 국방 누님, 누님은 왜 달아나지 않았나요?"

지부는 이내 눈살을 찌푸렸다.

'갈수록 말도 안 되는 소리를 하네. 어떻게 저 여자한테 '누님'이라고 할 수가 있지?'

국방은 고개를 숙이며 위소보에게 곱게 눈을 흘겼다.

위소보는 마치 기루에 놀러 온 기분이 들어 신이 났다.

"저, 혹시 그 노래 알아요? 십⋯."

하마터면 '십팔모'라는 말을 입 밖에 낼 뻔했다. 적시에 입을 다물어 다행이었다. 어색함을 감추려고 얼른 친위병에게 분부했다.

"이 국방 낭자에게 20냥을 내려라!"

친위병이 대답을 하고 큰 소리로 외쳤다.

"대인께서 상을 내리시니 감사를 드려라!"

국방은 살포시 몸을 숙이며 간드러지게 말했다.

"나리, 감사합니다."

그녀는 기녀 출신이었다. 누가 돈을 주면 '나리, 감사합니다'라는 말이 입에 배서, '공작 대인'을 그냥 '나리'로 호칭한 것이다.

위소보는 다시 한 사람씩 불러들여 심문을 했다. 남자는 없고 다들 여인이었다. 젊고 예쁜 여자면 적당히 희롱을 하고 늙고 못생긴 여자면 백작을 잘못 모셨기 때문에 바람을 피우러 나가서 아직 안 돌아오는 거라고, 호통을 쳐서 내보냈다.

반 시진 정도 심문을 했을까, 친위병이 한 명 들어와 그의 뒤에 섰다. 그러자 위소보는 또 아무렇게나 두 명을 심문하고 나서 몸을 일으켰다.

"우리 집 안을 한번 살펴봅시다."

그는 지부와 순천부의 문안文案(조사관), 포도대장, 친위병들을 데리고 방마다 들어가 조사했다. 서쪽 세 번째 방을 뒤질 차례라, 다들 들어가서 친위병들이 의례적으로 여기저기를 뒤적거리다가 한 명이 갑자기 비명을 질렀다.

"으악!"

모두의 시선이 그에게 꽂혔다. 그 친위병은 큰 상자 밑에서 칼 한 자루를 찾아냈다. 칼에는 아직 핏자국이 남아 있었다. 친위병은 한쪽 무릎을 꿇고 칼을 위소보에게 바쳤다.

"대인, 흉기를 찾아냈습니다!"

위소보는 고개를 끄덕이며 '음' 하더니 바로 분부했다.

"계속 뒤져봐라!"

이어 지부에게 말했다.

"자, 보시죠. 칼에 피가 묻어 있죠?"

지부가 칼을 받아보니 핏자국이 남아 있고, 코로 맡아보니 피비린내도 났다.

"네, 대인! 피가 틀림없습니다."

위소보가 말했다.

"이 칼 위쪽에 작은 구멍이 하나 있는데, 어디 쓰이는 칼이죠?"

순천부 포도대장이 칼을 유심히 살피더니 대답했다.

"대인, 이것은 여물을 써는 찰도鍘刀(작두)입니다. 주로 마구간에서 사용하죠."

위소보는 고개를 끄덕였다.

"오… 그렇군."

친위대장이 부하를 시켜 물을 한 통 길어오게 해서 방바닥에 부었다. 위소보가 그것을 보고 물었다.

"그게 뭐 하는 거지?"

친위대장이 대답했다.

"네, 대인. 만약 땅바닥을 판 지 얼마 되지 않았으면 흙이 물러서 물이 금방 스며듭니다. 그래서…."

그의 말이 끝나기도 전에, 침상 아래 물이 땅속으로 빠르게 스며들었다. 그것을 본 친위병들이 일제히 환호를 질렀다. 그러고는 침상을 옮기고 곡괭이와 삽을 가져와 땅을 파기 시작했다.

잠시 후, 땅속에서 시신 한 구를 파냈다. 시신은 몸뚱어리만 있을 뿐, 머리는 보이지 않았다. 그리고 부패된 냄새가 나는 것으로 미루어 죽은 지 여러 날 된 것 같았다. 한 가지 분명한 것은 시신이 백작의 공복公服을 입고 있다는 사실이었다.

지부는 시신을 보자마자 소리쳤다.

"이건… 풍 백작이야!"

위소보가 물었다.

"풍석범이라고요? 그걸 어떻게 단정하죠?"

지부가 말했다.

"아, 네… 머리를 찾아내야만 확정할 수 있겠군요!"

이어 고개를 돌려 곁에 있는 포도대장에게 물었다.

"이 방은 누가 사는 방이지?"

포도대장이 대답했다.

"즉시 가서 확인해보겠습니다."

그는 서청에 가서 풍씨 식구 한 사람을 데려왔다. 그에게 물어보니, 이 방은 바로 마부를 따라 달아난 난향이 살던 방이라고 했다.

포도대장이 말했다.

"그 난향을 데리고 달아난 놈은 형사邢四라는 마부고, 흉기는 주로 마구간에서 사용하는 찰도니… 제가 가서 마구간을 샅샅이 뒤져보겠습니다."

그가 마구간으로 가자 다들 우르르 몰려갔다. 과연 마구간을 뒤져 구유통 밑 땅을 파보니 사람의 머리가 나왔다.

바로 가서 풍 부인을 불러와 확인시키자, 풍석범의 머리가 분명하다고 했다.

지부를 따라온 검시관이 곧 시신을 검사하고 풍석범이 칼에 의해 목이 잘려 죽었다고, 공문을 작성했다.

이때 풍씨 집안 사람들은 다 서청에 나와 대성통곡을 하며 마부 형사와 난향을 늘씬하게 욕해댔다. 나쁜 일은 금방 소문이 나기 마련이다. 반나절도 못 돼서 북경성 곳곳마다 이 엽기적인 살인사건이 화제가 되어 들끓었다.

지부 대인은 부끄럽기도 하고 또한 너무 감격스러웠다. 만약 위 공야가 나서서 이렇듯 신속하게 사건을 해결하지 않았다면 자신은 출셋길이 막혀버릴지도 모르는 일이었다. 연신 굽실거리며 고맙다는 인사를 하고, 사람을 시켜 형사와 난향을 지명수배하는 방문을 작성해 도처에 붙이라고 분부했다. 그리고 사건 경위를 상부에 보고했다.

그러나 그 포도대장은 속으로 의문스러운 점이 많았다. 시신의 목은 아주 반듯하게 잘렸다. 매우 예리한 칼에 의해 댕강 잘린 것이지, 여물을 써는 찰도로 자른 게 아니었다. 그리고 시신과 머리에 묻은 흙은 아무리 봐도 열흘 전에 묻은 게 아니라 불과 얼마 전에 묻은 게 분명했다.

그러나 이번 사건을 해결한 것은 위 공야다. 수고한 사람들에게 골고루 상을 나눠줄 것이었다. 그리고 풍씨 집안에선 이미 그에게 적지 않은 돈을 쥐어주었다. 달아난 범인들을 빨리 잡아달라는 청탁이었다. 아무리 의문점이 많아도 그는 감히 입을 벙긋할 수 없는 입장이었다. 어쨌든 사건이 빨리 처리됐으니 자신도 홀가분했다. 그래도 꺼림칙한 생각은 지울 수 없었다.

'풍씨 집안으로 가서 심문을 하자고 했을 때, 위 공야는 이미 친위 병들을 시켜 주위를 겹겹으로 포위해 아무도 얼씬 못하게 했어. 그사이에 시신 한 구가 아니라 열 구도 얼마든지 옮겨와서 묻을 수 있었겠지… 그래….'

그는 자신만이 아는 비밀로, 끝까지 함구하기로 작심했다.


위소보는 순천부 지부로부터 사건 종결에 관한 공문을 받아들고 바로 입궐했다. 그리고 강희를 만나 사건을 해결한 경위를 상세히 들려주었다. 그의 말을 다 듣고 나서 강희는 빙긋이 웃었다.

"소계자, 까다로운 사건을 해결하는 데도 탁월한 재능이 있군. 다들 너더러 제2의 판관 포청천이라고 하던데!"

위소보는 얼른 따리를 붙였다.

"모든 게 다 황상의 홍복을 입은 덕입니다. 저는 운이 좋아 우연히 사건을 해결했을 뿐이지요."

강희는 '흥!' 하고 코웃음을 치더니 그를 무섭게 노려보며 차갑게 말했다.

"이화접목移花接木('꽃이 핀 나뭇가지를 다른 나무에 옮겨붙인다'는 뜻으로, 여기서는 바꿔치기 수법을 의미한다)을 하는 데는 굳이 나의 홍복이 필요 없을 텐데!"

위소보는 가슴이 철렁했다.

'황상이 바꿔치기한 걸 어떻게 알았지?'

잽싸게 생각을 굴려보니 금방 답이 나왔다.

'그래, 내 친위병들 중에도 황상이 심어놓은 밀정이 있군….'

아무리 낯이 두꺼운 위소보라 할지라도 너무 놀라고 당황해 어떻게 대답해야 좋을지 몰랐다. 강희는 한숨을 내쉬었다.

"사건이 미제로 남으면 항간에 이상한 이야기가 많이 나돌 텐데, 이렇게 매듭이 지어졌으니 나쁠 것도 없지. 한데 어떻게 겁도 없이 그런 황당무계한 일을 저지를 수가 있지? 아무리 생각해도 기가 막히는 노릇이야."

위소보는 황제가 이번에도 자신을 용서해주기로 했다는 것을 알고, 얼른 무릎을 꿇고 연신 큰절을 올렸다. 강희가 그를 내려다보며 말했다.

"이제 태평성세가 도래해 출병할 일도 없을 테니, 네가 갖고 있는 '무원대장군'이란 봉호도 없애야겠다."

위소보는 얼른 대답했다.

"네, 네!"

황제가 지금 자기를 벌하고 있다는 것을 알고 다시 말했다.

"제가 누리고 있는 일등 녹정공도 한 등급 낮춰주십시오."

강희가 말했다.

"좋아! 그럼 이등 녹정공으로 강등시키겠다."

위소보가 말했다.

"제가 이번에 저지른 잘못은 너무 커서 마음이 불안합니다. 스스로 한 등급 더 강등해 삼등 녹정공이 되겠습니다."

그 말에 강희는 껄껄 웃었다.

"빌어먹을! 너도 마음이 불안할 때가 있느냐? 내일은 해가 서쪽에서 뜨겠구나!"

위소보는 '빌어먹을'이란 말을 듣고는 황제의 노기가 사라졌다는 것을 알았다. 그래서 몸을 일으키며 머쓱하게 말했다.

"저도 양심이 아예 없는 놈은 아닙니다. 비록 많진 않지만 조금은 있습니다."

강희가 고개를 끄덕였다.

"그래, 양심이 좀 있다는 것을 감안했다. 그렇지 않았다면 벌써 네 목을 쳤을 거야! 네 목을 쳐서 작은마누라 아가나 쌍아의 침상 밑에 묻었겠지!"

위소보는 다급히 손사래를 쳤다.

"그건 절대 안 됩니다."

강희가 물었다.

"왜 안 된다는 거냐?"

위소보가 말했다.

"아가와 쌍아는 절대 마부랑 야반도주하지 않을 겁니다."

강희가 웃으며 말했다.

"마부랑 달아나지 않으면 그럼…."

여기까지 말하고는 바로 입을 다물었다. 더 이상 말하면 체통을 잃을 것 같았다. 위소보는 하늘 높은 줄 모르고 겁 없이 행동하지만 그래도 자신에게 충성하고 있는 것은 부인할 수 없는 사실이었다. 아무리

격의 없는 군신 간이라 해도, 모독적인 언사를 해서는 안 된다고 생각했다. 강희는 뒷말을 무엇으로 이어야 좋을지, 금방 떠오르지 않아 고개를 숙이고 상주문을 뒤적였다.

위소보는 곁에 서서 지켜봤다. 강희가 상주문을 뒤적거리며 왠지 모르게 표정이 어두워지는 게 보였다. 그는 속으로 생각했다.

'황상도 가끔은 울적할 때가 있나 봐. 황제가 되면 물론 위풍당당하겠지만 늘 좋은 것만은 아니겠지….'

강희는 상주문을 뒤적이다가 고개를 들고 한숨을 길게 내쉬었다.

그것을 본 위소보가 물었다.

"황상, 심기가 불편한 일이 있습니까? 무슨 일이든 저에게 시켜주십시오. 장공속죄將功贖罪하여 황은에 보답하겠습니다."

강희가 말했다.

"이건 너를 시켜서 해결할 수 있는 일이 아니다. 시랑의 상주에 의하면, 대만이 태풍으로 인해 피해가 심각한 모양이다. 평지가 넉 자 넘게 침수됐고, 백성들의 가옥이 파손돼 사상자도 많이 발생했다는구나."

강희가 우울해하는 것을 보자 위소보는 측은한 생각이 들었다. 소싯적에 함께 놀던 친구를 도와주고 싶었다. 그래서 넌지시 말했다.

"저에게 한 가지 방법이 있습니다."

강희가 물었다.

"무슨 방법인데?"

위소보가 대답했다.

"솔직히 말해서 제가 대만에서 벼슬을 할 때 축재를 '쪼금' 했습니다. 그리고 근자에 대만 빚쟁이한테 받아낸 돈도 좀 있고요. 저는 황상께서 보수해 다시 하사하신 금사발만 들고 있으면 굶어죽을 염려는 없으니까, 돈이 많아봤자 소용이 없어요. 다 내놓을 테니 황상께서 대만의 수재민들을 구제해주십시오."

강희는 미소를 지으며 말했다.

"수재민의 수가 워낙 많아 네가 내놓는 돈으론 별 도움이 되지 않을 것이다. 아무래도 성지를 내려 궁녀와 내관들의 의식衣食 비용을 조금씩 삭감해야겠다. 내무부로 하여금 예산을 새로 짜도록 해서 40~50만 냥의 은자를 모아 수재민 구제에 써야겠다."

위소보가 머리를 조아리며 말했다.

"제가 죽을죄를 지었습니다. 엄청난 짓을 저질렀습니다."

강희는 영문을 몰라 어리둥절해하며 물었다.

"그게 무슨 말이냐?"

위소보가 대답했다.

"저는 탐관오리입니다. 대만에서만 100만 냥을 긁어모았고, 최근에 정극상한테 받아낸 빚도 100만 냥이…."

강희는 흠칫 놀랐다.

"아니, 그렇게 많다고?"

위소보는 손으로 자신의 입을 살짝 치며 너스레를 떨었다.

"소인 소계자가 죽일 놈입니다!"

강희는 허허 웃었다.

"돈을 긁어모으는 재주가 아주 고명하구나. 나도 전혀 알아차리지 못했어."

위소보가 말했다.

"소인 소계자가 정말 죽일 놈입니다!"

말은 그렇게 하면서도 약간 으쓱해하는 표정이었다.

'남이 알아차리게 돈을 긁어모으면 어떡해? 당연히 황제도 몰라야지! 아무리 첩자를 시켜 날 감시해도, 그거야 내가 모반을 꾀하나, 안하나만 알아낼 뿐이지. 네 매형은 쥐도 새도 모르게 돈을 뜯어내기 때문에 네 누이동생도 전혀 모르는데, 하물며 처남인 네가 무슨 수로 알아내겠어?'

그는 입으론 '소인'이라고 말하면서 속으론 '매형'으로 자처했다.

강희는 잠시 생각을 굴리더니 말했다.

"충군애민忠君愛民의 그 마음이 실로 가상하구나. 그럼 이렇게 하자! 네가 150만 냥을 내놔라. 나도 50만 냥을 내놓을 테니, 우리 군신이 200만 냥을 만들어보자. 대만의 수재민은 1만여 가호라고 하니, 100냥씩 나눠주기에는 충분할 것이다."

위소보는 순간적으로 감정이 북받쳐 대범한 척 200만 냥을 내놓겠다고 호언장담했지만 이내 후회가 됐다. 생돈을 내놓자니 가슴이 쓰라렸는데, 강희가 50만 냥을 깎아주자 얼씨구나 신이 났다.

"아, 네! 네… 황상께서 백성들을 사랑하는 마음이 그러하시니, 하늘도 황상을 보우하사 국태민안, 태평성대를 누리게 될 겁니다."

강희는 대만의 재난이 심각해 어떤 조치를 취해야 할지 걱정이었는데, 이젠 마음이 홀가분해졌다. 그래서 미소를 지으며 말했다.

"그래, 하늘이 보우하사 너도 승관발재升官發財, 다복다수多福多壽하길 바란다."

위소보가 웃으며 말했다.

"황상의 금구金句에 감사드립니다. 소인이 승관발재, 다복다수하면 그게 다 황상께서 내려주신 은전입니다. 그리고 소인의 그 돈은 원래 대만 사람들 것이니 그들에게 돌려주는 건 단지 완벽귀… 귀대에 불과합니다."

강희는 껄껄 웃었다.

"원래는 완벽귀조完璧歸趙'라는 성어인데, 빌어먹을! 네가 '완벽귀대完璧歸臺'로 바꿔버렸구먼!"

위소보가 말했다.

"네, 네, 맞아요! 완벽귀조예요. 아까는 그 '조趙' 자가 생각이 나지 않았어요.《백가성百家姓》에는 조전손이趙錢孫李, 주오진왕周吳陳王, 조씨 성이 제일 먼저더군요. 그들이 왜 그렇게 출세를 했는지 궁금했는데, 이제 보니 그 무슨 완벽, 벽옥이 다 조씨한테 귀속됐군요."

그의 엉뚱한 말에 강희는 더욱 웃음을 금치 못했다. 워낙 바탕이 없으니 어려운 것을 가르쳐줘도 소용없다는 것을 알고 있었다. 그래서 웃으며 말했다.

"그래, 아주 잘 아는군. '위편삼절韋編三絕'•이라는 성어도 있다. 위씨 집안 사람이 공부를 열심히 해서 학문이 뛰어나다는 뜻이다. 너도 위씨 집안 사람이니 대단하다고 할 수 있지."

위소보가 머리를 긁적였다.

"소인의 학문은 아주 형편없습니다. 위씨 조상들에게 그저 죄스러울 뿐이죠."

강희가 말했다.

"이번에 재난 구제는…."

그는 원래 이치에 따라 위소보를 대만으로 보내려 했다. 그러나 이내 생각을 바꿨다.

'이 녀석이 많은 돈을 내놓은 것은 나와의 의리를 지키기 위해서지 진심으로 대만 백성을 위하는 게 아니야. 아마 궁문을 나서자마자 바로 후회하고 배 아파할 거야. 대만에 가서 200만 냥을 나눠주고 나서 그 손실을 메우기 위해 다시 본전을 찾아오려 하겠지. 어쩌면 이자까지 보태서 뜯어낼지도 몰라….'

그는 위소보의 지기라 속속들이 다 알고 있었다. 그래서 자연스레 말을 바꿨다.

"아주 쉬운 일이라 네가 직접 안 가도 될 것이다. 그리고 소계자, 너의 일등 녹정공도 강등할 필요 없이 그대로 유지하도록 해라. 처남매부지간이니 좋은 게 좋지 않겠느냐?"

위소보는 다시 무릎을 꿇고 황은에 감사를 올리고 나서 몸을 일으켰다.

"제가 돈을 조금 출연한 것은 그저 완벽귀… 조전손이일 뿐이고, 황상이야말로 진짜 크게 기여한 겁니다. 의식주를 다 조금씩 아껴서 그 돈을 모아야 하는데, 그게 어디 쉬운 일이겠습니까?"

강희가 고개를 내둘렀다.

"아니다. 황궁에서 쓰이는 모든 비용은 다 천하 백성들에게서 나온 것이다. 백성들이 나에게 금의옥식錦衣玉食을 제공해주니 나도 당연히 천하 백성들을 위해 최선을 다해야겠지. 네가 조정의 봉록을 받으니 조정에 충성을 다하듯, 나도 백성들에게서 녹을 받는 것이니, 근정애민勤政愛民을 해야 하는 것이다. 옛날 책에도 '사해곤궁四海困窮, 즉천록영종則天祿永終'이란 말이 있다. 천하의 백성이 곤궁하면 그건 다 황제의 잘못이라, 하늘이 노여워하여 황제를 할 수 없다는 뜻이다."

위소보가 얼른 말했다.

"아닙니다, 절대 그럴 리가 없습니다. 절대 아닙니다."

강희가 말했다.

"네가 대관이 된 것은 나의 은전이듯이, 내가 황제가 된 것은 하늘이 내린 은전이다. 네가 불충하면 난 네 목을 칠 거고, 내가 좋은 황제가 못 되면 하늘이 날 벌하여 황제를 바꿀 것이다.《상서尙書》에도 '황천후토皇天后土, 개궐원자改厥元子'라는 글이 있다. '원자'는 바로 황제를 가리킨다. 황제 노릇을 잘못하면 하늘이 그를 몰아낸다는 뜻이지."

위소보가 말했다.

"네, 네! 황상은 소현자인데, 이제 보니 '현자玄子'가 바로 황제라는 뜻이군요."

강희가 다시 말했다.

"그 '현玄' 자와 아까 내가 말한 '원元' 자는 뜻이 판이하게 다르다."

위소보는 고개를 끄덕였다.

"아, 네! 네…."

속으로는 구시렁댔다.

'경단이나 완탕이나 다 둥글둥글한 게 그게 그거지. 원 자고 현 자고, 일자무식인데 알 게 뭐야? 알아봤자 괜히 짜증만 나지!'

강희는 탁자에서 책 한 권을 집어들었다.

"이건 절강 순무巡撫가 내게 올린 책인데, 책 제목은 '명이대방록明夷

待訪錄'이고, 절강성에 사는 황이주黃梨洲라는 사람이 최근에 쓴 글이다. 절강 순무는 책 내용 중에 대역무도한 글이 많으니 엄히 다스려야 한다고 했다. 그런데 내가 읽어보니 다 이치에 맞는 옳은 말이라 절강 순무에게 공연히 나서지 말라고 명을 내렸다."

그러면서 책장을 넘겼다.

"이 책에서 군주는 '일인봉천하一人奉天下'지 '천하봉일인天下奉一人'이 아니라고 했다. 즉, 군주는 천하를 받들어야지, 천하가 군주를 받드는 게 아니라는 것이니, 아주 옳은 말이다. 그리고 '천자소시미필시天子所是未必是, 천자소비미필비天子所非未必非'라고 했는데, 천자가 옳다고 해서 다 옳은 것이 아니고, 천자가 아니라고 해서 다 그릇된 것은 아니라는 뜻이다. 이 또한 지당한 말이다. 누군들 잘못을 하지 않겠느냐? 황제도 역시 사람이다. 황제라고 해서 '뭐든지 다 옳고, 영원히 잘못을 저지르지 않는다'는 법이 있겠느냐?"

위소보는 강희의 말을 들으면서 연신 고개를 끄덕였지만 어리둥절한 표정이었다. 그 모습을 보자 강희는 실소를 금치 못하며 속으로 생각했다.

'내가 이런 천덕꾸러기 망나니한테 설법을 해봤자 이해를 전혀 못하니 무슨 소용이 있겠어? 말을 더 늘어놨다가는 아마 계속 하품을 할 걸….'

그래서 왼손을 휘 저으며 말했다.

"물러가거라."

오른손으로는 여전히 책을 쥐고 낭랑하게 읊조렸다.

"천하의 모든 이해와 권력이 나에게서 비롯됐다는 생각에, 천하의 이권利權을 다 내 것으로 여기노라. 그러니 천하의 폐해弊害를 다 남의 탓으로 돌릴밖에! 그리하여 천하는 감히 사견私見을 갖지 못하고, 사리私利를 취하지 못하는구나. 나의 사사로움을 천하 공익公益으로 여겨, 처음엔 부끄러워하지만 갈수록 거기에 안착하게 되누나. 그리하여 천하를 마치 자신의 소유물로 생각해 자자손손에게 전하는구나."

위소보는 물러가지 않고 계속 한쪽에 서서 고개를 끄덕였다. 그리고 강희가 책을 내려놓자 넌지시 물었다.

"황상, 그 책에서 뭐라고 합니까? 뭐가 좋은데요?"

강희가 말했다.

"황제랍시고 백성들이 사견을 갖는 것을 허락하지 않고, 오로지 황제만 옳다고 여기며, 그것이 마치 천하 백성을 위한 것인 양 착각해서, 갈수록 그런 마음이 굳어지기 때문에, 뭐든지 남이 하는 것은 그릇되고, 자신만이 옳다고 생각한다는 것이다."

위소보가 말했다.

"그 사람이 말한 것은 나쁜 황제겠죠. 황상처럼 요순어탕은 절대 그렇지 않습니다."

강희가 다시 말했다.

"흐흐… 황제는 다들 자신을 요순우탕으로 생각하지, 걸왕桀王이나 주왕紂王 같은 폭군, 혼군昏君으로 생각하겠느냐? 더구나 모든 혼군 곁에는 반드시 혼군을 칭송하고 아첨하는 후안무치厚顔無恥한 대신이 많기 마련이다. 그들이 혼군을 '요순어탕'으로 만드는 거야."

위소보가 웃으며 말했다.

"다행히 황상께서는 에누리 없는 확실한 요순어탕입니다. 아니면

이 소계자는 하마터면 후한무치한 대신이 될 뻔했어요."

강희는 왼발로 바닥을 팍 구르며 웃는 얼굴로 말했다.

"알았다. 넌 후안厚顏하지도 않고 무치無恥하지도 않다! 후안무치하지 않은 대신은 어서 썩 꺼지거라!"

위소보는 강희의 눈치를 살피며 말했다.

"황상, 어머니를 뵈러 양주에 다녀오려고 하는데, 은총을 베풀어 윤허해주시옵소서."

강희는 환하게 웃었다.

"그래, 그 효심이 가상하구나. 당연히 그래야지. '부귀불귀향富貴不歸鄕이면 금의야행錦衣夜行과 다를 바 없다'고 했다. 고향으로 돌아가서 출세했다고 자랑도 좀 해야지. 빨리 다녀오도록 해라. 어머니도 북경으로 모셔오려무나. 어머니에게 '일품부인'이란 호를 내리겠다. 그리고 작고하신 아버님의 함자는 어떻게 되지? 이부吏部에 알려 함께 관직을 추서追敍토록 하겠다. 이 일은 네가 전에 양주에 갔을 때 처리했어야 하는데, 마침 오삼계가 난을 일으키는 바람에 미뤄졌구나."

그는 위소보가 부친의 성함을 어떻게 쓰는지 모를 거라고 생각했다. 이 자리에서 군이 자세히 물어볼 필요도 없었다. 강희는 비록 영명하지만 하나만 알고 둘은 몰랐다. 위소보는 아버지의 이름을 쓸 줄 모를 뿐 아니라, 아버지가 누군지도 모른다는 사실은 알지 못했다.

위소보는 강희에게 감사를 올리고 집으로 돌아와 은표 150만 냥을 추려 호부戶部 은고銀庫에 납부했다. 그리고 병부에다 '무원대장군'의 병부신인兵符信印 인장을 반납했다.

이어 소전을 불러와 아버지의 이름을 지어달라고 부탁했다. 내친

김에 조상 3대의 함자도 새로 지었다. 그것을 이부로 가져가 봉증封贈, 습음襲蔭, 토사사직土司嗣職의 업무를 담당하는 험봉사驗封司 낭중에게 맡겼다.

그렇게 공적인 업무가 일단 마무리되자, 짐을 꾸리기 시작했다. 위소보는 조정에서 워낙 오지랖이 넓었다. 그가 고향에 다녀온다니까 왕공대신들이 앞을 다퉈 송별연을 베풀어주는 바람에 연신 눈코 뜰 새가 없었다.

떠나기 직전에, 출연한 150만 냥이 아무래도 가슴이 쓰려 다시 친위병들을 시켜 정극상을 찾아가서 '묵은 빚' 1만여 냥을 받아내고 비로소 경성을 떠났다.

육로를 이용해 통주通州로 가서 배로 갈아타고 운하를 따라 남쪽으로 내려가서 천진, 임청臨淸을 거쳐 다시 황하를 건너 제령濟寧에 다다랐다.

그리고 이날 회음淮陰이 가까운 사양집泗陽集에서 관선官船을 정박해 하룻밤을 보내기로 했다. 위소보는 배에서 일곱 부인과 저녁식사를 마치고 나서 한담을 나눴다. 소전이 말했다.

"소보, 우린 내일이면 회음에 도착할 거야. 옛날에 회음후淮陰侯에 봉해진 한 사람이 있는데…"

위소보가 그녀의 말을 받았다.

"후작이라면 나보다 직급이 낮네."

소전이 웃으며 말했다.

"그렇지 않아. 그 사람은 그 전에 이미 왕에도 봉해졌어. 제왕齊王이

라고 하지. 나중에 황제는 그가 자기에게 반기를 들까 봐 왕작王爵을
박탈하고 회음후에 봉한 거야. 아주 유명한 사람인데 성은 한韓, 이름
은 신信이야."

위소보는 무릎을 탁 쳤다.

"나도 알아! '소하월하추한신蕭何月下追韓信'이란 말이 있고, '십면매
복十面埋伏, 패왕별희覇王別姬'가 아주 유명하지! 창극에서 여러 번 봤어."

소전이 그의 말을 받았다.

"그래, 맞아. 그 사람은 실력도 대단하고 또한 많은 공을 세웠지. 초
패왕楚覇王 항우項羽 같은 대영웅도 그에게 패했어. 한데 애석하게도 종
말이 좋지 않았어. 황제와 황후 손에 죽었으니까."

위소보는 한숨을 내쉬었다.

"안타깝군, 안타까워! 황제가 왜 그를 죽였지? 모반을 꾀했나?"

소전은 고개를 내둘렀다.

"그렇지 않아. 모반을 꾀하지 않았어. 한데 황제는 그의 실력이 걸
출하기 때문에 혹여 모반을 할까 봐 지레 겁을 먹은 거지."

위소보가 말했다.

"내 실력은 그만 못해서 다행이군. 황상은 뭐든지 나보다 더 뛰어났
어. 그러니 날 경계할 필요가 없지. 솔직히 말해 내가 황상보다 더 나
은 것은 딱 한 가지뿐이야."

증유가 물었다.

"황제보다 더 나은 게 뭔데?"

위소보가 대답했다.

"난 선녀보다, 꽃보다 더 아름다운 일곱 부인이 있잖아. 이 세상에

서 내 부인들보다 더 빼어난 미녀는 없을 거야. 황상은 홍복제천洪福齊天이고, 난 염복제천艷福齊天이야! 우리 군신 두 사람은 하늘만큼 높은 제천齊天을 하나씩 갖고 있는 셈이지."

그가 자화자찬, 낯 뜨겁게 허풍을 떨자 일곱 부인은 다 웃음을 터뜨렸다. 방이가 눈을 흘기며 말했다.

"황상은 홍복제천이고 상공은 제천대성齊天大聖(손오공)이겠지!"

위소보는 웃으며 말했다.

"그래 맞아! 난 수렴동水簾洞에 사는 미후왕美猴王이야! 예쁜 원숭이 마누라들과 귀여운 원숭이 자식들을 거느리고 행복하게 살고 있어."

주위는 다시 웃음바다가 됐다. 그들이 웃고 떠드는 사이에 선실 밖에서 누가 낭랑한 목소리로 말했다.

"공작 대인, 손님이 찾아왔습니다."

시종이 배첩을 가져왔다. 소전이 그것을 받아서 보더니 나직이 말했다.

"찾아온 손님은 고염무顧炎武와 사계좌査繼佐, 황이주黃梨洲, 여유량呂留良 네 사람인데…."

위소보가 말했다.

"고 선생 일행이군. 그렇다면 만나봐야지."

그는 손님들을 관선 선실로 모셔 차를 대접하게 하고, 자신은 바삐 내실로 들어가 옷을 갈아입고 그들을 만났다.

고염무와 사계좌, 여유량 세 사람은 지난날 양주에서 오지영에게 붙잡혀 하마터면 목숨을 잃을 뻔한 것을 위소보가 구해준 적이 있다. 황이주만이 초면이었다. 그리고 스무 살가량의 두 젊은이가 여유량의 뒤를 따라왔는데, 그의 아들 여보중呂葆中과 여의중呂毅中이라 했다. 서로 인사를 나누고 나서 주객이 자리를 잡고 앉았다. 여보중과 여의중은 부친 뒤에 서 있었다.

고염무가 우선 나직하게 말했다.

"위 향주, 우린 이번에 아주 중요한 일을 상의하기 위해 결례를 무릅쓰고 불쑥 찾아온 거요. 이곳 사양집에는 남의 이목이 많으니 이야기 나누기가 불편하군요. 배를 몇 리 밖으로 몰고 나가 아무도 없는 곳에서 이야기하는 게 어때요?"

왕년에 '살계대회'에서 각지에서 몰려온 영웅호걸들은 고염무를 총군사總軍師로 추대했다. 그만큼 강호에선 그의 명성이 쟁쟁했다. 위소보도 그를 존경해왔기 때문에 흔쾌히 승낙하고 가서 소전 등에게 이야기해주었다. 소전이 말했다.

"누구를 무조건 의심해서는 안 되겠지만 항상 조심해야 해. 우리가 배를 몰고 뒤따라갈게. 만에 하나 무슨 일이라도 생기면 도울 수 있어야 하니까."

위소보는 고염무 등이 '아무도 없는 곳'으로 가서 은밀하게 이야기를 나누자는 말에 사실 좀 꺼림칙했지만 일곱 부인이 뒤따라와 지켜준다니 한결 마음이 놓였다.

위소보는 곧 운하 풍경이 좋은 곳으로 옮겨가 달을 감상하며 술을 마시겠다는 핑계로, 사공들을 시켜 배 두 척을 남쪽으로 몰고 가도록 분부했다. 나머지 사람들은 여전히 배에 타고 사양집에서 기다리라고 했다.

위소보는 고염무 등이 있는 선실로 돌아갔고, 배는 물살을 헤치며 남쪽으로 7~8리가량 미끄러져갔다. 주위를 둘러보니 휘영청 밝은 달은 중천에 떠 있고, 주위가 아주 조용했다. 그래서 사공을 시켜 닻을 내리게 했다. 그리고 사공들과 시종들을 모두 배 후미로 보냈다.

주위에 다른 사람이 없는 것을 확인한 후, 고염무 등은 지난날 목숨을 구해준 은혜에 다시 감사를 표했다. 위소보는 겸손을 떨고 나서 진근남과 오육기가 변을 당한 경위를 대충 이야기해주었다. 그러자 모두 마주 보며 한탄을 금치 못했다. 고염무가 말했다.

"항간에는 위 향주가 부귀영화를 탐해 사부님을 해쳤다는 소문이 자자했소. 나와 여 형, 사 형은 절대 그럴 리가 없다고 위 향주를 위해 변호를 했소. 우리 세 사람은 지난날 위 향주와 생면부지인데도 위험을 무릅쓰고 그 오지영을 죽여 목숨을 구해줬는데, 그런 의리 있고 반듯한 사람이 어떻게 은사를 죽일 수 있느냐고 따져물었소."

사계좌도 입을 열었다.

"한데 강호인들은 오랑캐 황제가 유시에다 분명히 그렇게 밝혔는데 틀릴 리가 있느냐고 강변을 했소. 우린 위 향주가 '신재조영身在曹營이나 심재한心在漢'이라는 것을 잘 알고 있지만 다른 사람들에게 떠벌릴 수가 없었소. 자고로 영웅호걸은 다 임로임원任勞任怨을 겪기 마련이오. 주공周公과 같은 대성대현大聖大賢도 필부의 모함을 받았는데, 하물며 다른 사람은 오죽하겠습니까? 그러니 위 향주도 너무 개의치 마십시오."

그가 어려운 말을 늘어놓자 위소보는 무슨 뜻인지 잘 모르는 채 그저 고개를 끄덕이며 얼버무렸다.

여유량이 말했다.

"위 향주, 대사를 도모하기 위해서는 굳이 미리 천하인들의 양해를 얻을 필요가 없습니다. 마지막에 경천동지할 대업을 이룩해내면 결국 모두들 위 향주를 오해했다는 것이 명명백백하게 밝혀질 테니까요!"

위소보는 속으로 생각했다.

'내가 무슨 경천동지할 대업을 이뤄낼 수 있다는 거지? 어이구, 맙소사! 또 나더러 황제를 죽이라는 거 아냐? 무슨 수를 써서라도 거절해야 돼! 일단 딴말을 하지 못하게 빗장부터 걸고 봐야지!'

그래서 말했다.

"잘 아시다시피 저는 아무 재주도 없습니다. 학문은 더더욱 형편없고요. 무슨 일을 하든 양쪽에서 다 욕을 얻어먹습니다. 계속 좌절을 겪다 보니 모든 것을 내려놓고 고로환향告老還鄕(나이가 많아 관직과 모든 것을 내려놓고 낙향하다)할 생각입니다. 앞으론 그 어떤 일에도 나서지 않을 겁니다."

여유량의 아들 여의중은 그가 자기보다도 더 어린 것 같은데, 뜻밖에도 '고로환향'이라고 말하자, 참지 못하고 그만 피식 웃음을 터뜨리고 말았다. 고염무 등도 역시 우스워서 서로 마주 보며 겸연쩍어했다.

황이주가 미소를 지으며 말했다.

"위 향주는 소년영걸이라 앞날이 무궁무진합니다. 무지한 부류들이 설령 오해를 해도 굳이 개의치 마십시오."

위소보가 그의 말을 받았다.

"그래도 개의할 것은 개의해야 합니다. 황 선생께서 아주 훌륭한 책을 쓰셨더군요. 그 무슨 명… 명이가 내담하대나 뭐라나…."

황이주는 속으로 의아해했다.

'이자는 일자무식이라는데 어떻게 내가 쓴 책을 알고 있지?'

그가 말했다.

"네, 《명이대방록》이란 책이죠."

위소보가 말했다.

"네! 맞아요, 맞아! 책에다 명이가 뭐 예쁘다 안 예쁘다고 했는지는 몰라도 황제를 욕하는 말을 많이 썼다더군요, 그렇죠?"

황이주 등은 모두 깜짝 놀랐다. 그들의 생각은 비슷했다.

'아니, 이자까지도 그것을 알고 있으니 또다시 피비린내 나는 사화士禍가 일어날지도 모르겠군….'

고염무가 나서서 한마디 했다.

"그건 황제를 욕하는 게 아니라… 황 형은 그 책을 통해 군자의 도리를 명시하고, 그것을 본보기로 삼아 현군이 되라는 뜻이오."

위소보가 다시 말했다.

"네, 맞아요! 황상도 요즘 매일 황 선생의 그 책을 읽고 있어요. 그리고 칭찬을 얼마나 많이 했는지 몰라요. 너무 좋대요. 어쩌면 모셔가서 장원이나 재상을 시킬지도 몰라요."

황이주가 멋쩍게 웃으며 말했다.

"원 농담도… 그럴 리가 있겠어요?"

그러자 위소보는 황제가 《명이대방록》에 대해 어떻게 칭찬했는지 얘기해주었다. 그제야 다들 마음이 놓였다.

황이주가 말했다.

"그 오랑캐 황제는 그래도 옳고 그릇됨을 분간할 줄 아는군."

위소보는 기회를 놓치지 않고 얼른 말했다.

"네, 그래요. 소황제는 자신이 비록 요순어탕은 아니지만 명 왕조의 그 어느 황제와 비교해도 뒤질 게 없다고 했어요. 어쩌면 더 나을지도 모른다고 하더군요. 자신이 황제가 된 후로 천하 백성들은 명 왕조 때보다 더 잘살고 있대요. 하지만 사람은 누구나 다 자화자찬 즉 자기 자랑을 하기 마련이니, 나같이 무식한 사람은 그의 말이 사실인지 아닌지 잘 모르겠어요."

고염무, 사계좌, 여유량, 황이주 네 사람은 서로 마주 보며 아무 말도 하지 못했다. 돌이켜보면, 명 왕조의 황제들은 태조가 개국한 이래 마지막 숭정 황제에 이르기까지, 잔악한 폭정을 하지 않았다면 혼용무능混庸無能한 군주였다. 솔직히 강희에 비해 천양지차가 있었다. 네 사람은 모두 당대의 대학자로 역사적인 사실을 숙지하고 있었기 때문에 양심에 위배되는 말은 할 수 없었다. 그러니 다들 묵묵히 고개를 끄덕일밖에!

위소보가 말했다.

"그러니까 황제는 별로 나쁘지 않고, 천지회의 형제들은 아주 좋아요. 황제는 나더러 천지회를 섬멸하라고 하는데 난 절대 그럴 수 없어요. 그리고 천지회의 형제들은 나더러 황제를 암살하라는데 그것도 절대 할 수 없어요. 결과적으로 난 진퇴양난입니다. 아니, 양쪽이 다 나를 원망할 겁니다. 그래서 곰곰이 생각해봤는데, 역시 고로환향할 수밖에 없어요."

고염무가 말했다.

"위 향주, 우린 황제를 죽이자고 모의하러 온 게 아닙니다."

위소보의 표정이 이내 환해졌다.

"그래요? 그럼 됐어요. 황제를 죽이라고 하는 게 아니라면 뭐든지 시키는 대로 다 할게요. 한데 그렇다면 네 분 노선생과 두 분 소선생께 선 무슨 일로 저를 찾아온 거죠?"

고염무는 선실 창문을 열어 밖을 살폈다. 아무도 없는 것을 다시 확인하고 나서야 고개를 돌려 말했다.

"우린 위 향주께서 황제가 되어주길 청하러 온 겁니다."

쨍그렁! 위소보가 들고 있던 찻잔이 바닥에 떨어져 박살이 났다. 그는 화들짝 놀라 말도 제대로 나오지 않았다.

"지금… 농담을 하는 거죠?"

사계좌가 말했다.

"절대 농담이 아닙니다. 우리 몇몇 사람은 몇 달간이나 심사숙고하며 상의를 했어요. 이제 대명의 기운은 완전히 사그라져 백성들도 명에서 마음이 다 떠났습니다. 돌이켜보면 대명의 황제들은 하나같이 백성들을 핍박하고 고통만 안겨줬어요. 다들 치를 떨고 있습니다. 그리고 만주 오랑캐는 우리 강산을 차지하고 천하 한인들에게 변발을 하도록 강요하고, 조상 대대로 지켜온 풍습과 의식까지 바꾸려 하니 어떻게 순응할 수가 있겠습니까? 위 향주는 병권을 장악하고 있고, 또한 오랑캐 황제의 신임을 받고 있으니, 일단 의거義擧의 기치를 높이 들면 천하 백성들이 모두 망풍경종望風景從, 받들게 될 겁니다."

위소보는 '바람이 부는 대로 흐름에 따른다'는 '망풍경종'의 뜻을 잘 모르지만 알 필요도 없었다. 그는 방망이질하는 가슴을 진정시키며 무조건 손사래를 쳤다.

"난… 난… 안 됩니다, 안 돼요! 그런 재목도 못 되며, 하고 싶지도 않습니다!"

고염무가 다시 말했다.

"위 향주는 의리가 있고 복택福澤 또한 심후하십니다. 천하를 다 둘러봐도 위 향주가 나서서 황제가 되지 않으면 한인들 중에는 위 향주만 한 복기福氣를 가진 사람이 없어요."

여유량도 나서서 거들었다.

"우리 한인은 만주 사람에 비해 100배는 더 많을 테니, 100명이 한 명을 상대하면 그들을 당해내지 못할 이유가 없습니다. 지난날 오삼계가 들고일어났을 때 그는 대명 강산을 송두리째 오랑캐한테 바친 매국노이기 때문에 천하 한인들이 호응을 하지 않아 성공을 거두지 못한 겁니다. 하지만 위 향주는 다르죠. 천지회에 몸담아 천하의 민심을 얻었고, 최근에 러시아를 평정해 중화민족을 위해 큰 공을 세웠습니다. 그야말로 명망이 욱일승천 중입니다. 위 향주가 고개만 끄덕여 보이면 우리가 나서서 강호 호한들과 연계해 대업을 함께 도모할 겁니다. 특히 고 선생은 강호에서 덕망이 높으시니 그가 나서준다면 모두 따를 겁니다."

위소보는 계속 가슴이 심하게 뛰었다. 그는 누가 자기더러 황제가 되라고 권할 줄이야, 죽었다 깨어나도 생각지 못할 일이었다. 잠시 멍해 있다가 입을 열었다.

"저는 시정잡배 출신입니다. 재주라곤 남을 욕하고 도박을 하는 것밖에 없어요. 대장군이 돼도 다들 못마땅하게 생각했는데, 어떻게 황제가 될 수 있겠습니까? 진명천자가 되려면 하늘이 내린 복기와 팔자를 타고나야 합니다. 점쟁이가 저의 팔자를 점쳐봤는데, 만약 황제가 되면 사흘도 못 넘기고 죽는다고 했습니다."

그가 얼토당토않은 말을 늘어놓자 여의중은 또 피식 웃고 말았다.

사계좌가 말했다.

"위 향주의 팔자가 어떻다는 겁니까? 아주 신통한 점쟁이가 있는데 우리 함께 가서 다시 확인해볼까요?"

그는 위소보가 무지하다는 것을 알고 있었다. 대의명분을 내세워 설득하려고 하면 그는 엉뚱한 말만 늘어놓고, 대세를 논하면 그냥 얼버무리기 때문에 궁여지책으로 다른 점쟁이를 찾아가자고 제의한 것이다. 일단 점쟁이 한 사람을 매수해 그가 진명천자의 팔자를 타고나 용좌에 올라야 된다고 하면, 어쩌면 자신들의 뜻에 따라줄지도 모른다고 생각한 것이다. 그런데 위소보는 또 엉뚱한 말을 했다.

"그것도 좋은데, 저의 생년월일 여덟 자를 아는 사람은 어머니밖에 없습니다. 그러니 제가 양주로 가서 다시 한번 물어볼게요."

위소보가 아무런 성의도 없이 말하자, 다들 그가 일부러 회피하기 위해 수작을 부리는 거라고 생각했다.

이번에는 여유량이 다시 나섰다.

"자고로 영웅호걸들은 사소한 것에 얽매이지 않습니다. 한 고조 유방은 도량이 넓고 활달하여 위 향주보다 더 자유분방했습니다."

말은 이렇게 했지만 속마음은 달랐다.

'넌 시정잡배 출신이지만 상관없어. 한 고조도 역시 건달 출신이었어. 남을 욕하기 일쑤고 노름으로 소일하면서 선비의 모자를 벗겨 오줌을 싸기도 했으니, 너보다 더 형편없었지. 그래도 결국 한조漢朝를 개국한 왕이 됐잖아!'

위소보는 계속해서 손사래를 쳤다.

"안 됩니다, 안 돼요. 다들 저를 친구로 생각해주시니 솔직하게 말할게요."

그러고는 자신의 머리를 만지면서 말을 이어갔다.

"난 이걸로 밥을 먹어야 하니 앞으로 몇십 년은 더 남겨두고 싶습니다. 이놈한테는 눈이 달려 있어 창극을 보고 미녀도 볼 수 있어요. 그리고 귀도 달려 있어 설화 선생이 하는 재밌는 얘기도 들을 수 있지요. 한데 황제가 되면 이놈의 대가리가 금방 목에서 떨어져나갈 겁니다. 모든 게 다 끝장이죠. 그리고 황제가 된들 뭐 합니까? 재미있는 게 하나도 없어요. 대만에 태풍이 불면 걱정해야 하고, 운남에서 어떤 놈이 모반을 하면 골치가 아파요. 그러니 황제 노릇은 절대 하고 싶지 않습니다."

고염무 등은 서로 마주 보며 그의 말이 옳다고 생각했다. 그는 큰 뜻이 없을 뿐 아니라 백성들을 위해 이바지하겠다는 생각도 전혀 없었다. 그러니 그를 설득한다는 것은 거의 하늘의 별을 따는 것처럼 어려운 일이었다.

잠시 침묵이 흐른 후에 고염무가 입을 열었다.

"이 일은 워낙 중차대한 국가 대사리 너무 서둘지 말고, 좀 더 시간을 갖고 차분하게 심사숙고해서…"

그의 말이 끝나기도 전에 갑자기 멀리서 요란한 말발굽 소리가 어렴풋이 들려왔다. 모름지기 수십 필의 말이 서쪽 강변으로부터 북쪽을 향해 치달려오는 것 같았다. 밤이 깊고 주위가 조용해 그 말발굽 소리가 더욱 뚜렷하게 들려왔다. 모두들 바짝 긴장했다.

잠시간의 침묵을 깨고 황이주가 말했다.

"한밤중에 웬 인마人馬가 이쪽으로 달려오는 거지…?"

여유량이 말했다.

"순시를 도는 관병일까요?"

사계좌는 고개를 내둘렀다.

"아닐 거요. 관병이 순시를 돌면 말을 천천히 몰 텐데, 저렇게 치달릴 리가 없잖아요. 혹시 강호 호객豪客들이 아닐까요?"

말을 하는 사이에 강변 동쪽에서도 수십 필의 말이 달려왔다. 운하의 폭은 그리 넓지 않아 달빛을 빌려 양안에서 수십 필의 말들이 달려오는 것을 육안으로 확인할 수 있었다. 뒤쪽에 있는 배가 닻을 올려 위소보 등이 타고 있는 배로 접근해왔다. 소전과 쌍아가 뱃머리에 서 있었다. 소전이 소리쳤다.

"상공, 달려오는 사람들의 정체를 알 수 없으니 아무래도 함께 있어야 될 것 같아요."

위소보가 말했다.

"좋아! 고 선생과 다른 사람들도 호색지도好色之徒가 아니니 안심하고 건너와요. 내가 인사를 시킬게!"

그 말에 고염무 등은 어이가 없었다.

'무슨 헛소릴 하는 거야?'

그들은 위소보의 가족들과 상면하고 싶지 않아 다들 배 후미로 옮겨갔다. 공주와 아가 등 일곱 부인은 아이들을 안고 건너와 선실 안으로 들어갔다. 이때 강 양쪽에서 휙, 휙, 삘리리 하는 대나무 피리 소리가 들려왔다. 그 소리는 끊겼다가 이어지며 서로 호흡을 맞추는 것 같았다.

그 소리를 듣자 위소보는 이내 얼굴이 환해졌다.

"천지회의 신호야!"

서쪽에서 누군가가 큰 소리로 외쳤다.

"위소보! 어서 나와라!"

위소보는 대뜸 나직이 욕을 했다.

"이런 빌어먹을! 위아래도 모르고 어디서 감히 내 이름을 불러?"

그가 뱃머리로 나가려 하자 소전이 막았다.

"잠깐! 내가 먼저 확인해볼게."

그녀는 뱃머리로 나가 물었다.

"어디에 속한 영웅호한들인데 위 상공을 찾죠?"

강 양쪽을 바라보니 말을 타고 온 사나이들은 모두 청색 두건을 두르고 손에 칼을 들고 있었다.

무리의 수장인 듯한 사나이가 대꾸했다.

"우린 천지회요!"

소전이 위소보에게 나직이 물었다.

"천지회의 암호가 뭐지?"

위소보가 뱃머리로 나서서 낭랑하게 소리쳤다.

"오인분개일수시五人分開一首詩, 신상홍영무인지身上洪英無人知!"

그러자 상대가 차갑게 말했다.

"그건 천지회의 지난 구호다. 위소보가 천지회를 배신해 사부님을 해치고 적에게 투항한 후로 암호를 다 바꿨다!"

위소보는 깜짝 놀랐다.

"넌 누구냐? 어찌 감히 그런 말을 하지?"

상대가 되물었다.

"네가 바로 위소보냐?"

위소보는 부인을 할 수 없는 입장이었다.

"그렇다, 내가 위소보다!"

상대가 말했다.

"좋다! 그럼 내 신분을 밝히겠다. 난 천지회 굉화당의 서舒가다!"

위소보의 말투가 누그러졌다.

"어, 서 대형이군요. 지금 뭘 오해하고 있는 모양인데, 혹시 굉화당의 이李 향주가 부근에 있습니까?"

서가의 음성은 서릿발처럼 차가웠다.

"이 향주는 사악무도한 너 때문에 속이 터져서 죽었다!"

서쪽에 있는 군호들이 앞을 다퉈 소리쳤다.

"위소보는 부귀영화를 탐해 사부님을 죽이고 천지회를 배신했다! 오늘 그를 죽여 총타주와 이 향주를 위해 복수하자!"

동쪽에 있는 군호들도 덩달아 고함을 지르며 욕을 해댔다.

갑자기 휙 하는 소리가 들리면서 비황석飛蝗石[5] 하나가 날아왔다. 위소보는 황급히 선실 안으로 몸을 숨겼다. 상황이 심상치 않음을 직감했다.

'이제 보니, 굉화당의 이 향주가 나 때문에 속이 터져 죽었구면. 그러니 다들 저렇게 물불 안 가리고 날 죽이려 아우성이지! 이 일을 어쩌면 좋지?'

선실 위에 퍽, 퍽, 요란한 소리가 계속 들리는 것으로 미루어 강 양쪽에서 계속 암기를 던지는 것 같았다. 관선은 강변에서 멀리 떨어져 있어 대부분의 암기는 배까지 날아오지 못하고 중간에서 강물에 떨어졌다. 위소보는 투덜댔다.

"이건 《삼국지연의》에 나오는 초선차전草船借箭[6]도 아니고… 어떡하지? 어느 제갈량이 나서서 빨리 무슨 묘책이라도 생각해내야지!"

고염무 등과 사공들도 암기가 계속 빗발치듯 날아오자 선실 안으로 피신했다. 그때 갑자기 불꽃이 번쩍이더니 이번에는 불화살이 날아왔다. 선실에 이내 불이 붙었다.

위소보는 기겁을 했다.

"어이구, 큰일 났구먼! 이건 '화소火燒 위소보', 위소보를 불태워죽일 모양이군!"

소전이 진기를 끌어모아 강변을 향해 소리쳤다.

"고염무 선생이 이곳에 계시다! 무례한 행동을 멈춰라!"

그녀는 고염무의 명성이 쟁쟁하기 때문에 천지회 사람들이 자신의 외침을 듣고 바로 공격을 멈출 거라고 생각했다. 그런데 강 양쪽에서는 많은 사람들이 고함을 지르며 욕을 하는 바람에 그녀의 외침을 들을 수 없었다. 위소보가 나섰다.

"부인들, '고염무 선생이 여기 있다'고 함께 외치자고!"

그러자 일곱 부인이 위소보와 함께 있는 힘을 다해 소리쳤다.

"고염무 선생이 여기 있다!"

연거푸 세 번을 외치자 강변은 차츰 조용해졌다. 암기도 더 이상 날아오지 않았다. 그리고 그 서가의 음성이 들려왔다.

"고염무 선생이 정말 배에 있습니까?"

고염무가 뱃머리로 나서 공수의 예를 취했다.

"내가 고염무요!"

서가는 놀라는 눈치였다.

"아니⋯?"

그는 곧 명을 내렸다.

"헤엄을 잘 치는 형제들은 강으로 뛰어들어 관선을 가까이 끌고 오시오!"

그러자 풍덩, 풍덩 하는 소리가 들리면서 수영을 잘하는 사람들이 강으로 뛰어들어 관선으로 접근해왔다. 관선에 붙은 불은 갈수록 불길이 거세졌다. 사공들도 더 이상 지체할 수 없어 노를 저어서 천지회 군호들과 함께 관선을 강가로 몰고 갔다. 쌍아는 위소보의 손을 잡고 황급히 강변으로 뛰어내렸고, 나머지 사람들도 뒤를 따랐다. 그러자 천지회의 군호들이 바로 그들을 포위했다.

서가는 고염무에게 몸을 숙이며 공손히 포권의 예를 취했다.

"저는 천지회 굉화당 소속의 서화룡舒化龍입니다. 고 선생께 인사 올립니다."

고염무가 공수로 답례를 했다. 그러자 천지회 형제 중 나이가 좀 많은 노인이 몸을 숙이며 말했다.

"지난날 하간부 '살계대회'에서 천하 영웅들이 고 선생님을 총군사로 추대할 때 뵌 적이 있습니다. 좀 전에 형제들이 무례를 범한 것을 용서해주십시오."

위소보가 웃으며 말했다.

"이게 무슨 경솔한 짓이오?"

그러자 노인이 쏘아붙였다.

"난 지금 고 선생님과 이야기를 나누고 있는데 매국노가 왜 나서는 것이냐?"

그러고는 다짜고짜 위소보의 멱살을 잡으려고 팔을 뻗었다. 그러자 소전이 잽싸게 그의 손목을 낚아잡아 휙 뿌리쳤다. 노인은 중심을 잃고 뒤로 밀려났다. 두 명의 천지회 형제가 얼른 그를 부축했다.

고염무가 소리쳤다.

"다들 진정하시오! 차분하게 말로 합시다."

이때 관선은 완전히 불길에 휩싸였다. 그 불빛으로 인해 주위가 환해졌고, 모든 사람의 얼굴을 똑똑히 볼 수 있었다. 소전은 쌍아와 함께 위소보를 보호해 이곳에서 벗어나는 것은 어려운 일이 아니라고 생각했다. 천지회 사람들이 노리는 건 위소보 한 사람이었다. 그가 이곳을 벗어나면 아녀자들뿐인 다른 식구들은 해치지 않을 것이었다. 그래서 쌍아와 함께 위소보의 좌우에 서서 가까이 있는 말 세 필을 눈여겨봐두었다. 일이 틀어지면 바로 말을 빼앗아 타고 도망갈 심산이었다.

고염무는 서화룡의 손을 잡고 진지하게 말했다.

"잠깐 얘기 좀 나눕시다."

그는 서화룡을 한쪽으로 데려가 한참 동안 대화를 나눴다. 잠시 후 서화룡이 소리쳐 예닐곱 명을 가까이 불렀다. 보아하니 모두 천지회의 수령급 인물들 같았다. 소전에게 당한 그 노인도 끼어 있었다. 나머지 40여 명은 여전히 위소보 등을 포위한 상태였다.

위소보가 그들에게 말했다.

"내 배에는 값나가는 물건이 잔뜩 실려 있는데 다 불태워버렸으니, 굉화당에서 물어내려면 골치깨나 아플걸!"

군호들은 칼을 들고 위협하거나 욕을 퍼부었다. 위소보는 아랑곳하지 않았다. 고염무 등이 서화룡을 잘 이해시킬 거라고 믿었다.

서화룡 등은 역시 고염무의 설명을 듣고 비로소 자신들이 몰랐던 우여곡절을 알게 됐다. 위소보가 아직도 조정에서 벼슬을 하고 있는 것이 못마땅하지만, 그가 진근남을 죽인 게 아니라는 사실이 밝혀졌으니 증오심이 사라졌다. 그들은 곧 위소보에게 다가왔고 서화룡이 포권의 예를 취하며 입을 열었다.

"위 향주, 우리가 오해를 했습니다. 만약 고 선생께서 사실을 밝혀주지 않았다면 정말 큰 잘못을 저지를 뻔했습니다."

위소보가 웃으며 말했다.

"날 잡는다는 게 그리 쉬운 일은 아닐 거요!"

그러면서 갑자기 몸을 번뜩이더니 신행백변을 전개해 왼쪽으로 움직였다가 오른쪽으로 방향을 틀었다. 그는 어느새 굉화당 사람들의 포위망을 뚫고 대여섯 장 뒤로 옮겨가 말에 올라탔다.

서화룡 등은 모두 깜짝 놀랐다. 위소보의 경공술이 이렇듯 고심막측하고 절묘하리라곤 전혀 생각지 못했다. 그가 젊은 나이에 청목당 향주가 된 것이 비로소 납득이 갔다. 역시 총타주의 제자다웠다.

그리고 굉화당의 그 노인은 형제들 중에서 무공이 고강해 다들 존경했는데, 좀 전에 소전이 가볍게 그를 제압하는 것을 다들 목격했다. 보아하니 나머지 여섯 부인도 모두 무공 고수인 듯싶었다. 자기네들은 비록 수적으로 훨씬 우세하지만 만약 정말 맞붙었다면 큰 망신을 당할 뻔했다고 생각했다.

위소보가 다시 웃으며 말했다.

"난 이만 실례를 해야겠소!"

그는 말고삐를 잡아당겨 서쪽으로 10여 장 정도 말을 몰고 나갔다가 잽싸게 말에서 뛰어내렸다. 그리고 서북쪽으로 몸을 이리저리 번뜩이며 좌충우돌하다가 어느새 다시 사람들이 모여 있는 곳으로 뚫고 들어와 제자리에 섰다. 그가 어떤 신법을 전개해 다시 돌아왔는지, 자세히 본 사람이 없었다.

천지회 군호들이 놀라 서로 쳐다보는 가운데 서화룡이 포권의 예를 취했다.

"위 향주의 무공은 정말 대단하군요. 탄복했소이다."

위소보 역시 포권을 하며 빙긋이 웃었다.

"과찬이오, 부끄럽소이다."

서화룡이 다시 말했다.

"고 선생님을 통해 위 향주가 '신재조영심재한'이라는 것을 알았소. 그리고 천하 한인들을 위해 곧 경천동지할 대사를 거행할 거라고 들었습니다. 위 향주께서 거사를 하게 되면 우리 굉화당은 비록 보잘것없는 힘이지만 뭐든지 시키면 빙산화해 冰山火海 어디든 달려가서 돕겠습니다."

위소보는 건성으로 대답했다.

"아, 네, 네!"

그가 시큰둥하게 대답히자 서화룡은 갑자기 오른손 식지로 자신의 왼쪽 눈을 푹 찔렀다. 그러자 바로 피가 줄줄 흘러내렸다. 이 광경을 본 모든 사람이 소스라치게 놀랐다.

"아!"

다들 놀란 외침을 토했다.

위소보와 고염무 등도 무척 놀랐다.

"아니… 이게 뭐 하는 짓입니까?"

서화룡은 눈에서 피가 흐르는 것도 아랑곳 않고 힘주어 말했다.

"난 위 향주를 오해하고 무시했으니 본회의 계율 중 '불경장상不敬長上' 죄를 범했습니다. 원래는 두 눈을 다 멀게 만들어 그 죗값을 치러야 하는데, 위 향주께서 경천동지할 대업을 이루는 것을 지켜보기 위해 한쪽 눈을 남겨놨습니다!"

노인이 차갑게 말했다.

"만약 고 선생과 우리가 모두 속아, 위 향주가 말만 늘어놓고 부귀영화를 탐하여 행동을 취하지 않는다면 어떡할 겁니까?"

서화룡이 말했다.

"그럼 위 향주가 자신의 눈을 파내서 내 눈을 변상해야 되겠죠!"

그러고는 피를 닦을 생각도 않고 고염무 등과 위소보에게 몸을 숙여 작별을 고했다.

"우리 모두 위 향주한테서 좋은 소식이 오길 학수고대하겠습니다!"

그가 왼손을 휘두르자 군호들은 뿔뿔이 흩어져 말에 올랐다. 그리고 바로 떠나갔다.

그 노인은 떠나면서 고개를 돌려 위소보를 향해 소리쳤다.

"위 향주, 집으로 돌아가서 어머니께 물어보시오. 아버지가 한인인지 만주 사람인지! 무릇 사람은 자신의 조상을 잊어서는 아니 되는 법이오!"

대나무 피리 소리가 다시 울려퍼지면서 동쪽 강둑에 있던 군호들도 말을 몰고 남쪽으로 달려나갔다. 삽시간에 천지회 군호들은 다 사라져버리고 강변에는 아직도 불씨가 꺼지지 않은 관선만 남았다.

고염무가 한숨을 내쉬었다.

"천지회의 형제들은 아직도 위 향주를 확실히 믿지 못하는 모양이오. 워낙 모진 풍파를 겪으며 거칠게 살아온 강호 호걸들이라 그렇겠지만, 충의지심忠義之心만큼은 경의를 표하지 않을 수 없군요. 위 향주, 우린 할 말을 다 했으니 대한大漢의 자손임을 잊지 말길 바랄 뿐이오. 나중을 기약하고 오늘은 이만 작별을 고할까 하오."

그러면서 공수의 예를 취하더니 다른 사람들과 함께 떠나갔다.


위소보는 강둑에 서서 망연자실했다. 소슬한 가을바람이 불어오니 으스스한 추위가 느껴졌다. 관선의 불길은 차츰 사그라들고, 이따금 뭔가 터지는 듯 팍, 팍 하는 소리가 들렸다.

위소보는 옷깃을 여미며 혼잣말로 중얼거렸다.

"어떡하지… 어떡해?"

곁에 있는 소전이 말했다.

"다행히 배 한 척이 남았어. 일단 사양집으로 돌아가 천천히 생각을 해보자."

위소보가 쓴웃음을 지으며 말했다.

"그 영감이 나더러 집에 가서 아버지가 한인인지 만주 사람인지 어머니한테 물어보라고 했는데, 흐흐… 정말 그래야겠군…."

소전은 그가 풀이 팍 죽어 있자 부드러운 말로 위로해주었다.

"소보, 그런 무지한 사람이 한 말은 그냥 무시해버려. 자, 어서 배에 오르자고."

위소보는 제자리에 서서 움직일 생각을 하지 않았다. 머릿속이 난마처럼 헝클어져 아무 생각도 나지 않았다. 불현듯 고개를 숙여보니 땅에 핏방울이 군데군데 얼룩져 있었다. 좀 전에 서화룡이 스스로 왼쪽 눈을 찔러서 흘린 피였다.

위소보는 갑자기 악을 쓰듯 소리를 질렀다.

"안 할 거야! 안 해! 다 안 할 거야!"

그가 갑자기 고래고래 소리를 지르자 일곱 부인은 모두 깜짝 놀랐다. 위쌍쌍은 엄마 품에 안겨 있다가 역시 놀랐는지 울음을 터뜨렸다.

위소보가 큰 소리로 말했다.

"황제는 나더러 천지회를 멸하라고 하고, 천지회는 나더러 황제를 죽이라고 강요해! 나더러 중간에서 어떡하라는 거야?"

그는 숨을 씩씩 몰아쉬며 다시 소리쳤다.

"한쪽은 내 목을 치겠다고 하고, 한쪽은 내 눈을 후벼파겠다고 하잖아! 난 머리통이 하나고 눈깔은 두 개밖에 없어! 누군 목을 치고, 누군 또 눈을 후벼판다면 나더러 어떻게 살라는 거야? 제기랄! 안 해, 다 안 해! 다 안 하면 되잖아!"

마치 실성한 사람 같았다. 소전이 얼른 달랬다.

"그래, 조정에서 벼슬을 해봤자 매일 전전긍긍 눈치를 봐야 하니 무슨 재미가 있겠어? 천지회 향주도 하기 싫으면 그만이야! 다 안 하기로 마음먹었다면 정말 잘한 거야."

위소보는 길게 숨을 토해냈다. 표정이 좀 풀렸다.

"다들 내가 그만두길 바라지?"

소전, 방이, 아가, 증유, 목검병, 쌍아 여섯 명은 일제히 고개를 끄덕였다. 단지 건녕 공주만이 반대했다.

"이제 겨우 공작이 됐는데 왜 그만두겠다는 거야? 왕이 되고 대학사도 돼서 나중에 고로환향해야지. 그리고 지금 다 그만둔다면 황상도 허락하지 않을걸!"

위소보는 화가 났다.

"내가 벼슬을 때려치우면 황상도 날 간섭할 수 없어! 그는 단지 내 처남일 뿐이야! 빌어먹을, 자꾸 잔소리를 하면 그의 매부도 하지 않을 거야!"

황제의 매부를 하지 않겠다면 공주를 내치겠다는 게 아닌가! 건녕 공주는 깜짝 놀라 더 이상 찍소리도 하지 못했다.

위소보는 일곱 부인이 이의를 제기하지 않자 기분이 좋아졌다.

"좋아! 굉화당이 내 배를 불태우길 잘했어. 정말 잘한 거야! 아주 적시적기에 불을 잘 질렀어. 우리가 숨어버리면 지방 관아에선 비적떼가 우릴 불태워죽였다고 할 거야. 처남도 다시는 날 찾지 않겠지!"

소전 등은 일제히 손뼉을 치며 좋아했다. 공주만이 시무룩했다.

이들은 곧 머리를 맞대고 대책을 세웠다. 위소보와 쌍아, 공주 세 사람은 변장을 하고 먼저 회음으로 가서 객잔을 정하고 기다리기로 했다. 그리고 소전은 방이, 아가, 목검병, 증유를 데리고 사양집으로 돌아가 나머지 배에 있는 금은보화와 모든 물건을 챙기고 유언비어를 퍼뜨리기로 했다. 위 공야의 관선이 간밤에 비적들의 습격을 받아 배는 불타버리고 사람도 다 죽었다는 내용이었다.

문제는 몇몇 사공들이었다. 그들은 위소보가 죽지 않은 것을 알고 있다. 소전은 후환을 없애기 위해 그들을 다 죽여 시신을 강에다 던져버리면, 유언비어가 더 신빙성 있게 보일 거라고 했다. 그러나 목검병은 무고한 사람들을 죽여선 안 된다고 극구 반대했다. 그러자 소전이 말했다.

"좋아, 검병 동생은 마음씨가 착하니까 보살님이 보살펴줘서 통통한 아들을 많이 낳을 거야."

이어 위소보에게 말했다.

"소보, 내가 검을 들고 죽이는 척할 테니까 숲속으로 도망가. 내가 바로 뒤를 쫓아갈게. 그럼 비명을 지르면서 죽은 척해."

위소보가 웃으며 말했다.

"하늘같은 낭군님을 죽이겠다고? 좋아!"

그는 목청을 높여 외쳤다.

"사람 살려! 날 죽이려 한다! 사람 살려!"

그는 냅다 달아나며 몇 바퀴를 돌더니 숲 쪽으로 치달렸다. 소전은 소리를 치며 그의 뒤를 쫓아갔다. 곧이어 숲속에서 위소보의 처절한 비명 소리가 들려왔다.

"으악! 악… 살려줘… 으악…."

그러더니 곧 조용해졌다.

목검병은 가짜라는 것을 뻔히 알면서도, 위소보의 비명이 어찌나 처절한지 모골이 송연해지면서 가슴이 두근두근 뛰었다. 그는 나직이 쌍아에게 물었다.

"쌍아 동생, 저… 진짜로 죽은 거 아니겠지?"

쌍아가 말했다.

"걱정 말아요. 그야… 당연히 가짜죠."

그러나 자신도 은근히 겁이 났다.

소전이 검을 들고 숲속에서 나왔다. 그리고 한쪽에 쪼그려 앉아 있는 사공들을 쳐다보며 소리쳤다.

"위소보를 죽였으니 이번에는 사공들도 모조리 죽여버릴 거야!"

사공들은 멀찌감치 떨어져 강변에 쪼그리고 앉아서 관선이 불길에 휩싸여 다 타버리는 것을 지켜봤고, 소전이 숲속으로 달려가 위 공야를 죽이는 것도 보았다. 그렇지 않아도 겁을 먹고 달달 떨고 있었는데, 소전이 자기네들까지 다 죽인다고 하자 걸음아 날 살려라, 죽을힘을 다해 달아났다. 눈 깜박할 사이에 온데간데없이 다 사라졌다.

쌍아는 그래도 위소보가 걱정돼 황급히 숲속으로 달려갔다. 위소보는 땅바닥에 누워 꼼짝도 하지 않았다. 쌍아는 놀랄밖에! 소전이 정말 그를 죽인 게 아닌가 싶어, 단숨에 달려가 소리쳤다.

"상공! 상공!"

위소보의 몸은 빳빳하게 굳어 있었다. 쌍아는 더욱 당황해 그를 붙잡고 흔들었다.

"상공! 상공…."

그 순간 위소보가 그녀를 끌어안고 소리쳤다.

"감쪽같이 속았지? 자, 뽀뽀 일발 장전!"

바로 쌍아의 입술에 자신의 입술을 포겠다.

부부 여덟 명은 계획대로 변장을 하고 모든 재물을 챙겨 양주로 가서 어머니를 모시고 다시 운남으로 건너갔다. 그리고 대리성大理城에서 신분을 숨긴 채 유유자적 행복한 삶을 누렸다.

위소보는 무료해지면 가끔 야크사성 녹정산 아래 묻혀 있는 그 막대한 보물이 생각났다. 그것을 몰래 파내면 그야말로 천하제일의 갑부가 될 것이다. 하지만 강희와의 의리를 생각해 그의 용맥은 건드리지 않기로 했다.


강희는 위소보의 비상한 잔머리와 어떤 극한상황에서도 용케 헤쳐나가는 임기응변을 누구보다도 잘 알고 있었다. 그래서 그가 쉽사리 비적들에게 당했을 리 없다고 굳게 믿었다. 더구나 시신도 찾아내지 못했다. 그는 계속해서 공적으로, 사적으로 위소보를 찾았으나 아무런 성과가 없었다.

후세 사학가들의 기록에 의하면, 강희는 강남으로 여섯 차례나 내려갔다고 한다. 물론 공식적으로 황하 준설 등 치수에 관한 행차였다고 하지만, 위소보가 실종되기 전에는 강남행이 단 한 번도 없었다. 왜 위소보가 실종된 후로 강남에 여섯 번이나 행차했을까?

황하를 순시할 거면 굳이 항주杭州까지 갈 필요가 없다. 게다가 매번 양주에서 여러 날을 머물렀다고 한다. 그때마다 많은 어전 시위들을 시켜 양주 각처에 있는 기루와 도박장, 찻집 등을 샅샅이 뒤지라고 명했다는데, 그 이유가 무엇일까? 결국 위소보를 찾아내지 못하자 강희는 매우 우울해했다고 한다.

후세의 고증을 통해《홍루몽紅樓夢》의 작가 조설근曹雪芹의 조부인 조인曹寅은 원래 어전 시위였고, 또한 위소보의 부하였다는 것을 알 수 있다. 강희는 그를 소주蘇州 직조織造로 보냈고, 다시 강녕江寧 직조에 임명해 오랫동안 강남의 번화한 지방에 머물게 했는데, 일설에 의하면 바로 위소보를 찾기 위해서였다고 한다.

　그날 위소보가 처자식들을 데리고 양주로 갔을 때, 우선 여춘원에 들러 어머니를 뵈었다. 오랜만에 모자가 상봉하니 얼마나 기쁘고 반가 웠겠는가. 위소보의 어머니 위춘방은 일곱 며느리가 다 꽃처럼 아름다 운 것을 보고 속으로 생각했다.

　'썩을 놈, 여자를 고르는 눈은 제법이구먼. 기루를 차리면 돈을 허벌 나게 많이 벌겠는데….'

　위소보가 어머니를 방으로 데려가 물었다.

　"엄마, 내 아버진 누구야?"

　위춘방은 대뜸 눈을 부라렸다.

　"이놈아, 그걸 내가 어떻게 알아?"

　위소보는 눈살을 찌푸렸다.

　"날 배기 전에 도대체 어떤 손님을 받았어요?"

　위춘방이 약간 우쭐대며 말했다.

　"당시만 해도 내가 얼마나 겁나게 잘생겼었는데… 매일 이 손님, 저 손님… 많이 받아서 이젠 기억도 안 나, 이놈아!"

　위소보가 다시 물었다.

　"손님들이 다 한인이었나요?"

　위춘방이 대수롭지 않게 말했다.

　"물론 한인이 많았지. 만주 벼슬아치도 있었고… 참, 몽골 무관도 있었어.”

위소보가 조심스레 물었다.

“설마 외국 양코배기는 받지 않았겠죠?”

위춘방은 버럭 화를 냈다.

“이런 육시할 놈을 봤나! 이 어미가 무슨 썩어문드러질 시궁창인 줄 아냐, 양코배기들까지 받게? 그런 시부랄 러시아 귀신이나 홍모귀들이 오면 당장 빗자루로 싹 쓸어서 내쫓아버렸지!”

위소보는 다소 안심이 됐다.

“어이구, 다행이네요….”

위춘방은 눈을 지그시 감고 지난 일을 회상하며 말했다.

“그때 회족 양반 하나가 가끔 날 찾아오곤 했어. 아주 잘생긴 사람이었는데….”

그녀는 위소보를 똑바로 쳐다보며 말을 이었다.

“어떨 때 보면 우리 소보의 코가 아주 믿음직스럽게 잘생긴 것이 그 사람을 닮은 것 같기도 하고….”

위소보가 눈살을 살짝 찌푸리며 다시 물었다.

“그럼 한만몽회漢滿蒙回가 다 있네… 서장 사람은 없었나요?”

그 말에 위춘방은 입가에 회심의 미소를 띠었다.

“왜 없었겠냐? 그 서장의 라마는 말이야… 침상에 올라오기 전에 꼭 염불을 외웠어. 염불을 하면서 눈알을 사르르 굴리며 날 힐긋힐긋 쳐다보곤 했거든. 한데… 네가 눈을 흘금거릴 때는 어쩌면 그렇게 그 라마랑 똑 닮았는지…!”

위소보는 두 손으로 머리를 감쌌다.

'어이구, 맙소사….'

그는 어머니한테 들은 이야기를 일곱 부인에게는 절대 말하지 않으리라고 굳게 마음을 먹었다.

〈녹정기 끝〉

# 저자 후기

《녹정기》를 1969년 10월 24일 〈명보明報〉에 연재하기 시작해서 1972년 9월 23일 탈고했다. 모두 2년하고도 11개월 동안 연재를 한 것이다. 내가 연재물을 집필할 때는 습관상 매일 1회분만 써서 다음 날 지면에 올린다. 그러니 이 소설은 연속적으로 꼬박 2년 11개월을 쓴 셈이다. 만약 특별한 경우가 없는 한(살아 있는 한, 살아가면서 특별한 경우는 늘 있기 마련이지만) 이것은 나의 마지막 무협소설이 될 것이다.

그런데 《녹정기》는 솔직히 말해서 무협소설과는 거리가 멀고 차라리 역사소설이라고 하는 게 더 맞을 것 같다. 이 소설이 〈명보〉에 연재되면서 독자들로부터 부단히 똑같은 질문이 쇄도했다.

"《녹정기》는 다른 사람이 대필한 건가요?"

독자들은 이 작품이 나의 지난 작품들과 다른 점이 많다는 것을 느꼈기 때문이다. 물론 처음부터 끝맺음까지 전부 내가 직접 쓴 것이다. 나에 대한 독자들의 애정과 관심, 그리고 관용에 대해 늘 감사하고 있다. 그들은 내가 쓴 작품 중 어느 일부분, 혹은 어느 대목이 마음에 들지 않을 때는 스스로 단정을 내릴 것이다.

"이건 다른 사람이 대필한 거야."

잘 쓴 부분은 내 실력으로 인정하고, 마음에 들지 않는 부분은 '대필자'의 책임으로 돌린다면 얼마나 좋을까?

《녹정기》는 내가 이전에 쓴 무협소설과는 완전히 다르다. 그건 의도적인 것이다. 작가는 틀에 박힌 자신의 스타일과 일정한 형식에 얽매여서는 안 된다. 가능한 한 새로운 창조를 구상하고 시도해보는 게 바람직하다고 생각한다.

일부 독자들은 《녹정기》 주인공의 품행과 덕성에 대해 불만이 많다. 일반적인 가치관에서 너무 많이 벗어났기 때문일 것이다. 무협소설의 독자들은 으레 자신을 소설 속에 등장하는 영웅과 동일시하려는 습성을 갖고 있다. 그러나 위소보는 본받을 만한 위인이 못 된다. 단지 이런 면에서 볼 때, 일부 독자들의 취락趣樂에 부응하지 못한 것 같아 미안하게 생각한다.

그러나 소설의 주인공이 반드시 '좋은 사람'이어야만 한다는 정설은 없다. 소설의 중요한 역할 중 하나는 한 인물을 창조, 만들어내는 것이다. 좋은 사람, 나쁜 사람, 결점이 있는 좋은 사람, 장점이 있는 나쁜 사람 등 다 만들어내야만 한다.

강희 황제 시대에 중국에서 위소보 같은 인물이 충분히 있었을 수 있다. 작가가 한 인물을 묘사할 때는 반드시 그를 본받으라는 것은 아니다. 햄릿은 우유부단하고, 루딘은 말과 행동이 다르다. 《주홍글씨》에 등장하는 목사는 간통을 하고, 안나 카레니나는 남편을 배신한다. 작가는 그저 그러한 인물을 묘사할 뿐이지 그들의 행위를 따라하라고 부추기지는 않는다.

《수호지》의 독자는 이규李逵처럼 노름에서 돈을 잃었다고 무조건 남의 돈을 빼앗으려 하면 안 되고, 송강宋江처럼 정부情婦가 자꾸 협박하고 귀찮게 군다고 해서 단칼에 죽여서는 안 된다.《홍루몽》에 등장하는 임대옥林黛玉도 현대 여성 독자들이 본받을 대상은 아니다. 그리고 위소보는 많은 여자와 관계를 맺는데,《홍루몽》의 주인공 가보옥賈寶玉처럼 많지는 않다. 노신魯迅이 아큐(阿Q)를 묘사하면서 정신적인 승리를 지향하지는 않았다.

소설 속 인물이 너무 완전무결하다면 진실성이 좀 떨어진다. 소설은 사회를 반영하는데, 현실 사회에선 절대 완벽한 사람이 존재하지 않는다. 그리고 소설은 도덕 교과서가 아니다.

어쨌든 내 작품을 읽는 독자들 중에는 소년소녀들이 많다. 그 천진무구한 친구들에게 한마디 당부를 하고 싶다. 위소보가 의리를 중시하는 것은 그의 좋은 품성이다. 그 외에 나머지 행위들은 절대 따라하지 말기를 바란다.

나는 장편 무협소설을 12편, 중편 2편, 단편 1편을 썼다. 그래서 책명의 첫 글자를 따서 열네 자의 대련對聯을 만들어보았다.

비설연천사백녹飛雪連天射白鹿, 소서신협의벽원笑書神俠倚碧鴛

마지막 별로 중요하지 않은 단편 〈월녀검越女劍〉은 포함시키지 않았다. 가장 먼저 쓴《서검은구록書劍恩仇錄》은 1955년 집필한 것이고, 마지막 《녹정기》는 1972년 9월에 탈고했다. 열다섯 편의 장단편 소설을 17년이나 써왔다. 그리고 수정 작업은 1970년 3월에 시작해서 1980년에 마쳤다. 그것도 10년이 걸렸다. 물론 중간에 다른 일도 많이 했다. 가장 중요하게는 〈명보〉를 주간했고, 〈명보〉의 사평社評을 써왔다.

초기 독자들을 만날 때면 가끔 이런 질문을 받곤 했다.

"가장 좋아하는 작품이 뭡니까?"

그건 정말이지 답변하기 곤란한 질문이다. 그래서 대답을 하지 않기 일쑤였다. 단지 '좋아하는' 작품으로 말한다면 비교적 감성이 아주 강하게 녹아 있는 몇몇 작품을 꼽을 수 있다. 《신조협려神鵰俠侶》,《의천도룡기倚天屠龍記》,《비호외전飛狐外傳》,《소오강호笑傲江湖》,《천룡팔부天龍八部》다.

그리고 또 어떤 사람들은 내게 이렇게 물었다.

"가장 잘 쓴 작품이 무엇이라고 생각합니까?"

아마 작품의 기교技巧와 가치價値를 묻는 것 같다. 나는 작품을 써나가면서 조금씩 더 나아지지 않았나 생각한다. 장편은 중단편보다 좀 낫고, 후기 작품이 전기 작품보다 좀 나은 것 같다. 그러나 많은 독자들이 내 의견에 동의하지 않고 부정했다. 나는 그들의 부정을 좋아한다.

1981년 6월 22일

## 개정판 후기

    내가 쓴 열다섯 편의 무협소설을 21세기에 들어와 다시 수정 작업에 착수해 2006년 7월에 마무리했다. 줄거리는 거의 고치지 않고 문구를 좀 수정했다. 처음에는《녹정기》를 대대적으로 수정할 생각도 없지 않았다. 그러나 고치지 않기로 결정했다. 이 소설은 청나라 때 가장 전성기를 구가하던 강희 시대의 이야기를 다룬 것이지, 그 시대 인물에 초점을 맞춘 것은 아니다. 그 시대에는 이런 이야기가 있었을 법하다. 난 물론 현대 청소년들이 위소보를 본받는 것을 원치 않는다. 어머니가 기녀고, 일자무식에다 탐관오리, 형장에서 법을 무시하고 죄수를 바꿔치기하고, 살인을 한 후 약물로 시신을 없애버리고, 연달아 일곱 명의 아내를 얻는 것은 바람직한 일이 아니다.

    《홍루몽》이나《수호지》는 모두 아주 훌륭한 소설이지만 현대 사회에서 가보옥이나 이규의 구체적인 행위를 본받지 말아야 하는 것과 같다.

2005년 5월 15일

## 역자 후기

1980년대 서진통상에서 출시된 TV 시리즈 〈녹정기〉를 처음 번역했다. 그 이전에 〈사조영웅전〉, 〈신조협려〉, 〈의천도룡기〉 등 많은 시리즈물을 번역했지만 〈녹정기〉는 참으로 독특한 영웅의 이야기라 아직도 기억이 생생하다.

기녀의 아들로 태어난 주인공 위소보는 일자무식에 그야말로 전형적인 천방지축 꾀돌이다. 위기에 봉착할 때마다 수단과 방법을 가리지 않고 아슬아슬하게 대처하며 기상천외한 재치와 잔꾀, 뛰어난 순발력으로 파란만장한 삶을 이어간다. 위소보에게는 천운도 잘 따른다. 그러지 않고서야 어떻게 시정잡배가 하늘보다 더 지고한 황제와 절친이될 수 있겠는가!

흔히들 절대적인 선과 악은 없다고 하지만 위소보는 도덕적으로 본받을 만한 인물이 못 되는 건 사실이다. 기만, 사기, 속임수, 잡아떼기, 생떼, 막무가내, 야바위, 아첨, 종횡무진 황당한 행위는 그야말로 상상을 초월한다. 그런 그에게도 한 가지 장점이 있다면 의리다. 특히 친구와의 의리를 중시하는 의리의 사나이! 위소보는 어떤 위기의 상황에서도 의리를 지키며 여러 굵직한 사건들을 해결해 나간다.

위소보의 주변에는 개성 있고 활력적인 인물들이 넘쳐난다. 천지회의 진근남, 모십팔, 해대부, 오배, 오삼계, 이자성, 오육기, 정극상, 신룡교의 홍안통 등 쟁쟁한 인물들과의 만남과 대결이 흥미진진하게 이어진다. 우여곡절로 인해 위소보와 인연을 맺게 된 미녀군단이 그중에서도 단연코 압권이다. 요염한 소전, 똑똑하고 눈치 빠른 방이, 착하고 온순한 증유, 천진난만한 목검병, 미모가 빼어난 아가, 이해심 많고 희생적인 쌍아, 황제의 여동생 건녕 공주까지 여러 미인들이 등장한다. 위소보는 제법 잘생긴 외모와 뛰어난 말솜씨를 무기 삼아 집요하고 끈기 있게 다가가 결국 그녀들과 인연을 맺는다.

《녹정기》는 무협소설이지만 중국 청나라 초기의 역사적인 흐름을 기가 막히게 잘 반영하고 있다. 강희제를 포함해 이자성, 강친왕, 색액도, 오삼계, 오응웅, 사계좌, 오지영 등 당시 역사의 현장에서 활약했던 실존 인물들이 위소보와 어우러져 온갖 사건의 소용돌이를 만들어내어 마치 역사소설을 읽는 듯한 착각도 들게 한다.

위소보의 말투가 워낙 투박하고 때론 쌍스럽기도 해서 그에 맞는 단어를 선택하느라 애도 좀 먹었다. 문법에 어긋난 표현을 쓸 수도 없어 수정을 거듭했다. 원본에는 높임 표현이 명확하지 않아 그때그때 상황에 따라 적절하게 번역했다. 시詩는 원본에 충실하면서 이해하기 쉽게 풀어 썼다.

위소보에 대한 무한한 애정을 갖고 번역에 최선을 다했다. 부족한 부분이 있다면 지도 편달 부탁드린다. 김용 작가의 마지막 작품《녹정기》의 매력이 부디 독자들께 온전히 전해지길 바란다.

이덕옥

▶ **모든 주석은 옮긴이 주이다.**

**1** '열란차성'은 1625년 네덜란드인들이 대만을 점령하고 있을 때 축성한 요새로, 현재 대만 안평구에 있고, '젤란디아성Zeelandia'이라고 부른다. '보라민차성'은 1653년 역시 네덜란드인들이 쌓은 '프로방시아요새Fort Provintia'로, 적감赤崁 지방에 세웠기 때문에 나중에 그 이름을 '적감루赤崁樓'라고 불렸다. 또는 네덜란드인들이 세웠다고 해서 홍모성紅毛城, 홍모루紅毛樓라고 부르기도 한다.

**2** Frederick Coyett. 1656~1662년 대만을 다스린 네덜란드 제독.

**3** Batavia. 지금의 인도네시아 수도인 자카르타. 네덜란드 식민지 시절의 명칭이다.

**4** 전국시대 조趙나라의 혜문왕惠文王은 화씨벽和氏璧이라는, 초楚나라의 아주 진귀한 옥석을 손에 넣었다. 이 사실을 알게 된 진秦나라 소왕昭王이 진나라의 열다섯 개 성城과 화씨벽을 교환하자고 제안했다. 조왕은 여러 대신들과 상의했으나 마땅한 방안을 얻어낼 수가 없었다. 이때 중신이 인상여藺相如를 추천했다. 그가 왕께 아뢰었다. "성이 조나라에 들어오면 벽옥을 진나라에 두고 오겠지만, 성이 들어오지 않으면 벽옥을 반드시 조나라로 온전히 가지고 오겠습니다." 결국 그는 임무를 완수하고 온전한 벽옥을 다시 가지고 조나라로 돌아왔다는 고사에서 유래된 성어다.

**5** 긴 줄 두 개를 이용해, 중앙에다 돌멩이나 철환을 놓고 회전시키다가 한쪽 줄을

놓으면 원심력에 의해 가속되어 무서운 속도로 날아가서 상대를 공격하는 원거리용 암기(투석기)다.

**6**  《삼국지연의》 중 한 토막. 주유는 제갈량의 지모가 자신보다 훨씬 뛰어남을 알고 시기하게 되고, 그대로 두면 결국 강동에 불리한 일이 생길 것으로 여겼다. 그래서 기회만 생기면 제갈량을 죽이려 했다. 그는 의논할 일이 있다는 구실로 제갈량을 청한 다음 열흘 이내에 10만 대의 화살을 만들어달라고 요구했다. 결코 쉬운 일이 아닌데 제갈량은 한마디로 승낙하면서 사흘이면 충분하다고 장담했다. 주유는 속으로 쾌재를 부르며 당장 군령장軍令狀을 써서 약속을 어길 시 엄벌에 처하겠다고 했다. 한편으로는 군중의 장인들에게 일부러 일을 지연시켜 제갈량이 기간 내에 임무를 완수하지 못하도록 했다. 그 기회를 이용해 제갈량을 죽일 계획이었던 것이다.

제갈량은 아무렇지도 않은 듯 그저 노숙에게 은밀히 배 20척을 준비해달라고 했다. 각 배마다 군사 30명씩을 태우고 배 위에는 푸른 천으로 휘장을 두른 뒤 각각 1천여 개의 풀단을 양옆으로 세워두게 했다. 사흘째 되던 날 이른 새벽, 짙은 안개가 자욱하게 강을 뒤덮은 가운데 제갈량은 노숙을 배 안으로 청했다. 그러고는 20척의 배에 영을 내려 긴 밧줄로 서로 연결시켜서 짙은 안개를 뚫고 강북으로 출발하도록 했다.

오경 무렵에 조조군의 수군 영채 근처에 이른 제갈량은 배를 한 일 자 형태로 세우라고 명을 내렸다. 그러고는 군사들에게 북을 치고 고함을 지르게 한 다음, 자신은 노숙과 배 안에서 술을 마시며 시간을 보냈다. 이 보고를 받은 조조는 매복이 있지나 않을까 두려운 나머지 1만여 명의 궁전수弓箭手에게 화살을 퍼붓도록 명령했다.

얼마쯤 시간이 지난 후, 제갈량은 뱃머리를 반대로 돌리게 해 계속 화살을 받도록 했다. 그러고는 안개가 걷힐 즈음 배들을 수습해 되돌아갔다. 결국 20척의 배 양 편에 세워둔 풀단마다 화살이 가득 꽂힌 덕분에 10만 개가 넘는 화살을 아주 쉽 게 얻을 수 있었다.

## 작가 주

**46장**(41쪽)  정성공이 팽호를 거점으로 대만을 공격했는데, 지금의 대만 남부 지방 대남臺南에 상륙했다. 당시 네덜란드 군사가 대남에 주둔하고 있었다. 이 책에 서술된, 정성공과 시랑이 대만을 공략한 대목은 전부 역사적인 사실이다.

**46장**(84쪽)  사적史籍의 기록에 의하면, 당시 청나라 조정은 대만을 포기하려고 했다. 그때 시랑이 적극적으로 나서서 대만의 중요성을 역설했고, 대학사 이위李蔚가 중간에서 강희를 설득해 비로소 대만에다 관부를 설립하고 군사를 주둔하기로 결정했다. 당시에는 사소한 일이었을지 몰라도 후세에 막대한 영향을 준 사건이다. 만약 시랑이 적극적으로 나서지 않고 조정에서 대만을 포기해 주민을 전부 내륙으로 이주시켰다면, 정성공에게 쫓겨갔던 네덜란드 사람들이 다시 돌아왔을 것이고, 지금 대만은 중국 땅이 아니었을 것이다.

당시 시랑을 매국노라고 욕하는 사람도 있었지만, 대만을 중화민족에게 안겨준 그의 공로는 지대하다고 할 수 있다.

시랑은 대만에 감세減稅 정책을 시행하도록 건의했고, 강희는 그의 제의를 받아들여 대만 백성들에게 많은 혜택을 주었다. 시랑의 차남 시세륜施世綸은 아주 청렴해서 대만 군민들의 칭송을 받았다. 그래서 항간에선 그를 '포청천包靑天'에 비견해 '시청천'이라 불렀다. 청백리가 백성들의 억울함을 속

시원하게 해결해주는 내용의 유명한 창극 〈시공안施公案〉의 주인공이 바로 시세륜이다.

시랑의 여섯째아들 시세표施世驃는 복건성 수사제독으로 재직했고, 강희 60년에 대만으로 옮겨왔다. 당시 대만에 엄청난 태풍이 몰려왔는데, 그는 자신을 돌보지 않고 재난 구조에 나섰다가 풍한風寒에 걸려 결국 병사한 애민관愛民官이다.

중국의 역사가들은 한인과 만주인에 대한 민족 편견 때문에 시랑이 당시 명나라의 후예인 정성공의 대만을 빼앗아온 것에 대해 혹평하며 그를 '매국노'라고까지 매도했다. 이 책에서도 처음엔 그런 사관史觀에 의거해 시랑을 묘사했지만, 그가 대만에 미친 지대한 공헌을 소홀히 할 수 없었다. 본 작가는 이 민족영웅을 기리기 위해 직접 그의 고향인 천주泉州까지 갔었고, 현지 주민들이 해변에 그의 동상을 세우고 '정해후사靖海侯祠'라는 사당을 건립해 숭배하는 것을 확인했다. 그래서 원래 시랑을 부정적으로 묘사했던 내용을 약간 수정했음을 밝혀둔다.

**46장**(85쪽) 당시 중국과 러시아는 서로 언어가 통하지 않아 교섭하는 데 어려움이 많았다고 한다. 역사적인 기록에도 러시아 사황沙皇이 강희에게 보낸 국서에 다음과 같은 내용이 있다. "황제께서 전에 보낸 국서를 본국에서는 뜻을 아는 자가 없어 회답을 하지 못했습니다."

**47장**(118쪽) 이번 싸움에 부도통으로 출정했으며, 청나라의 명장 오배吳拜의 아들이다. 오배는 원래 정기니합번精奇尼哈番, 즉 자작에 봉해졌었다. 낭탄은 야크사성을 공략하는 데 공을 세워 포상을 받게 된다.

**48장**(192쪽) 러시아의 국서는 역사서에 의거한 것이라 정확하지만, 뒷부분 위소보에 관한 내용은 소설가가 지어낸 것이니 믿을 만한 게 못 된다.

**48장**(204쪽)  《연경학보燕京學報》25기, 유선민劉選民이 쓴 〈중러조기무역고中俄早期貿易考〉에 의하면 러시아에서 표도르 골로빈費要多羅 果羅文을 대사大使로 중국으로 보내 국경분쟁 문제와 통상 업무를 협의하도록 했다. 그는 중국으로 오는 도중 다시 조정에서 보낸 밀서를 받게 된다. 그 밀서의 내용은 다음과 같다.

"만약 중국과 통상협의를 통해 이익을 얻게 된다면, 야크사요새를 중국에 넘겨줘도 된다. 그리고 황제의 위신이 손상되지 않는 범위 안에서 중국 협상 대표에게 극비리에 상당한 뇌물을 주도록 해라."

**48장**(209쪽)  강희 15년에 러시아는 사신(斯巴塔雷)을 보냈다. 그는 보석 전문가와 약재 전문가를 대동해 북경에 와서 몇 가지 요구를 했는데, 그중 하나가 바로 다리 놓는 기술자를 보내달라는 것이었다. 그런데 그는 강희에게 무릎 꿇고 절을 올리는 것을 거부해 결국 본국으로 쫓겨났다.

**48장**(210쪽)  러시아 협상대신의 이름은 표도르 골로빈費要多羅 果羅文(Fyodor A. Golovin) 인데, 당시 외국 사람은 이름을 앞에 쓰고 성을 뒤에 쓴다는 것을 모르고 그냥 중국식으로 '비요다라'라고 불렀고, 역사책에도 그렇게 기록돼 있다.

**48장**(237쪽)  몽골 대장군 바투는 1238년 모스크바와 현재 우크라이나의 수도 키예프를 함락했다. 그리고 1240~1480년 240년 동안 러시아의 광활한 땅을 지배, 통치해 금장한국金帳汗國(킵자크한국)을 세웠다. 킵자크한국은 몽골 네 군데 제국의 하나로, 칭기즈칸의 손자인 바투가 키르기스 초원과 남러시아의 킵차크 초원 일대를 합쳐서 세운 나라다. 나중에 러시아 모스크바 태공 이반 3세에 의해 멸망했다.

**48장**(266쪽)  '네르친스크 조약'에 위소보의 서명은 글씨가 아주 이상야릇해서 판별하기가 어려웠다. 후세 사학자들은 그저 색액도와 표도르의 서명만 확인했을 뿐이다. 그리고 고고학자들 중에는 곽말약郭沫若처럼 갑골문을 해독하는 사람도 있는데, 네르친스크 조약에 서명한 위소보의 '소小' 자를 판독하지 못했다. 그래서 위소보의 혁혁한 대명이 역사에 묻혀버렸으니 실로 안타까운 일이다. 후세 역사학자들은 네르친스크 조약을 단지 색액도와 표도르 두 사람이 체결한 것으로 안다. 자고로 이 세상에서 위소보란 인물이 존재했다는 사실을 아는 사람은 아마 《녹정기》의 독자들밖에 없을 것이다. 이 책에서 네르친스크 조약을 체결하게 된 경위를 서술하며, 역사책에서 빠진 위소보의 부분을 삽입했다. 그 외의 모든 것은 역사기록에 의거한 내용임을 밝혀둔다.

**48장(268쪽)** 옥문관玉門關은 서역으로 통하는 요충지였다. 옥문관에 국경 경계비를 세우지 않은 것은 국토를 더 확장하려는 의도가 있었기 때문이다.

**48장(271쪽)** 위소보가 네르친스크 조약을 체결하는 과정에서 벌어진 일들은 일종의 허구이니, 젊은 독자들은 그것을 사실 그대로 받아들이지 않기를 바란다.

**49장(313쪽)** 러시아 병사 포로가 청군에 편입된 자세한 경위는 유정변俞正燮이 지은 《계사류고癸巳類稿》 9권 《아라사좌령고俄羅斯佐領考》에 수록돼 있다. 그리고 소일산蕭一山이 쓴 《청대통사淸代通史》에는 다음과 같은 글이 있다. "포로를 경성에 압송해 조정에 바치자, 현엽玄燁(강희)은 그들을 사면해 좌령에 편입하니 바로 러시아 병사들이다. 그들의 후예는 아직도 중국에 살고 있다. 러시아 병사들 중에는 중국 여자와 결혼한 사람도 있어 많은 자녀를 낳았다."

**49장(316쪽)** 대만의 정씨가 청나라에 투항한 후, 강희는 대만의 왕공대신들을 잘 보호해주었다. 그래서 그들에겐 아무 변고도 일어나지 않았다. 위소보가 정극상을 못살게 굴고, 풍석범을 사지로 본 것은 다 사실이 아니라, 소설에서 지어낸 이야기다.

**50장(352쪽)** 위편삼절에서 '위韋' 자는 본디 죽간竹簡을 엮은 가죽끈이다. 옛사람들은 죽간을 가지고 공부를 했는데, 그 끈이 세 번이나 끊어졌으니 공부를 얼마나 열심히 했는지 짐작이 간다. 강희는 위소보를 놀려주려고 말을 조금 바꿔 한 것이다.

작가주

鹿鼎記